Catherine Bybee
Glück in letzter Sekunde

Das Buch

Jacqueline »Jax« Simon ist perfekt ausgebildet für ihren gefährlichen Job als private Ermittlerin. Doch niemand hat die schöne Engländerin, die weltweit im Einsatz ist, auf eine Familienkrise in der Heimat vorbereitet. Der Bruder verhält sich seltsam, die Eltern reden nicht mehr miteinander. Haben sie vor irgendetwas Angst? Und warum sagt ihr niemand etwas?

Jax steht vor ihrer vielleicht schwersten Aufgabe. Einziger Lichtblick ist der attraktive Andrew mit seinen heißen Küssen. Während Jax' Nachforschungen sie zu ihrem ehemaligen Eliteinternat in Deutschland führen, weicht der IT-Spezialist nicht von ihrer Seite. Aber das könnte ein tödlicher Fehler sein …

Die Autorin

New-York-Times-Bestsellerautorin Catherine Bybee wuchs im Bundesstaat Washington auf. Nach der Highschool zog sie nach Südkalifornien, um dort Schauspielerin zu werden. Bald aber hatte sie genug davon, sich den Lebensunterhalt als Kellnerin zu verdienen, und absolvierte eine Ausbildung zur Krankenschwester. Die meiste Zeit ihrer Karriere verbrachte sie in der Notaufnahme. Jetzt arbeitet sie hauptberuflich als Autorin. Zu ihren bekanntesten Werken zählen die Bücher aus den Reihen »Eine Braut für jeden Tag«, »Fast …«, »Happy End in River Bend« und »Diesmal für immer«. Catherine Bybee lebt mit ihren zwei Söhnen in Südkalifornien.

Catherine Bybee

Glück in letzter Sekunde

Herzen im Visier

Roman

Aus dem Amerikanischen
von Teresa Hein

 Montlake

Die amerikanische Ausgabe erschien 2021 unter dem Titel
»An Unexpected Distraction« bei Montlake, Seattle.

Deutsche Erstveröffentlichung bei
Montlake, Amazon Media EU S.à r.l.
38, avenue John F. Kennedy, L-1855 Luxembourg
März 2022
Copyright © der Originalausgabe 2021
By Catherine Bybee
All rights reserved.
Copyright © der deutschsprachigen Ausgabe 2022
By Teresa Hein

Die Übersetzung dieses Buches wurde durch Amazon Crossing ermöglicht.

Umschlaggestaltung: bürosüd⁰ München, www.buerosued.de
Umschlagmotiv: © Africa Studio © photo-nuke © Andrej Antic
© kiadtisuk Seedapan © Artmim / Shutterstock
Lektorat und Korrektorat: VLG Verlag & Agentur, Haar bei München,
www.vlg.de
Gedruckt durch:
Amazon Distribution GmbH, Amazonstraße 1, 04347 Leipzig /
Canon Deutschland Business Services GmbH, Ferdinand-Jühlke-Str. 7,
99095 Erfurt /
CPI books GmbH, Birkstraße 10, 25917 Leck

ISBN: 978-2-49670-719-9

www.montlake.de

*Für Holly Ingraham. Du
sorgst immer für Erdung und
Echtheit.*

KAPITEL 1

Aus vollem Lauf sprang Jax an der ersten Mauer hoch. Die Bewegungen waren in ihren Muskeln abgespeichert und ließen sich jederzeit abrufen. Sie packte das Tau, schlang die Beine darum, arbeitete sich Hand über Hand nach oben und warf sich schwungvoll über die Mauerkrone. Die Schlammgrube sah sie erst, als sie bereits knietief in der matschigen Pampe steckte und jemand platschend neben ihr landete.

Ihre Füße blieben in Bewegung, ihre Brust dehnte sich mit jedem tiefen Atemzug. So preschte sie zum nächsten Hindernis weiter. Neil suchte alljährlich eine neue Wettkampfstrecke aus, die ihnen alles abverlangte. Diesmal fand der Lauf in Camp Pendleton, einem Marinestützpunkt bei San Diego statt. Nächsten Samstag würde hier ein öffentliches Schlammrennen viele Zuschauer anziehen.

Aber heute hatten sie den Parcours ganz für sich allein.

Jax' Partnerin in diesem Lauf war Claire, die gerade in einem Zwischenspurt an ihr vorbeijagte. Pfeilschnell wie immer. Jax war ebenfalls ziemlich flink, doch ihre beste Freundin lief in einer Klasse für sich. Wenn wenig Platz war, wenn Schnelligkeit gefragt war oder Taue zu den Hindernissen gehörten, hatten sie gegenüber den anderen Teams einen klaren Vorteil. War allerdings pure Körperkraft gefragt, mussten sie absolut reibungslos zusammenarbeiten, um gegen die anderen eine Chance zu haben.

Ihre Strategie stammte noch aus ihrer Zeit am Richter-Internat, wo harte Parcoursläufe spätestens ab der Mittelstufe auf dem Stundenplan gestanden und die Schülerinnen und Schüler bis zum letzten Schultag begleitet hatten. Und die Taktik war schlicht: Renn, so schnell du kannst, schau dich nicht um. Falls du zuerst an einem Hindernis bist, streck schon mal blind die Hand nach deiner Partnerin aus und vertrau darauf, dass sie gleich da ist. Dann pack zu und nutz ihren Schwung, um ihr hochzuhelfen.

Ja, und Teile des Parcours hatten sie in der vergangenen Woche bereits ausgekundschaftet.

Ganz so ehrgeizig waren die anderen nicht.

Schön, Cooper und Sven schienen zum Sieg entschlossen. Sie gehörten zu den jüngeren männlichen Angestellten von MacBain Security and Solutions und hatten gute Chancen. Jax setzte trotzdem auf sich und Claire.

Neil hatte für dieses Event sogar einen Teil der Londoner Belegschaft einfliegen lassen. Drei Tage Teambuilding und harter, aber kameradschaftlicher Wettstreit. Der Hindernislauf war nur der erste von mehreren Programmpunkten. Es gab Schießübungen, sie würden im Pazifik schwimmen und beim Paintball ganz altmodisch um eine Flagge kämpfen. Außerdem mussten sie es schaffen, gemeinsam in eine gesicherte Stellung einzudringen, wo sich Neils erfahrenste Leute und ein paar Freiwillige von den Marines mit einer Geisel verschanzen würden. Krönender Abschluss des Wochenendes würde ein Fallschirmsprung aus über viertausend Metern Höhe sein – Jax' persönliches Highlight.

Aber bis dahin lagen noch einige Anstrengungen vor ihnen.

Sie bestritten gerade den ersten Wettkampf des ersten Tages. Wenn alles vorbei war, würden sie grinsen wie die Trottel, hundemüde und voller Schrammen und Blutergüsse.

Doch jetzt arbeiteten sie sich erst einmal durch die Sorte Schlamm, dessen letzte Reste man noch nach Tagen in den Ohrmuscheln finden würde. Und die Kratzer auf dem Rücken würden sie erst bemerken, wenn sie sich beim Duschen mit einem Luffagurt schrubbten.

Sie und Claire gewannen den Hindernislauf mit vier Zehntelsekunden Vorsprung. Ziemlich knapp.

Sasha stand mit der Stoppuhr an der Ziellinie. Ihr Blick ging zwischen Jax und Claire hin und her, und ihr Finger schwebte so anklagend über dem Drücker der Uhr, als würden sie nicht haarscharf gewinnen, sondern verlieren. Doch Sashas rechter Mundwinkel hob sich kaum merklich.

Schließlich waren sie ja Erste, und darauf kam es an.

Sven jagte über die Ziellinie, ließ sich zu Boden fallen und hielt sich den Bauch. »Das war die Hölle, verdammt.«

Jax rang auf Händen und Knien nach Luft, hatte aber noch genügend Reserven, um zu lachen.

Claire drückte Cooper eine Wasserflasche in die Hand und tätschelte mit schlammigen Fingern seine Wange. »Du schuldest mir eine Massage.«

»Erinnert mich dran, meine Kinder aufs Richter-Internat zu schicken«, japste Sven. Er lag jetzt flach auf dem Rücken.

»Denk nicht mal dran«, warnte Jax.

Nach und nach erreichten auch alle anderen das Ziel und waren genauso erschöpft wie die Siegerinnen. Ganz zum Schluss spazierten Lars und Isaac um die letzte Kurve.

Jax kniff die Augen zusammen und musterte die vergleichsweise saubere Kleidung der beiden.

»Die sind nicht mal schmutzig«, stellte Claire fest.

»Bloß keine übertriebene Eile, Jungs!«, rief Sven den beiden entgegen.

Gelassen schlenderten Lars und Isaac näher. Eigentlich fehlte nur ein Bier in ihren Händen.

Sasha ließ die Stoppuhr sinken, bevor sie die Ziellinie erreichten.

»Habt ihr überhaupt versucht, über den Parcours zu kommen?«, fragte James, ein Teammitglied aus London.

Lars schaute Isaac an. Und Isaac Lars. Dann zuckten sie die Achseln.

Jax verdrehte die Augen und wandte sich ab. Schon dass die beiden überhaupt an den Start gegangen waren, hatte sie überrascht. Seit sie in Neils Firma arbeitete, hatte sie dieses Duo immer nur die Vans fahren oder an den Überwachungsmonitoren im Hauptquartier sitzen sehen. Was sie machten, machten sie gut. Sie verbrachten bloß relativ wenig Zeit mit Rennen, Laufen und Schießen.

Ein Jeep fuhr heran und wirbelte Staub auf. Neil stieg aus. Eine Sonnenbrille verdeckte seine Augen, sein Gesichtsausdruck war absolut neutral. Gefühle zu verbergen, gehörte zu seinen Superkräften.

Er ging zu Jax und Claire. Ein Zucken des Mundwinkels und ein angedeutetes Nicken war alles, was er an Anerkennung übrighatte.

»Das kannst du laut sagen, Boss!«, rief Claire und straffte die Schultern.

»Bleib bloß auf dem Teppich«, erwiderte Neil.

Bedachte man, dass Neil für Claire die Vaterrolle übernommen hatte, waren seine Worte nicht verwunderlich.

»Zu spät«, gab Cooper lachend zurück.

Neil wandte sich ab. Sein Lächeln verbarg er hinter der Hand, mit der er sich übers Kinn fuhr. Jax sah es trotzdem.

Sie spürte einen kleinen Stich. Aber Eifersucht auf Neils Respekt vor ihrer Freundin war völlig fehl am Platz.

Wer sie und Claire kannte, wusste, dass Jax über familiäre Beziehungen und ausreichend Geld für ein wirklich angenehmes Leben verfügte. Claire hingegen war ohne Eltern und Angehörige aufgewachsen. Neil und sein Team hatten ihr mit hoher Wahrscheinlichkeit eine düstere Zukunft als Handlangerin von Kriminellen erspart. Innerlich schüttelte Jax den Kopf über sich. Wie kam sie dazu, ihre beste Freundin um ein Nicken, ein Lächeln und eine Ermahnung von ihrem Boss zu beneiden?

»Zeit für eine Siegesfeier.« Claire knuffte Jax gegen die Schulter.

»Zum Feiern ist es noch zu früh«, versetzte Neil ihrer Hochstimmung einen Dämpfer. »In dreißig Minuten am Schießstand. Geduscht und umgezogen.«

Zehn Minuten später standen sie unter dem kalten Wasserstrahl. »Was meinst du? Sollen wir die Jungs gewinnen lassen?«, fragte Claire.

Jax rieb sich das Wasser aus den Ohren und drehte den Hahn ab. »Moment … was?« Claire war einer der ehrgeizigsten Menschen, die sie kannte. Dicht gefolgt von Sasha. Ein Wettkampf ohne Siegeswillen lag nicht in ihren Genen.

Ein Grinsen huschte über Claires Gesicht. »War nur ein Scherz.«

Jax schnappte sich ein Handtuch. »Gut. Ich hatte schon befürchtet, Cooper würde dir deinen Antrieb nehmen.«

Sie folgte Claire aus der Dusche in die Umkleidekabine, die sie ganz für sich allein hatten.

»Nie im Leben.« Claire schüttelte den Kopf. »Aber sie glauben zu lassen, dass sie uns schlagen können, ist vielleicht eine gute Taktik.«

Jax gefiel die List ihrer Freundin. »Prima Idee.«

Um den ersten Preis beim Schießen mussten sie sich letztlich keine Gedanken machen. Cooper und James waren die Besten, alle anderen reihten sich dicht hinter ihnen ein.

Neil spielte an diesem Wochenende den Sugardaddy für seine Leute. Ganz gleich ob Gewinner oder knapper Verlierer, die Geldbörse brauchte keiner zu zücken.

Am Abend saß Jax an einem der runden Tische in einer Bar in Oceanside. Das blonde Haar fiel ihr offen bis zur Mitte des Rückens.

Oceanside war bekannt für seine Bewohnerschaft aus »Frischgetrauten und Ergrauten«. Und für Leute, die nur auf Zeit auf der Militärbasis beschäftigt waren, die hier die Wirtschaft in Schwung hielt. Die jüngeren Semester, die man hier treffen konnte, gehörten also kaum zu den Einheimischen.

Nicht, dass Jax die Möglichkeit gehabt hätte, Kontakte zu knüpfen. Neben ihr saßen Sven und James und ließen stöhnend den Tag Revue passieren.

»Und was kommt als Nächstes?«, fragte James.

»Teambuilding«, antwortete Jax. Sie entdeckte Claire und Cooper in der Nähe der Bar. Die Art, wie Cooper Claire anschaute, ließ vermuten, dass die beiden demnächst Nägel mit Köpfen machen und sich einen gemeinsamen Nachnamen zulegen würden.

Jax freute sich für ihre beste Freundin. Cooper war einer von den Guten.

»Und das heißt was?«, fragte James.

Jax drehte sich zu ihm. »Die Entführung. Der morgige Tag könnte jederzeit beginnen und ist erst zu Ende, wenn wir das Opfer gefunden und befreit haben. Also sachte mit dem Tequila.« Ein Blick auf James' Glas verriet ihr, dass ihre Warnung zu spät kam.

James war neu, deshalb wandte sie sich an Sven. »Hast du ihn nicht aufgeklärt?«, fragte sie auf Deutsch.

Sven zuckte mit den Schultern.

»Kennt er wenigstens das Safeword?«

Sven drehte sich zu James. »Wie lautet das Safeword?«, fragte er nun wieder auf Englisch.

»Das Ich-geb-auf-Signal für Weicheier?« Sein britischer Akzent ließ das Wort weniger abfällig klingen.

»Jap.«

James nahm einen Schluck Tequila. »Brauche ich nicht.«

Jax schob ihren Martini beiseite und schaute ihm fest in die Augen. »Kiwi.«

»Die haarige Frucht? Alles klar.« James grinste.

Jax warf Sven seufzend einen Blick zu. »Ich glaube, du musst ein Machtwort sprechen.«

Sven stieß James mit dem Ellbogen an. »Lass die Finger von den harten Sachen.«

»Wenn es drauf ankommt, bin ich schlagartig nüchtern.«

Sie hoffte, dass das stimmte. Im letzten Jahr hatten sie den vollen Einsatz jedes Einzelnen in der Gruppe gebraucht, um durch das Labyrinth zu gelangen, in dem Neil das Opfer versteckt hatte.

Sie sprang vom Barhocker und boxte Sven gegen die Schulter. »Kümmere dich um deinen Freund. Ich mische mich ein bisschen unters Volk.«

Bei der Entführung im vorigen Jahr hatten eher zufällig am Vorabend gesammelte Informationen dazu beigetragen, die Aufgabe in der vorgegebenen Zeit zu lösen. Deshalb beschloss Jax, sich mit ein paar anderen Teammitgliedern zu unterhalten.

Sie schob sich neben Lars und betrachtete seine Bierflasche. »Du machst dir offenbar keine Sorgen, dass man dich heute Abend verschleppen könnte.«

»Das ist bloß Bier.«

»Du meinst, was du während deiner Militärzeit als *Wasser* bezeichnet hast?«

13

Er nickte und nahm einen Schluck.

Sie drehte sich mit dem Rücken zur Theke und ließ den Blick durch den Raum schweifen. »Irgendeine Vermutung, wer dieses Jahr das Opfer sein wird?«

»Das behält Neil wie immer für sich.«

Als einer von Neils altgedienten und hochrangigsten Mitarbeitern kam Lars als Entführungsopfer eher nicht infrage. Aber ihn im Auge zu behalten, wenn er die Bar verließ, konnte sich lohnen. »Er lässt uns im Ungewissen«, bestätigte Jax.

»Neil eben.«

Jax knuffte ihn gegen den Arm und zog weiter. Die meisten aus dem Londoner Team machten eifrig Gebrauch von den Freigetränken. Genau wie im Vorjahr, als einer von ihnen gekidnappt geworden war.

Claire trat neben sie, ein schmales, hohes Glas mit einer Limonenscheibe und einem Strohhalm in der Hand.

»Mineralwasser?«, fragte Jax.

»Leider.«

»Was meinst du, wen erwischt es diesmal?«

Claire schüttelte den Kopf. »Isaac sicher nicht.«

Jax schaute zur Theke, wo sich Lars und Isaac an ihren Bierflaschen festhielten und die Köpfe zusammensteckten. »Lars ist im Kidnapping-Team.«

»Dachte ich mir. Aber in welcher Rolle?«

Jax zuckte die Achseln. »Schwer zu sagen.«

»Würde mich nicht wundern, wenn Cooper oder ich diesmal das Opfer wären.«

Der Gedanke war Jax auch bereits gekommen. Vor allem wegen der Beziehung der beiden. Sie machte die zwei verletzlicher und lenkte sie ab. Davon ging man zumindest aus. Jax fand allerdings, dass sie zusammen noch besser arbeiteten als einzeln.

»Ich schlage vor, wir halten heute Nacht abwechselnd Wache«, schlug Jax vor. »Sasha und Neil haben die Tracker in unseren Telefonen sicher längst bemerkt. Und sobald wir hier rausgehen, wird Sasha die App blockieren.«

»Was nicht im Sinne des Erfinders ist.«

Jax zog ihr Smartphone aus der hinteren Hosentasche und öffnete den Tracker, mit dem sie sehen konnte, wo sich ihre beste Freundin und Cooper jeweils aufhielten. Sie arbeiteten nicht immer am selben Ort und nicht immer auf derselben Gefahrenstufe. Doch sie lebten unter einem Dach, und schon deshalb war es unerlässlich, einander tracken zu können.

Ihre Namen erschienen auf dem Display, und die App zeigte, dass sie alle hier in der Bar waren. Sie steckte das Telefon wieder weg. »Sag Bescheid, wenn ihr gehen wollt. Ich plaudere noch ein bisschen mit den anderen.«

»Geht klar.«

In der nächsten halben Stunde füllte sich die Bar. Manche Teammitglieder waren ziemlich unbekümmert und längst nicht mehr nüchtern. Die meisten glaubten offenbar, sie könnten die Wirkung des Alkohols auf Kommando abschütteln, aber Jax hatte ihre Zweifel.

»Darf ich dir einen Drink spendieren?«, fragte eine Stimme neben ihr.

Auf den ersten Blick war klar, dass sie jemanden von der Militärbasis vor sich hatte. Vorschriftsmäßiger Haarschnitt, breite Brust, glatt rasiert, jungenhaftes Lächeln. Sie nahm an, dass er jünger war als sie. Weil sie an diesem Abend besonders auf der Hut sein musste, fragte sie sich, ob er nur ein Typ war, der in einer Bar mit ihr ins Gespräch kommen wollte, oder Teil des Entführungsszenarios.

»Hallo.« Sie lächelte.

»Ich bin Wess.«

»Jax.«

Wess schaute über die Schulter zu einer Gruppe junger Männer an einem Stehtisch in der Nähe. Die Jungs hoben ihre Gläser.

»Deine Freunde?«, fragte sie.

»Ja. Also, kann ich dir was von der Bar holen?«

Sie ließ sich von Wess ein Bier ausgeben und trank es direkt aus der Flasche. Während sie sich mit dem gerade mal einundzwanzigjährigen Marine unterhielt, registrierte sie, wie die anderen Teammitglieder nach und nach die Bar verließen.

Wess war ganz süß und bestritt seinen Teil der Unterhaltung achtbar. Alt genug war er auch, obwohl sie vier Jahre älter war als er und sicher deutlich mehr Lebenserfahrung hatte. Weil sie nicht plante, die Bar mit ihm gemeinsam zu verlassen, beschloss sie, das Gespräch vor dem letzten Schluck Bier auslaufen zu lassen.

Cooper und Claire gesellten sich zu ihnen. »Wir verschwinden jetzt. Kommst du mit?«

»Ihr wollt schon gehen?«, fragte Wess sichtlich enttäuscht.

»Wir müssen morgen früh raus«, antwortete Jax.

Cooper hob das Kinn. »Ich bin Cooper, das ist Claire.«

Wess schüttelte Cooper höflich die Hand.

»Geht schon mal vor, ich bin gleich da«, sagte Jax zu ihren Freunden.

Wess stellte sein Bier ab und schaute den beiden anderen hinterher. »Sehen wir uns wieder?«

Sie streckte die Hand aus. »Ich gebe dir meine Nummer. Wie gesagt, ich wohne in Tarzana. Das liegt nicht gerade um die Ecke.« Und sie war nicht sicher, ob sie interessiert genug war, um die lange Fahrt auf sich zu nehmen.

Er gab ihr sein Handy und sie tippte die Nummer ein. Als Kontaktinformation schrieb sie »Heiße Blondine aus der Bar« dazu.

Wess lachte. Als er sein Telefon entgegennahm, streifte er mit den Fingerspitzen ihr Handgelenk. »Viel Spaß noch bei eurem Teamwochenende.«

»Danke für das Bier.« Sie stellte die leere Flasche auf einen Tisch und wandte sich ab.

Wess' Freunde waren näher gekommen und einer blockierte ihr den Weg. »Du gehst schon? Die Party fängt doch gerade erst an.«

Wess stieß seinen Kumpel gegen die Schulter. »Sie muss morgen arbeiten.«

»Am Samstag?« Der Kleinste in der Gruppe hatte die größte Klappe. »Sieht aus, als würde sie dich stehen lassen.«

»Wenn hier irgendwas stehen würde, hätte er's gemerkt«, gab Jax zurück.

Wess' Freunde johlten.

Aus dem Augenwinkel sah Jax, wie er errötete. Ja, er war wirklich ein bisschen zu jung und unschuldig für ihren Geschmack.

Schade eigentlich. Denn süß war er schon.

»Und jetzt entschuldigt mich bitte, Jungs.« Sie wollte sich an ihnen vorbeischieben.

»Männer. Nicht Jungs. Im Einsatz für dein Land.« Der Kurzgewachsene hatte offenbar schon einiges intus.

»Jetzt komm mal wieder runter, Mendez.«

Jax hob das Kinn und sah Sasha auf der anderen Seite des Raumes stehen.

»Die Männer, die ich bei den Marines kenne, geben nie damit an, was sie machen.« Jax bohrte ihren Zeigefinger in Mendez' Brust und schob ihn weit genug weg, um vorbeigehen zu können. »So was machen nur Jungs.«

»Autsch!«

»Ohh …«

Mendez drückte sich lächelnd eine Hand auf die Brust. »Die Barbie hat Krallen.«

Jax ließ die jungen Männer stehen. »Passt auf euch auf.«

Sie hörte einen von ihnen pfeifen. Der Weg bis zum Ausgang erschien ihr endlos lang.

Draußen schlug ihr die kühle Meeresbrise entgegen. Von Claire und Cooper keine Spur. Sie rieb sich fröstelnd die nackten Schultern und spähte in die Dunkelheit.

Ihr blieb nichts anderes übrig, als zum Parkplatz zu gehen, wo ihr Wagen stand. Nur ganz hinten flackerten ein paar Laternen. Die anderen waren offenbar kaputt. War die Beleuchtung nur nachlässig gewartet, oder hatte Neils Team die Finger im Spiel?

Jax spürte ein Kribbeln im Nacken, die Härchen auf ihren Armen richteten sich auf. Sie ging ein paar Schritte weiter.

Ihr Wagen war verschwunden.

Sie zog das Smartphone aus der Tasche, um Claire eine Nachricht zu schreiben. Als sie den Namen antippte, erschien ihre letzte Textnachricht an ihre Freundin.

Ich bleibe noch ein bisschen und fahre dann mit Sven zurück.

Jax las die Nachricht zweimal. Von ihr stammte die nicht. Das konnte nur eines bedeuten.

Sie hörte Schritte und spürte, wie Adrenalin in ihre Adern jagte. Im selben Moment hatte sie schon den Sack über dem Kopf.

»Verdammt!«

KAPITEL 2

Jax wusste, dass die Gefahr nicht real war. Trotzdem gerieten ihre Nerven in Aufruhr, als ihre »Kidnapper« sie in einen Van drängten und mit ihr davonrasten.

Die Regeln waren einfach. Im Fall einer Entführung in der Öffentlichkeit ruhig bleiben und kein Aufsehen erregen. Schließlich sollte kein couragierter Bürger einen falschen – beziehungsweise richtigen – Eindruck bekommen und eingreifen.

Sobald die Entführer sie hingebracht hatten, wo sie sie haben wollten, durfte sie versuchen, sich zu befreien. In den letzten Jahren hatte das allerdings niemand geschafft.

Falls das Safeword fiel, wurde die Simulation sofort abgebrochen. Schließlich ging es bei dieser Übung darum, durch Teamwork eine Geisel zu retten. Auf keinen Fall sollte irgendwer zu Schaden kommen.

»Alles klar da hinten?« Das war Sashas Stimme.

Der Sack über ihrem Kopf war beklemmend. Doch Jax beschloss, die Augen zu schließen und so zu tun, als wäre er nicht da. »Ich halte ein Nickerchen.«

Jemand lachte.

Ein männlicher Jemand.

»Ich dachte, diesmal würde es Claire oder Cooper treffen«, sagte Jax.

»Ein andermal.«

»Ist Neil auch da?«

»Netter Versuch. Du wirst nur eine Stimme hören. Meine.« Sasha hatte Russisch gesprochen.

Der Wechsel in diese Sprache ließ Jax aufhorchen.

»Bei einer echten Entführung würden die Kidnapper auf deine Körpersprache achten, um rauszukriegen, ob du sie verstehst. Am besten ist es immer, so lange wie möglich zu verbergen, was du mitbekommst«, belehrte sie Sasha.

Das hatte sie schon mal gehört, aber nie geglaubt, dass sie es je würde anwenden müssen. Sie legte die Hände auf die Oberschenkel. Der Van holperte weiter und sie achtete auf die Abbiegungen. Bald war sie sich sicher, dass sie im Kreis fuhren.

»Wenn wir da sind, bekommst du von uns Kleider zum Wechseln. Du ziehst alles aus, was du jetzt anhast. Auch die Ohrringe. Wir simulieren eine komplette Durchsuchung.« Sasha hatte jetzt Deutsch gesprochen, eine Sprache, die Jax im Schlaf beherrschte. Sie achtete darauf, keinerlei Regung zu zeigen. »Danach bringen wir dich in einen Raum mit nur einem Stuhl. Auf dem fesseln wir dir die Hände auf den Rücken. Bei einer echten Entführung würde man dir damit Zeit zum Nachdenken geben. Wenn es dir zu heftig wird, sag das Safeword. Dann kriegst du ein Bett und was zu essen und wir warten entspannt auf das Team.«

Jax atmete tief durch. Wenn sie sich recht erinnerte, hatten die Opfer in den letzten beiden Jahren bei ihrer Befreiung gemütlich vor dem Fernseher gesessen. Mit einer Schüssel Popcorn in der Hand.

Sie lehnte sich zurück und schloss die Augen. Diesmal wirklich.

Irgendwann hielt der Van an und sie wurde in die kühle, feuchte Nacht hinausgebracht. Der Geruch des Meeres war hier stärker als auf hoher See.

Obwohl sie sich bemühte, die Balance zu halten, und sie von beiden Seiten gestützt wurde, stolperte sie ein paarmal.

Keiner sagte ein Wort.

Bald blieben sie stehen. Sie hörte das Piepen eines Keypads, dann das Geräusch, als ein metallenes Tor geöffnet wurde. Der Weg führte jetzt leicht abwärts. Die ebene Fläche, die sie schließlich betraten, bewegte sich unter ihr.

Ein leises Plätschern und das Knarren von Tauen verrieten ihr, dass sie sich auf einem Steg befand. Bislang hatte sie nie Probleme mit Seekrankheit oder Schwindelanfällen gehabt. Aber als sie jetzt, ohne etwas sehen zu können, über die schwankende Oberfläche stakste, wurde ihr ein wenig übel.

Schließlich gingen sie an Bord eines Schiffes oder Bootes, wo sie in einem kalten Raum warten sollte. Kurz darauf knisterte eine Sprechanlage. »Du kannst jetzt den Sack vom Kopf nehmen und dich umziehen. Alles, was du bei dir hast, bleibt hier …« Noch ehe Sasha geendet hatte, riss sich Jax den Sack vom Kopf. Die Kajüte war nur spärlich beleuchtet, aber es tat gut, die Umgebung wenigstens schemenhaft sehen zu können.

»Links ist eine Toilette. Benutze sie. Wenn du fertig bist, zieh dir den Sack wieder über und stell dich mit den Händen auf dem Rücken an die Tür. In einer Realsituation würdest du dich jetzt wehren und vermutlich verletzen. Vielleicht könntest du sogar fliehen. In den meisten Fällen aber bekommt das Opfer hier so viel ab, dass eine Flucht aus eigener Kraft in der Folge unmöglich ist.«

Wie angekündigt brachte man sie jetzt in einen anderen Raum und setzte sie mit auf den Rücken gefesselten Händen auf einen harten Stuhl. Anstelle des Sacks wurde ihr eine Augenbinde angelegt.

Sobald sie allein war, versuchte sie, die Binde loszuwerden. Nichts sehen zu können, war beängstigender, als sie geglaubt hatte. Das leichte Schaukeln des Schiffs machte es nicht besser.

Sie rutschte auf dem Stuhl hin und her und merkte schnell, dass ihre Hände zwar an die Stuhllehne gebunden waren, sie aber etwas Spielraum hatte und sich das Seil ein wenig bewegen ließ.

Nach einer gefühlten halben Stunde gelang es ihr, die Augenbinde so weit zu verschieben, dass sie durch eine kleine Lücke am unteren Rand wenigstens den Fußboden erkennen konnte.

Doch um sie war es dunkel und ihr Blickfeld sehr begrenzt.

Hätte sie Schuhe angehabt, in denen ein scharfer Gegenstand versteckt war, hätte sie versuchen können, die Fersen zu heben und mit den Fingerspitzen an die Waffe zu gelangen.

Beinahe hätte sie gelacht. Wenn sie sich das nächste Mal entführen ließ, musste sie genau solche Schuhe anhaben. Schuhe mit einer verborgenen Klinge.

Einen Moment lang überlegte sie, ob sie aufstehen und mit dem Stuhl auf dem Rücken umhertapsen sollte, um den Raum zu erkunden. Aber Sasha hatte ja gesagt, dass er leer war. Die Mühe konnte sie sich also sparen.

Stattdessen versuchte sie, halbwegs entspannt zu bleiben und ihre Antennen auszufahren. Wenn ein Sinn blockiert war, schärften sich die anderen.

Sie brachte Ruhe in ihre Gedanken und konzentrierte sich auf ihre Umgebung.

Das Boot schaukelte sanft. Außer dem leisen elektrischen Summen, das vielleicht von einem Kühlschrank oder von einem anderen Gerät direkt hinter der Wand kam, war es still im Raum. Hin und wieder fühlte es sich an, als würde das Boot leicht gegen ein festes Hindernis schlagen. Den Steg.

Sie lauschte auf Schritte oder Stimmen. Eine halbe Ewigkeit lang tat sich gar nichts, dann nahm sie vor der Tür Bewegungen wahr. Schwere Schritte, ein leichtes Hinken.

Lars.

Eine alte Verletzung machte ihm zu schaffen.

Dann weitere Schritte. Leiser. Womöglich Sasha. Obwohl auch der massige Neil sehr leichtfüßig sein konnte, wenn die Situation es erforderte.

Plötzlich hörte sie Gelächter. Es klang weit entfernt, doch die Stimmen drangen zu ihr durch.

Das Gelächter kam näher.

Sie hätte schreien können. Aber hätte sie das auch in einer Realsituation getan?

Nein. Nicht, solange Leute in der Nähe waren, die ihre Schreie zum Verstummen bringen konnten. Vielleicht für immer.

Die Zeit tickte langsam dahin.

Nicht ein einziges Mal dachte sie daran zu schlafen. Obwohl die Entführung nur gespielt war. Das brachte sie nicht fertig. Aber weshalb?

Laute Schritte kamen näher. Sie hörte, wie sich die Tür öffnete, spürte eine leichte Luftveränderung. »Zimmerservice?« Ihre Stimme klang selbst in ihren eigenen Ohren fremd.

Sie hörte ein zweites Paar Schritte. Leichter. Der Minzegeruch von Kaugummi stieg ihr in die Nase.

Hände auf ihren Schultern, dann spürte sie, wie ihr etwas Schweres über den Kopf gezogen wurde. Eine Bleiweste vielleicht, wie Taucher sie manchmal trugen. »Zeit für einen Besuch bei den Fischen?«, fragte sie.

Schweigen.

Sie hörte, wie Klebeband abgerollt wurde, spürte, wie es an ihr befestigt wurde. Jemand schob ihren Stuhl in eine andere Position. Vier Hände, weitere Schritte.

Das Hinken. *Lars.*

Gerade, als sie glaubte, alle würden sich wieder entfernen, nahm jemand ihr die Augenbinde ab. Sie zwinkerte ein paarmal, doch es gab kaum Licht. Und sie saß direkt vor einer Wand.

Als sie den Kopf drehte, sah sie nur den Schatten einer Person, die sich von ihr entfernte.

Auf der Brust trug sie jetzt eine ziemlich echt wirkende Bombenattrappe.

Schlagartig wurde ihr der ganze Sinn eines Safewords bewusst.

Sie schloss die Augen und hörte, wie die Tür zugezogen wurde. *Das ist alles nur fake.*

Im Richter-Internat hatte sie gelernt, auch in Extremsituationen klar zu denken. Nicht aufzugeben.

Zeit, das Geübte in die Tat umzusetzen.

* * *

»Ist sie noch wach?«, erkundigte sich Lars, als er zu Neil in den Überwachungsraum trat.

Neil drehte sich zu ihm und nickte. Vor ihm befanden sich drei Bildschirme. Einer zeigte Jax samt all ihrer Vitalfunktionen. Vermutlich hatte sie keine Ahnung, dass diese Daten überwacht wurden. Auf dem zweiten Monitor war die Umgebung des Schiffs zu sehen, auf dem sie sich befanden. Der dritte zeigte die Sicht des Maulwurfs im anderen Team, das sich immer näher an sie heranarbeitete.

»Sie ist zäh.«

»Sie war in Richter«, sagte Sasha, als wäre der Hinweis auf die Schule, die auch sie besucht hatte, völlig ausreichend. »Obwohl Jax nicht halb so viel Zeit wegen Ungehorsams in Einzelarrest verbracht haben dürfte wie Claire und ich.«

Dass die Schülerinnen und Schüler dieses sehr speziellen Internats in Deutschland für ihre Regelverstöße so hart bestraft worden waren, ließ wieder einmal eiskalte Wut in Neil aufsteigen. Am liebsten hätte er jetzt auf irgendetwas geschossen. Jax war eine erwachsene Frau, eine lizenzierte private Ermittlerin. Und zudem in seiner Firma angestellt. Sie hatte gewusst, worauf sie sich einließ.

In das Internat hingegen hatte man sie als argloses Kind gesteckt. Sie hatte keinerlei Vorstellung gehabt, was sie dort erwartete.

»Wie weit ist das Team noch entfernt?«, fragte Lars.

Neil warf einen Blick auf den Monitor. Er sah, wie seine Leute in Westen schlüpften. Sie waren wie beim *Laser Tag* mit Sensoren versehen. Wer einen potenziell tödlichen »Treffer« abbekam, war raus. Das galt für beide Seiten. »Zwanzig Minuten.«

Neil deutete auf Jax' Monitor. »Das ist seit drei Jahren unser erstes Opfer, das durchhält.«

Er war stolz, verdammt stolz auf die junge Frau.

»Zeit für die Westen.«

* * *

Wenn es hieß, »Und dann brach die Hölle los«, hatte wohl kaum jemand eine Vorstellung, wie still die Hölle sein konnte.

Doch kurz bevor die Wände der Hölle bebten, lag ein ganz besonderes Gefühl in der Luft. Das war es, was die Kombination aus Isolation und einer Bombenattrappe auf der Brust Jax bescherte. Ein Gefühl.

Die Hölle waren Schritte.

Leise, schnelle Schritte und pure Energie, die sich in wilden Farbwirbeln entlud.

Die Fenster des Raumes waren verdunkelt, doch das bisschen Licht, das hindurchsickerte, deutete darauf hin, dass gerade die Sonne aufging.

Angesichts des Drucks in ihrer Blase hätte Jax schwören können, dass es bereits Mittag war. Sie hatte sich gerade bemerkbar machen wollen, weil sie so dringend musste, als ihr der Showdown dazwischenkam.

Ihr Herz begann zu rasen. Das hier war alles nur gespielt. Trotzdem überlegte sie sich genau, was sie tun musste, um nicht, wenn auch nur zum Schein, mit einem Zettel am Zeh zu enden.

Die lange Nacht auf dem unbequemen Stuhl hatte sie erstaunlich gut weggesteckt.

Sie machte den Mund auf und schrie. Stimmen und Schritte hatte sie zwar schon ein paarmal gehört, aber ihre Bewacher rannten sicher nicht sinnlos oben auf dem Deck herum. Das mussten ihre Retter sein und sie musste ihnen den Weg zu sich weisen und zeigen, dass sie allein war. Mehr als schreien konnte sie leider nicht.

»Ich bin hier! Hier unten!«

Eilige Schritte.

Ein Ächzen. »Kacke. Mich hat's erwischt!«, schimpfte jemand.

Auf ihrer Brust erwachte eine blinkende Uhr zum Leben. »Verdammter Mist.«

Damit hatte sie nicht gerechnet. Zwei Minuten.

»Beeilt euch!«, schrie sie, so laut sie konnte.

Fünfzehn Sekunden später wurde die Tür aufgestoßen. »Eine Minute vierzig, dann fliegt hier alles in die Luft«, rief sie.

»James!«

Claire stürzte zu Jax. »Ach, sieh mal an.«

»Eine Minute dreißig.« Jax starrte auf den Countdown auf ihrer Brust.

»James!«

Der Raum füllte sich, und endlich drängte sich James zu ihr durch. Lächelnd ging er auf die Knie. »Kindergeburtstag.« Er zückte ein Taschenmesser und klappte es auf. Seine Finger arbeiteten sich durch das Gewirr aus Drähten. Er folgte ihnen mit den Augen. Dann nickte er ein paar Mal.

»Ich hoffe, du bist wieder nüchtern.«

Er schaute zu ihr hoch. »Bin ich schon seit Stunden.«

James begann zu schneiden, die anderen schauten zu.

Vier Drähte später war alles erledigt. Die Uhr blieb bei zwanzig Sekunden stehen und Jax spürte, wie ihre Schultern nach vorn sackten, während die Mitglieder ihres Teams in Jubel ausbrachen und einander auf den Rücken klopften.

* * *

Die Hochstimmung hielt an. Die gelöste Aufgabe am Vortag hatte sie zusammengeschweißt, wie es bei einem Teamwochenende sein sollte. Und nun folgte zum krönenden Abschluss der Sprung.

Jeder fand seinen Platz in der Reihe. Sicherheitsgurte brauchten sie nicht. Das hier war purer Spaß. Die Belohnung für alle Strapazen.

Cooper stand an der offenen Tür. Er würde als Erster springen. Er wandte sich kurz um und küsste Claire, dann ließ er sich fallen und war weg. Als Nächste verschwand Claire, dann ging Jax in Position.

Unter ihr öffnete sich die Welt. Adrenalin flutete ihre Adern, jeder aufgeregte Atemzug war freudige Erwartung. Ein kurzes Tippen an ihrer Schulter, dann warf sie sich nach vorn.

Die Luft rauschte an ihr vorbei. Im freien Fall suchten ihre Augen nach Claire.

Jax breitete Arme und Beine aus, behielt die Uhr im Blick und berechnete ihre Höhe. Sie hatten eine ganze Minute im freien Fall.

Der beste Teil.

Unter ihr lagen viele Meilen kalifornische Küste. Schimmernde weiße Streifen am Strand markierten die Grenze zwischen Land und Meer. Kleine Wolken tupften den Horizont, und die Rundung des Erdballs warf wieder einmal die Frage auf, wie irgendwer glauben konnte, die Erde sei eine Scheibe.

Lachend feierte sie das berauschende Freiheitsgefühl, schrie ihr Glück und ihre Aufregung laut hinaus. Nie fühlte sie sich lebendiger, als wenn sie sich mit Todesverachtung aus einem völlig funktionstüchtigen Flugzeug stürzte.

Die Sekunden verstrichen viel zu schnell. Die Erde raste ihr entgegen und sie fasste nach dem Auslösegriff.

Die Welt kam abrupt zum Stehen.

So schlagartig wie bei einer Cartoonfigur endete ihr Fall. Das Geschirr grub sich mit einem Ruck in ihre Beine. Blaue Flecken waren unvermeidlich.

»Woohooo!«, schrie sie.

»Der helle Wahnsinn!«, hörte sie Claire durch die Stille rufen.

Jax staunte immer, wie laut ein Sprung bis zu dem Moment war, in dem sich der Fallschirm öffnete. Sie lenkte ihren Schirm in eleganten Schwüngen mal nach links, mal nach rechts.

»Besser als jede Achterbahn.«

»Yeah, Baby!«, bestätigte jemand von oben.

Jax schaute hinauf. Sorgen, dass ihr Fallschirm sich nicht öffnen könnte, machte sie sich nie. Das ganze Team hing jetzt am Himmel.

Routiniert steuerte sie den Schirm durch die Luft, nahm das Ziel ins Visier.

Doch anstelle eines großen X sah sie dort unten etwas völlig anderes. Sie drehte sich, bis sie den Schriftzug lesen konnte.

Willst du mich heiraten, Claire?

Eigentlich hatte Jax damit gerechnet, nur nicht unbedingt jetzt und auf diese Art. Cooper tastete sich seit Monaten an die große Frage heran. Claires Gesicht konnte sie nicht sehen. Aber bestimmt hatte auch sie die Überraschung auf dem Landeplatz schon entdeckt.

»Gut gemacht«, flüsterte Jax in die Stille um sie. Ihr Herz quoll über vor Freude für ihre beste Freundin. Sie bremste ab, lief auf dem Flugfeld aus.

Als sie zum Stehen kam, küssten sich Claire und Cooper schon mitten auf dem Rasen.

»Ich nehme an, das bedeutet Ja«, hörte Jax jemanden sagen. Sie wandte sich um und sah, wie Sven seinen Fallschirm zusammenraffte und die letzten Springer landeten. Sofort scharten sich alle um das glückliche Paar.

»Wusstest du Bescheid?« Claires Frage war an Jax gerichtet.

»Mir hat er kein Wort davon gesagt.«

Claire deutete auf Neil. Ihr Quasi-Adoptivvater stand ein wenig abseits. »Ich denke, Cooper hatte Unterstützung.«

Jax machte den Gratulanten Platz. Sie gönnte Claire und Cooper ihr Glück von ganzem Herzen. Gleichzeitig war ihr bewusst, dass sich nun auch ihr Leben grundlegend ändern würde. Im Moment waren sie eine Dreier-WG, aber nach der Hochzeit war das wohl vorbei.

Und genau so sollte es ja auch sein. Trotzdem empfand Jax beim Gedanken daran, wie es weitergehen würde, ein Gefühl von Leere.

Sie verscheuchte den Anflug von Trübsal, schob sich zwischen den anderen hindurch und umarmte Claire.

Eine halbe Stunde später – die ganze Truppe stieß gerade ausgelassen mit Champagner auf das frisch verlobte Paar an – klingelte Jax' Handy.

Auf dem Display erschien der Name ihres Bruders. Das kam äußerst selten vor. Sie trat ein Stück zur Seite. »Harry?«

»Hey, kleine Schwester.« Seine Stimme klang merkwürdig.

»Im Moment ist es ein bisschen ungünstig. Kann ich dich zurückrufen?«

»Bist du bei einer Party?«

Jax lächelte. »Ich bin vor ein paar Minuten aus einem Flugzeug gesprungen.«

»Du bist was?«

Die Verbindung war nicht besonders gut. Oder aber es lag an dem Lärm um sie herum. »Aus einem Flugzeug gesprungen. Mit einem Fallschirm.«

»Kein Wunder, dass Mutter so viel Xanax nimmt.«

Das hörte Jax nicht zum ersten Mal. »Ich rufe dich in einer Stunde zurück.«

»In Ordnung. Und, ähm … du musst heimkommen.«

Heim, das war in London. Darum hatte Harry sie noch nie gebeten. »Ist irgendwas passiert?«

»Noch nicht, aber …«

Jax schüttelte den Kopf. Er war nur schwer zu verstehen. »Ist jemand krank?«

»Nein. Ruf mich zurück, wenn du nicht gerade zum Spaß dein Leben riskierst.«

Sie lachte. Ihr Bruder war noch kein einziges Mal ohne Helm Fahrrad gefahren, geschweige denn aus einem Flugzeug gesprungen. »Gib mir eine Stunde.« Sie steckte das Telefon weg.

»Wer war das?« Sven schob sich lächelnd neben sie.

»Mein Bruder.«

Svens Grinsen erlosch. »Du hast einen Bruder?«

»Verrückt, nicht wahr?« Jax redete nie über ihre Familie.

»Ist alles in Ordnung?«

»Keine Ahnung.« Der Gedanke, nach Hause zu fliegen, löste keine wohlig warmen Gefühle in ihr aus. Im Gegenteil, normalerweise war ihr jeder Vorwand recht, um einen Besuch dort zu vermeiden. Die Gedanken an ihre Familie abzustellen und sie in eine Schachtel verpackt unter dem Bett zu verstecken, fiel ihr zum Glück recht leicht. Als das Gelächter lauter wurde, stürzte sie sich wieder in die Verlobungsfeier.

Sie ging zu Claire und legte ihr den Arm um die Schultern. »Meine Beste heiratet!«

KAPITEL 3

»Du fliegst tatsächlich. Ich bin fassungslos.« Claire lehnte sich mit verschränkten Armen an den Türrahmen.

»Es ist ja bloß für ein paar Wochen. Und wenn es zu nervig wird, bin ich früher wieder da.« Jax steckte einen weiteren Pullover in eine Plastikhülle, aus der sie die Luft saugen würde, bevor sie sie in den Koffer packte. In Großbritannien war es Frühling. Das bedeutete Regen, hin und wieder warme Tage, mit etwas Glück sogar mal einen heißen. Aber die meiste Zeit würde es wohl kühl sein. Was das Packen extrem schwierig machte.

»Es wird immer zu nervig«, sagte Claire.

»Stimmt. Aber Harry hat mich noch nie um etwas gebeten. Es muss also wichtig sein.« Jax blickte auf und sah in Claires düsteres Gesicht. »Schau mich nicht so an, sonst kriege ich ein schlechtes Gewissen.«

»Ich bin frisch verlobt. Ich will shoppen gehen.«

»Höre ich dich etwa jammern?« Jax lachte.

Claire trat ins Zimmer und ließ sich aufs Bett fallen. »Ja.«

Jax legte den Pullover weg, schob den Koffer beiseite und setzte sich zu ihrer Freundin. »Okay. Wie wär's damit. Komm einfach in einer Woche nach. Bezirz unseren Boss, mach deinen Verlobten im Bett richtig fertig, und dann flieg nach Europa.«

»Ich soll mit dir bei deinen Eltern wohnen?«

Jax verzog das Gesicht. »Großer Gott, nein! Bloß im absoluten Notfall. Frag doch Gwen, ob wir im Harrison-Haus übernachten dürfen.« Gwen war Neils Ehefrau, das Harrison-Haus ihr Familienanwesen, in dem einen Großteil des Jahres über nur die Angestellten wohnten.

Claire schaute an die Zimmerdecke, als würde sie dort die Antwort finden, ob sie tatsächlich in einer Woche nach Europa fliegen sollte.

»Das wird toll. Vielleicht können wir sogar einen Kurztrip nach Mailand machen und dort ein paar italienische Hochzeitskleider anprobieren.«

Claire schüttelte den Kopf. »Die sind viel zu teuer.«

Jax knuffte sie gegen die Schulter und stand auf. »Ich habe anprobieren gesagt, nicht kaufen. Aber falls du dabei zufällig *das Kleid* findest, mache ich ein Foto, schicke es an Neil und …«

»Ganz schön listig.«

Jax hielt eine elegante Hose in die Höhe. »Führt Neil dich zum Traualtar?«

Claires Blick wurde träumerisch. Ein Lächeln stahl sich auf ihr Gesicht und plötzlich glitzerten ihre Augen feucht. »Ja.«

»Schwimmt er in Geld oder nicht?«

Claire zuckte die Achseln. »Ich glaube, er schwimmt.«

Jax verdrehte die Augen. »Dann bezahlt er dir *das Kleid* bestimmt.«

»Darüber haben wir noch nicht geredet.«

Jax machte sich wieder ans Packen. »Rede mit ihm und komm nach.« Sie warf einen Blick auf die Uhr. »Die Jungs holen mich in einer halben Stunde ab. Hilf mir, meine Sachen in die Koffer zu kriegen.« Sie nahm dieselbe Maschine, die die Teammitglieder aus London nach Hause brachte. Den privaten

Charterflug bezahlte ihr mit ziemlicher Sicherheit stinkreicher Boss.

Zwanzig Minuten später standen Jax' Sachen unten und sie warteten auf den vor Testosteron strotzenden Van.

»Sobald du rauskriegst, was mit deinem Bruder los ist, rufst du mich an«, sagte Claire.

»Klar doch. Harry tut sonst nie so geheimnisvoll.« Er hatte ihr nur verraten, dass sich so etwas wie ein Familiendrama anbahnte und er seine Schwester und ihre ganz besonderen Fähigkeiten brauchte. Weitere Fragen hatte er am Telefon nicht beantworten wollen. Als er gesagt hatte, dass ihre Eltern sicher dagegen wären, hatte Jax nicht weiter gebohrt, sondern versprochen zu kommen. Harry handelte so gut wie nie gegen den Willen ihrer Eltern. Dass er es doch einmal tat, machte sie so neugierig, dass sie Neil um Urlaub gebeten hatte und gleich in einen Flieger steigen würde.

Der Van hielt vor dem Haus und Jax umarmte ihre Freundin. »In einer Woche machen wir Europa zu unserer Hochzeitsplanungsoase.«

»Klingt wunderbar.«

Ein energisches Klopfen an der Haustür beendete die Umarmung.

Sven und James standen auf der Schwelle. Sie deuteten auf die beiden Gepäckstücke hinter Jax. »Bloß die zwei?« Sven grinste.

Jax setzte ein verlegenes Lächeln auf. »Die fünf anderen sind noch oben.«

Sven riss schockiert die Augen auf. Sie marschierte an den beiden Männern vorbei. »Reingefallen.« Jax tat nicht einmal so, als wollte sie ihre Sachen selbst tragen, und spazierte direkt zum Van.

* * *

Heathrow war wie immer die reinste Hölle.

Dass sie mit einem privaten Charterflug ankamen, machte es etwas erträglicher. Und wieder einmal wurde Jax bewusst, wie privilegiert sie war.

Wie immer, wenn sie in Europa landete, besonders in London, fiel ihr auf, dass sie sofort den Rücken durchdrückte, das Kinn hob und die Schultern zurücknahm. So wurde es hier von ihr erwartet. Haltung anzunehmen, hatte sie von klein auf gelernt.

»Du kommst klar, oder?«, fragte Sven.

»Bestens.« Sogar ihr britischer Akzent saß sofort wieder bombenfest.

»Siehst du deinen Bruder irgendwo?«

»Der kommt sicher gleich.« Jax versuchte, es gelassen zu nehmen, dass derjenige, für den sie alles hatte stehen und liegen lassen und von jetzt auf gleich nach London geflogen war, sie nicht bereits erwartete.

»Ich bin im Eimer«, sagte James. »Gehen wir?«

Sven sah sie noch einmal prüfend an. »Sicher, dass du klarkommst?«

»Würdest du das auch fragen, wenn ich einen Pimmel hätte?«, erwiderte sie theatralisch.

Sven wiegte den Kopf. »Schon gut. Verstanden. Aber falls du Hilfe brauchst, weißt du ja, wo wir sind.«

Jax legte salutierend zwei Finger an den Kopf, Sven und die anderen verließen den Flughafen und gingen zu den wartenden Wagen.

Sie schaute nach links.

Sie schaute nach rechts.

»Verdammt noch mal, Harry!«, zischte sie. Sie würde ein Taxi nehmen. Sich ein Hotel suchen. Unangemeldet bei ihren Eltern auftauchen wollte sie auf gar keinen Fall. Die Minuten vergingen. Sämtliche bekannten Gesichter waren verschwunden, also machte sie sich auf den Weg.

Am Ausgang ließ sie den Blick über die Männer und die wenigen Frauen schweifen, die Schilder mit Namen hochhielten. Die Chauffeure der Reichen. Diese Art zu reisen, war Jax durchaus vertraut.

Harry hatte versprochen, sie am Flughafen abzuholen. Und jetzt war der Dödel nicht hier.

Verärgert zog sie ihre Rollkoffer hinter sich her. Ihr Bruder hatte sie versetzt. Als sie das Gedränge am Ausgang hinter sich gelassen hatte, kramte sie ihr Smartphone aus der Handtasche.

»Miss Simon? Miss Simon?«

Sie drehte sich um.

Zuerst fiel ihr der Zettel mit ihrem Namen auf. Dann musterte sie ihr Gegenüber. Hochgewachsen, vermutlich um die dreißig. Markantes Kinn, offener Blick. Und er trug einen regennassen Trenchcoat. »Sie sind Jacqueline Simon, richtig?«

»Harry hat einen Wagen geschickt.« Das war keine Frage, eher eine Beschwerde.

»Er wurde überraschend aufgehalten.«

Jax gab sich keine Mühe, ihre Enttäuschung zu verbergen. »Fahren Sie mich wenigstens zu seiner Wohnung?«

Der Mann schüttelte den Kopf. »Er hat für Sie ein Zimmer im Connaught gebucht.«

»Verdammt noch mal, Harry!« Sie schaute auf ihr Smartphone.

»Ich darf annehmen, Sie sind nicht sehr erfreut.« Sein britischer Akzent ließ die Worte noch vornehmer klingen.

»Brillant kombiniert.« Sie tippte auf Harrys Nummer und hielt sich das Telefon ans Ohr. »Wo ist der Wagen?« Sie lauschte dem Freiton.

Der Fahrer deutete zum Ausgang.

Mit der freien Hand schnappte sich Jax den kleineren Rollkoffer und überließ dem Fahrer den größeren. Harry ging erst ans Telefon, als sie schon fast im Parkhaus waren.

* * *

Harry hatte ihn vorgewarnt, Jacqueline sei ein Energiebündel, ziemlich eigensinnig und nicht auf den Mund gefallen. Aber im Moment sah er nur eine genervte Frau mit ausgefahrenen Krallen.

»Verdammt noch mal, Harry. Ist es zu viel verlangt, dass du mich nach einem zehnstündigen Flug abholst?«

Andrew schätzte sich glücklich, nicht am anderen Ende der Leitung zu sein.

Sie hatten seinen Wagen erreicht und er entriegelte die Türen, während Jacqueline weiter ihren Bruder anpflaumte. Den Rollkoffer ließ sie einfach stehen und nahm auf dem Rücksitz Platz.

»Ähm …« Andrew wollte ihr den Beifahrersitz anbieten, doch dann wurde ihm klar, wie die Sache für sie aussehen musste. Jacqueline Simon dachte, er sei ein bezahlter Fahrer.

Wie drollig.

Er ließ sie in dem Glauben, wuchtete ihr Gepäck in seinen Wagen und ging zur Fahrerseite.

»Ich weiß, dass das Connaught ein sehr schönes Hotel ist. Aber darum geht es nicht.«

Andrew stellte den Rückspiegel so ein, dass er die Frau hinter sich besser sehen konnte. Das Foto, das Harry ihm gezeigt hatte, wurde ihr nicht gerecht. Ihr langes blondes Haar hatte sie zu einem schlichten Pferdeschwanz zusammengebunden. Die tiefblauen Augen blitzten, ihr Make-up war makellos und ihre Kleider waren kaum zerknittert. Vielleicht hatte sie sich vor der Landung umgezogen. Ein Flug von der Westküste der USA nach Großbritannien war zwar vielleicht kein Höllenritt, aber ein bisschen erschlagen fühlte man sich danach normalerweise schon. Jacqueline schien die Reise gut wegzustecken.

Er fuhr los und steuerte den Wagen vom Flughafengelände.

»Morgen? Nicht dein Ernst!« Sie nahm ihr Telefon vom Ohr, starrte es kopfschüttelnd an und murmelte ein paar wenig vornehme Worte.

Andrew lachte leise und nahm die Auffahrt zur Autobahn.

»Zum Tee? Großer Gott, du klingst wie unsere Mutter. Weshalb nicht zur Happy Hour?« Sie hielt inne. »Na schön. Aber dafür bist du mir ordentlich was schuldig. Nein, keine Sorge. Ich werde die Martinibar heimsuchen. Mit dir oder ohne dich.«

Andrew blickte wieder in den Rückspiegel. Eine Frau, die Martinis mochte. *Nice.*

Wie schön sie war, hatte Harry ihm unterschlagen.

Und älter als erwartet war sie auch. Sein Freund hatte es so klingen lassen, als wäre seine kleine Schwester ein junges Ding, das in den USA auf einer Art Selbstfindungstrip war.

Doch die Frau auf dem Rücksitz war kein Teenager auf Rucksackreise, keine Abiturientin, die vor dem Studium ein Auslandsjahr einlegte. Sie wirkte in sich gefestigt und schien zu wissen, was sie wollte.

»Das werde ich. Bis dann.« Sie beendete das Gespräch, seufzte dramatisch und lehnte sich zurück.

Andrew machte den Mund auf, um etwas zu sagen.

Doch sie war schon beim nächsten Telefonat. »Hey … Ja. Nein. Der Vollidiot war nicht am Flughafen. Er ist so unterkühlt wie ein Eisklotz.« Eine kurze Gesprächspause. »Liegt in der Familie, kennst ja meine Mutter.«

Andrew konnte ein Auflachen nicht unterdrücken.

Jacqueline warf ihm über den Rückspiegel einen Blick zu und legte die Stirn in Falten. Die nächsten Worte sagte sie in einer anderen Sprache. Russisch vermutlich, er verstand jedenfalls kein Wort. Als spürte sie, dass er sie beobachtete, huschte ein triumphierendes Lächeln über ihr Gesicht, dann drehte sie sich zum Fenster und setzte ihr Gespräch fort.

Während sie sich in einer für ihn völlig unverständlichen Sprache unterhielt, fuhr er von einer roten Ampel zur nächsten. Der Verkehr Richtung Stadtzentrum wurde immer dichter, und er hatte den Fuß mehr auf der Bremse als auf dem Gaspedal.

Der Gefallen für Harry war schon jetzt mehr als ein Freundschaftsdienst. Harry war ihm etwas schuldig.

Sein Handy klingelte.

Im Spiegel fing er einen Blick von Jacqueline auf.

Beim dritten Klingeln sah er nach, wer ihn anrief. Auf dem Display leuchtete Harrys Name. Anstatt die Freisprechanlage zu benutzen, drückte Andrew das Telefon ans Ohr. »Das wird teuer für dich.«

»Ich hab's befürchtet. Du bist noch unterwegs?«

»Ja.« Ein weiterer Blick in den Spiegel zeigte ihm, dass sein Passagier noch immer telefonierte.

»Jax ist bei dir?«

Jax? War das ihr Spitzname? Er passte zu ihr. Viel besser als Jacqueline. »Ja.«

»Weiß sie, dass du mit mir redest?«

»Du leidest unter Verfolgungswahn.« Andrew hörte seinen Freund seufzen.

»Wenn du wüsstest.«

»Du bist mir was schuldig.«

»Ich weiß. Sie ist nicht gerade pflegeleicht. Aber ich habe dich gewarnt.«

Als ahnte sie, dass er über sie redete, warf Jacqueline ihm über den Spiegel einen Blick zu. »Wie gesagt, ich fahre gerade. Ist ein Scheißverkehr.«

Harry seufzte erneut. »Ich spendiere dir einen Abend im Pub.«

»Ein Wochenende.«

»Ja, auch.«

Ein weiterer erboster Blick vom Rücksitz, der nun nichts mehr zur Sache tat. Der Verkehr war komplett zum Erliegen gekommen.

»Behalte sie im Auge«, sagte Harry.

»Kein Problem, solange wir hier im Stau stehen.«

»Nein. Ich meine, sorg bitte dafür, dass sie nach dem Einchecken im Hotel bleibt. Auf keinen Fall darf sie zu mir.«

Andrew kreiste leicht mit den Schultern. Die Spannung in seinem Nacken würde sich bis morgen früh zu handfesten Kopfschmerzen auswachsen. »Du weißt schon, dass ich nicht dein Angestellter bin?«

»Ja, klar. Und auch, dass ich ziemlich viel verlange. Mein Vormittag war eine Katastrophe.« Harry klang gestresst.

Die Stille auf dem Rücksitz veranlasste Andrew zu einem weiteren Spiegelblick.

»Ich tu, was ich kann.« Keine Versprechen.

»Ich bin dir sehr dankbar. Wirklich.«

Andrew legte auf und ließ das Telefon auf den Beifahrersitz fallen.

»Wichtiger Anruf?«, fragte Jacqueline.

»Eher ein nerviger.«

Sie nickte ein paarmal und schaute aus dem Fenster. »Manchmal ist es besser, einen Anruf zu ignorieren und so zu tun, als hätte man bestimmte Nachrichten nie bekommen.«

»Die wirklich Lästigen melden sich wieder.« Im Schritttempo krochen sie in einer langen Schlange zur nächsten roten Ampel.

Sie schüttelte den Kopf und seufzte tief und lange. »Der Verkehr ist so grauenhaft wie eh und je.«

»Ganz ähnlich wie in L.A.«

Jacqueline hob den Kopf. »Sie waren mal dort?«

Die Antwort »ziemlich oft« lag ihm auf der Zunge. Doch weil sie ihn für Harrys Fahrer und nicht für seinen Freund hielt, sagte er schlicht: »Landet nicht jeder irgendwann mal dort?«

»Wenn Sie das sagen.«

»Wie lange wohnen Sie schon in den Staaten?«

»Seit sechs Jahren.«

»Und gefällt es Ihnen?«

Sie lächelte. »Das kalifornische Wetter ist angenehmer als das englische.«

»Das dürfte nicht allzu schwer sein.« Als wollte Mutter Natur ihm zustimmen, zogen sich am Himmel dunkle Wolken zusammen.

»Weshalb sind Sie denn in die Staaten gezogen? Zum Studieren? Der Arbeit wegen?« Viel hatte Harry ihm nicht über seine Schwester verraten, und Andrew war peinliches Schweigen beim Autofahren zuwider.

»Beides. Erst fürs Studium, dann für die Arbeit. Und jetzt komme ich nur noch auf die Insel, wenn es absolut sein muss.«

Er lächelte. »Wenn sich lästige Anrufer aus der Familie melden.«

»Habe ich gesagt, ich wäre wegen meiner Familie hier?«

Andrew setzte den Wagen wieder in Bewegung. »Nein. Aber Sie haben etwas über Tee und über Ihre Mutter gesagt. Deshalb bin ich davon ausgegangen«, improvisierte er.

Sie lehnte sich zurück. »Ja, das habe ich wohl.«

Ein paar Minuten lang schwieg er, und mehr war anscheinend nicht nötig. Ihr fielen die Augen zu, und die Anspannung wich aus ihrem Gesicht.

Yes, Sir! Harrys kleine Schwester war absolut heiß.

Ein bisschen überdreht für seinen Geschmack, aber heiß.

Andrew fuhr schweigend weiter. Häufige Blicke in den Rückspiegel, ein leichtes Ziehen südlich der Gürtellinie. Schnell dachte er an etwas anderes.

Als sie Mayfair erreichten, schlug Jacqueline die Augen auf. Sie blinzelte ein paarmal. »Sind wir schon da?«

»Beinahe. Sie haben geschlafen.«

»Oh.«

Ein paar Minuten später hielt er vor dem Hotel, wo ein Türsteher in Livree und Zylinder Jacqueline die Wagentür öffnete. Andrew spielte die Fahrerrolle weiter, löste die Kofferraumverriegelung und stieg aus, um sich um das Gepäck zu kümmern. Der Türsteher nahm ihm die Koffer ab und lächelte. »Das können Sie jetzt mir überlassen.« Der Mann drehte sich zu Jacqueline. »Sie haben eine Reservierung?«

Sie nickte und kramte in ihrer Handtasche. »Ja. Jacqueline Simon.«

»Herzlich willkommen.« Der Mann ging mit ihrem Gepäck voraus.

Andrew wandte sich um und sah ihre ausgestreckte Hand. Erst dachte er, sie wollte sich mit einem Händedruck verabschieden. Dann sah er das Geld und hätte am liebsten laut losgelacht. Weil er das Trinkgeld nicht ohne Erklärung ablehnen konnte, nahm er es an. »Vielen Dank.«

»Sehr gerne.« Sie machte ein paar Schritte auf den Hoteleingang zu.

Andrew dachte an Harrys Bitte, sie im Auge zu behalten. »Ich nehme an, Sie werden gleich ins Bett fallen und den Jetlag wegschlafen.«

Sie warf einen Blick über die Schulter. »Großer Gott, nein. Erst mal sorge ich für eine krachende Rechnung an der Martinibar. Mein Bruder soll für seine Abwesenheit zahlen.«

Andrew setzte ein Lächeln auf. »Ah, ja.«

Sie winkte kurz und stieg die Stufen zum Eingang hinauf.

Er fuhr sich mit der Hand übers Gesicht und sein Lächeln erstarb, sobald sie aus seinem Sichtfeld verschwand. Den entspannten Abend zu Hause konnte er sich abschminken.

Kapitel 4

Das Connaught lag in einer der teuersten Straßen von Mayfair. Wobei es in diesem Stadtviertel eigentlich fast nur solche Straßen gab. Doch ein Traditionshaus wie dieses, umgeben von den feinsten Geschäften, die London, Paris und Mailand zu bieten hatten, vor dem Autos parkten, die jeweils gut und gerne eine Viertelmillion wert waren, stach auch hier heraus.

Das Hotel entsprach genau dem, was man sich unter einer altehrwürdigen Londoner Luxusherberge vorstellte. Mit gedrechselten Balustraden aus edlem Holz und aufwendig gearbeiteten Decken. An den dunklen Wänden hingen Gemälde von Fuchsjagden und herrschaftlichen Landsitzen. Die Sitzgruppen auf jedem Stockwerk waren keine Massenware, sondern exklusiv für dieses Haus hergestellt worden.

Dass Harry ihr eine Suite spendierte, hätte den bitteren Beigeschmack seiner Abwesenheit etwas mildern sollen. Doch das tat es nicht.

In weniger als einer Stunde hatte sie geduscht und sich umgezogen. Jetzt war sie auf dem Weg ins Erdgeschoss. Weil sie nicht vorhatte, das Hotel zu verlassen, ließ sie die Jacke im Zimmer. Sie trug eine elegante Hose, hochhackige Schuhe und eine Bluse, die ihre Kurven in Szene setzte. Das lange blonde Haar floss ihr über den Rücken, und sie hatte ein auf ihre Pläne abgestimmtes Make-up aufgelegt. In einem Hotel herumzusitzen und nicht arbeiten zu müssen, hatte durchaus auch gute Seiten. Ein paar Drinks und ein One-Night-Stand waren ein annehmbares Programm für ihren ersten Abend in London. Und falls ihr Bruder oder ihre Eltern davon erfuhren, umso besser.

Sie folgte dem Klang von Stimmen durch einen langen Flur in die Martinibar des Hotels. Selbstverständlich gab es dort auch andere Getränke. Doch wenn ein Wagen mit einer exquisiten Auswahl an den Tisch geschoben und die Martinis speziell nach dem Geschmack jedes einzelnen Gastes kreiert wurden, bestellte man fast zwangsläufig einen Drink für fünfundzwanzig Pfund. Die gedämpfte Beleuchtung sorgte für eine stilvolle Wohlfühlatmosphäre. Und weil es draußen inzwischen dunkel war, drang durch die Fenster kaum noch Licht herein.

Jax ließ den Blick kurz über die Gäste schweifen.

Einige Paare. Eine Vierergruppe ... Geschäftsleute, der Kleidung nach zu urteilen. Und eindeutig zu alt und zu gediegen für ihren Geschmack. Ein paar Einzelpersonen am Tresen. Sie schaute kurz um die Ecke und checkte die Gäste im anderen Teil der Bar ab. Auf den ersten Blick wirkte niemand wirklich unterhaltsam. Ein paar Drinks würde sie sich trotzdem genehmigen.

Anstatt sich an einen der Tische zu setzen, lehnte sie sich an den Tresen und wartete, bis der Barkeeper zu ihr herüberschaute.

»Guten Abend.«

»Hallo.« Wie kam es bloß, dass ihr britischer Akzent bei jedem Aufenthalt in Großbritannien sofort wieder voll durchschlug? Ein kurzer Gruß, und schon wusste sie wieder, dass sie hier geboren war, dass sie während der Internatszeit hier ihre Schulferien und einen Gutteil der Feiertage verbracht hatte. Und jetzt war sie wegen des rätselhaften Hilferufs ihres Bruders in der alten Heimat gelandet.

»Womit kann ich Ihnen heute Abend eine Freude machen?«

Sie öffnete den Mund, doch die Antwort gab ein anderer.

»Die Dame hätte gerne einen Martini. Den teuersten, den Sie haben, wenn ich richtig informiert bin.«

Sie drehte sich zu der Stimme und ihr Blick traf den ihres Fahrers. Er hatte seinen Trenchcoat und die Krawatte abgelegt und die obersten Hemdknöpfe geöffnet. Sein hellbraunes Haar war ein bisschen zerzaust, sein entspanntes Lächeln wirkte ansteckend.

Jax erwiderte das Grinsen und staunte ein wenig über seine Lässigkeit. Das Glas vor ihm war halb leer.

»Miss?« Der Barkeeper bat um Bestätigung.

»Der Gentleman liegt absolut richtig.«

Schon lag die Getränkekarte vor ihr.

»Die Auswahl ist überwältigend«, sagte der Fahrer.

»Ach tatsächlich?«

»Lavendel?«, schlug der Barkeeper vor.

»Eine blumige Note? Nein.« Jax warf einen Blick auf die Karte. »Lieber etwas Erdiges.«

Der Barkeeper hielt ihr ein kleines Probierglas hin. »Etwa so?«

Sie schnupperte kurz und war fasziniert. Sie ließ ihn wissen, dass ihr für Cocktails Wodka lieber war als Gin, dann drehte sie sich wieder zu dem Mann, der für sie bestellt hatte.

»Ich bin sicher, jeder Tropfen kostet gut und gerne fünf Pfund. Es dürfte also kein Problem sein, Ihrem abwesenden Bruder eine entsprechend saftige Rechnung zu präsentieren.«

Sie lachte in dem Flirt-Ton, den sie anschlug, wenn sie in einer Bar jemanden vom anderen Geschlecht auf sich aufmerksam machen wollte. »Ich bin überrascht, Sie hier zu sehen.«

Er zuckte die Achseln und griff nach seinem Glas. »Sie waren meine letzte ... mein letzter Auftrag für den Abend. Der

Verkehr war die Hölle, und der Martini, von dem Sie gesprochen haben, klang einfach zu gut.«

Sie sah ein leichtes Zucken an seinem linken Auge. »Wie heißen Sie denn?«

Er nahm einen Schluck aus seinem Glas, stellte es ab und drehte langsam den Kopf zu ihr. »Andrew.«

»Nennen Ihre Freunde Sie Andy?«

»Heute nicht mehr. Aber früher, als ich noch jünger war und Kricket gespielt habe.«

»Sie waren in einer Mannschaft?«, fragte sie überrascht.

»Ja … Nein …«, stammelte er. »Eigentlich nicht.«

»Was denn nun?«

Der Barkeeper stellte ihr den Cocktail hin. »Soll ich die Getränke aufschreiben?«

»Ich bitte darum.« Sie gab ihm ihre Zimmernummer und griff nach dem Glas. »Auf den höllischen Verkehr und himmlische Getränke.«

Andrew stieß mit ihr an.

Schon beim ersten Schluck verstand sie, weshalb das Connaught für seine Martinis berühmt war. »Der ist absolut perfekt.«

Andrew wies mit dem Kinn auf einen freien Tisch. »Sollen wir uns setzen, Jacqueline?«

»Nur, wenn wir uns dann duzen und Sie mich Jax nennen.«

Wenn er lächelte, erschienen winzige Grübchen in seinen Wangen und die Kerbe in seinem Kinn wurde weicher. »Sehr gerne.«

»Also, Andrew. Andy«, begann sie, während sie sich niederließen. »Der vielleicht mal Kricket gespielt hat, als er noch jünger war. Oder auch nicht.« Sie schätzte ihn auf Anfang dreißig. Etwa so alt wie ihr Bruder, nur ohne den zurückweichenden Haaransatz. Glatt rasiert, hochgewachsen, fit. Eigentlich genau ihr Typ, wenn sie ehrlich war. »Hast du beschlossen, deinen

Martini ausgerechnet hier zu trinken, weil du wusstest, dass ich auch kommen würde?«

Jax kannte die Antwort, wollte aber sehen, ob er den Schneid hatte, es auch zuzugeben. Sein Grinsen verriet ihn sowieso. »Jap. Korrekt.«

Jax warf lachend den Kopf in den Nacken. »Dann macht es dir sicher nichts aus, wenn wir auch deine Drinks auf die Rechnung meines Bruders setzen.«

»Prima Idee.«

* * *

Jacqueline – Jax – Simon erwies sich als das genaue Gegenteil ihres Bruders.

Harry war das Musterbeispiel eines stocksteifen britischen Geschäftsmanns, der Karriere machte, um zu beweisen, dass er es auch ohne den Einfluss seines Vaters schaffen konnte. Dabei wusste jeder, dass er seinen Aufstieg vor allem Daddy verdankte.

Jax war die jüngere, sexy Rebellin, die sich von ihrer Familie gelöst hatte und jetzt in einer Bar mit dem Fahrer flirtete, der sie vom Flugplatz abgeholt hatte.

Als sie hereingekommen war, hatte er zweimal hinschauen müssen.

Verschwunden waren das Reiseoutfit und das konservative Make-up. Zwar trug sie eine elegante Hose und keinen sexy Rock, doch ihre Bluse machte es ihm fast unmöglich, nicht auf das Dreieck zwischen ihren vollen Brüsten zu starren, die sie ganz eindeutig ins beste Licht rücken wollte. Dazu das lange blonde Haar und die sinnlichen Lippen. Allein die Farbe ihres Lippenstifts war ein Statement. Diese Frau hatte keinen einzigen konservativen Knochen im Leib.

Harrys Schwester …

Das rief sich Andrew während des ersten Drinks immer wieder in Erinnerung. Sie bestellte ganz selbstverständlich eine zweite Runde, und er freundete sich mit dem Gedanken an, heute in einem Taxi nach Hause zu fahren.

Harry hatte ihn vorgewarnt, Jax sei eigenwillig und temperamentvoll. Wie anziehend er genau das fand, überraschte ihn ein wenig.

Beim zweiten Drink erzählte sie ihm, wie ihr Bruder sich völlig unverhofft bei ihr gemeldet hatte.

»Aus einem Flugzeug gesprungen? Im Ernst?«

»Sag bloß, du hast das noch nie gemacht«, sagte sie, als würde sich jeder regelmäßig aus völlig flugtauglichen Maschinen stürzen.

»Ein Platz im Flugzeuginneren ist mir lieber.«

»Da entgeht dir was.« Sie schüttelte den Kopf. »Neil sagt immer, die besten Dinge im Leben liegen jenseits der Angst. Ich nehme an, den Spruch hat er irgendwo geklaut. Aber recht hat er.«

»Und Neil ist wer?«

»Mein Boss. Gewissermaßen.« Sie nahm einen Schluck von ihrem Cocktail.

»Gewissermaßen?« Andrew fragte sich, ob zwischen diesem Neil und ihr etwas lief.

Sie schüttelte den Kopf, dann nickte sie. »Okay, ja. Er ist mein Boss. Und er ist auch Claires Dad. Irgendwie.«

»Irgendwie?«

Jax stellte das Glas ab und hob die Hände. »Claire ist ohne Eltern aufgewachsen. Neil hat die Vaterrolle übernommen, nur ohne offizielle Adoption.«

»Und Claire ist deine beste Freundin?« Er hob sein Glas an die Lippen.

»Mehr wie eine Schwester.« Jax lachte. »Schwester im Herzen. Manchmal wünsche ich mir fast, mein Vater oder meine Mutter hätten sich mal ein Abenteuer gegönnt. Dann könnte sie tatsächlich meine Halbschwester sein.«

Andrew schnappte nach Luft und bekam prompt einen Schluck Martini in den falschen Hals. Er hustete, sein Glas schwappte über.

Jax nahm es ihm schnell aus der Hand. Während er gegen den Hustenanfall kämpfte, schob sie ihm ein Glas Wasser hin.

Seine Kehle brannte. Er hustete, japste und musste sich Tränen aus den Augen wischen. Einige der anderen Gäste drehten sich zu ihnen um.

Endlich ließ das Gefühl zu ersticken nach, und er spülte das Feuer im Rachen mit Wasser hinunter.

»Alles in Ordnung?«

Er schaute auf sein Hemd und war froh, dass Wodka farblos war. »Besser.«

Ein Kellner brachte ihnen eine Handvoll Servietten. »Kann ich noch was für Sie tun?«

Andrew winkte ab. »Nein, alles gut, danke.« Er starrte auf Jax' Hand, die mit einer Serviette an seiner Hose herumtupfte.

Sie zog die Hand weg wie ertappt. »Sorry.«

»Ebenfalls *alles gut*.«

Ihre Blicke trafen sich und sein Körper reagierte.

Jax seufzte. »Sieht aus, als bräuchtest du einen neuen Martini.«

»Bist du sicher, dass das für deinen Bruder okay ist?« Ganz wohl war ihm nicht bei der Sache. Früher oder später würde Jax erfahren, dass Harry sein Freund war und ihn zum Babysitter für seine kleine Schwester erkoren hatte. Was ihn inzwischen gar nicht mehr störte.

»Harry schuldet mir was.« Sie winkte dem Kellner zu und bestellte eine weitere Runde.

»Ist es wirklich so schlimm, dass dein Bruder dich heute nicht abgeholt hat?«

Sie lehnte sich zurück und schlug die Beine übereinander. »Ich finde das kalt. Bei meinen Eltern hätte ich damit gerechnet. Aber er hat mich angerufen und mich gebeten herzukommen. Weshalb es so dringend ist, wollte er mir erst hier sagen. Aber ich habe alles stehen und liegen lassen.«

»Machst du so was öfter?«

»Nein. Aber Harry hat mich auch noch nie um etwas gebeten. Ich dachte, es ist was Ernstes. Während des ganzen Flugs habe ich gerätselt, was los ist, und auf Antworten direkt nach der Landung gehofft.« Sie wedelte mit der Hand in Andrews Richtung. »Und dann schickt er dich. Sorry. Nimm das bitte nicht persönlich.« Ihr Lächeln war verschwunden. Der Ärger ebenfalls. Stattdessen wirkte sie jetzt beklommen.

»Das halte ich aus.«

»Es wäre wirklich schön, wenn irgendwer aus meiner Familie wenigstens mal so täte, als würde er sich über meine Anwesenheit freuen.«

Ihre Worte gaben Andrew einen schmerzhaften Stich.

Jax nahm einen großen Schluck aus ihrem Glas, dann schaute sie ihm in die Augen. Sie setzte ein Lächeln auf. »Tut mir leid. Kein Thema für eine Unterhaltung in einer Bar.«

Er beugte sich vor und legte ihr eine Hand aufs Knie. »Schon okay. Ich habe gefragt.«

Sie atmete tief durch und legte eine Hand auf seine. »Vielleicht sollten wir bei der nächsten Runde auch was zu essen bestellen.«

»An wie viele Runden hattest du denn gedacht?«

Ihr Blick wurde bereits etwas glasig. »Ich habe frei und bezweifle ernsthaft, dass mich heute noch irgendwer kidnappen will.«

Nach diesen Worten war sich Andrew sicher, dass Harrys kleine Schwester bereits ziemlich beschwipst sein musste und tatsächlich dringend etwas zu essen brauchte.

* * *

Jax zwängte sich in den Kleiderschrank. Ihre Blase war so voll, dass es wehtat. Kurz vor dem Platzen.

Der Schrank war nicht der richtige Ort, aber verdammt, sie musste so dringend.

Irgendwer würde sie sehen. Es rausfinden.

Den Schrank kannte sie. Es war nicht ihrer, sondern ein Flurschrank wie im Haus ihrer Eltern.

Aber sie durfte doch nicht in den Flurschrank ihrer Eltern pinkeln. Wenn sie das tat, konnte sie sich hier nie wieder blicken lassen.

Jax fuhr hoch.

Es war dunkel, das Zimmer unbekannt.

Der letzte Drink war ein Fehler gewesen. So gerne sie gleich wieder einschlafen wollte, ihre Blase ließ es nicht zu. Im Gegenteil, jetzt war Eile geboten.

Sie stolperte ins Badezimmer, spürte, wie der Alkohol nachwirkte.

Die Toilette kam in Sicht. Sie drehte sich um und setzte sich. Aber irgendwie sank sie viel zu tief. Sie rappelte sich hoch, stellte fest, dass der Sitz nach oben geklappt war, und behob das Problem.

Seufzend lehnte sie den Kopf an die kalten Marmorfliesen an der Wand und war froh, dass es Träume gab, die einen weckten, bevor man ins Bett machte. Auch als sie längst fertig war, blieb sie noch eine Weile sitzen. Ein bisschen drehte sich der Raum um sie.

Wasser.

Wasser würde ihr bester Freund sein, wenn erst die Sonne aufging. Ohne das Licht anzumachen, wusch sie sich die Hände und ging zur Minibar der Suite. Auf dem Weg dorthin entdeckte sie die Wasserflasche auf der Kommode. Daneben lag eine Kopfschmerztablette. Ohne weiter darüber nachzudenken, riss sie die Folienverpackung auf, nahm die Tablette und spülte sie mit dem Wasser hinunter.

Mit der Flasche in der Hand tapste sie zurück zum Bett, schaute auf die Uhr und zog sich die Decke über die Ohren. In diese Wolke konnte sie sich fallenlassen und noch einmal wegdriften.

Als sie die Augen das nächste Mal öffnete, fiel Licht durch die Jalousien. Eine vorsichtige Kopfbewegung nach links, dann nach rechts.

London. Sie war in London.

Der Grund, weshalb sie hier war, ließ sie aufstöhnen. London bedeutete Stress. Und zu viele Martinis.

Ihr Kopf fühlte sich wattig an. Doch die nächtliche Tablette und das Wasser waren eine gute Idee gewesen. Gegen alles andere hätte ihr Magen rebelliert. Selbst beim Gedanken an den dringend benötigten Kaffee wurde ihr flau.

Es war sechs Uhr morgens. Eigentlich perfekt, aber ihr Körper wollte lieber noch ein ganzes Jahr lang schlafen. Sie drehte sich um, vergrub den Kopf im Kissen und atmete tief ein.

Ein Männerparfüm.

Die Bar.

Der Mann.

Andrew.

Sie riss die Augen auf und stemmte sich hektisch in eine sitzende Position. Ihre Hand tastete sich über das Bett. Lag da jemand neben ihr?

Nein.

Sie starrte das Kissen an. Das Kissen mit seinem Geruch. Sie erinnerte sich an sein Gesicht, seine Wange an dem Kissen und lächelnde Lippen. Oder bildete sie sich das nur ein?

Die Bluse hatte sie noch an, genau wie ihren BH. Eine bruchstückhafte Erinnerung, wie sie die Zimmertür öffnete und Andrew mit hereinbat, kam zurück.

Verschwommene Bilder, dann Leere.

Sie hatten getrunken, es war spät geworden. Jax erinnerte sich, dass sie sehr bewusst betrunken gewesen war, so widersprüchlich das sein mochte. Irgendwo zwischen der Martinibar und dem Zimmer hatte die Reue wegen des letzten Drinks eingesetzt. Oder wegen der letzten beiden.

Sie hatte Andrew eingeladen mitzukommen.

Noch einmal sah sie vor sich, wie er neben ihr lag. Die nächste Erinnerung war der mitternächtliche Toilettengang.

Ihre Hose hing über der Fußstütze des Bettes, die Pantys hatte sie an.

Noch nie in ihrem ganzen Leben hatte sie ohne die Absicherung durch eine Freundin oder einen Freund so viel getrunken. Nicht zu wissen, was genau passiert war, nahm ihr den Atem.

Ungeachtet der Zeitverschiebung griff sie nach ihrem Smartphone und rief Claire an.

»Hey.«

Claires Stimme beruhigte sie sofort ein wenig.

»Was zum Teufel tue ich hier?«

Claire seufzte. »So schlimm?«

»Keine Ahnung.«

»Wie bitte?«

Jax schwang die Beine über die Seite des Bettes und setzte sich auf die Kante. »Ich weiß nicht, was mit meinem Bruder los ist.«

»Wie kann das sein? Du bist seit Stunden in London.«

»Richtig.« Jax rieb sich die Stirn. Die Kopfschmerzen schlichen sich nun doch an. »Er hat einen Fahrer zum Flughafen geschickt. Und heute möchte sich Harry mit mir zum Tee treffen.«

»Zum Tee? Im Ernst?«

»Ja. Unfassbar, oder? Und was noch schlimmer ist, er hat mich in ein Hotel gesteckt.«

Claire seufzte. »Du Ärmste.«

»Das kannst du laut sagen. Ich habe den ewig langen Flug auf mich genommen und weiß noch nicht mal, weshalb ich hier so dringend gebraucht werde.«

»Was immer es ist, du kommst damit klar.«

Jax stöhnte. »Ich habe zu viel getrunken.«

»Das hätte ich auch.«

»Nein. Ich habe mich komplett weggeballert. Mit dem Fahrer.«

Claire lachte. »Ist er süß?«

Fast gegen ihren Willen musste Jax lächeln. »Tut das was zur Sache?«

»Würdest du ihn in nüchternem Zustand von der Bettkante stoßen?«

»Nein.«

»Dann tut es was zur Sache.«

»Ich weiß nicht, ob irgendwas passiert ist.«

»Wirklich?«, fragte Claire nach einer kleinen Pause.

»Ich erinnere mich, dass wir in mein Zimmer gegangen sind. Andrew war da. Ich habe die Schuhe ausgezogen …« Jax ließ den Blick durch den Raum schweifen und sah ihre Heels weit voneinander entfernt an zwei verschiedenen Plätzen liegen. *Küss mich.* »Ich habe ihm gesagt, er soll mich küssen.«

»Hat er's getan?«

»Das wüsste ich auch gerne.« Was nach dieser Aufforderung geschehen war, war ein schwarzes Erinnerungsloch.

»Moment mal. Glaubst du …«

»Nein. Also, ich glaube nicht. Wir waren beide ziemlich hinüber. Und ehrlich gesagt, ich wollte ja.«

»Trotzdem. Wenn du betrunken warst …«

»Er ist ein anständiger Kerl. Keiner von denen, die eine Situation ausnutzen.« So schätzte sie ihn zumindest ein.

»Du brauchst mich wirklich da drüben.«

»Ja.« Obwohl sie sich an einem normalen Arbeitstag niemals in eine solche Lage gebracht hätte.

»Für jemanden, der einen mörderischen Kater haben müsste, klingst du ziemlich lebhaft.«

»Mir geht's nicht wirklich schlecht. Auf ein Frühstück mit allem Drum und Dran verzichte ich lieber, aber es könnte schlimmer sein.«

»Tu mir einen Gefallen«, sagte Claire.

»Und der wäre?«

Jax hörte, wie Claire tief Luft holte und sie langsam wieder ausstieß. »Lass dich von deiner Familie nicht dazu bringen, dein Herz und Hirn in Alkohol zu ersäufen, solange ich nicht da bin.«

Ihre beste Freundin hatte völlig recht. »Letzte Nacht wird sich nicht wiederholen.«

»Gut.« Claire gähnte. »Ruf mich an, wenn es bei mir Tag ist.«

»Geht klar. Gute Nacht.«

»Hab dich lieb.«

»Ich dich auch.« Jax legte auf und ließ das Smartphone aufs Bett fallen.

Sie schaute auf die Uhr auf dem Nachttisch und stöhnte. Noch so viele Stunden bis zum Tee mit ihrem Bruder. Wenn sie keine Beschäftigung fand, würde sie womöglich in sein Büro marschieren und Erklärungen verlangen.

Jax schob die Decke endgültig beiseite.

Shoppen.

Sie war in London und ihre beste Freundin hatte sich gerade verlobt. Jax hatte hier ein Bankkonto, auf das sie nur zugriff, wenn sie in Europa war. Der Gedanke, etwas von dem Geld von ihrer Familie auszugeben, hob ihre Stimmung ein wenig. Normalerweise ließ sie die Finger davon. Mit ihrem Job verdiente sie genug, um ihren Lebensunterhalt zu bestreiten. Unabhängig zu sein, war ihr sehr wichtig. Ihre Eltern hatten ihr das College in den Staaten bezahlt, obwohl sie nicht glücklich gewesen waren, dass sie dort studierte. Oder genauer gesagt, dass sie an einem College studierte, das sie nicht für sie ausgesucht hatten. Seit sie in Neils Firma arbeitete, hatte sie das Geld ihrer Großeltern und Eltern nicht mehr angerührt. Sie wollte auf eigenen Füßen stehen, aber sie war nicht naiv. Auf dem Konto lag eine hübsche Summe, die jedes Jahr größer wurde. Das Geld zurückzuweisen, lag ihr fern. Sie gab es eben einfach nicht aus.

Es sei denn, sie musste sich mit einem Einkaufsbummel trösten, weil ihr Bruder sie aus ihrem Alltag riss und dann warten ließ, bis er endlich Zeit hatte.

Sie stand auf und ging zur Dusche.

Heute waren ein paar Frustkäufe angesagt.

KAPITEL 5

»Du bist ein Volldepp, Harry.«

Andrew saß an seinem Schreibtisch und telefonierte im Freisprechmodus.

»Lass mich raten. Jacqueline hat dir gestern das Leben zur Hölle gemacht.«

Vor seinem inneren Auge sah er, wie sie bäuchlings auf dem Hotelbett lag. »Deine Schwester kann ganz schön was vertragen. Bis es dann doch zu viel ist.«

»War's schlimm?«

Nein. Es war unterhaltsam gewesen und informativ. Dass Harrys und Jax' Eltern furchtbar steif und verkniffen waren, hatte er schon immer gefunden. Aber jetzt hatte er Belege dafür.

»Ich will dich bloß warnen. Deine Schwester ist stinksauer und das mit Recht.«

»Jax wird nicht stinksauer, sie verschwindet einfach.« Harry erschrak. »Du liebe Güte. Sie ist doch nicht etwa direkt ins nächste Flugzeug gestiegen und abgereist, oder?«

»Nein. Aber angedroht hat sie es, wenn ich mich recht erinnere.« Irgendwann zwischen Martini Nummer drei und einem zu viel hatte Jax erwähnt, dass das Flugzeug, mit dem sie gekommen war, zurück in die Staaten fliegen werde, sobald der

Pilot die vorgeschriebene Ruhezeit beendet hatte. »Ich würde sie lieber nicht länger warten lassen.«

»Ich habe mir den Nachmittag freigeschaufelt, damit ich mit ihr reden kann.«

Andrew schüttelte den Kopf. »Könntest du ihr nicht einfach am Telefon sagen, dass deine …«

»Nein, könnte ich nicht. Es ist zu kompliziert.«

»Das musst du mir erklären.«

»In Ordnung. Aber nicht hier bei der Arbeit. Vielen Dank noch mal, dass du dich um Jacqueline gekümmert hast. Ich bin dir was schuldig.«

Andrew lächelte. »Denk daran, wenn du die Barrechnung siehst.«

Harry antwortete mit einem erstickten Lachen, verabschiedete sich und legte auf.

Ein kurzes Klopfen an seiner offenen Tür ließ Andrew aufblicken. »Hey, Dad.«

»Schön, dass du es ins Büro geschafft hast.« Sein Vater stand kurz vor seinem sechzigsten Geburtstag. Er war eine etwas gewichtigere, grauere und jovialere Version von ihm selbst.

»Der Gefallen, um den Harry mich gebeten hat, war zeitintensiver als gedacht.«

Sein Vater trat ins Büro. »Gefallen für Freunde sind wichtig.«

»Vermutlich wird Harry in nächster Zeit noch ein paar mehr brauchen.«

Lloyd Andrew Craig setzte sich und lehnte sich zurück. »Ist bei ihm alles in Ordnung?«

Harry hatte Andrew gebeten, die Neuigkeiten vorerst für sich zu behalten. Verständlich, denn die Geschäftswelt, in der sie sich bewegten, war ein Haifischbecken. »Er möchte nicht, dass ich darüber spreche.«

Lloyd nickte ein paar Mal. »Es freut mich, dass mein Sohn Geheimnisse bewahren kann. Falls ich irgendwie helfen …«

»Danke, Dad. Wenn es nötig wird, gebe ich gerne Bescheid.« Einer von vielen Gründen, weshalb sich Andrew mit seinem Vater so gut verstand, war, dass der Mann sich nie aufdrängte oder einmischte und doch immer da war, wenn er ihn brauchte.

»Gut. Vor der Besprechung heute sollten wir uns den Alabaster-Account noch mal vornehmen.«

Andrew schaltete in den Büromodus, fuhr den Computer hoch und begann den Arbeitstag.

* * *

Jax dehnte ihren Einkaufsbummel bis zur allerletzten Sekunde aus. Zum Tee mit ihrem Bruder würde sie zehn Minuten zu spät kommen. Mit voller Absicht. Zu früh zu kommen oder pünktlich zu sein, hätte nach Verzweiflung gerochen. Und wenn sie sich zu sehr verspätete, glaubte ihr Bruder womöglich, sie sei abgereist, und verschwand dann ebenfalls.

Ihr Outfit hatte sie mit Bedacht zusammengestellt. Der Bleistiftrock reichte ihr bis kurz unters Knie. Sie hatte ihn mit einer Seidenbluse und einem Blazer kombiniert. Ein leichter Übermantel schützte sie vor dem englischen Wetter und in den halbhohen Schuhen konnte sie, wenn nötig, auch einen Sprint hinlegen. Sie sah aus wie eine typische Londoner Geschäftsfrau. Eine mit gutem Geschmack und gut gefülltem Konto, dank dem sie sich Designerklamotten leisten konnte.

Sie wollte wirken wie eine Frau, deren Zeit man nicht verschwendete. Nicht wie eine kleine Schwester, der man freundliche Lügen auftischen konnte, weshalb sie am Flughafen von einem Fahrer abgeholt worden war.

Jax trat in den Salon des Brown Hotels, wo der Nachmittagstee bereits in vollem Gange war. Sie nannte der

Frau am Empfang ihren Namen. Lächelnd führte die Dame sie an Dutzenden Gästen vorbei, die sich leise unterhielten und sich leckere Häppchen von Etageren schmecken ließen. Der Nachmittagstee wurde hier von Einheimischen und Touristen gleichermaßen hingebungsvoll und ernsthaft zelebriert. In Erwartung der vielen köstlichen Mini-Sandwiches und Törtchen hatte Jax das Mittagessen ausfallen lassen. Zunächst hatte sie über den Vorschlag, sich zum Tee zu treffen, den Kopf geschüttelt. Aber immer noch besser als Fisch und Chips in irgendeinem Pub.

Sie sah Harry an einem der Tische sitzen und holte tief Luft.

Bei ihrer Ankunft erhob er sich. »Du siehst großartig aus.« Er beugte sich vor und küsste sie auf die Wangen.

Er sah elend aus. Beinahe hätte sie ihm das gesagt, ließ es aber bleiben, weil die Empfangsdame noch in der Nähe war. »Schön, dich endlich zu sehen.« Jax hoffte, dass er die Spitze bemerkte.

Er half ihr höflich aus dem Mantel und wartete, bis sie in der halbkreisförmigen kleinen Sitzecke Platz genommen hatte. Dann setzte er sich ebenfalls. »Es tut mir leid. Gestern war bei mir die Hölle los.«

Die Empfangsdame war gegangen, Jax senkte die Stimme. »Ich hätte gedacht, dass ich sofort nach London geflogen bin, wäre Anlass genug, dir Zeit für eine kurze Begrüßung zu nehmen.«

Ihr Bruder sah tatsächlich so aus, als täte es ihm leid. Und er wirkte müde. Sein stressiger Job ließ ihn vorzeitig altern. »Du hast recht. Absolut.« Er seufzte. »Ich bin froh, dass du hier bist.«

Sie lehnte sich zurück und legte die Hände in den Schoß. »Und weshalb bin ich hier?«

Harrys Blick wanderte durch den Raum. »Vielleicht sollten wir zuerst Tee bestellen.«

»Harry!« In ihrem Ton lag eine Warnung.

Er räusperte sich. »Oder lieber Champagner.«

»Gibt es was zu feiern?« Ihr Bruder wirkte nicht, als wäre er in Feierlaune.

Er mied ihren Blick. »Champagner. Definitiv.«

»Harry. Raus damit!«

Endlich schaute er sie an. Und ließ die Bombe platzen. »Unsere Eltern lassen sich scheiden.«

Jax' Gedanken gefroren. Das Wort »Scheidung« kam im Wortschatz ihrer Eltern eigentlich nicht vor. Sie fragte sich, ob die beiden es überhaupt buchstabieren konnten.

Ein Kellner ging vorbei und Jax hob die Hand. »Champagner … Bitte.«

»Ein Glas oder …«

»Eine Flasche«, sagte ihr Bruder.

Schweigend warteten sie auf das Blubberwasser. Bevor sie das Gespräch weiterführten, nahmen sie beide einen kräftigen Schluck.

»Verdammt noch mal, Harry!«

»Ja. So ging es mir auch. Besonders, als Dad plötzlich vor meiner Tür stand.«

Jax' Glas blieb auf halbem Weg zu ihren Lippen hängen. »Nicht dein Ernst.«

»Oh doch. Mit einem Koffer.«

»Mutter hat ihn rausgeworfen? Mein Gott, was hat er getan?«

»Ich kann leider nur raten.«

»Unser Vater steht vor deiner Tür, du fragst ihn warum, und das Ratespiel ist beendet.« Sie fragte sich, wo das Problem war. »Wie lange schläft er schon auf deiner Couch?«

»Ich habe ein Gästezimmer.«

»Darum geht es nicht.« Manchmal war es frustrierend, wie wörtlich ihr Bruder immer alles nahm. Der Mann war ein Zahlengenie, aber ohne jedes Gefühl für Metaphern.

»Eine Woche. Ich dachte, sie hätten ein bisschen Knatsch. Die Wogen würden sich glätten, und er würde nach Hause gehen.«

»Aber er ist immer noch da.«

»Jap.« Harry nickte. »Ich habe Mum angerufen und sie gefragt, was los ist. Sie meinte, ich soll Dad fragen.«

»Und er meinte?«

Harry schüttelte den Kopf. »Dass er ein bisschen Zeit braucht und ich es bitte für mich behalten soll.«

»Es weiß keiner Bescheid?« Jax fiel es schwer, das zu glauben.

»Keiner. Na schön, du und mein Freund …«

»Niemand im Büro?«

»Wir fahren getrennt zur Arbeit. Dad geht vor mir nach Hause, alles ganz unverdächtig.«

Der Kellner brachte die Etagere mit den Sandwiches und Törtchen und schenkte ihnen nach. Harry und Jax unterbrachen ihre Unterhaltung. Natürlich hatte der Mann keine Ahnung, wer sie waren, doch vor einem Fremden über die Eheprobleme ihrer Eltern zu sprechen, wäre ihnen unpassend erschienen.

»Was ist mit den beiden?«, fragte Jax, als der Kellner gegangen war.

»Ich weiß es nicht.«

»Frag.«

»Das habe ich getan«, antwortete Harry zähneknirschend. »Dad sagt mir nichts.«

»Das ist kindisch.« Und untypisch. »Und was erwartest du jetzt von mir?«

Harry legte die Hände neben seinen Teller. »Rede mit Mum.«

Das hatte Jax geahnt. »Wie kommst du darauf, dass sie mit mir darüber redet? Du hast ein besseres Verhältnis zu unseren Eltern als ich.« Das wusste Harry so gut wie sie.

»Vielleicht sagt sie nichts. Aber soweit ich weiß, bist du doch Ermittlerin.«

Ja, in den Staaten hatte sie eine Lizenz dafür. Eheliche Streitigkeiten gehörten allerdings nicht zu ihrem Spezialgebiet. Sie machte Jagd auf Kidnapper, Mörder sowie große und kleine Fische aus dem organisierten Verbrechen. Was sie ihrer Familie nie im Detail verraten hatte.

»Das bist du doch, oder?«, fragte ihr Bruder in ihr Schweigen hinein.

»Ja, bin ich.«

»Dann ermittle.«

»Wir könnten auch abwarten, bis sie mit uns reden.«

Harry schüttelte fast panisch den Kopf. »Nein. Nein. Ich warte nicht länger.« Er senkte die Stimme und flüsterte. »Dad macht mich wahnsinnig. Ich will wissen, was passiert ist, damit wir es in Ordnung bringen und ihn nach Hause schicken können. Ich will mein Leben zurück.«

Jax lächelte. Ihr Bruder tat ihr tatsächlich ein bisschen leid. »Seit wann hast du ein Leben?« Er war ein Workaholic wie ihr Vater.

Harry leerte sein Glas. »Sehr witzig. Stell dir vor, ich habe eine Freundin.«

Das waren gute Neuigkeiten. »Tatsächlich? Wie schön.«

»Nicht, wenn der eigene Vater im Gästezimmer schläft.«

Jax konnte sich vorstellen, dass das manches erschwerte. Sie grinste ihren Bruder an und nahm sich ein Sandwich. »Okay.«

»Okay, du versuchst rauszufinden, was los ist?«

»Ja. Und wenn ich dich um Unterstützung bitte, welcher Art auch immer, stell keine Fragen. Tu's einfach.« Falls ihr Vater etwas wirklich Dummes angestellt und ihre Mutter ihn deswegen rausgeworfen hatte, gab es im Büro vielleicht Hinweise darauf. Sie würde sich in ihrem Elternhaus umschauen und dort suchen. Während eines höflichen Dinners oder einer Tasse Tee mit ihrer Mutter ließ sich das allerdings kaum bewerkstelligen. Und wenn sie im Haus fertig war, musste sie sich das Büro vornehmen.

Jax stöhnte. »Ich checke aus dem Hotel aus und überrasche Mutter mit einem Besuch.«

»Das wird sie grässlich finden.«

»Und ich erst.«

Harry grinste und legte die Hand auf ihre. »Danke, Sis.«

»Dank mir nicht zu früh. Selbst wenn ich die Gründe für diese Trennung finde, bedeutet das nicht, dass sie sich küssen und versöhnen.«

»Ich glaube, unsere Eltern küssen sich sowieso nicht.«

»Harry!«

»Ja. In Ordnung. Küssen und versöhnen. Bitte, lieber Gott.«

Jax nahm sich ein Minisandwich. »Und jetzt erzähl mir von deiner Freundin.«

* * *

Jax fuhr zu ihrem Elternhaus. In der Einfahrt zögerte sie. Das Gebäude im Tudorstil war von einem gepflegten, weitläufigen Grundstück umgeben. Es hatte sieben Schlafzimmer, neun Bäder und Toiletten und einen Wohnbereich für die Angestellten. Zudem gab es ein Cottage für den Hausmeister und seine Familie. Das Anwesen befand sich seit drei Generationen im Familienbesitz ihrer Mutter.

In der Umgebung war in den letzten Jahren viel gebaut worden. Große Grundstücke hatte man in viele kleinere Parzellen unterteilt. Ganz so imposant wie früher wirkte der Besitz also nicht mehr. Dennoch strahlte das Haus Erhabenheit aus und zeugte von althergebrachtem Wohlstand. Und ihre Eltern pflegten die Lebensart und hielten die Traditionen hoch, die damit einhergingen. Selbst die Queen hätte sicher wohlwollend genickt. Jedenfalls verliefen die Tage hier nach einem strengen Muster, angefangen mit den Essenszeiten bis hin zum wöchentlichen Tee mit Freunden.

In ihrer Kindheit hatte Jax die starren Regeln nicht allzu beengend gefunden. Und dann war sie im Alter von zwölf Jahren aufs Richter-Internat geschickt worden, sechshundert Meilen weit weg in ein anderes Land. Dort waren die Regeln viel strenger gewesen.

Jax hatte sich daran gehalten. In den ersten beiden Jahren hatte sie ihre Eltern oft gedrängt, an eine Schule in der Nähe ihres Zuhauses wechseln zu dürfen, war damit aber auf taube Ohren gestoßen.

Dann hatte sie Claire kennengelernt.

Ihre beste Freundin war ein Jahr älter als sie gewesen und ihr schon deshalb viel weiser erschienen. Je enger diese Freundschaft geworden war, desto weniger hatte Jax das Heimweh geplagt. Zweimal hatte sie ihre Eltern genötigt, Claire Ferien außerhalb von Richter zu ermöglichen. Zunächst hatte sie damit gedroht, zu Weihnachten nicht nach Hause zu kommen, wenn sie ihre Freundin nicht mitbringen durfte. Wobei das eine leere Drohung gewesen war, denn ihre Eltern hatten ihr kurzerhand befohlen zu kommen, und am Ende hatte sie allein in den Zug steigen müssen.

Für ihre Revolte hatte sich Jax den zweiten Weihnachtsfeiertag ausgesucht. An diesem Tag luden ihre Eltern traditionell ausgewählte Freunde ein und hätten gerne ihre Tochter vorzeigen wollen, die inzwischen drei Sprachen beherrschte, gerade eine vierte erlernte und mit hervorragenden Noten glänzte. Sicher wäre sie zum Stadtgespräch geworden, wenn es so etwas noch gegeben hätte.

Jax war gegangen.

Nicht durchgebrannt, sondern einfach gegangen.

Weil der Tagesablauf ihrer Eltern absolut unverrückbar war, war sie einfach früher aufgestanden, hatte sich einen Wagen gerufen und war nach Richter zurückgekehrt. Ihrem Vater hatte sie einen Zettel mit einer Nachricht ins Arbeitszimmer gelegt. Ihre beste Freundin habe auch Weihnachten verdient, hatte sie geschrieben. Und da ihre Eltern es nicht über sich gebracht hätten, sie herkommen zu lassen, könnten sie nun, nachdem Jax ihre töchterlichen Pflichten erfüllt hatte, den Rest der Feiertage ohne sie genießen.

Im Jahr darauf hatte sie Claire mitbringen dürfen.

Sie dachte an das erste Mal, an dem sie mit Claire das Haus von genau der Stelle aus gesehen hatte, an der sie jetzt parkte.

»Es fühlt sich nicht mehr an wie mein Zuhause.«

Sie hatten den Fahrer gebeten, sie unten an der Straße rauszulassen. Mit je einem Koffer in der Hand standen sie nun da und schauten hinauf zum Haus.

»Dein Zuhause ist jetzt Richter?«, fragte Claire.

Jax zuckte die Achseln. »Traurig, aber wahr.«

Gemeinsam gingen sie die lange Einfahrt hinauf. »Eines Tages, wenn wir unseren Abschluss und tolle Jobs in der Tasche haben, nehmen wir uns zusammen eine Wohnung.«

Jax gefiel es, wenn Claire so redete. »In Berlin?«

»Vielleicht. Oder in London.«

Jax schüttelte den Kopf. »Nicht weit genug weg.«

Claire lachte. »New York.«

»Yessss.«

»Die ganze Welt wird uns gehören, Yoda.«

Jax stieß die Schulter gegen die ihrer besten Freundin. »Heute Nacht, wenn alle im Bett sind, schleichen wir uns zur Hausbar meines Vaters und trinken darauf.«

Sie strahlten einander glücklich an, dann öffnete die Haushälterin ihnen die Tür.

Jax fuhr weiter. Die Erinnerung an diesen lange zurückliegenden Tag erlosch.

Sie parkte den Mietwagen vor dem Eingang und ließ den Kofferraum aufschnappen. Damit gleich deutlich wurde, dass sie nicht nur auf eine Tasse Tee vorbeikam, nahm sie einen der Koffer und stieg die Stufen hinauf.

Dies war ihr Elternhaus und sie hatte immer noch einen Schlüssel. Sie überlegte, ob sie anklopfen sollte, drückte die Klinke herunter und fand die Haustür unverschlossen. Nicht ungewöhnlich am hellen Tag.

Ein Schritt in den Eingangsbereich, und sofort spürte sie die übliche Anspannung in den Schultern. »Hallo?«, rief sie in die Stille hinein.

Aus dem rückwärtigen Teil des Hauses näherten sich eilige Schritte. Angela, die Haushälterin, die seit Ewigkeiten hier arbeitete, ging langsamer, als sie Jax erkannte. »Miss Simon. Wie schön, Sie zu sehen.« Ihr warmes Lächeln wurde förmlich. »Hatten wir Sie erwartet?«

»Nein. Aber ich bin gerade in London, da …«

Langsamere Schritte auf der breiten Treppe. Evelyn Simon, Jax' Mutter, stieg zu ihnen herunter. Ihren völlig gefühlsfreien Gesichtsausdruck hatte sie perfektioniert. Kein Lächeln, kein Stirnrunzeln. Nicht glücklich, nicht traurig. Einfach nur da. Ein Außenstehender hätte geglaubt, die Frau führe ein sorgenfreies Leben.

Doch in dieser Familie war eine emotionslose Miene voller unausgesprochener Worte.

»Jacqueline.«

»Hallo, Mutter.«

Evelyns Blick fiel auf den Koffer. »Das kommt sehr überraschend.«

Anstatt ihrer Mutter irgendeine höfliche Lüge aufzutischen, entschied sich Jax für eine Andeutung. »Überraschungsgäste scheint es derzeit öfter zu geben. Ich hätte bei Harry unterkommen können, aber ...«

»Nein, nein. Schon gut.« Dass ihre Mutter sie vor Angela sofort unterbrach, sprach Bände. Die Angestellten kannten den wahren Grund für die Abwesenheit ihres Vaters offenbar nicht.

Angela streckte die Hand nach dem Koffer aus. »Ist das Ihr einziges Gepäck, Miss?«

»Im Wagen ist noch ein Koffer. Ich hole ihn.«

»Sei nicht albern, Jacqueline.« Ihre Mutter machte die letzten Schritte auf sie zu und begrüßte sie mit mechanischen Wangenküssen.

Angela ging hinaus zum Wagen.

»Wir müssen reden«, raunte Jax.

Ihre Mutter hob das Kinn. »Da ich nicht mit dir gerechnet habe, wird dieses Gespräch wohl warten müssen.« Eine komplette Abfuhr hörte sich anders an, und Jax schöpfte ein wenig Hoffnung. Sie schaute ihrer Mutter aufmerksam ins Gesicht.

Evelyn wirkte gealtert, obwohl sie mit zweiundsechzig immer noch zehn Jahre jünger aussah. Nicht allzu schwierig, wenn genügend Geld vorhanden war, um sich stets die neuesten und besten Produkte und Prozeduren zur Erhaltung der Jugendlichkeit zu leisten.

Das blonde Haar hatte Jax von ihrem Vater geerbt, die blauen Augen von ihrer Mutter. Ihre Mutter war schön, keine Frage. In manchem sah Jax ihr ein klein wenig ähnlich, aber alle behaupteten immer, sie komme nach der anderen Seite der Familie. Auf Kinderfotos konnte man sie und ihre Großmutter väterlicherseits ohne Weiteres verwechseln.

Jax suchte den Blick ihrer Mutter und entdeckte dort etwas Neues. Eine gewisse Traurigkeit. »Geht es dir gut?«, fragte sie und ließ alle Förmlichkeiten einen Moment lang beiseite.

»Selbstverständlich.«

»Mutter, du musst nicht so tun ...«

Evelyn blickte scharf auf, als Angela mit dem Rollkoffer und den Taschen mit Jax' Einkäufen durch die Tür kam.

»Augenblick. Ich helfe.«

Ihre Mutter nutzte den Moment, um ein paar Schritte zur Seite zu treten und die Grundlagen für ein Lügenkonstrukt zu legen. »Dein Vater ist auf Geschäftsreise. Sicher wird er es bedauern, dass er dich verpasst hat.«

Ihre Blicke trafen sich.

Jax nickte in stillem Einverständnis, diese Version vor den Angestellten aufrecht zu erhalten. Ihre Mutter hatte sicher ihre Gründe. Zwar hatte Jax nach wie vor recht wenig Verständnis für die Entscheidungen, die ihre Eltern während ihrer Kindheit für sie getroffen hatten, doch in der momentanen Krise taten die nichts zur Sache.

»Ich richte mich ein bisschen ein, und vielleicht können wir uns später noch etwas unterhalten«, schlug Jax vor.

Evelyn seufzte. Ihr Gesichtsausdruck verriet, was nun kommen würde. »Heute Abend nicht. Ich war heute schon sehr früh auf den Beinen und wollte mich gleich hinlegen.«

Jax lag es fern, darauf hinzuweisen, dass die Sonne gerade erst unterging. »Dann unterhalten wir uns einfach morgen.«

Angela stieg die Stufen hinauf und Jax folgte ihr.

Der vertraute Weg zu ihrem Zimmer war tröstlich. Doch der Raum wirkte heute kleiner als früher. Bedachte man, dass er doppelt so groß war wie ihr Zimmer in dem Haus in Tarzana, in dem sie zusammen mit Claire und Cooper wohnte, war das Gefühl von Enge wohl wirklich genau das: ein Gefühl. Hier traf sie auf ihre Kindheit. Die Zeit vor Richter. Hier unter dem Fenstererker hatte früher ein Tisch mit einem großen Puppenhaus gestanden. Sicher war es inzwischen mit anderen Sachen, die man aufbewahren wollte, oben auf dem Dachboden verstaut. Aber wozu es überhaupt behalten? So wie die Dinge lagen, würde Jax ihre Familie, wenn sie denn eines Tages eine hatte, kaum zu einem längeren Besuch herbringen.

Angela ging kurz ins angrenzende Badezimmer. Dann kam sie zurück. »Kann ich Ihnen etwas bringen? Sind Sie hungrig? Bestimmt ist noch etwas …«

Jax unterbrach sie. »Ich möchte niemandem zur Last fallen. Wenn nötig, koche ich mir was.«

Angela legte die Stirn in Falten.

»Sie arbeiten für meine Mutter, nicht für mich. Und in Kalifornien muss ich auch selbst für mich sorgen, kochen und mein Bett machen.«

Die Haushälterin wurde ein wenig lockerer. »Es ist wirklich schön, Sie zu sehen.«

»Ich freue mich auch. Wie geht es Ihren Eltern?«

Angela lächelte. »Meine Mutter klagt über ihre Gelenke und mein Dad bringt ihr einen Brandy. Also eigentlich alles so wie immer.«

Für Jax klang das nach Liebe. »Wie lieb. Die beiden sind zu beneiden.«

»Sie sind noch jung. Sie werden so etwas sicher auch noch finden.«

Jax war nicht wirklich auf der Suche. »Ja, vielleicht. Vielen Dank für alles. Wir sehen uns morgen früh.«

Angela nickte und verließ das Zimmer.

Als Jax allein war, sank sie auf die Bettkante und zwang sich, ruhig und tief zu atmen. Die Begrüßung durch ihre Mutter war wie erwartet verlaufen. Höflich und kühl. So wie man die Tante einer Freundin begrüßte, die man schon ein- oder zweimal gesehen hatte.

Und das tat weh.

Jax verscheuchte den Trübsinn aus ihrem Herzen. Und musste plötzlich an den vergangenen Abend denken. Andrew, der Mann, den sie gerade erst kennengelernt hatte, hatte ihr

Gesellschaft geleistet und mit ihr Martinis getrunken. Okay, sie hatte da eine gewisse Anziehungskraft gespürt. Eine, die auf Gegenseitigkeit beruhte.

Doch sie erinnerte sich an ein paar Momente vor dem dritten Glas, in denen er ihr sehr intensiv zugehört hatte. So als würde er sich für das, was sie erzählte, wirklich interessieren. Weshalb sie einem Wildfremden anvertraut hatte, dass sie sich wünschte, ihre Familie würde sich über ihren Besuch freuen, war ihr ein Rätsel. Vielleicht weil sie davon ausging, ihn nie wiederzusehen. Vielleicht weil ein bezahlter Fahrer, der sie vor einem der teuersten Hotels in ganz London absetzte, sicher glaubte, sie habe schon alles, was man sich überhaupt wünschen konnte. Weshalb war es ihr so wichtig gewesen, diesen Eindruck zu korrigieren?

Jax schloss die Augen.

Womöglich hatte sie mehr zu sich selbst gesprochen als zu ihm. Wie es sich anfühlte, irgendwo anzukommen und statt von einem Familienmitglied von Servicepersonal empfangen zu werden, hatte sie bislang nie in Worte fassen können.

Seit ihrem Umzug in die Staaten hatte sie ihre Eltern kein einziges Mal gebeten, sie irgendwo abzuholen. Zu glauben, dass ihr Bruder es tun würde, nur weil er sie dringend hierhaben wollte, war ihr eigener Fehler gewesen.

Aber Andrew hatte ihr zugehört.

Jax wollte ihm dafür danken. Sobald sie herausgefunden hatte, was ihre Eltern auseinandertrieb, konnte sie vielleicht den Fahrdienst ausfindig machen, den Harry beauftragt hatte, und den Mann kontaktieren.

Sie spürte, dass die Sandwiches vom Nachmittagstee schon einige Zeit zurücklagen, und ihre Mutter hatte eine großartige Köchin. Mit etwas Glück fand sie im Kühlschrank ein paar Reste, die nicht aus einem Pizzakarton stammten.

KAPITEL 6

Das Geräusch von Regen, der ans Fenster trommelte, weckte Jax aus einem tiefen Schlaf. Sie drehte sich auf die Seite und zog die Decke über ihre Schultern. Dieses Trommeln hatte sie vermisst. Obwohl sie kein großer Fan des britischen Wetters war, gab es Zeiten, in denen sie sich nach einem nebelverhangenen Regentag sehnte, den man dick eingemummt an einem knisternden Feuer verbrachte.

Schläfrig öffnete sie die Augen und schaute zum Fenster. Das fahle Licht der Dämmerung versuchte, den Nebel zu durchdringen. Doch es sah aus, als würden die Wolken gewinnen. »Warum kann das hier kein glücklicher Ort für mich sein?«, flüsterte sie in das leere Zimmer hinein.

Dabei kannte sie die Antwort. Vom Geräusch des Regens und ein paar vertrauten Gegenständen abgesehen, wärmte nichts in diesem Haus ihr Herz. Und das lag an seinen Bewohnern.

Irgendwann einmal hatte sie gesagt, das distanzierte Verhältnis zu ihrer Familie liege nicht daran, dass ihre Angehörigen so unausstehlich seien. Sie kenne sie einfach nicht besonders gut. Bislang konnte sie die Schuld dafür ihren Eltern geben. Als Kind hatte man sie nicht gefragt, wo sie zur Schule gehen wollte. Und welche Rolle ihre Eltern in ihrer Jugend spielten, hatte sie genauso wenig steuern können. Später, als

Erwachsene, hatte sie sich keine Mühe gegeben, daran etwas wesentlich zu verändern. Sie ließ ihre Eltern nach wie vor die Bedingungen für ihre Beziehung bestimmen.

Doch wenn sie sie besser kennenlernte, würde sie sie vielleicht auch besser verstehen. Und falls sie sich ihren Fragen verschlossen … Na ja, sie war Ermittlerin.

Jax streckte die Arme über den Kopf und wackelte mit den Zehen, während ihre Ideen Gestalt annahmen.

Sie würde ihren Eltern Gelegenheit zum Reden geben, Fragen stellen und abwarten. Falls man sie dann wie ein Kind behandelte, das noch kaum verstand, woher die Babys kamen, würde sie anwenden, was sie dank ihrer Eltern im Richter-Internat gelernt hatte. Wozu hatte sie schließlich eine Schule besucht, in der man im Sportunterricht trainierte, Mauern zu überwinden und auf bewegliche Ziele zu schießen? Wo man im Matheunterricht lernte, sich in Computer zu hacken. Und wo Literatur vor allem dazu diente, sich mit vier Fremdsprachen vertraut zu machen. So hatte sie ihre Schulzeit verbracht. Was sie in den drei Jahren am College gelernt hatte, war nichts im Vergleich zu den Fähigkeiten und Kenntnissen, die sie durch ihre Arbeit für MacBain Security and Solutions hinzugewonnen hatte. In Neils Team, zu dem noch weitere Richter-Absolventinnen gehörten.

Also ja, sie würde unbequeme Fragen stellen. Und auf welche Art auch immer zu Antworten kommen. Zum ersten Mal seit der Ankunft in diesem Haus spürte sie, wie sich ein Lächeln auf ihrem Gesicht ausbreitete. Pikante Skandale oder Leichen im Keller hielt sie bei ihren Eltern für unwahrscheinlich. Aber danach zu suchen, konnte ganz spannend werden. Vielleicht erfuhr sie dabei sogar den Grund, weshalb man sie damals ans Richter-Internat geschickt hatte.

Eine Stunde später machte sie sich in Jeans und einem kuscheligen Pullover auf den Weg in die Küche.

»Da bist du ja. Ich hab schon gehört, dass du gestern Abend hier reingeschneit bist.«

»Guten Morgen, Letty.«

Jax' Mutter kochte nie selbst. Das hatte sie von Anfang an Letty überlassen. Die Frau wischte sich die Hände an der Schürze ab, trat hinter der Kücheninsel hervor und breitete die Arme aus.

Jax ging auf sie zu, zögerte dann aber kurz. Es würde die erste Umarmung sein, seit sie in London gelandet war. Bei dem Gedanken wurde ihr die Kehle eng.

»Du isst zu wenig.« Die Köchin tätschelte ihr den Rücken, als zählte sie die Rippen.

»Du wirst sicher dafür sorgen, dass sich das ändert, während ich hier bin.«

Letty trat einen Schritt zurück und musterte sie von oben bis unten. »Dein Besuch kommt überraschend. Deine Mutter hat uns gar nichts gesagt.«

Jax schaute an Letty vorbei zum Frühstückszimmer. Dort saß ihre Mutter mit dem Rücken zu ihnen und trank Tee. Obwohl sie ihre Stimmen hören konnte, verstand sie wegen der Entfernung sicher nicht jedes Wort.

»Sie hat nichts davon gewusst.«

Letty verzog einen Mundwinkel zu einem verschwörerischen Grinsen. »Das ist mal was Neues.«

»Ja. Hier scheint sich derzeit allerhand zu verändern«, raunte Jax.

»Umso besser, dass du hier bist.« Lettys Zwinkern verriet ihr, dass sie etwas wusste. Jax ging zur Kaffeemaschine.

»Den Kaffee kann ich dir bringen.«

Jax schüttelte den Kopf und schenkte sich eine Tasse ein. »Du verwöhnst mich immer viel zu sehr.«

Letty schob sich wieder hinter die Kücheninsel. »Was möchtest du denn zum Frühstück?«

»Sicher hast du dir schon was Feines ausgedacht.«

»Eggs-Florentine und Scones mit Marmelade und Clotted Cream.«

Jax lief das Wasser im Mund zusammen. »Mutter isst morgens normalerweise nur ein paar Haferflocken zum Tee.«

»Eine Verschwendung meiner Kochkünste. Also sei lieb und beklag dich nicht.«

Jax schüttelte den Kopf. »Das würde mir nie einfallen.«

Letty nickte Richtung Frühstückszimmer. »Und jetzt nutze die Zeit. Heute hat sie ihren Ladys-Lunch.«

Weil Routine für Evelyn über alles ging, würde sie wegen des unerwarteten Besuchs ihrer einzigen Tochter ganz sicher nicht ihre Pläne ändern.

Jax straffte die Schultern und ging zu ihr. »Guten Morgen.«

»Mit dir habe ich so früh noch gar nicht gerechnet. Wegen des Jetlags, meine ich.«

Jax setzte sich ihrer Mutter gegenüber und stellte die Kaffeetasse auf den Tisch. »Den hab ich schon hinter mir.«

»Wie lange bist du denn schon in London?«

»Lange genug, um mit Harry zu reden.«

Evelyn nahm einen Schluck Tee.

»Er macht sich Sorgen.« Jax sprach leise.

»Man macht ihm Umstände.«

Aus irgendeinem Grund brachte der Kommentar Jax zum Lachen. »Ja, das auch.«

Wieder ein Schluck Tee und eine Hand, die die dünnwandige Tasse behutsam abstellte. »Was zwischen deinem Vater und mir ist, geht nur uns beide etwas an.«

»Unter anderen Umständen würde ich dir recht geben. Aber wenn dein Vater auf deiner Couch nächtigt und du deine fünftausend Meilen entfernte kleine Schwester anreisen lässt, ist das etwas anderes. Dann geht es uns alle etwas an.«

Näher kommende Schritte unterbrachen das Gespräch. Letty trat zu ihnen und brachte einen Teller mit frischem Obst. »Danke«, sagte Jax.

Ihre Mutter lächelte nur.

Wieder mit ihr allein legte Jax die Hände um die Kaffeetasse. Ein wenig von der feuchten Kälte des Morgens drang in den verglasten Frühstücksraum. Die hellen Möbel und die vielen Topfpflanzen brachten das Draußen nach innen. Eigentlich ein perfekter Ort, um den Tag zu beginnen.

»Jede Ehe hat ihre Höhen und Tiefen.«

Das war ein Anfang. Jax wartete, dass ihre Mutter weitersprach. Die Sekunden verstrichen. »Das war's schon?«

»Was gibt es sonst noch zu sagen?«

Die Frau war einfach nicht zu fassen. »Du hast Vater rausgeworfen.«

Die Anschuldigung ließ ihre Mutter aufblicken. »Hat er das gesagt?«

»War es so?«

»Wir hatten eine Meinungsverschiedenheit. Er ist gegangen.«

»Du hast ihn dazu aufgefordert.« Jax wechselte zügig zwischen Fragen und Behauptungen, um zu sehen, wo ihre Mutter ins Straucheln geriet.

»Ich habe ihn nicht aufgehalten.«

»Du wolltest, dass er geht?«

»Dein Vater …« Evelyn brach ab und kniff die Augen zusammen. »Das ist ein Verhör.«

»Das ist deine Tochter, die wissen möchte, weshalb ihr Vater nicht zu Hause ist.«

»Und das ist deine Mutter, die dir sagt, dass dich das nichts angeht.«

Mit dieser Art Reaktion hatte Jax gerechnet. Sie konterte mit einer direkten Frage. »Willst du dich scheiden lassen?«

In diesem Moment passierte es. Ein kurzes Blinzeln, ein scharfes Einatmen. Die Pause war einen Sekundenbruchteil zu lang. »Sei nicht albern.«

Letty brachte ihnen Toast. Noch zweimal kam sie zurück, bis sie alles hatten, was sie fürs Frühstück brauchten. Erst danach nahm Jax den Faden wieder auf.

»Ich möchte gerne helfen.«

»Und ich möchte gerne frühstücken, ohne mich aufregen zu müssen.« Evelyn hob ihren Löffel, als wäre die Unterhaltung damit beendet.

In der nächsten halben Stunde widmeten sie sich dem Essen und plauderten höflich über Themen, die Jax sofort wieder vergaß. Den Elefanten im Raum ignorierten sie.

Als der Tisch abgeräumt und Jax' Kaffeetasse nachgefüllt war, schob ihre Mutter ihren Stuhl zurück und stellte die Frage, auf die Jax gewartet hatte. »Wie lange möchtest du denn bleiben?«

»Willst du mich schon loswerden?«

Ein Blinzeln, ein Blick zur Seite. »Du bist hier immer willkommen.«

Eigentlich nicht. »Ich weiß es noch nicht. Claire kommt auch her. Wir wollen für ihre Hochzeit shoppen.«

»Sie heiratet?«

»Sie ist frisch verlobt.«

»Wie schön.« Evelyn stand auf und wandte sich zum Gehen.

»Vielleicht hast du ja Lust, uns zu begleiten.«

»Wann wäre das denn?«

»In etwa einer Woche.«

Ein aufgesetztes Lächeln überdeckte die Verwunderung. »Musst du nicht arbeiten?«

»In meinem Job bin ich ziemlich flexibel und für meinen Boss ist die Familie das Wichtigste.« Das konnte auch die

Familie sein, die man sich selbst gewählt hatte. Es musste nicht die sein, in die man hineingeboren war.

»Bitte halte mich über deine Pläne auf dem Laufenden. Du weißt, Überraschungen sind mir zuwider.«

»Ich werde heute zum Lunch zu Hause sein, aber nicht zum Dinner.«

»Triffst du dich mit alten Freunden?«

Jax schüttelte den Kopf. »Wer sollte das denn sein? Meine Freunde aus dem Internat wohnen ja nicht hier.«

Evelyn ignorierte die Spitze. »Ich bin heute zum Lunch außer Haus und komme gegen Abend zurück. Wenn es bei dir nicht zu spät wird, sehen wir uns noch.«

»Hab einen schönen Tag.«

Jax hörte, wie ihre Mutter mit Letty die nächsten Mahlzeiten besprach, dann war sie weg.

Das gemeinsame Frühstück war ein Abbild ihrer Kindheit gewesen. Ihre Mutter war verbindlich, aber distanziert. Und eine miserable Lügnerin.

* * *

Sie hatte aus dem Hotel ausgecheckt. Andrew legte auf und betrachtete stirnrunzelnd sein Smartphone. Wo konnte sie sein?

Seit dem Abend mit Jax waren zwei Tage und zwei Nächte vergangen, in denen er alle paar Stunden an sie gedacht hatte.

Alle.

Paar.

Stunden.

Aus dem Gefallen für einen Freund war eine Ablenkung geworden, die Andrew nicht mehr losließ.

Jax hatte sich absichtlich betrunken. Vermutlich, um zu vergessen, dass keiner aus ihrer Familie sie vom Flughafen abgeholt hatte. Recht schnell hatte sie ihm einen kurzen Einblick in ihr Innenleben erlaubt. Doch dann hatte sie sich fast genauso fix wieder verschlossen.

Er hatte sie auf ihr Zimmer gebracht und erkannt, dass an ihrer Aufforderung, sie zu küssen, der Alkohol schuld war. Sie hatte sich auf die Bettkante gesetzt und er war kurz im Bad verschwunden. Bei seiner Rückkehr hatte sie schlafend auf der Matratze gelegen.

In dem Moment hätte er gehen können.

Stattdessen hatte er ihr die Schuhe und die elegante Hose ausgezogen, versucht, ihre wunderschönen langen Beine auszublenden, und sie zugedeckt.

Einmal war sie noch kurz aufgewacht, wobei ihre Hand auf sein Gesicht gefallen war. Dann war sie völlig weg gewesen.

Über eine Stunde lang hatte er neben ihr gelegen. Nicht aus dem perversen Wunsch heraus, einer betrunkenen Frau beim Schlafen zuzusehen, sondern um sicherzugehen, dass sie sich nicht erbrach und ihr womöglich etwas zustieß.

Und jetzt musste er ständig an sie denken.

Okay, er konnte Harry um ihre Telefonnummer bitten. Aber das hätte Fragen aufgeworfen. Er konnte auch lügen und behaupten, sie habe etwas in seinem Wagen vergessen. Aber vermutlich hätte Harry ihm dann angeboten, ihr den Gegenstand zu bringen.

Etwas Passendes hatte er sowieso nicht zur Hand, dachte aber kurz daran, etwas zu kaufen.

Oder …

Er konnte sich als Mittelsmann in das Simon-Familiendrama einmischen. Dann würde er Jax wiedersehen und konnte sich davon überzeugen, dass es ihr gut ging.

Kurz entschlossen streifte er die Bürokluft ab, schlüpfte in bequemere Kleidung und zog los. Wohl wissend, dass Harry ihn gebeten hatte, nicht unangemeldet bei ihm aufzukreuzen.

Sein Freund wohnte zwar in der Nähe, doch wegen des Regens nahm Andrew das Auto. Im vollen Wissen, dass er nicht willkommen war, klopfte er an Harrys Tür. Er hörte Schritte, dann schwang die Haustür auf.

»Was ist?« Harry starrte ihn an.

Nicht die allerfreundlichste Begrüßung. Andrew trat unaufgefordert ein. »Ich freue mich auch, dich zu sehen. Ich dachte, du hast vielleicht Lust auf einen Abend im Pub.« Andrew drehte sich zur Seite und gab sich überrascht. »Mr Simon! Was führt Sie denn her?«

Harry kam Gregory zuvor. »Mein Vater ist gerade zufällig vorbeigekommen.«

Andrew trat vor und streckte die Hand aus. »Sie sehen gut aus.« Der Mann war ein Bild des Jammers. Müde Augen, hängende Schultern, verrutschte Krawatte.

Sie schüttelten einander die Hand und tauschten ein paar Höflichkeiten aus.

Andrew wandte sich an Harry, dessen Miene fast genauso gequält wirkte wie die seines Vaters. »Ich dachte, wir genehmigen uns irgendwo ein Bier. Aber vielleicht hätte ich lieber ein paar Flaschen mitbringen sollen.«

Harry setzte ein dünnes Lächeln auf. »Du siehst ja, ich habe Besuch.«

So leicht ließ sich Andrew nicht abwimmeln. »Wie wär's, Mr. Simon? Sicher hat Ihre Frau nichts dagegen, wenn Sie mit Ihrem Sohn mal einen trinken gehen.«

Etwa zehn Sekunden lang sagte keiner ein Wort.

»Hervorragende Idee.«

»Ach ja?« Harry schaute seinen Vater verwundert an.

Der Vater klopfte dem Sohn auf den Rücken. »Unser letzter Abend im Pub ist ziemlich lange her.«

»Ich weiß nicht mal, ob es das überhaupt schon mal gab.«

»Dann wird es Zeit«, antwortete Gregory. »Ich sage nur kurz deiner Mutter Bescheid.«

Als er sich außer Hörweite befand und so tat, als würde er telefonieren, platzte Harry heraus: »Was soll das?«

»Ich bin dein Rettungsring. Schließlich willst du nicht, dass er für immer hierbleibt. Oder?«

»Gott bewahre.«

»Dann muss es für ihn anstrengend oder unangenehm werden.«

Gregory kam zurück. Anstelle des förmlichen Jacketts trug er eine leichte Jacke. »Wollen wir?«

KAPITEL 7

Jax rätselte, was sie da gerade sah.

Sie hatte gegenüber der Wohnung ihres Bruders geparkt. Zuerst war ihr Vater angekommen, danach Harry und schließlich Andrew.

Ihre erste Vermutung, Andrew würde ihren Bruder und ihren Vater abholen und die beiden irgendwo hinfahren, zerschlug sich, als alle drei zu Fuß das Haus verließen.

Sie ließ den Mietwagen stehen, schlug den Mantelkragen hoch und setzte trotz des bewölkten Himmels ihre Sonnenbrille auf.

Im Vorbeigehen machte sie mit ihrem Smartphone ein Foto von Andrews Nummernschild. Dann ging sie schneller, um die drei nicht zu verlieren. Doch diese Sorge konnte sie sich sparen. Sie verschwanden im nächstgelegenen Pub, nur zwei Straßenecken von der Wohnung ihres Bruders entfernt.

Jax ging an dem Pub vorbei und überlegte, was sie nun tun sollte. Erneut zog sie das Telefon aus der Tasche. In Neils Firma hatte man ihre Privatnummer, deshalb wunderte sie sich nicht, als James in der Londoner Niederlassung abnahm und sie namentlich begrüßte.

»Wie läufts denn, Jax? Weißt du jetzt mehr über den familiären Notfall?«

»Meine Eltern schlafen in getrennten Häusern.«

James lachte. »Klingt nach einer perfekten Ehe, wenn du mich fragst.«

Interessanter Gedanke. »Ich glaube, ich brauche ein bisschen Unterstützung.«

»Kein Problem. Wir helfen gerne.«

»Dann fangen wir mit einer Halterabfrage an.« Sie gab ihm Andrews Autokennzeichen durch.

»Geht klar.«

»Ich melde mich später.« Sie beendete den Anruf und schaute von außen zu, wie sich der Pub langsam füllte. Viele der schönsten Pubs in London waren Hunderte Jahre alt und relativ klein. Um unentdeckt zu bleiben, musste sie deshalb warten, bis mehr Gäste da waren.

Natürlich wollte sie sich nicht ewig verstecken. Nur lange genug, um vielleicht herauszufinden, welche Rolle Andrew spielte.

Das Cock and Bell hatte niedere Decken und war mit dunklem Holz getäfelt. Mit den Getränken in den Regalen hinter dem Tresen hätte man die Lebern der gesamten Nachbarschaft marinieren können, und inzwischen gab es fast nur noch Stehplätze.

Jax entdeckte die Männer ganz hinten in dem gemütlichen Schankraum. Ihr Bruder und Vater saßen mit dem Rücken zur Tür auf hohen Hockern, Andrew hatte einen guten Blick quer durch den gesamten Pub und damit auch auf sie. Im Augenblick lachte er über irgendeine Bemerkung und hatte sie noch nicht entdeckt.

Zum Lauschen war es hier viel zu laut, doch allem Anschein nach fühlte sich Andrew in Gesellschaft der Männer ihrer Familie pudelwohl. War er ein Freund? Aber weshalb hatte er ihr das dann nicht schon am Flughafen gesagt? Sie dachte an die ersten Minuten nach ihrer Ankunft in London. Sie hatte nach

Harry Ausschau gehalten und zunächst gar nicht bemerkt, dass Andrew auf sie zugekommen war.

»Was darf's denn sein?«, sprach eine Kellnerin sie an, die ihr Tablett durch die Menge jonglierte.

»Hard Cider, bitte. Ein Pint.«

Die Frau nickte freundlich und ging davon.

In diesem Moment schaute Andrew sie direkt an. So viel zu dem Plan, sich zu verstecken.

Seine Augen verengten sich.

Sie legte einen Finger an die Lippen und signalisierte ihm, nichts zu sagen. Dann nickte sie in Richtung der Toiletten. Ohne nachzuschauen, ob er ihr folgte, wandte sie sich ab, damit Harry und ihr Vater nur ihren Rücken sahen, falls sie sich umdrehten.

»Schön, dich wiederzusehen«, hörte Jax Andrew einen Augenblick später hinter sich sagen.

Sie wandte sich zu ihm um. »Kannst du dir vorstellen, wie überrascht ich bin, den Fahrer beim Plausch mit meiner Familie zu sehen?«

Sein Lächeln wurde breiter und seine Augen blitzten »Du hast voreilige Schlüsse gezogen.«

»Die du nicht korrigiert hast.«

Er verdrehte die Augen. »Streng genommen, ja.«

»Wer bist du?«

Er machte den Mund auf, doch sie kam ihm zuvor. »Und bitte diesmal *streng genommen* die Wahrheit.« Sie schaute auf die Uhr. »In etwa dreißig Minuten weiß ich sowieso alles, was es über dich zu wissen gibt. Bis hin zu deiner letzten Kreditkartentransaktion. Also überleg dir genau, was du sagst.«

»Kreditkartentransaktion?«

»Ich warte.«

Andrew verlagerte sein Gewicht und verschränkte die Arme vor der Brust. »Mein Freund Harry hat mich gebeten, seine ziemlich eigenwillige kleine Schwester vom Flughafen abzuholen und sie dann im Auge zu behalten, damit sie nicht unverhofft bei ihm auftaucht und dort ihren Vater vorfindet, bevor er, Harry, Gelegenheit hatte, mit ihr zu reden.«

Sie suchte nach einer Schwachstelle in der Geschichte. »Ah.«

»Ja. *Ah*.« Er machte Platz für jemanden, der zu den Toiletten wollte. »Und was tust du hier?«

»Ich will meinem Vater auf den Zahn fühlen.«

»In einem Pub.«

»Als ich bei Harry angekommen bin, seid ihr gerade losgezogen.«

Er nahm sie am Ellbogen und schob sie ein wenig zur Seite, weil noch mehr Leute an ihnen vorbei wollten. »Das auf den Zahn fühlen wird noch ein bisschen warten müssen.«

»Weshalb?«

»Gregory hat keine Ahnung, dass ich Bescheid weiß.«

»Wie bitte? Warum?«

»Er glaubt, ich wäre nur gekommen, um meinen Freund in den Pub zu schleppen.«

»Und mehr hattest du auch gar nicht vor?«

Andrew schaute hinauf zur Decke. »Bloß ein harmloses Bier oder zwei.«

Es musste mehr dahinterstecken. »Ich werde dich nicht verraten.« Sie machte einen Schritt Richtung Schankraum.

»Du bleibst?«

»Ich werde rausfinden, was mit meinen Eltern los ist. Ob sie es mir nun sagen oder nicht.«

Er grinste. »Bis hin zu ihren Kreditkartentransaktionen?«

»Genau.« Sie wandte sich ab. »Und ich bin nicht *ziemlich eigenwillig*.«

Er lachte kurz auf. »Du hast absichtlich getrunken bis zum Umfallen.«

»Und ich bin ohne Hose aufgewacht.« Zwischen den vielen anderen Grüppchen hindurch schoben sie sich auf ihren Bruder und ihren Vater zu.

»Ich dachte, dann hättest du es bequemer und könntest besser schlafen. Ich habe nichts …«

»Das habe ich auch nicht behauptet.« Sie blieb stehen und schaute ihn an. »Mit einer weiteren Peepshow solltest du allerdings nicht rechnen.«

Für eine Antwort blieb Andrew keine Zeit, denn Harry starrte bereits zu ihnen herüber.

»Showtime«, raunte sie.

Harrys Augen weiteten sich.

Jax legte von hinten eine Hand auf die Schulter ihres Vaters. Er drehte sich um.

Und sein Lächeln fiel ab.

Jax schluckte die Enttäuschung darüber hinunter. Mit Verblüffung konnte sie leben. Freude wäre schön gewesen. Doch sie sah etwas völlig anderes.

»Oh.«

Wenigstens fehlten ihm die Worte.

»Hallo, Vater.«

»Jacqueline?«

Sie warf die Hände in die Luft. »Überraschung.«

Er seufzte und erhob sich. Sein Blick fiel über ihre Schulter zu der Stelle, wo sie Andrew vermutete. Ein Kuss auf die Wange, eine unbeholfene Umarmung. »Allerdings.«

Jax fixierte ihren Bruder. »Harry und ich dachten, das wäre eine schöne Überraschung. Stimmt's, Harry?«

»Überraschung. Ja. Genau.« Er schaute zwischen seiner Schwester und seinem Vater hin und her. »Richtig.«

Der Blick ihres Vaters ging weiterhin über ihre Schulter. »Du kennst Andrew?«

Jax machte eine vage Handbewegung. »Ja, schon lange. Nicht wahr?« Bei der Frage drehte sie sich zu Andrew um.

»Wir sind sozusagen alte Freunde«, bestätigte er grinsend.

»Ich hoffe, es macht euch nichts aus, dass ich einfach euren Männerabend sprenge.«

Ihr Vater und Harry schwiegen beide.

Andrew übernahm. »Ganz und gar nicht. Gegen den Östrogenmangel musste dringend was getan werden.«

Sie spürte seine Hand im Kreuz, als er nach seinem Bier auf dem Tresen griff.

»Seit wann bist du denn in London?«, fragte ihr Vater.

Einzelheiten waren unwichtig. Viel interessanter war doch, dass er offenbar keine Ahnung gehabt hatte, dass sie hergekommen war. Warum hatte Harry ihm das verschwiegen? »Erst ganz kurz«, antwortete sie.

Ein bemühtes Lächeln huschte über Gregorys Gesicht. »Du bist so braun. Warst du im Urlaub?«

Die Kellnerin brachte Jax ihren Cider.

»Schreiben Sie den auf unsere Rechnung«, sagte Harry zu der Frau.

»Ich musste für die Arbeit eine Weile nach Bali.«

»Was arbeitet man denn auf Bali?«, fragte Harry.

»Ach, so dies und das.« Ihre Familie hatte sie nie nach Details über ihren Job gefragt, und sie würde jetzt nicht erzählen, dass sie einen Auftragskiller beschattet hatte, um sicherzustellen, dass er sich tatsächlich zur Ruhe gesetzt hatte. »Nur ödes Zeug.«

»In Indonesien war ich noch nie«, sagte Andrew.

»Es ist sehr feucht dort. Und wirklich schön. Die Menschen sind sehr freundlich.«

Ihr Vater hob sein Glas und sprach über den Rand hinweg. »Ich dachte, dein Arbeitsplatz wäre in Kalifornien.«

Sie schüttelte den Kopf. »Wir haben hier in London eine Niederlassung. Du erinnerst dich sicher. Und vor den Feiertagen hatte ich in Budapest zu tun.«

»Dass du so viel herumkommst, war mir nicht bewusst«, murmelte Gregory.

»Du hast mir nie viele Fragen gestellt.«

Einen Moment lang breitete sich Schweigen aus.

»Was machst du noch mal?«, fragte Andrew, als hätte sie ihm das bereits erzählt.

»Ich arbeite für eine Sicherheitsfirma. Hauptsächlich Ermittlungen.«

»International?«

»Manchmal«, antwortete sie.

Andrew lächelte und musterte sie mit zusammengekniffenen Augen. »Faszinierend.«

Ihr Vater zog sein Smartphone aus der Jackentasche und legte es nach einem kurzen Blick darauf weg. Jax witterte sofort eine Gelegenheit, ein bisschen in seinem Privatleben zu stöbern. »Willst du mich den ganzen Abend hier stehen lassen, Harry, oder mir deinen Platz anbieten?«

Harry sprang hastig auf. »Sorry, Sis. Ich habe vergessen, dass du ein Mädchen bist.«

Sie schaute auf ihre Brüste und lachte. »Ist das zu übersehen?«

Ihr Bruder errötete.

Andrew lachte.

Ihr Vater hatte nichts mitbekommen.

Jax zog ihr Smartphone aus der Tasche und legte es neben das Gerät ihres Vaters auf den Tresen.

»Als ich Jax letztes Wochenende angerufen habe, war sie gerade mit ihren Kollegen aus einem Flugzeug gesprungen«, sagte Harry zu Andrew.

»Du machst Witze«, antwortete Andrew, als wüsste er das nicht.

»Du springst zum Ermitteln mit einem Fallschirm ab?«, fragte Gregory.

»Das war ein Team-Wochenende auf einem Marinestützpunkt.« Sie nahm einen Schluck von ihrem Cider und war gespannt auf die Reaktion ihres Vaters. »Hat mich an Richter erinnert.«

Die Erwähnung des Internats hielt ihn offenbar von weiteren Fragen ab. Zumindest presste er die Lippen zusammen und schaute ihr in die Augen.

Sie wollte gerade noch mehr von Richter erzählen, um ihren Vater wieder einmal fragen zu können, weshalb sie dorthin geschickt worden war, als ein Mann zu ihnen trat. »Hey, Harry. Lange nicht gesehen.« Er schüttelte ihrem Bruder die Hand.

Jax nutzte die Ablenkung, um nach ihrem Telefon zu greifen und nahm absichtlich das ihres Vaters.

»Ich hatte viel um die Ohren.«

»Du arbeitest zu viel, mein Freund.«

»Er macht das schon richtig«, sagte Gregory.

Harry stellte ihnen seinen Freund Sheldon vor. Und Sheldon lächelte Jax etwas länger an als nötig.

Sie stand auf. »Bin gleich wieder da.«

Die Männer machten ihr Platz und sie ging zu den Toiletten. Dort schloss sie sich in einer Kabine ein, erweckte das Smartphone ihres Vaters zum Leben, und stellte fest, dass sie ein Passwort brauchte. Mit genügend Zeit hätte sie sich in das Gerät hacken können. Aber es ging auch einfacher.

»Hey, Siri.«

Sie hörte ein leises »Ping«.

Sie nannte dem Telefon eine Nummer und machte einen Anruf.

»MacBain Security and Solutions.«

Jax drückte das Handy ans Ohr. »Ich brauche noch einen Gefallen.«

Ein paar Minuten später verließ sie die Toilette und ging zurück zu den Männern. Sie setzte sich, legte das Smartphone auf den Tresen und schob es ihrem Vater hin. »Sorry. Ich hab aus Versehen deins genommen.«

Gregory steckte es lächelnd ein. »Die Dinger sehen doch alle gleich aus.«

»Allerdings.«

Einige Zeit später, als sie ihr Glas zur Hälfte geleert hatte und die Männer bei der zweiten Runde waren, beschloss sie aufzubrechen. Hier würde sie heute nicht mehr viel erfahren. Sie setzte sich besser an den Computer. Außerdem brauchte sie ein paar Kleinigkeiten, um ihre Nachforschungen voranzutreiben.

Sie schob ihr Glas beiseite und stand auf. »Ich lasse euch dann mal wieder allein.«

»Du bist doch gerade erst gekommen.« Andrew klang enttäuscht.

»Der Jetlag macht mir noch ein bisschen zu schaffen.«

Gregory erhob sich. »Das war wirklich eine Überraschung.«

Sie schaute ihm fest ins Gesicht. »Schaff ein bisschen Platz in deinem Terminkalender. Wir könnten uns zum Lunch treffen.« Das war keine Bitte, sondern eher ein Ultimatum. »Es gibt viel zu besprechen.«

Ihr Vater nickte nur.

Jax ließ sich von Harry umarmen. »Ruf mich an«, flüsterte sie ihm dabei ins Ohr.

»Schön, dass du da warst.«

Andrew stellte sein Glas ab. »Ich bringe dich raus.«

Die feuchtkalte Londoner Nachtluft war wie ein Schlag ins Gesicht.

»Wo steht dein Wagen?«

Jax zeigte die Straße entlang in Richtung der Wohnung ihres Bruders. »Ich finde den Weg.«

»Ja, ich nehme an, wer aus Flugzeugen springt und seine Freizeit auf amerikanischen Militärbasen verbringt, schafft auch das.«

»Weshalb bist du dann mit rausgekommen?«

Die Fußgängerampel sprang auf Grün und sie überquerten zusammen die Straße.

»Ich möchte gerne helfen.«

»Helfen? Wobei?«

»Bei deinen Nachforschungen. Dafür hat Harry dich doch hergebeten, oder?«

»Hat er dir das gesagt?«

»Er hat gesagt, er bräuchte Verstärkung aus der Familie, um seinen Dad dazu zu bringen, bei ihm auszuziehen.«

Das klang ganz nach ihrem Bruder.

»Mir scheint, mein Vater wird bei dieser Sache genauso mauern wie meine Mutter.«

»Sehr begeistert schien er von eurem Wiedersehen nicht zu sein.«

»Danke für den Hinweis.«

Andrew verlangsamte seinen Schritt. »Tut mir leid. Das war taktlos.«

Sie blieb stehen und schaute ihn an. »Ich glaube, ich habe dir gesagt, dass meine Familie ziemlich kühl ist. Aber da dachte ich noch, du wärst ein Fahrer, der sie nicht persönlich kennt.«

»Ja. Und auch das tut mir leid.«

Jax setzte sich wieder in Bewegung. »Ich hab dir ein Trinkgeld gegeben.«

Er folgte ihr. »Ich geb's dir zurück.«

Sie überquerten die nächste Straße und sie ging langsamer. Bis zu ihrem Mietwagen waren es nur noch ein paar Schritte und sie fragte sich, ob Andrew ihr womöglich wirklich helfen konnte. »Arbeitest du in derselben Firma wie mein Vater?«

Er schüttelte den Kopf. »Nein. Ich bin zwar auch im Finanzwesen, aber im Privatsektor. Hedge Fonds sind nicht so mein Ding.«

»Obwohl man damit richtig Geld machen kann.« Jax blieb vor ihrem Wagen stehen.

»Auf Kosten der Lebensqualität. Schau dir deinen Bruder an. Er hat kaum noch Haare auf dem Kopf.«

»Stimmt.«

Andrew streckte die Hand aus. Jax schaute sie an.

Er wackelte mit den Fingern, als wollte er etwas haben. »Dein Telefon. Falls du mal Unterstützung brauchst.«

»Meine Firma hat hier in London ein ganzes Team.«

Er zeigte auf seine Brust. »Aber mich gibt's nur einmal.«

Das klang nach einem Anmachspruch. Das Telefon gab sie ihm trotzdem.

Er drückte die Taste, die es aus dem Standby-Modus holte, dann drehte er es zu ihr, damit sie ihm das Display öffnete. Mit einem listigen Lächeln tippte er seine Telefonnummer ein. Als sein Telefon summte, drückte er den Anruf weg. Er wirkte sehr zufrieden mit sich.

»War das jetzt, damit ich dich erreichen kann oder damit du mich erreichen kannst?«

»Ja.«

Jax kniff die Augen zusammen und spürte dieselbe Anziehungskraft wie an dem Abend, an dem sie sich kennengelernt hatten. »Dafür bin ich nicht hergekommen.«

»Ich habe keine Ahnung, wovon du sprichst.« Seine Augen blitzten, sein Lächeln wurde breiter.

Ohne weiter darauf einzugehen, griff sie nach ihren Schlüsseln.

Er öffnete ihr die Wagentür und wartete, bis sie am Steuer saß. »Benzin«, sagte er.

Jax blickte auf. »Wie bitte?«

»Mit meiner Kreditkarte habe ich zuletzt an einer Tankstelle bezahlt.«

Es war schwer, nicht zu lächeln. »Du bist ein interessanter Mann, Andrew.«

Er beugte sich mit einem wissenden Lächeln zu ihr. »Und du hast wunderschöne Beine, Jax.«

Sie errötete, spürte die Hitze in ihren Wangen.

Er schloss die Tür und trat zurück.

Jax fuhr ohne ein Wort des Abschieds davon. Sie würde ihn wiedersehen. Ganz sicher.

KAPITEL 8

»Das kann noch dauern hier.« Jax sprach mit Ohrstöpseln, um wenigstens eine Seite des Gesprächs vor lauschenden Ohren zu verbergen. Wobei sie sich deswegen nur wenig Sorgen machte, denn bei ihrer Rückkehr war der Rest des Haushalts bereits schlafen gegangen.

Vom Pub aus war sie direkt zur Londoner Niederlassung ihrer Firma gefahren und hatte sich dort ein paar Dinge geborgt, die hoffentlich hilfreich sein würden.

»Hört sich ganz danach an«, antwortete Claire. Bei ihr war es gerade Mittag, bei Jax war es spät. Sie hatte Claire bereits auf den neuesten Stand gebracht und ihr erzählt, was sie bis jetzt erfahren oder vielmehr nicht erfahren hatte.

»Ich brauche dringend noch ein paar Augen«, seufzte Jax.

»Dann besorg dir welche.«

Jax spielte mit den elektronischen Augen auf ihrem Schreibtisch. Mit denen, die sie sich in der Firma geliehen hatte. »Ich arbeite daran.«

»Ich habe ein bisschen über Scheidungen recherchiert.«

»Ungewöhnlich für jemanden, der gerade seine Hochzeit plant.«

»Auch das könnte noch hilfreich sein. Aber lass uns mal überlegen, weshalb Leute sagen ›Du kannst mich mal, das war's.‹«

»Wegen eines Seitensprungs«, antwortete Jax sofort. Aus diesem Grund hatte sie in den Telefonen ihrer Eltern Tracker installiert.

»Genau. Wem von beiden traust du das eher zu?«, fragte Claire.

Jax schloss die Augen. »Eigentlich keinem.«

»Dann ist es ja gut, dass ich deine Eltern ein bisschen kenne und eine Meinung habe. Deinem Dad.«

»Er hätte zumindest eher die Gelegenheit. Meine Mutter ist ständig von Angestellten umgeben. Oder von den Frauen aus ihren Klubs.«

Claire lachte. »Nichts ist unmöglich. Vielleicht hat eine der Damen einen attraktiven Poolboy.«

»Im Großraum London sind Pools nicht sehr verbreitet.«

Das Lachen am anderen Ende der Leitung wurde lauter. »Okay, oder einen Tennislehrer.«

Jax rieb sich die Augen. »Kann ich mir kaum vorstellen. Aber, schön. Nehmen wir an, einer von ihnen hatte was am Laufen.«

»Ich tippe immer noch auf deinen Dad.«

»Weshalb?«

»Er ist ausgezogen und keiner von beiden redet darüber. Deiner Mutter ist es peinlich, dein Vater will nicht, dass irgendwer was erfährt.«

Für Jax klang das plausibel. »Dass man sich auseinandergelebt hat oder nicht genügend redet, sind auch häufige Scheidungsgründe.«

»Richtig. Absolut. Aber deine Eltern sind sich unglaublich ähnlich.«

»Was nicht bedeutet, dass sie miteinander reden.«

»Mangelnde Kommunikation kann zu Untreue führen.«

»Du hast dich wirklich festgebissen.«

»Ich will nur nicht, dass es dich kalt erwischt, falls irgendwer Dickpics verschickt.«

»Oh. Mein. Gott.«

»Im Ernst. Du hast dich in ihre Telefone und in ihre E-Mail-Accounts eingehackt, oder?«

»Selbstverständlich.«

»Also sei auf alles gefasst. Ich bin die Stimme der Vernunft. Das weißt du.«

»Was für ein scheußlicher Gedanke.«

»Ich könnte richtigliegen.«

»Ich weiß. Grauenhaft«, antwortete Jax.

Claire sprach erst nach einer kurzen Pause weiter. »Willst du dir das wirklich antun?«

Jax überlegte ein paar Sekunden lang. »Ich glaube, es muss sein.« Sie klappte den Laptop zu, auf den sie während des Gesprächs geschaut hatte, und senkte den Kopf. Dann wechselte sie von Englisch zu Deutsch. »Ich kenne meine Familie nicht. Und das ist meine Gelegenheit herauszufinden, wofür sie jeden Morgen aufsteht. Was sie glücklich und was sie traurig macht.«

»Weshalb sie dich ans Richter-Internat geschickt hat«, ergänzte Claire auf Deutsch.

Ja. Das auch. »Wenn ich sie besser kennen würde, würde ich sie vielleicht verstehen.«

»Dann muss es wohl so sein«, sagte Claire. Diesmal wieder auf Englisch.

»Du klingst wie Gwen.« Gwen war Neils Ehefrau.

»Sie kommt für mich einer Mutter am nächsten. Ich betrachte das also als Kompliment.«

Jax seufzte. »Ich wünschte, meine Mutter hätte jemanden wie sie. Jemanden, dem sie sich anvertrauen kann.«

»Wer ist ihre beste Freundin?«

»Keine Ahnung. Ich war immer nur zu den Feiertagen hier und manchmal zu einem Geburtstag. Zu den Festen kommen wichtige Leute. Entweder aus der Firma, wo mein Vater arbeitet, oder aus den Klubs, wo meine Mutter zum Lunch hingeht. Leute mit Einfluss.«

»Gwen hat Einfluss.«

Jax horchte auf. »Und damit willst du sagen?«

»Vielleicht bitte ich Gwen ja, mich nach England zu begleiten, damit wir gemeinsam für die Hochzeit einkaufen können. Vielleicht laden wir deine Mom auf das Harrison-Anwesen ein und lassen Gwen das tun, was sie am besten kann.«

»Und das wäre?«

»Sich wie alter Adel benehmen und doch herzlich und bodenständig sein. Die meisten Leute finden das unwiderstehlich und werden ganz zugänglich und offen.«

Gwen war eigentlich *Lady* Gwen, ihr Bruder ein britischer Herzog. Jax' Mutter würde dahinschmelzen.

»Der Gedanke gefällt mir. Glaubst du, Gwen würde das machen?«

»Ich kann sie fragen.«

»Ich brauche wirklich dringend Verstärkung.«

»Es sei denn, du möchtest das ganze restliche Jahr damit verbringen, in London das Drama deiner Eltern zu entwirren.«

»Das kann niemand ernsthaft wollen. Der einzige Lichtblick hier ist Andrew.«

»Wer ist Andrew?«

»Der Fahrer.«

»Wie bitte?«

»Der Fahrer. Der keiner war. Er ist ein Freund meines Bruders. Ich dachte nur, dass er ein Fahrer sei.«

»Der süße Typ, der dich ins Bett gebracht hat?«

Das konnte Jax so nicht stehen lassen. »Der süße Typ, der dafür gesorgt hat, dass ich heil in mein Zimmer gekommen bin und dass mit mir alles in Ordnung war, bevor er mich in meinem Bett zurückgelassen hat. Absolut unberührt.«

»Herrje, wie süß. Viel besser als alles andere, was dir in der ersten Nacht in London hätte passieren können.«

»Er hat mir Hilfe angeboten.«

»Hm. Hört sich an, als müsste ich ihn mir dringend mal ansehen.«

»Es ist nicht, wie du denkst.«

Claire prustete los. »Nein, überhaupt nicht.«

»Er arbeitet im Investmentbereich. Schiebt Zahlen hin und her. Meine Eltern wären ganz hingerissen von ihm.« Und wenn es einen Typ Mann gab, den Jax mied wie der Teufel das Weihwasser, dann den, der ihren Eltern gefallen konnte.

»Autsch.«

»Genau.«

»Aber als Fahrer fandest du ihn süß und hast mit ihm Martinis getrunken.«

Das brachte Jax ins Grübeln. »Ich weiß noch nicht, ob du ihn kennenlernst.«

»Wenn er dich auch süß findet, dann auf jeden Fall.«

Jax verdrehte die Augen. »Es ist spät. Ich gehe jetzt ins Bett.«

»Das war ein ziemlich abrupter Themawechsel.«

Jax lachte.

»Ich rede mit Gwen und melde mich dann.«

»Danke. Bis morgen.«

* * *

»Du bist gestern spät nach Hause gekommen«, stellte Evelyn fest, als Jax sich im Frühstückszimmer zu ihr setzte.

»Ich habe Harrys Männerabend mit Dad gesprengt.«

Evelyn schaute über den Rand ihrer Teetasse.

»Ich wollte Dad wissen lassen, dass ich hier in London und informiert bin.«

»Und wie ging das aus?«

»Ergebnislos. Er konnte schlecht reden.«

Letty brachte einen Teller mit frischem Obst herein und sie unterbrachen ihr Gespräch. Als die Köchin wieder gegangen war, fuhr Jax fort. »Es war ganz ähnlich wie hier.«

»Ich mag mein Privatleben eben gerne privat.«

»Du glaubst doch nicht im Ernst, dass Letty und Angela völlig ahnungslos sind, oder?«

Evelyn stieß einen tiefen Seufzer aus und stellte ihre Tasse ab. »Geht das jetzt jeden Morgen so?«

Anstelle einer direkten Antwort, versuchte Jax es mit einem anderen Ansatz. »Ich mache mir Sorgen, Mum.«

Das Wort »Mum« schien ihre Mutter zu überraschen. Ihre Schultern lockerten sich ein wenig, doch ihr Lächeln wirkte bemüht. »Es geht mir gut.«

»Das glaube ich dir nicht.«

Evelyn lachte leise auf. »Das kam schon öfter vor.«

»Du bist jetzt hier allein.«

»Ich bin nicht allein.«

»Letty geht abends nach Hause. Sie und Angela haben freie Tage. Und die Haustür ist nie abgeschlossen. Ich weiß, du denkst, du lebst in einer sicheren Welt. Aber du irrst dich.«

»In Zukunft schließe ich ab.«

Letty kam ins Zimmer zurück. »Das sage ich deiner Mum schon seit Jahren.«

»Und ich stelle mich seit Jahren taub«, gab Evelyn zurück.

Letty stellte zwei Croissants auf den Tisch. »Nach der Sache letzten Monat wäre Abschließen eine gute Idee.«

Jax ließ die Kaffeetasse sinken. Ihr entging nicht, wie sich ihre Mutter sofort wieder versteifte. »Letzten Monat? Was ist passiert?«

»Letty …«

Trotz des warnenden Tonfalls, hielt Jax an dem Thema fest. »Mutter!«

»Da war nichts.«

Jax drehte sich zu Letty. Die Miene der Köchin sagte etwas anderes.

»Dein Vater meinte, es wäre ein Landstreicher gewesen, ein Bettler vielleicht.«

»Ein Landstreicher? Was ist passiert?«

Evelyn schüttelte den Kopf, doch Letty redete weiter. »Hinter dem Haus war ein Mann. Er hat durch die Fenster geschaut, einen Stuhl umgeworfen und einen Blumentopf.«

Jax' Nerven standen sofort unter Strom.

»Angela hat ihn gesehen und geschrien. Er ist davongerannt wie ein Hase und wir haben ihn nicht noch mal gesehen«, fuhr Letty fort.

»Dass ihr ihn nicht noch mal gesehen habt, heißt gar nichts. Trotzdem kann er sich hier herumtreiben.« Jax drehte sich zu ihrer Mutter. »Warum höre ich erst heute davon?«

»Weil es unwichtig ist. Jemand hat zum Fenster reingeschaut und ist weggelaufen.«

»Oder jemand spioniert das Haus aus und wartet auf den richtigen Moment, um hier einzubrechen, oder …«

»Dein Vater hat gesagt …«

»Er ist nicht hier!« Jax' Stimme wurde laut genug, um die Diskussion zu beenden und Letty aus dem Zimmer zu verscheuchen. Die Stille dehnte sich aus wie ein schlechter Geruch in einem sehr kleinen Raum.

»Ich möchte, dass du eine Alarmanlage installieren lässt.«

»Das hast du früher schon mal gesagt. Aber ich glaube nicht, dass das sein muss.«

»Früher wäre das eine Vorsichtsmaßnahme gewesen. Jetzt ist es eine Notwendigkeit. Ich nehme an, du hast nicht die Polizei gerufen.«

»Selbstverständlich nicht. Du hast doch gehört, er ist gelaufen wie ein Hase. Er hatte Angst.«

Jax würde Angela später nach den Einzelheiten fragen. »Es gibt zwei Möglichkeiten. Entweder du lässt zu, dass ich mich mit diesem Problem beschäftige und dir eine Alarmanlage besorge. Oder ich nutze meine Zeit und Energie, dir jeden Tag weitere Fragen zu stellen, an deiner Sturheit zu kratzen und rauszufinden, was los ist mit dir und Dad. Mit dieser Familie.«

Ihre Mutter zögerte. »So ein Ding ist sicher teuer.«

»Die Firma, bei der ich arbeite, installiert auch Alarmanlagen. Und außerdem werde ich dafür sorgen, dass Vater die Rechnung bezahlt.«

»Und mit welcher Begründung?«

»Weil er nicht hier ist und du deshalb Sicherheitsvorkehrungen brauchst. Über die Kosten brauchst du dir zwar eigentlich keine Gedanken zu machen. Aber trotzdem …«

Evelyn brachte tatsächlich ein Lächeln zustande. Ein listiges Lächeln, wie Jax es bei ihrer Mutter noch nie gesehen hatte.

»Okay, abgemacht. Ich lasse noch heute Nachmittag ein Team aus der Firma herkommen, und Vater kriegt gleich morgen die Rechnung.«

Ihre Mutter nahm sich ein Croissant. »Es wäre furchtbar, wenn den Angestellten etwas zustieße. Obwohl wir uns vermutlich völlig grundlos Sorgen machen.«

Yes!

Jax holte Luft, doch ihre Mutter kam ihr zuvor. »Und jetzt kein Wort mehr über deinen Vater und mich.«

101

»Was, wenn er etwas sagt, was dich interessieren könnte? Sicher möchtest du das doch hören. Schließlich sitzen Harry und Dad jeden Abend zusammen im Pub.« Jax bezweifelte das sehr, doch ihre Mutter ein wenig aufzustacheln, war vielleicht eine gute Strategie. »Eheleute sollten doch keine Geheimnisse voreinander haben, oder?«

Ein paar Sekunden lang schien Evelyn darüber nachzudenken. »Neuigkeiten höre ich lieber von dir als von irgendjemandem, der zufällig etwas erfahren hat.«

»Wunderbar.«

Ihre Mutter schob das angebissene Croissant beiseite und wischte sich Krümel von den Fingern. »Jetzt aber mal zu dir. Hast du denn einen Freund?«

Jax grinste. »Ein paar Monate lang habe ich einen angehenden Anwalt gedatet.«

Evelyns Blick hellte sich auf. »Das lässt hoffen.«

Jax schüttelte den Kopf. »Er war mit mir zusammen, weil er dachte, ich wäre seine Eintrittskarte in die bessere Gesellschaft. Ich mit ihm, weil er gut im Bett war.«

»Jacqueline!«

Sie lachte. »Was ist? Das stimmt. In jeder anderen Hinsicht war er absolut zum Gähnen.«

»Bitte sag mir, dass du nicht wahllos mit Männern schläfst.«

»Keine Sorge.« Sie war viel wählerischer, als sie ihre Mutter glauben lassen wollte. »Und was ist mit dir? Hattest du vor Dad viele andere Dates?«

»Viele würde ich nicht sagen. Aber genügend, denke ich.«

»Hoffen wir, dass du nicht wieder in den Dating-Zirkus einsteigen musst. Da draußen geht es nämlich ziemlich hart zu.«

Ihre Mutter grinste. »Du bist eine schöne Frau in der Blüte ihres Lebens. Du kannst jeden Mann haben, den du willst.«

»Die habe ich ja auch. Bloß behalten will ich keinen.« Mit einem Lachen unterstrich sie, dass das ein Scherz war, und nach einem kurzen Zögern stimmte ihre Mutter ein.

»Wo wir gerade von Männern sprechen, kennst du Andrew? Harrys Freund?«

»Andrew Craig?«

»Ja. Was weißt du über ihn?« Durch ihre Nachforschungen kannte Jax die wichtigsten Eckdaten. Er hatte keine Vorstrafen, bloß ein paar Strafzettel wegen zu schnellen Fahrens. Er besaß eine Wohnung in der Nähe ihres Bruders, arbeitete im Finanzsektor, wie er behauptete, und ja, mit seiner Kreditkarte hatte er zuletzt an einer Tankstelle bezahlt. Aber was gab es sonst noch über ihn zu wissen?

»Netter Junge, gute Familie. Ist mit deinem Bruder zur Schule gegangen.«

»Definiere ›netter Junge‹.«

»Weshalb? Interessiert er dich?«

Jax schüttelte den Kopf. »Nein. Er ist zu …«

»Aha.«

»Wirklich, Mum. Ich bin nicht …«

»Über die Frauen in seinem Leben habe ich nie etwas gehört. In eurer Altersgruppe ist das bemerkenswert. Er hätte eine Stelle in derselben Firma wie dein Vater haben können, hatte aber kein Interesse. Stattdessen arbeitet er bei seinem Vater, verdient dadurch wohl einiges weniger, aber sicher trotzdem ganz gut. Das ist meine Definition von ›netter Junge‹. Aber er interessiert dich ja nicht.«

Einen Moment lang rührten sie schweigend in ihren Tassen.

»Er ist süß«, gab Jax zu.

»Und groß.«

Sie lächelten beide. »Große Füße.« Auf Andrews Füße hatte Jax nie geachtet. Aber der Kommentar brachte ihre Mutter zum Lachen.

Das kam selten genug vor.

»Was soll ich bloß mit dir machen?«

Jax zuckte die Achseln. »Aufs Richter-Internat kannst du mich jetzt nicht mehr schicken. Dafür bin ich zu alt.«

Evelyn schaute auf ihre Hände und seufzte.

Das war vermutlich das längste Gespräch, das sie und ihre Mutter je gehabt hatten. Auf keinen Fall wollte Jax diesen Moment ruinieren. »Ich rufe das Team von der Firma an. Hier im Haus wird es ein paar Stunden lang ziemlich laut werden.«

Sie stand auf.

»Bitte sorg dafür, dass sie hier nur das Teuerste verwenden. Ich möchte nicht alles noch mal machen lassen müssen.«

»Geht klar.«

Jax verließ das Frühstückszimmer und warf Letty im Vorbeigehen ein Lächeln zu.

* * *

Zwei Stunden später wimmelte es im Haus von Technikern, die die Alarmanlage installierten. Samt Equipment für Bild- und Tonaufnahmen von den Fluren und vom Außenbereich. Normalerweise beteiligte sich Jax nicht an solchen Einbauten. Doch sie kannte das Haus und seine Schwächen. Drei Teams arbeiteten gleichzeitig, eines oben, eines unten, eines draußen vor der Tür.

Jax setzte sich zu Angela und notierte, was die Haushälterin noch über den Tag wusste, als sich der Fremde hier herumgetrieben hatte.

»Er ist ziemlich schnell gerannt. Kann also nicht sehr alt gewesen sein. Sein Gesicht habe ich nicht so richtig gesehen. Aber er hatte einen Bart, wie so viele Männer dieser Tage. Sah ein bisschen ungepflegt aus.«

»Verwahrlost?«

»Schwer zu sagen.«

»Hautfarbe? Gewicht?«

»Er war hellhäutig. Normale Figur, glaube ich.«

»Was hatte er denn an?«

»Es hat geregnet. Einen langen Mantel. Viel mehr konnte ich nicht erkennen. Ehrlich gesagt hatte ich genauso viel Angst wie er.«

Der Zwischenfall hatte nur ein paar Sekunden gedauert. Ihr Vater war im Haus gewesen und hatte den flüchtenden Mann noch über die Hecke springen sehen. Laut Angela hatten sie danach etwa eine Woche lang immer alles abgeschlossen. Aber bald hatten sich die alten Gewohnheiten wieder eingeschlichen.

»Falls Ihnen noch etwas einfällt, sagen Sie mir bitte gleich Bescheid.«

Angela nickte und jagte dann einem der vielen Techniker hinterher, die die heilige Ordnung im Haus durcheinanderbrachten.

Jax folgte ihr und fand ihre Mutter, die das Treiben kopfschüttelnd beobachtete.

»Ist das nicht ein bisschen übertrieben?« fragte sie.

»So schaffen sie alles an einem Tag.«

»Unsere Nachbarn werden glauben, hier stimmt etwas nicht.«

»Und damit hätten sie ja recht.«

Evelyn brachte ein ziemlich passables Augenrollen zustande, und Jax war fast ein bisschen stolz auf sie. »Sag ihnen einfach, ich hätte dir das zum Geburtstag geschenkt und du hättest nicht ablehnen können. Obwohl du es am liebsten getan hättest.«

Sven trat durch die weit offen stehende Haustür. »Hallo, Jax.«

Sie begrüßte ihn mit einer Umarmung. »Was machst du denn hier?«

»Neil hat mich geschickt.« Ohne weitere Erklärungen wandte er sich an ihre Mutter. »Sie müssen Jax' ältere Schwester sein.«

»Ich bitte Sie.« Doch ihre Mutter lächelte.

»Dir fällt wirklich immer was ein, Kollege.« Jax lachte. »Meine Mutter, Evelyn. Und das ist Sven vom Londoner Team.«

Sven schüttelte den Kopf. »Nein, wirklich.« Er trat einen Schritt zurück und schaute zwischen Mutter und Tochter hin und her. »Man sieht genau, woher Jax die schönen Augen hat.«

»Sehr charmant, wirklich«, stellte Evelyn fest.

Sven stellte sich neben sie. »Hörst du, Jax? Ich bin charmant.«

»Du bist ein Playboy, der mit meiner Mutter flirtet. Und weshalb wollte Neil, dass du herkommst?«

Sven schaute einem der Männer hinterher, der eine Werkzeugkiste nach oben trug. »Weil dies das Haus deiner Familie ist. Das macht es persönlich. Er möchte, dass jemand einen objektiven Blick auf die Gegebenheiten wirft.«

Damit hatte Jax eigentlich rechnen müssen.

»Neil ist dein Chef, oder?«, fragte Evelyn.

»Ja.«

»Es ist sehr freundlich von ihm, sich so viele Gedanken zu machen, obwohl er uns gar nicht kennt.«

Sven lachte.

Jax schob sich neben Sven und nahm ihn am Arm. »Ich rede ständig über meine Familie. Sicher hat er das Gefühl, ihr wärt alte Bekannte.«

Ihre Mutter musste schließlich nicht wissen, dass Neil routinemäßig gründliche Background-Checks über neue Angestellte und deren Umfeld durchführte.

»Ja. Genau. Ständig. Und jetzt würde ich mich hier gerne umsehen«, sagte Sven.

»Oh, Sven.« Evelyn hielt ihn zurück.

»Ja, schöne Frau?«

Jax knuffte ihn gegen die Schulter.

»Letty kocht heute für alle. Wie viele Leute sind denn zum Essen hier?«

Sven schaute zur Decke und murmelte eine Aufzählung. »Elf … zwölf. Männer.«

Ihre Mutter errötete. »Dann sage ich ihr, sie soll für vierundzwanzig kochen.«

Sven nickte Jax zu. »Deine Mutter ist netter als du.«

Evelyn kicherte und ging davon.

Jax schaute ihr nach und fragte sich, wer diese Frau war.

»Zeigst du mir jetzt das Haus, oder was?«

»Du machst mich fassungslos.«

Sven legte eine Hand auf seine Brust. »Das ist eine Gabe.«

KAPITEL 9

Neil saß in seinem Büro im kalifornischen Hauptquartier und schaute sich die Aufnahmen aus dem Haus von Jax' Familie an. Nach und nach wurden immer mehr Bild- und Tonmitschnitte übertragen. Während die Installation noch lief, drehte er die Lautstärke herunter.

Ein kurzes Klopfen an der Tür, dann schob sich Sasha herein. »Hallo.«

Mit einer Handbewegung forderte er sie auf, die Tür zu schließen, und winkte sie zu sich. »Danke fürs Kommen.«

Streng genommen arbeitete sie nicht für ihn und war zu nichts verpflichtet. Trotzdem konnte er jederzeit auf sie zählen.

Heute trug sie hautenge schwarze Jeans und ein dunkelblaues Shirt mit Knopfleiste. Die schwarze Lederjacke hatte sie über dem Arm. Mal ein anderes Outfit als die üblichen schwarzen Spandex-Bodysuits, aber trotzdem typisch für sie. »Was gibt's?«

Er zeigte auf die Monitore auf seinem Schreibtisch. »Jax' Mutter hat in ein Überwachungssystem eingewilligt.«

»Gibt's einen Anlass?«

Neil hob die Schultern. »Schwer zu sagen. Die Haushälterin hat letzten Monat hinter dem Haus einen ungebetenen Besucher

aufgeschreckt. Kein Einbruch, kein Schaden. Er ist davongerannt und seither angeblich nicht mehr aufgetaucht.«

»Vor einem Monat.« Sasha wirkte nicht beeindruckt.

»Das ist das eine. Und Jax' Bruder hat sie nach London gerufen, weil sein Dad zu Hause ausgezogen ist und jetzt bei ihm
wohnt.«

»Scheidung?«

»Noch nicht.«

Sasha zuckte die Achseln. »Egal, was ist. Die Überwachung
ist nötig. Schon wegen unserer Arbeit.«

Neil war derselben Meinung. Besonders seit dem letzten
Fall, bei dem es ihnen gelungen war, einige große Fische aus
dem organisierten Verbrechen dingfest zu machen. Und natürlich solange sie ehemalige Auftragsmörder überwachten. Dass
Mitglieder seines Teams längerfristig in Häusern wohnten, wo
selbst grundlegende Sicherheitsvorkehrungen fehlten, war Neil
zutiefst zuwider.

Wie üblich kam Sasha direkt zur Sache. »Und wozu
brauchst du mich?«

»Wissen wir, weshalb Jax ans Richter-Internat geschickt
worden ist?«

Sasha fixierte ihn stumm.

»Könnte ein Zusammenhang mit der jetzigen Trennung
ihrer Eltern bestehen? Tratsch interessiert mich nicht. Mich
interessiert nur die Sicherheit meiner Leute.« Auf einem der
Bildschirme sah Neil Jax durch einen Flur ihres Elternhauses
gehen.

»Möglicherweise haben ihre Eltern sie tatsächlich nur an die
Schule in Deutschland geschickt, damit sie dort etwas lernte«,
sagte Sasha trocken.

»Und den Bruder auf ein ziemlich nahe gelegenes Internat
in England? Warum? Von den Eltern war keiner in Richter.
Nostalgische Gefühle fallen als Grund also aus.«

»Du willst, dass ich mir die Akten ansehe.« Die Akten, das waren Tausende von Dokumenten und vertraulichen Informationen über die Schülerinnen und Schüler des Richter-Internats, vor allem aber über deren Familien. In diesen Aufzeichnungen verbargen sich die geheimen Gründe, weshalb bestimmte Eltern bestimmte Kinder an eine militärisch geprägte Schule schickten, wo sie vermeintlich sicher waren. Und wo sie, was vielleicht noch wichtiger war, lernten, sich zu schützen, falls düstere Schatten aus der familiären Vergangenheit sie einholten.

»So ungern ich die Büchse der Pandora öffnen möchte, Claire und Gwen fliegen diese Woche nach Europa. Mitten rein in Jax' Familiendrama. Halt mich für einen Kontrollfreak, aber ich will wissen, was für ein Drama das ist und ob es eine Bedrohung gibt.«

»Du bist ein Kontrollfreak.« Sasha lächelte.

»Du nimmst dir die Akten vor?« Er hätte es selbst getan, doch die meisten Schriftstücke waren auf Deutsch abgefasst.

»Ja.«

»Dann hältst du meine Vorsicht für begründet.«

»Deine immer. Aber die Frage ist, wie gehen wir mit dem um, was ich vielleicht aufdecke. Falls es eine Bedrohung gibt, handeln wir. Aber wenn es nur Familientratsch ist, wenn ich auf Geheimnisse stoße, die uns nichts angehen?«

»Dann sorgen wir dafür, dass Jax selbst dahinterkommt.«

»Damit kann ich leben.« Sasha schaute auf die Monitore. »Was unternimmt denn Jax?«

Neil lehnte sich zurück. »Sie hört die Telefone ihrer Eltern ab und hat in ihren Handys Tracker installiert. Sie lässt das Haus verkabeln und verwanzen und hat darum gebeten, dass sich das Londoner Team bereithält, um sich auch um die Wohnung ihres Bruders zu kümmern. Außerdem hat sie uns einen ausführlichen Background-Check über einen gewissen Andrew Craig machen lassen. Stinklangweilig. Und sie hat sich in unserer Londoner Niederlassung ein paar Spielsachen ausgeborgt.«

»Waffen?«

»Nein. Bloß Technik.«

»Lass mich wissen, falls sich das ändert.« Sasha wandte sich zum Gehen.

»Danke.«

Sie hob lässig die Hand und verließ sein Büro.

* * *

Jax stand vor einem der drei Bedienfelder. Eines befand sich an der Garage, das zweite an der Haustür, dass dritte im Schlafzimmer ihrer Mutter. Ihre Mutter, Letty und Angela schauten ihr interessiert über die Schulter.

»Was weißt du über Alarmanlagen?«, fragte Jax ihre Mum.

Evelyn schaute Letty an und trat von einem Fuß auf den anderen. »Man schaltet sie an, und wenn jemand einbricht, geht ein Alarm los. Und irgendwer informiert die Polizei.«

»Jap. Einfache Anlagen funktionieren so. Aber normalerweise ruft die Überwachungsfirma erst in dem jeweiligen Haus an, um rauszufinden, ob es sich vielleicht um einen Fehlalarm handelt. Sie fragt nach einem Codewort, und erst, wenn man es nicht nennen kann, informiert sie die Polizei. All das braucht natürlich Zeit und führt zu Verzögerungen. Meine Firma, also die, bei der ich arbeite, macht das anders. Wir haben Kameras im Haus und im Außenbereich. Wenn der Alarm losgeht, werden die Kameras automatisch aktiviert und die Bilder an unser Büro übermittelt. Tippt man den Code ein, wird der Alarm innerhalb einer Minute abgeschaltet und nach fünf Minuten fahren die Kameras zurück in den Stand-by-Modus.«

»Sind Bildaufnahmen wirklich nötig?«

Genau in diesem Augenblick kam Sven die Treppe herunter, und Jax nutzte die Gelegenheit, um ihrer Mutter die Nützlichkeit der Kameras zu demonstrieren.

»Hast du eine Minute?«, fragte sie Sven.

»Für dich doch immer.«

Jax schaltete die Alarmanlage ein. Dann gab sie ihm ein Zeichen, mit ihr hinaus vors Haus zu gehen.

»Wo wollt ihr denn hin?«, fragte ihre Mutter.

»Warte hier.«

Jax zog Sven an der Hand hinter sich her ins Freie und schloss die Tür.

»Bist du bewaffnet?«

»Selbstverständlich«, antwortete er lachend.

Sie hielt ihre Hand auf und er zog die Pistole hinten aus dem Hosenbund. Jax nahm das Magazin heraus, entfernte das Geschoss aus der Kammer und gab ihm die Waffe zurück. Dann wandte sie ihm den Rücken zu. »Zeig meiner Mutter, wofür die Kameras gut sind.«

Sven seufzte. »Du willst bloß, dass ich dich festhalte.«

»Lass es glaubwürdig aussehen«, sagte Jax.

Sie spürte die Pistole an den Rippen und öffnete die Haustür.

»Tut mir nichts!«, schrie sie auf dem Weg in den Flur.

Der Alarm ging los, die elektronische Stimme aus dem Panel forderte sie auf, den Code einzutippen.

Als Sven Jax zum Kontrollpanel stieß, machten ihre Mutter, Angela und Letty hektisch Platz. »Schalt das verdammte Ding aus.«

Jax registrierte, wie die drei Frauen die Waffe entdeckten. »Tu mir nichts. Du kannst dir nehmen, was du willst.«

Der Alarm plärrte weiter, der Lärm war ohrenbetäubend.

»Keine Sorge, Süße. Genau das habe ich vor.« Sein Ton klang ekelhaft und einfach perfekt.

112

»Was würdest du tun, Mutter?«, schrie Jax.

Sven rückte noch näher an Jax heran und zielte auf ihren Kopf.

»Den Code eintippen. Tipp den Code ein«, rief ihre Mutter erschrocken.

Jax tippte die Ziffernfolge ein, der Alarm verstummte. Stille breitete sich aus.

Sven presste sie an sich, ohne die Waffe zu senken. »Gut gemacht, Mäuschen«, schnurrte er und drückte ihr die Mündung an die Wange.

Mit einer oft trainierten Bewegung verlagerte Jax ihr Gewicht, rammte ihr Knie zwischen Svens Beine, ohne wirklich zu treffen, und drehte ihm die Waffe aus der Hand.

Sven war kein Spielverderber und wehrte sich nicht. Dafür richtete Jax jetzt die Waffe auf ihn. Die drei Frauen seufzten hörbar auf.

»Solange ihr keine Nahkampftechniken beherrscht, sind die Kameras nötig.« Jax steckte das Magazin wieder in die Waffe, sicherte sie und gab sie Sven zurück. »Danke für die Demonstration.«

»Immer wieder gerne, Schätzchen.«

Jax ging zu ihrer schockierten Mutter. »Du schaltest den Alarm aus, die Kameras schalten sich ein, und das Team macht seine Arbeit.«

»Und wie sieht das dann aus?« Lettys Augen waren immer noch schreckensweit.

»Die Polizei wird verständigt, aber auch wir wissen Bescheid. Wenn wir zuerst da sind, neutralisieren wir die Bedrohung.«

»Neutralisieren?«, fragte ihre Mutter.

Jax zuckte die Achseln.

»Ogottogott«, flüsterte Angela.

Jax fuhr mit den Erklärungen fort. »In den nächsten paar Tagen laufen die Kameras nonstop. Sie zeichnen die normalen Abläufe auf, den üblichen Tagesrhythmus.« Sie erklärte weiter.

Am Ende ihres kleinen Vortrags nickten ihre Mutter und die beiden anderen Frauen und lächelten. Dann stellte Angela eine Frage. »Was ist mit Mr Simon, Ma'am? Sollte ihn jemand warnen, bevor er nach Hause kommt?«

Jax schaute ihre Mutter an, Letty schaute weg.

Evelyn schüttelte den Kopf. »Ich bitte Sie, Angela. Wir alle wissen, dass Mr Simon mit mehr als einem Koffer und ein paar Kleidern weggefahren ist.« Sie hielt kurz inne. »Eine Bedrohung stellt er natürlich nicht dar.« Jetzt schaute sie direkt zu Jax. »Aber wir erwarten ihn nicht unangekündigt zurück.«

In diesem Augenblick spürte Jax zum ersten Mal eine tiefere Verbindung zu ihrer Mutter.

Zum ersten Mal in ihrem ganzen Leben.

* * *

Anstatt bis zum Abend zu warten, beschloss Jax, ihren Vater am nächsten Tag im Büro zu besuchen. Dort würde er kein Aufsehen erregen wollen und Diskussionen tunlichst vermeiden. Gleichzeitig konnte sie sich der Belegschaft zeigen. Falls sie dann irgendwann mal am Arbeitsplatz ihres Vaters allein sein wollte, würde man ihr vielleicht nicht viele Fragen stellen und weniger Bedenken haben.

Zu ihrer Leinenhose trug sie eine Seidenbluse und Schuhe, deren Absätze sie auf Augenhöhe mit den meisten Männern brachten. Um zwanzig vor zwölf stand sie vor einem modernen Hochhauskomplex in der City. Der Tracker im Telefon ihres Vaters zeigte an, dass er sich in seinem Büro befand.

Sie betrat das Gebäude durch die automatische Glastür. Nach einem Blick auf die Wegweiser fuhr sie mit dem Aufzug hinauf zu den Räumlichkeiten der Firma JT Capital. Am

Empfangstisch begrüßte sie ein Mann Mitte zwanzig. Er trug einen Anzug und am linken Ohr ein Earpiece. Gerade führte er ein Telefongespräch, lächelte sie kurz an und telefonierte zu Ende. »Sehr gerne. Ich stelle Sie durch.«

Jetzt hatte er Zeit für sie. »Was kann ich für Sie tun?«

»Ich möchte zu Mr Simon.«

»Senior oder junior?« Er schaute auf einen Terminkalender, als würde er nach einem Eintrag suchen.

»Senior. Aber wenn er keine Zeit hat, spreche ich auch gerne mit meinem Bruder.«

Der Blick des jungen Mannes zuckte von dem Kalender zu ihrem Gesicht.

»Sie sind Mr Simons Tochter?«

Was Angestellte betraf, gab es ein paar schlichte Grundsätze. Der Butler wusste immer, wer was getan hatte, das Hausmädchen, wer schwanger war. Der Gärtner wusste, wessen Wagen in der Einfahrt stand oder dass der Wagen dort vielleicht gar nicht stehen sollte.

Und Assistentinnen und Assistenten trafen sich mit anderen Angestellten zur Happy Hour, wo nach ein paar Drinks über Interna getratscht wurde. Das war geradezu ein Naturgesetz.

Ein freundliches Verhältnis zu den Leuten am Empfang war immer gut. Jax streckte die Hand aus. »Jacqueline Simon.« Sie senkte die Stimme. »Eigentlich Jax. Aber Dad und Mum finden den Spitznamen grässlich.«

Der Mann reichte ihr die Hand. »Peter.« Er lächelte. »Ich glaube, ich habe Sie hier noch nie gesehen.«

»Ich lebe in Kalifornien und bin selten in London. Ich war gerade in der Stadt und wollte meinen Vater überraschen. Mit ein bisschen Glück hat er heute kein Lunch-Meeting.«

Peter schaute auf den Kalender und grinste. »Ich sehe keine Eintragung.«

»Wunderbar. Sagen Sie mir dann bitte, wie ich zu seinem Büro komme?«

Peter verlor sein Lächeln.

»Eine Handbewegung reicht völlig«, raunte sie. »Dann tu ich so, als seien Sie auf der Toilette, und suche mir selbst meinen Weg.«

Er seufzte und deutete hinter sich. »Den Flur entlang bis ganz ans Ende. Dann nach rechts. Sein Büro ist das letzte an der Ecke. Kaum zu verfehlen.«

»Vielen Dank.«

Bevor sie wegging, flüsterte er: »Ist das Chanel?«

Jax schüttelte den Kopf und flüsterte zurück. »Gap«, flunkerte sie.

Zufrieden mit dem ersten kurzen Gespräch am Empfang machte sie sich auf den Weg. Das Kinn hoch erhoben, die Schritte entschlossen. Einige Angestellte blickten von der Arbeit auf, die meisten schenkten Jax keine Beachtung. An der Tür, von der Peter gesprochen hatte, stand der Name ihres Vaters. Gregorys persönliche Assistentin saß an ihrem Schreibtisch und hob den Kopf, als Jax sich näherte.

»Kann ich Ihnen helfen?«

Jax zeigte auf die geschlossene Tür. »Ich bin Jacqueline. Mr Simons Tochter. Ich möchte ihn gerne überraschen.«

Die Frau machte den Mund auf, vermutlich, um sie abzuweisen. Jax ließ ihr keine Zeit für eine Entgegnung und marschierte kurzerhand durch die Tür.

Ihr Vater stand mit dem Rücken zu ihr an einem großen Fenster mit Blick auf die Stadt.

»Hallo, Dad.«

Er wandte sich um, seine Miene war verschlossen.

»Tut mir leid, Mr Simon. Sie ist einfach an mir vorbeigegangen.«

Gregory versuchte ein Lächeln. Was ihm gründlich misslang. »Schon in Ordnung.« Wie um die Bemerkung zu unterstreichen, ging er zu Jax und küsste links und rechts neben ihren Wangen die Luft.

»Ich dachte, wir könnten zusammen zum Lunch.«

Ihr Vater schluckte, suchte Blickkontakt mit seiner Assistentin. »Ich habe gleich ein Geschäftsessen.«

Die Frau blinzelte ein paar Mal. »Ja. Mit Mr Brodeur. Einem neuen Klienten.«

»Brodeur. Aber ein bisschen kann ich mich verspäten. Teilen Sie ihm bitte mit, dass ich aufgehalten wurde«, wies Gregory seine Assistentin an.

Für Jax klang das alles ziemlich konstruiert und machte das Gespräch, das sie mit ihm führen musste, nicht gerade angenehmer.

Seine Assistentin stellte er ihr nicht vor. Als die Frau wieder draußen war, ging Jax zu dem Fenster, an dem er gestanden hatte. »Schöne Aussicht.«

»Ja.

Sie schaute über die Schulter, ließ den Blick durch den Raum schweifen. Modern. Jedenfalls moderner als alles, womit sich ihre Eltern sonst umgaben. »Ist es nicht seltsam, dass ich noch nie hier war?«

»Es bestand nie die Notwendigkeit.«

»Es gibt Vater-Tochter-Tage, Bring-dein-Kind-mit-zur-Arbeit-Tage …«

Ihr Vater ging nicht darauf ein. »Und weshalb bist du jetzt hier?«

Jax setzte sich auf einen der Stühle vor seinem Schreibtisch. »Was ist passiert? Zwischen dir und Mutter?«

Er seufzte, ließ sich in seinem Sessel nieder, griff nach einem Füllhalter und betrachtete ihn, als könnte er die Frage beantworten. Unauffällig zog Jax ein kleines Mikrofon mit einem Transmitter aus der Handtasche. Das Büro ihres Vaters zu verwanzen, war vielleicht ein bisschen extrem. Doch allem Anschein nach würde es nicht bei der Lunch-Lüge bleiben, wenn er denn überhaupt etwas sagte. Und schließlich wollte sie sich eines Tages wieder um ihr eigenes Leben kümmern, anstatt sich mit Verwandten herumzuquälen, die sie belogen, anstatt sie zum Essen auszuführen.

»Ich werde dir dasselbe sagen wie deinem Bruder.«

Jax wartete.

»Es ist etwas Persönliches.«

Sie lachte. Und lachte. Schließlich legte sie eine Hand auf ihre Lippen. Dabei glitt die Handtasche von ihrem Schoß und fiel zu Boden. Beim Hinabbeugen befestigte sie die Wanze an der Unterseite des Schreibtischs, hörte auf zu lachen und richtete sich wieder auf.

»Ich verstehe nicht, was daran so lustig ist.«

Jax schluckte und schaute ihm in die Augen. »Es geht um unsere Familie. Natürlich ist es persönlich. Und es geht uns alle an.«

»Weshalb genau bist du hier?« Die Frage klang kalt.

Sie antwortete entsprechend. »Jedenfalls nicht wegen der überschwänglichen Gastfreundschaft oder weil ich eingeladen worden wäre.«

»Du weißt, du bist immer willkommen.«

»Bin ich das? Wirklich? Wann war ich das je? Bevor ich den allerersten BH getragen habe und ans Richter-Internat geschickt wurde?«

»Richter war eine gute Schule.«

In mancherlei Hinsicht durchaus. »Aber weshalb nach Deutschland?« Jax konnte sich die Frage nicht verkneifen.

»So hast du Deutsch gelernt.«

»Das ist lächerlich.«

Gregory seufzte und drückte die Handflächen auf den Tisch. »Ich möchte mich nicht mit dir streiten.«

Jax atmete tief durch und legte die Hände in den Schoß. »Für den Augenblick können wir das vermeiden. Allen Fragen ausweichen.« Sie beugte sich vor und stützte einen Arm auf die Tischplatte. »Aber irgendwann wirst du mir antworten müssen. Denn Richter war tatsächlich eine gute Schule. Ich habe dort … alles Mögliche gelernt.«

Er räusperte sich. »Bei einer Tochter macht man sich mehr Gedanken, wohin man sie schickt, als bei einem Sohn. Wir wollten vor allem einen sicheren Ort für dich.«

Einen sicheren Ort.

Das hatte sie schon sehr oft gehört. »Weshalb war das so wichtig?«

Ihr Vater schaute an ihr vorbei. »Du solltest eben sicher sein. Nicht mehr und nicht weniger.«

Lügner.

Das Telefon auf seinem Schreibtisch summte und seine Assistentin meldete sich. »Ich mache jetzt Mittagspause, Mr Simon. Sie denken an Ihren Termin?«

»Ja. Danke, Miranda.«

So hieß sie also.

Jax nahm das kurze Gespräch als Hinweis, sich zu verabschieden, und stand auf.

»Wie lange bleibst du denn?«, fragte ihr Vater.

Unter normalen Umständen hätte ihre Antwort gelautet, bis zum Wochenende oder bis höchstens Mitte nächster Woche.

»Ich weiß es noch nicht. Eigentlich gefällt es mir ganz gut, ich lerne gerade nette neue Leute kennen.« Wie von selbst sprangen ihre Gedanken zu Andrew. »Meine Firma hat eine Niederlassung in London. Claire heiratet bald … Vielleicht bitte ich um eine Versetzung.« Sie sagte das einfach so dahin, und die Worte lösten bei ihrem Vater ein ziemlich merkwürdiges Mienenspiel aus.

»Das ist …« Erneut räusperte er sich. »… kommt sehr plötzlich.«

Jax schluckte die Enttäuschung darüber hinunter, dass die Aussicht, sie in der Nähe zu haben, nur Irritation und Verblüffung auslöste und keine anderen Gefühle.

»Ja. Offensichtlich.« Sie stand auf und machte zwei Schritte Richtung Tür. Ihr Vater folgte ihr und sie blieb stehen. »Oh, fast hätte ich es vergessen.« Sie zog die Rechnung für die Alarmanlage aus der Handtasche und hielt sie ihm hin. »Jetzt, wo du nicht mehr mit Mutter zusammenlebst, möchte sie sich trotzdem gerne *sicher* fühlen. Ich habe sie überredet, ein Überwachungssystem installieren zu lassen, und meine Firma damit beauftragt. Schließlich ist jetzt kein Mann mehr im Haus, der finstere Gestalten verscheucht. So wie den Kerl, den Angela letzten Monat mit ihren Schreckensschreien verjagt hat.«

»Angela erschrickt schon, wenn sich die Nachbarskatzen anfauchen.«

»Eine eins achtzig große Katze in einem Trenchcoat kann durchaus ein bisschen bedrohlich wirken. Irgendeine Ahnung, wer das gewesen sein könnte?« Sie behielt seine Augen aufmerksam im Blick.

Er blinzelte. Schüttelte den Kopf.

»Hast du daran gedacht, die Polizei zu rufen?«

»Eigentlich nicht.«

»Aber warum nicht? Ich hätte es getan.« Das wäre zwar nicht nötig gewesen, schließlich hatte sie ein fähiges Team im Rücken. Aber das konnte ihr Vater ja nicht wissen.

»In London stehen immer mal wieder abgerissene Gestalten vor der Tür. Wenn man diese Leute auffordert zu gehen, verschwinden sie normalerweise auch.«

»Mutters Haus liegt nicht gerade in der Innenstadt.«

»Unser Haus.«

Sie neigte den Kopf, kniff die Augen zusammen und tat, als würde sie diese Bemerkung abwägen. »Ich bin ja jetzt da. Und beschütze sie.«

Ihr Vater straffte die Schultern, studierte kurz die Rechnung und ließ sie auf seinen Schreibtisch fallen. »Ich kümmere mich darum.«

»Schön. Und lies bitte auch das Kleingedruckte über die monatlichen Servicegebühren. Es wäre mir unangenehm, wenn mein Chef deswegen nachhaken müsste.«

»Keine Sorge.«

An der Tür wartete sie, dass ihr Vater sie ihr öffnete. »Ich wünsche dir ein angenehmes Geschäftsessen mit Mr Bassett.« Sie nannte absichtlich einen falschen Namen.

»So angenehm wie so etwas eben sein kann.«

Den Namen korrigierte er nicht.

Ihr Vater küsste sie auf die Wangen und Jax verließ das Büro. Einen Moment lang war sie versucht, ihm zu folgen, um zu beweisen, dass er gar keine Verabredung hatte. Doch stattdessen wanderte sie weiter durch die Straßen des belebten Geschäftsviertels.

Sie hatte einiges zu verdauen. Die Lügen, die Wahrheiten. Und die Verletzungen.

Ein paar Straßenecken weiter stand sie vor der Adresse, die sie bis jetzt nur in einem Dossier gelesen hatte. Sie zog ihr Smartphone aus der Tasche, wählte eine Nummer und drückte das Telefon ans Ohr.

»Jax?«

Allein ihren Namen so zu hören, wie es ihr am liebsten war, brachte sie zum Lächeln. »Wo bist du?«

»Alles in Ordnung bei dir?«

Weshalb trieb ihr diese schlichte Frage Tränen in die Augen? »Wo bist du?«

»Im Büro. Du klingst, als wäre nicht alles in Ordnung.«

»Hast du keine Mittagspause?«

»Doch. Ja. Aber ich …«

»Ich stehe draußen. Lust auf ein Sandwich?«

»Bin gleich bei dir.«

Kapitel 10

Andrew versuchte, sich ganz cool zu geben, während er aus dem Büro preschte und den Liftknopf mehrmals drückte, als könnte er das Ding damit beschleunigen. Schließlich erreichte er das Erdgeschoss, schaute sich kurz in der Lobby um und ging durch die Glastür nach draußen.

Jax stand mit dem Rücken zu ihm.

Langes blondes Haar, schlank, hochgewachsen. Jap, das war sie. »Na, so eine Überraschung.« Sein Ton war leicht, obwohl er furchtbar aufgeregt war.

Sie wandte sich zu ihm um und ihr gequälter Blick gab ihm einen Stich.

»Hi.«

»Auwei.« Er breitete die Arme aus und war fast überrascht, als sie auf ihn zukam und sich umarmen ließ. Ihre Wange schmiegte sich an seine Brust, ihre Arme zögerten einen Moment, bevor sie sich langsam um seine Taille legten.

Andrew hielt sie fest.

Sie hielt ihn noch fester.

»So schlimm?«

Gestresste Geschäftsleute auf dem Weg in die Mittagspause steuerten hektisch um sie herum wie Wasser um einen Felsblock in der Mitte eines Flusses.

Erst als Jax' Griff ein wenig lockerer wurde, ließ er sie los. Er nahm sie an den Schultern und schaute ihr in die Augen. Wenn er sich nicht täuschte, war sie den Tränen nahe. Was zum Teufel war passiert? »Sollen wir reden? Ein Stück gehen? Essen? Oder was?«

»Ich platze unangemeldet in deinen Tag.«

»Das ist nicht die Antwort auf meine Frage.«

Sie versuchte ein Lächeln. »Ich habe Hunger.«

»Martini Lunch? Bier Lunch?«

»Einfach Lunch.«

Kein Problem.

Andrew drehte sie beide herum und ging mit ihr los, seine Hand an ihrem Ellbogen.

»Woher weißt du, wo ich arbeite?« Eigentlich hätte er sie lieber gefragt, weshalb sie gekommen war oder was passiert war. Aber das fühlte sich nicht richtig an. Sie würde es ihm sagen, wenn sie so weit war.

Jax legte eine Hand auf ihre Brust. »Ich bin eine private Ermittlerin.«

»Ah. Richtig. Der Background-Check.«

Sie schaute beiseite. »Ja. Jetzt tut es mir fast leid. Ziemlich übergriffig, ich weiß.«

Er hakte sie unter. »Habe ich die Überprüfung bestanden?«

Sie warf ihm aus dem Augenwinkel einen Blick zu. »Du bist kein Verbrecher.«

»In der Grundschule habe ich viele Herzen gestohlen.«

Sie lachte. »So tief haben wir nicht gegraben.«

Vor einem italienischen Restaurant, das ein wenig teurer war als die anderen im Viertel, hatte sich noch keine Warteschlange gebildet. »Ist das okay?«

»Perfekt.«

Während sie auf den Kellner warteten, plauderten sie über dies und das.

Jax entschied sich für Mineralwasser, keinen Wein. Dazu Pasta, Brot und einen kleinen Salat. Dass sie Hunger hatte, war kein Vorwand gewesen.

Andrew bestellte einfach dasselbe.

Als sie wieder allein waren und sie ein Glas Mineralwasser in der Hand hatte, an dem sie sich festhalten konnte, atmete sie tief durch. »Ich war im Büro meines Vaters.«

»Okay.« Er wartete.

»Zum ersten Mal.«

»Im Ernst?«

»Im Ernst. Ich war wirklich vorher noch nie dort. Seltsam, oder?«

»Ich arbeite in der Firma meines Vaters. Ins Büro hat er mich mitgenommen, seit ich alt genug war, einen Bleistift zu halten. Vermutlich, weil er mich schon früh für das Familienunternehmen begeistern wollte.«

»Bei uns ist es kein Familienunternehmen. Aber mein Bruder arbeitet auch dort. Ihn hat er früher sicher ab und zu mitgenommen.«

Andrew wusste, dass Gregory Harrys Mentor gewesen war. »Hast du dich je für die Finanzwelt interessiert?«

»Mit zwölf? Mit zwölf wurde ich aufs Internat geschickt.«

»Nicht ungewöhnlich, hier in Europa.«

»Nach Deutschland?«

Okay. Doch ungewöhnlich. »Ich glaube, das habe ich irgendwann am Rande mitbekommen.«

»Ein Jahr hat zweiundfünfzig Wochen. Etwa acht davon habe ich im Haus meiner Familie verbracht. Nicht *mit* meiner Familie, bewahre. Einfach nur in dem Haus, in dem meine Mutter jetzt allein wohnt. Sicher muss es doch auch in der Nähe eine Schule gegeben haben, an der man etwas lernen konnte.«

Andrew öffnete den Mund, um ihr zuzustimmen.

Sie war schneller. »Für Harry hat man eine gefunden. Ja, er war ein Junge. Und ja, ich war ein paar Jahre jünger als er. Aber so groß ist der Altersunterschied nun auch wieder nicht.«

Sechs Jahre. Auch er, Andrew, war sechs Jahre älter als Jax. »Stimmt.«

»Eben. Weißt du, was mein Vater auf meine Frage, weshalb ich nach Deutschland geschickt worden bin, geantwortet hat?«

»Nein.«

»Er hat gesagt, ›So hast du Deutsch gelernt.‹« Sie schüttelte den Kopf. »Ich bitte dich. Dafür schickt man seine Tochter auf ein Internat? Und nicht auf irgendeins. Richter war … ist …« Sie seufzte. »Ach, egal. Wenn du willst, dass dein Kind Fremdsprachen lernt, stellst du von mir aus einen Privatlehrer ein. Du verfrachtest es doch nicht in ein fremdes Land, wo es niemanden kennt, keine Familie hat. Wo ein rauer Wind weht.«

Er wartete, bis sie fertig war. »Fängst du gerade erst an, diese Fragen zu stellen?«

»Ich habe sie schon immer gestellt. Aber jetzt will ich endlich Antworten hören. Ich bin bereit dafür.«

»Hat das mit der Trennung deiner Eltern zu tun?«

»*United we stand, divided we fall* … Getrennt voneinander sind sie vielleicht zu knacken. Irgendwas ist mit den beiden los, und es ist nicht das Übliche. Harry hat mich gebeten herauszufinden, was zum Teufel hinter der Trennung steckt. Und ich nutze jetzt das, was man mir in Richter beigebracht hat.«

Andrew lachte kurz auf. »Und wie werden deine Deutschkenntnisse dir helfen?«

»Ich rede nicht von meinen Fremdsprachenkenntnissen. Hat sich deine Schule angefühlt wie ein Gefängnis?«

»Selbstverständlich. Wir mussten immer früh ins Bett, und wenn man bei irgendwelchem Unsinn erwischt wurde, hagelte es Strafen. Es war ein Internat, kein Hotel.«

»Hat man dir dort das Schießen beigebracht?«

»Wo? In der Schule?«

Jax schaute auf ihre Hände. »Oder dich in Computer zu hacken? Nachrichten zu verschlüsseln? Musstet ihr im Sportunterricht regelmäßig einen Hindernisparcours überwinden? Über Mauern springen und lernen, im Nahkampf einen doppelt so großen und doppelt so schweren Gegner aufs Kreuz zu legen?«

Andrew glaubte, sie machte Witze. Dann schaute er ihr ins Gesicht. »Du meinst das ernst.«

»Weißt du, was mich wirklich fassungslos macht?«

Er schüttelte den Kopf.

»Ich glaube, mein Vater ahnt gar nicht, was ich alles kann. Er weiß vielleicht ein Drittel davon. Ein Viertel. Und das Gelernte habe ich nach der Schulzeit noch weiterentwickelt und verfeinert. Ich kann mit allerlei Equipment umgehen, im Team arbeiten und ermitteln. Gegen Betrüger, Gewalttäter, Kriminelle der übelsten Sorte. Ich kenne die gesetzlichen Vorgaben in den Staaten und in Europa. Zumindest in den Ländern, in denen ich eingesetzt werde.«

Andrew vermutete, dass Jax mit diesem Monolog das Gespräch mit ihrem Vater verarbeitete. Und ihre Trauer darüber. »Du glaubst, deine Eltern trauen dir nicht zu, herauszufinden, was hinter ihrer Trennung steckt.«

Sie hob die Hände. »Meine Eltern haben null Ahnung, was ich kann. Null Vorstellung von dem abgrundtief Bösen, gegen das ich mit dem Team oft kämpfe. Was immer hinter ihrem kleinen Ehezwist steckt, wird im Vergleich dazu verblassen.«

Ihr Blick ging in die Ferne, und er hätte ihr gerne ein paar Fragen zu ihren Einsätzen gestellt.

Vielleicht ein andermal.

»Und jetzt willst du ihnen etwas beweisen.«

Sie schaute ihm in die Augen, dann blinzelte sie ein paarmal. »Du lieber Himmel. Ich klinge wie ein Jammerlappen.«

Er hörte etwas anderes. »Du klingst wie eine Tochter, die es leid ist, zu wenig geschätzt und dazu auch noch unterschätzt zu werden. Du bist an einem Punkt, wo du dir das nicht länger bieten lassen willst.«

Jax' Blick wurde weicher. »Und ein Jammerlappen bin ich auch.«

Er hielt Daumen und Zeigefinger eng zusammen in die Höhe. »Vielleicht ein klitzekleines bisschen.«

»Ich bin ziemlich wütend auf meine Eltern.«

»Den Eindruck hatte ich schon bei unserem ersten Martini.«

Jax hatte ein wunderschönes Lächeln. Volle Lippen, strahlende Augen.

Das Essen kam und sie unterbrachen ihr Gespräch, bis der Kellner wieder weg war.

Jax hob ihre Gabel. »Danke, dass du dir so kurzfristig Zeit genommen hast.«

»Ich freue mich, dass du dich gemeldet hast. Ich war gerade dabei, nach einem Vorwand zu suchen, um mich bei dir zu melden.«

»Im Ernst?«

»Mit Vorwänden tu ich mich schwer und ich bin ein ziemlich miserabler Lügner. Deshalb hatte ich mich schon für die Wahrheit entschieden.«

Sie stach die Gabel in ihren Salat. »Und die wäre?«

Andrew wurde ein bisschen warm unter ihrem Blick. Es konnten aber auch die Nerven sein. »Ich finde dich faszinierend und würde dich gerne besser kennenlernen.«

Sie lächelte beim Kauen mit geschlossenen Lippen. »Was ist mit Harry?«

»Den kenne ich schon und möchte ihn nicht daten.« Andrew deutete ihre Frage absichtlich falsch.

Sie lachte. »Ich lebe in Kalifornien.«

Das konnte durchaus zum Problem werden. »Aber deine Familie ist hier.«

»Eine Familie, die mich nicht mag.«

Da war sich Andrew nicht sicher. »Harry liegst du sehr am Herzen. Er hat immer wieder über dich gesprochen und nie etwas Schlechtes gesagt.«

»Ich möchte dir nichts vormachen …«

»Du hast kein Interesse?«

Sie schüttelte den Kopf. »Das habe ich nicht gesagt.«

»Du hast Interesse.« Er nahm einen Bissen von seinem Essen und freute sich über die Hitze in ihren Wangen.

»Ich lebe in den USA und glaube kaum, dass sich das so bald ändert.«

»Das ist kein Heiratsantrag, Jax. Bloß der Vorschlag, wir könnten uns zu ein paar Dates treffen. Vielleicht kann ich dir ja helfen rauszukriegen, was mit deinen Eltern los ist.«

Jax schloss die Augen und atmete tief aus. »Das klingt so normal.«

»Und das ist ein Problem?«

»Ja. Nein.« Sie schüttelte den Kopf. »Ja.«

Er lachte. »Was denn nun?«

»Ich weiß es nicht.«

»Wir könnten es zusammen rausfinden.« Er aß weiter.

Ein paar Augenblicke lang dachte Jax schweigend über seine verschiedenen Vorschläge nach.

»Moment mal. Hast du das Rückflugticket etwa schon in der Tasche?«, fragte er.

Sie verdrehte die Augen. »Nein. Aber ich dachte, in längstens einer Woche hätte ich die Sache hier erledigt. Inzwischen habe ich ernsthafte Zweifel.«

Andrew stieß triumphierend die Faust in die Luft. »*Yes!*«

Jax grinste von einem Ohr zum anderen. »Du bist unfassbar.«

»Hartnäckig.«

Sie schaute beiseite. Ihr Lächeln erlosch. »Weißt du, was wirklich traurig ist?«

»Nein.«

Jax legte eine Hand zwischen ihnen auf den Tisch. »Keine Sorge, es betrifft nicht dich. Meine Eltern haben mich beide gefragt, wie lange ich hier sein werde. Keiner hat mich gebeten zu bleiben.«

Andrew legte eine Hand auf ihre und streichelte mit dem Daumen ihr Handgelenk. »Von mir aus darf es gerne richtig lange dauern, bis du alle deine Antworten hast. Vielleicht sabotiere ich deine Bemühungen sogar ein bisschen oder lenke dich wenigstens ab.«

»Okay.«

Er wartete auf mehr. Als sie nichts weiter sagte, drückte er die Hand, die noch immer unter seiner lag, und wartete, bis Jax ihn anschaute.

Als sich ihre Blicke schließlich trafen, jagte ein Funke aus purer Energie an seinem Rückgrat hinauf.

»Meinst du, ich könnte meine Hand zurückkriegen? Damit ich weiteressen kann.«

Andrew betrachtete seine Finger auf ihren. »Das Leben verlangt manchmal Opfer.« Er ließ ihre Hand los und aß mit neuem Elan weiter.

Knapp eine Stunde später spazierten sie zurück zu seinem Büro.

»Danke fürs Mittagessen.«

»Du hast dich vorhin schon bedankt, als ich bezahlt habe.«

»Und jetzt bedanke ich mich noch mal.«

Er drehte sich zu ihr. »Genau genommen ist das schon unser drittes Date.«

»Ach wirklich? Den Martiniabend hat Harry bezahlt. Und ich nehme an, die Rechnung im Pub hat mein Vater übernommen.«

»Du debattierst wohl gerne.«

»Ich bin eben ziemlich gut darin.«

Er schaute an seinem Firmengebäude hinauf. Dabei gingen ihm ein paar Dinge durch den Kopf, die sie während des Essens gesagt hatte. »Hast du noch ein paar Minuten?«

»Ja. Warum? Musst du nicht zurück zur Arbeit?«

»Doch, schon. Aber …« Er nahm ihre Hand und ging Richtung Eingang.

»Was soll das werden?«

»Ich möchte dir gerne etwas geben, was ich in meinem Büro habe.«

»Ich kann hier warten.«

Er marschierte unbeirrt weiter und zog sie mit. »Das wird schlecht gehen.«

Mit anderen Angestellten, die aus der Mittagspause zurückkamen, warteten sie vor den Fahrstühlen. Drinnen drückte er auf den Knopf für sein Stockwerk und stellte sich mit ihr an die Seite der Kabine. Entweder hatte sie vergessen, dass er ihre Hand gekidnappt hatte, oder sie wollte sie gar nicht zurück. Ihrer leicht verwirrten Miene nach konnte beides der Fall sein.

Als sich die Türen auf seinem Stockwerk öffneten, führte er Jax hinaus und verabschiedete sich bei den Mitfahrern.

Das offene Atrium verlieh dem Gebäude eine luftige Leichtigkeit und das Glasdach trotzte dem oft düsteren Londoner Himmel Licht für die echten Pflanzen ab, die darunter wuchsen.

»Es dauert nicht lange.« Er öffnete die Tür zu den Räumen der Firma und erlaubte ihr einen Blick in seine Welt.

Megan, die Empfangsdame, blickte zu ihnen auf. Erst jetzt befreite Jax ihre Hand aus seiner.

»Megan, das ist Jax.«

»Hallo.«

Andrew ging weiter.

Der offene Bürobereich war nicht besonders groß. Hier arbeiteten etwa ein Dutzend Leute. Vor seinem eigenen Büro ging er langsamer. »Raylene, meine Assistentin, ist schon nach Hause gegangen. Ihr jüngstes Kind ist krank.«

»Nichts Ernstes, hoffe ich.«

Er senkte die Stimme. »Ihrem Sohn ist in der Schule das Essen wieder hochgekommen. Deshalb wurde er heimgeschickt.«

»Auwei.«

Sie betraten sein Büro und er ließ die Tür absichtlich offen stehen. »Willkommen in meiner Welt.«

Jax ging zu seinem Schreibtisch und strich über das Holz. »Ist der antik?«

Andrew versuchte, das Möbelstück mit ihren Augen zu sehen. Aufwendige Schnitzereien, feinstes poliertes Mahagoni. So was wurde heute kaum noch gemacht. »Nein. Der antike Tisch steht ein paar Türen weiter im Büro meines Vaters. Als ich in die Firma eingestiegen bin, hat er mir diese Nachbildung anfertigen lassen.« Andrew zeigte auf die Stellen, wo Funktionalität auf Vergangenheit traf, wo die Kabel von Telefon und Computer durch Öffnungen im Holz verschwanden.

»Er ist wunderschön.«

»Tradition schlägt Moderne.«

Jax nickte und schaute sich um. »Aber ohne die Schnörkel und das Durcheinander der guten alten Zeit.«

»Könnte man sagen.«

»Passt zu dir.«

Es klopfte an der Tür und sie wandten sich um.

»Mir war, als würde ich eine unbekannte Stimme hören.«

Andrew lächelte und trat beiseite. »Dad, das ist Jacqueline Simon. Jax, das ist mein Vater, Lloyd Craig.«

»Simon? Harrys Schwester?«

»Ja, genau.«

Sein Vater kam näher und streckte ihr freundlich die Hand entgegen. »Ich sehe eine gewisse Ähnlichkeit.«

»Freut mich sehr, Sie kennenzulernen, Mr Craig.«

Er schüttelte den Kopf. »So förmlich mögen wir es hier nicht. Lloyd reicht völlig.«

»Jax und ich waren gerade etwas essen und ich wollte ihr das Büro zeigen.«

Sein Vater schaute zwischen ihnen hin und her. »Oh, dann will ich nicht stören. Grüßen Sie bitte Ihren Bruder von mir.«

»Sehr gerne.«

Als Andrews Vater gegangen war, nickte sie Andrew zu. »Du wolltest mir was geben?«

»Ja. Stimmt.« Er trat hinter seinen Schreibtisch und schrieb seine Adresse auf ein Stück Papier. Dann kam er zurück und drückte ihr den Zettel in die Hand.

Sie kniff die Augen zusammen. »Wir haben einen Background-Check gemacht. Ich kenne deine Adresse.«

Er nickte. »Dachte ich mir fast.«

Jax wedelte mit dem Zettel. »Und warum dann?«

»Das war ein Vorwand. Ich wollte dich in mein Büro einladen. Dich wissen lassen, dass du hier immer willkommen bist.«

Sie musterte ihn kritisch. »Ich habe in ein Date eingewilligt, oder vielmehr in die Möglichkeit eines Dates. Das ist ein bisschen …«

Andrew hob die Hände. »Ehrlich gesagt wollte ich verhindern, dass du mich in irgendeiner Weise mit deinen Eltern vergleichen kannst. Ich werde dich jederzeit gerne vom Flughafen abholen, dich bitten zu bleiben und für dich so viel Zeit aus meinem Terminkalender herauspressen wie möglich. Und dir meinen Arbeitsplatz zeigen.«

Er konnte beobachten, wie Jax das Gesagte auf sich wirken ließ. Ihre Züge wurden weicher. »Und wenn unsere Dates ein Reinfall werden?«

»Wir sind erwachsen. Wir können Freunde sein.«

Sie trat einen Schritt zurück. »Du bist anders«, sagte sie nach einem kurzen Schweigen.

»Überschwängliche Begeisterung wäre mir lieber gewesen. Aber fürs Erste kann ich damit leben.«

Jax steckte den Zettel ein und machte einen Schritt zur Tür.

»Ich bringe dich raus.«

Unten im Erdgeschoss nahm er ihre Hand.

»Das machst du inzwischen schon recht entspannt«, stellte sie fest.

Er küsste ihren Handrücken. »Und du windest dich jedes Mal ein bisschen weniger.«

Sie zog die Hand weg.

Er lächelte. »Ich rufe dich an.«

»Ich werde abnehmen.«

Was konnte er sich mehr wünschen?

Jax wandte sich um und ging davon.

Erst als sie noch einen Blick über die Schulter geworfen hatte, um zu sehen, ob er ihr nachschaute, kehrte Andrew ins Gebäude zurück.

KAPITEL 11

Zwei Tage später saß Jax im Garten ihrer Mutter und genoss ein paar unverhoffte Sonnenstrahlen. »Wann kommt ihr denn?«, fragte sie Claire am Telefon. Eigentlich hatten Claire und Gwen am Abend in London landen wollen. Doch Claire hatte ihr eine Textnachricht geschrieben, es sei etwas dazwischengekommen.

»Gwen musste kurzfristig zu einem Gespräch in Emmas Schule. Neil hat sich auch eingeschaltet. Wir fliegen übermorgen.«

»Nichts allzu Ernstes, hoffe ich.« Im vergangenen Jahr hatte Jax bei den Ermittlungen gegen einen Mädchenhändlerring einen Undercover-Einsatz in Emmas Schule gehabt. Deshalb war ihre Sorge nicht ganz unbegründet.

»Ich kenne keine Details. Aber wenn es wirklich schlimm wäre, hätte Neil Emma sicher kurzerhand von der Schule genommen und ihr einen Hauslehrer besorgt.« Damit hatte er schon öfter gedroht. Sein Vertrauen in die Menschen im Allgemeinen war wenig ausgeprägt.

»Ich kann euch am Flughafen abholen.«

Claire antwortete, es sei bereits alles organisiert, und versprach, sich sofort zu melden, wenn sie auf britischem Boden standen. »Wie ich höre, hast du ins Haus deiner Mutter und in die Wohnung deines Bruders Überwachungssysteme einbauen lassen.«

»Bei meiner Mutter musste ich nicht allzu viel Überzeugungsarbeit leisten. Bei Harry war es deutlich schwieriger.«

»Männern ist ihre Privatsphäre wichtiger als Sicherheit.«

»Ich habe ihm gesagt, eine Privatsphäre hätte er sowieso erst wieder, wenn Dad bei ihm auszieht. Und der Einbau der Anlage würde Dads Aufenthalt vermutlich verkürzen.« Die Sicherheitsvorkehrungen für Harrys Wohnung hatten Jax einen weiteren kompletten Tag gekostet.

»Hast du schon was rausgefunden?«

»Seit ich meinen Eltern nachspioniere?«

Claire lachte. »Ja.«

»Ich weiß jetzt, dass meine Mutter keinen Millimeter von ihren gewohnten Abläufen abweicht. Nicht mal, um eine Tasse Kaffee zu trinken. Und dass mein Vater außerhalb der Arbeit keine Freunde hat.«

»Weiß dein Dad, wie die Überwachungssysteme funktionieren?«

»Nein. Er glaubt, es würde sich um typische Alarmanlagen mit einer einzelnen Kamera an der Haustür handeln.«

»Und Harry?«

»Der weiß Bescheid.«

»Hm. Wir müssen wohl ein bisschen im Schlamm rühren, um Bewegung in die Sache zu bringen.«

Jax nickte und schaute zwei kleinen Vögeln zu, die fröhlich in einer Pfütze badeten. »Genau das habe ich vor. Wir müssen eine Möglichkeit finden, meine Eltern an einem Ort zusammenzubringen.«

»Haben sie überhaupt schon mal miteinander geredet, seit du in London bist?«

»Nicht, dass ich wüsste.« Jax überwachte nicht alles, was ihre Eltern taten. Nur genug, um ihre üblichen Tagesabläufe kennenzulernen und Abweichungen zu finden. Ungewöhnliche Orte oder Personen, mit denen sie sich näher beschäftigen musste.

»Uns wird schon was einfallen.«

»Wenn sich Harry und Andrew um Dad kümmern und du, Gwen und ich uns um meine Mutter, müssten wir früher oder später etwas erfahren.«

»Andrew? Hmm. Diesen Namen höre ich in letzter Zeit öfter.«

»Er hat mir seine Hilfe angeboten.«

»Ja, ja.«

»Und er will mich daten.«

»Ach, tatsächlich? Soll ich jetzt überrascht tun?«

Jax lachte. »Eigentlich kann ich das gleich vergessen, denn ich lebe ja nicht hier.«

»Trotzdem hast du Ja gesagt, oder?«

Jax seufzte. »Er ist ziemlich sexy. So wie Zahlen-Freaks es manchmal sein können. Und aufmerksam.«

»Wenn du ›Zahlen-Freak‹ sagst, stelle ich mir einen blassen, dünnen Kerl mit einem Taschenschützer voller Kugelschreiber in seinem bis obenhin zugeknöpften Hemd vor.«

»Du liebe Güte. Du kennst meinen Geschmack. Andrew füllt einen Anzug sehr hübsch aus. Groß. Warme Haut.«

»Warme Haut?«

»Nicht blass, so wie du es gerade beschrieben hast. Warm eben. Ach, ich weiß nicht. Du wirst schon sehen.«

»Davon gehe ich aus.«

Sie lachten beide.

»Wie würdest du es finden, wenn ich Neil bitte, mich in den nächsten Monaten hier in Europa einzusetzen?« Dafür brauchte Jax zwar nicht die Erlaubnis ihrer besten Freundin, doch ihren Segen wollte sie gerne haben.

»Darauf habe ich schon irgendwie gewartet.«

»Wenn meine Eltern nicht plötzlich gesprächig werden, wird das hier noch eine Weile dauern.«

»Vielleicht reden sie ja bald.«

Jax bezweifelte es. »Ich glaube, wenn sie das wollten, hätten sie es schon getan. Unter diesen Umständen hier zu sein, hat mir in mancher Hinsicht die Augen geöffnet. Ich weiß jetzt, wie wenig ich meine Familie kenne. Und das gefällt mir nicht. Nicht mehr.«

»Und dann wäre da noch ein gewisser Andrew«, frotzelte Claire.

»Ein bisschen männliche Ablenkung tut gut.«

Claire prustete los. »Du bist schon zu lange in London. *Männliche Ablenkung*. Auweia. Du klingst wie deine Mutter.«

»Nimm das zurück!« Jax grinste.

»Hat er dich schon geküsst?«

»Er hat meine Hand gehalten.«

»Das ist süß.«

»Ja.«

Claire holte tief Luft. »Du fehlst mir sehr. Trotzdem verstehe ich, weshalb du gerne eine Zeit lang in London sein möchtest.«

»Danke, Loki.«

»Immer gerne, Yoda.«

Jax legte auf und ließ den Blick durch den Garten schweifen. Er war üppig und dank des Wetters hier wunderbar grün. Im Augenblick wärmten Sonnenstrahlen die zahllosen Blütenknospen.

Der Tracker im Telefon ihrer Mutter zeigte an, dass sie in dem Damenklub war, dem sie seit Jahren angehörte. Dort trafen sich begüterte Hausfrauen mittleren Alters, um

Wohltätigkeitsveranstaltungen zu planen. Jax hatte angeboten mitzukommen, doch ihre Mutter hatte abgelehnt. Ihre Entschuldigung war der gebuchte Lunch, zu dem Jax nicht erwartet wurde.

Sich stets angemessen zu verhalten, stand ganz oben auf der Prioritätenliste ihrer Mutter.

Angela und Letty hatten heute frei, Evelyn würde noch eine Weile im Klub sein. Eine gute Gelegenheit, sich näher umzusehen. In die meisten Räume hatte Jax schon einen Blick geworfen, als das Überwachungssystem installiert worden war. Doch wenn ihre Mutter und die Angestellten im Haus waren, konnte sie nicht richtig suchen.

Obwohl sie viel lieber einen der seltenen Sonnentage genossen hätte, ging Jax ins Haus. Sie begann im Arbeitszimmer ihres Vaters und benutzte dabei eine kleine Videokamera an einem Headset. Sie drückte die Aufnahmetaste und begann, Schubladen zu öffnen. Während der Suche würde sie sich nirgends lange aufhalten, sondern vor allem Informationen sammeln. Später konnte sie sich am Computer in Ruhe alles anschauen, ohne Gefahr zu laufen, dabei ertappt zu werden. Abgesehen davon hatte sie keine Ahnung, wonach sie eigentlich suchte.

Eine Affäre.

Claires Annahme drängte sich geradezu auf. Jax richtete die Kamera auf die Schriftstücke, die sie fand. Sie blätterte sie durch, ohne sie wirklich zu lesen.

Schnell und methodisch arbeitete sie sich von einer Schublade zur anderen. Die Suche nach Geheimfächern im Schreibtisch verlief ergebnislos. Jax ging zur Bücherwand und betrachtete die Regale. Neben klassischer Literatur standen dort auch ein paar moderne Romane. Doch sie fand vor allem Fachliteratur über Finanzen und Steuergesetze. Ein paar Bücher zog sie aus dem Regal und blätterte sie kurz durch.

Langweiliges Zeug.

In einem niederen Schrank fand sie erwartungsgemäß Papier für den Drucker und ein paar andere Büromaterialien. Sie drehte sich noch einmal zum Schreibtisch. Kein Computer, kein Drucker. Weshalb war ihr das nicht sofort aufgefallen? Jax erinnerte sich, dass ihr Vater immer Arbeit mit nach Hause gebracht hatte.

Hatte er den Computer mitgenommen, als er gegangen war? Brauchte ihre Mutter den nicht, wenn sie online Rechnungen bezahlte? Aber machte ihre Mutter so etwas überhaupt? Zahlte sie jemals irgendeine Rechnung selbst?

Nachdem sie das Arbeitszimmer genau inspiziert hatte, ohne dabei spannende Entdeckungen zu machen, vergewisserte sie sich, ob ihre Mutter noch im Klub war. Der Tracker zeigte an, dass sie sich dort aufhielt. Also nahm sich Jax als nächstes das Schlafzimmer ihrer Eltern vor.

Sie begann mit den Nachttischen, wappnete sich für alles Mögliche und war fast enttäuscht, als sie nichts fand, was irgendwie auf Sex hingedeutet hätte. Nicht, dass sie wild darauf war, sich ihre Eltern in Aktion vorzustellen. Sie wollte nur gerne glauben, dass die beiden irgendwann einmal Spaß daran gehabt hatten. Aber nichts. Keine Gleitmittel oder Kondome, kein Spielzeug. Sie dachte an ihren Nachttisch in Kalifornien. »Du würdest Schnappatmung kriegen, Mum«, sagte sie in die Stille hinein.

Jax fand ein paar pinkfarbene Kugelschreiber und suchte nach Papier. Ihr war, als hätte ihre Mutter früher Tagebuch geschrieben. Auf der Suche nach Notizbüchern oder Ähnlichem wanderte sie durch den Raum. Sie öffnete ein paar Schubladen. Die mit den Sachen ihres Vaters waren nicht einmal halb voll und in seinem Schrank fehlten viele Kleidungsstücke.

Jap, das konnte Letty und Angela auf keinen Fall entgangen sein.

Jax griff in die Taschen der Anzüge, die er zurückgelassen hatte. Sie fischte ein paar Visitenkarten heraus und steckte sie ein, um sie sich später genauer anzusehen.

Hatten ihre Eltern einen Safe?

Sie erinnerte sich an keinen. Aber eigentlich hätte es einen geben sollen.

Im begehbaren Kleiderschrank suchte Jax nach einem guten Versteck für den Schmuck ihrer Mutter. Eine gesicherte Schublade wenigstens. Sie fand nur ein paar kleine Schachteln ohne allzu wertvollen Inhalt. Dabei wusste sie genau, dass ihre Mutter einigen Schmuck besaß. Aus ihren Kindertagen erinnerte sie sich an die Rubinohrringe und die Halskette, die ihre Mutter immer zu Weihnachten getragen hatte.

Auf der Suche nach irgendeiner Art Safe öffnete Jax noch einmal sämtliche Schubladen und tastete sie auf versteckte Abteile oder doppelte Böden ab. Umsonst. Als sie mit dem Kleiderschrank fertig war, ging sie ins Badezimmer. Dort stand alles, wo es hingehörte.

Anstatt hinter jedes einzelne Gemälde im ganzen Haus zu spähen, beschloss sie, die Sache direkt anzugehen. Sie würde ihre Mutter danach fragen. Es gab keinen Grund, ihr einen Safe zu verheimlichen.

Während sie die Suche nach persönlichen Gegenständen fortsetzte, lief die Kamera an ihrem Headset weiter. Sie stieß auf einige Fotoalben und brachte sie in ihr Zimmer, um sie später durchzublättern.

In einer Nische im entlegensten Gästezimmer des Hauses befand sich die Tür zum Dachboden. Als Jax sie öffnete, schlug ihr abgestandene Luft entgegen. Der Geruch erinnerte sie an Secondhandläden oder einen Kostümverleih voller alter Klamotten.

Sie stieg die Treppe zu dem großen Raum unter dem Dach hinauf. An beiden Enden ließen Fenster Tageslicht herein. Zusätzlich gab es ein paar altmodische Hängelampen, die man durch einen Zug an einer Schnur einschalten konnte. Trotz des Staubs und der Spinnweben war dies kein vergessener Ort, denn in ein paar durchsichtigen Kunststoffboxen war hier offenbar die Weihnachtsdeko verstaut.

Gerade, als sie an den Boxen vorbeiging, klingelte ihr Telefon. Beim Anblick des Namens auf dem Display lächelte sie. »Hallo, Andrew.«

»Guten Morgen.«

»Ist es noch Morgen?« Sie warf einen Blick auf die Uhr. Gerade noch.

»Wo bist du denn? Deine Stimme hallt irgendwie.«

Sie wischte eine Spinnwebe beiseite und ging zu ein paar mit Tüchern abgedeckten Möbelstücken. »Ich bin auf dem Dachboden.«

»Wie bitte? Warum?«

Der Staub auf den Tüchern ließ vermuten, dass die Möbel schon seit Jahren unbeachtet hier herumstanden. »Sind Familiengeheimnisse nicht oft auf Dachböden versteckt?«

Er lachte. »Heute ist der bislang schönste Tag des Jahres und du stöberst in einer staubigen Kammer herum.«

Unter einem Tuch entdeckte sie das Puppenhaus, das lange Zeit in ihrem Zimmer gestanden hatte. Früher war es ihr riesenhaft erschienen, aber damals war sie auch noch klein gewesen.

»Mum ist im Klub und die Haushälterin und die Köchin haben frei. Das war die Gelegenheit, hier ein bisschen rumzuschnüffeln.«

»Hast du schon was gefunden?«

Sie strich mit der Hand über das Dach des Puppenhauses. »Erinnerungen.«

»Gute?«

»Ja.«

»Wie lange willst du denn noch suchen?«

»Hier auf dem Dachboden?«

»Ja.«

Sie schaute sich um. »Der ist ziemlich groß.«

»Oh.« Er klang enttäuscht.

Jax deckte das Puppenhaus wieder zu. »Du könntest mir unterhaltsame Stunden androhen, dann würde ich meine Pläne vielleicht überdenken.«

»Das klingt schon besser. Ich bin etwa dreißig Minuten vom Haus deiner Eltern entfernt. Ich dachte an einen Spaziergang, vielleicht mit einem altmodischen Picknick.«

Die Vorstellung brachte sie zum Lächeln. »Hast du einen Picknickkorb?«

»Ich könnte ein Take-Away mitbringen. Das ist fast dasselbe.«

»Weißt du was? Du kümmerst dich ums Essen, ich mich um einen Korb und eine Flasche Wein.«

»Du kennst die Gegend bei euch draußen besser als ich. Fällt dir ein schönes Plätzchen ein?«

Ein Plätzchen und eine Möglichkeit hinzukommen. »Oh, ja.«

»Dann hole ich das Essen und bin in knapp einer Stunde bei dir.«

»Ich freue mich drauf.«

»Ich mich auch.«

Jax ließ den Blick noch einmal durch den Dachboden schweifen. Wenn sie vorgab, nach Kindheitserinnerungen zu suchen, konnte sie jederzeit hier heraufkommen, ohne Misstrauen zu erregen.

Doch jetzt, an diesem hellen Sonnentag, gab es keinen Grund, in den düsteren Winkeln zu stöbern. Schon gar nicht, wenn jemand sie zu einem Picknick eingeladen hatte. Und wenn Claire erst da war, hätte sie Verstärkung und die Suche würde nur halb so lange dauern.

Jax nahm das Kamera-Headset ab und schaltete es aus. Dann stieg sie die Treppe hinunter.

KAPITEL 12

»Räder?«

Andrew stand an der Haustür und zeigte auf die Fahrräder, die Jax ganz hinten aus der Garage geholt hatte.

»Du kannst doch Rad fahren, oder?«

»Ja. Aber mein letztes Mal ist ewig her.«

»Ist wie mit Sex. Man verlernt es nicht«, scherzte Jax.

Andrew hob die Augenbrauen. »Wie Sex geht, weiß ich noch.«

»Lass uns mal mit Radfahren anfangen, England.«

Zehn Minuten später hatten sie ihr spätes Mittagessen in dem Korb an Jax' Lenker verstaut und fuhren die Straße entlang. Andrew hatte ein spontanes Date mit Jax im Sinn gehabt, bei dem er sie mit seinem Charme umgarnen wollte. Stattdessen musste er sich jetzt mit aller Macht darauf konzentrieren, dass er nicht vom Drahtesel fiel. Dabei auch noch vollständige Sätze zu bilden, war ein Ding der Unmöglichkeit.

»Wie kommst du klar da hinten?«, rief sie über die Schulter.

»Noch sitze ich im Sattel.« *Lieber Gott, lass es so bleiben.*

»Nach diesem Ausflug bist du ein Pro.«

Erst als sie von den viel befahrenen Straßen auf eine ruhige, schmale Landstraße abbogen, wagte Andrew, neben Jax zu radeln. »Du hast das offenbar schon mal gemacht.«

Jax hatte sich das Haar hoch oben auf dem Kopf zu einem Pferdeschwanz zusammengebunden. Sie trug ein Sweatshirt über ihrem leichten Shirt und an den Füßen flache Sneakers. Die Hosenbeine ihrer Jeans hatte sie hochgekrempelt. Mehr als einen Hauch Schminke konnte Andrew nicht entdecken. Eigentlich hatte sie gar keine nötig, und dass sie sich nicht die Mühe gemacht hatte, ein komplettes Make-up aufzulegen, verriet ihm, dass sich diese Frau in ihrer Haut wohlfühlte. Noch ein Grund, weshalb er sie mochte.

»Bei meinen Besuchen hier war Radfahren schon immer meine Rettung.«

»Wie das?«

Sie so entspannt dahinradeln zu sehen, half Andrew, seinen eisernen Klammergriff um die Lenkstange etwas zu lockern. Hier wurden keine Kunststücke erwartet, sie fuhren einfach zu einem Picknick ins Grüne.

»Während der ersten Jahre in Richter war ich oft in den Ferien zu Hause und habe hier festgesessen. Freundinnen, zu denen ich hätte flüchten können, gab es nicht.«

»Du musst doch Freundinnen gehabt haben.«

»Ja, schon. Aber die waren weit weg. Versteh mich nicht falsch, bevor ich nach Deutschland geschickt worden bin, hatte ich auch hier einen großen Freundeskreis. Doch dann war ich immer monatelang weg, und wenn ich mal heimkam, war es schwer, wieder Anschluss zu finden. Schon nach dem ersten Jahr.«

»Kinder können sehr grausam sein.«

»Ich war nicht ganz unschuldig. Im ersten Sommer habe ich versucht, wieder dazuzugehören. Und dabei in drei verschiedenen Sprachen auf meine alten Freundinnen eingequasselt. Die dachten, ich will angeben.«

»Drei?«

»Deutsch war eine davon. Wobei ich das nicht im Klassenzimmer gelernt habe. Jedenfalls nicht als Schulfach.«

»Wie meinst du das?«

»Es war einfach nicht zu vermeiden. In Richter waren Fremdsprachen Pflicht. Deutsch wurde allerdings nicht angeboten. Also habe ich Russisch genommen, und das wurde auf Deutsch unterrichtet.«

»Du machst Witze.«

Jax warf ihm einen kurzen Blick zu. »Über Richter mache ich keine Witze.«

Das war ihm inzwischen schon klargeworden. »Wie kann man eine neue Sprache lernen, wenn man nicht mal die Unterrichtssprache beherrscht?«

»Das geht besser, als du denkst. Und meine neuen Schulfreundinnen haben mir geholfen. Wenn ich beim Russischlernen ein deutsches Wort nicht wusste, habe ich sie gefragt. Außerdem haben die Angestellten im Wohnbereich des Internats mit der Unterstufe Deutsch gesprochen. Englisch nur notfalls. Später, in der Oberstufe, habe ich als freiwillige Mentorin die Neuen unterstützt.«

»Klingt furchtbar anstrengend.«

»Kinder wachsen mit den Erwartungen, die man an sie stellt. Meine alten Freundinnen hier hatten keine Vorstellung von meiner neuen Schule und dachten einfach, ich wollte mich wichtigmachen. Von da an war es schwer, hier einen Rückzugsort vor den Erwachsenen zu finden.« Sie zeigte die Straße entlang. »Also habe ich ein altes Rad aus dem Schuppen geholt und bin losgezogen.«

»Allein.«

»Allein.«

»Hört sich an, als wärst du sehr einsam gewesen.«

»Ich habe das nicht so empfunden«, antwortete Jax. »So verrückt es vielleicht klingen mag: Allein zu sein war leichter, als mich an Leute zu klammern, die mich nicht verstanden haben.«

Andrew legte eine Hand auf seine Brust. »Ich kann sehr verständnisvoll sein.«

Jax schaute ihn an und fing an zu lachen.

»Was ist?« Andrew gab sich alle Mühe, einen gewinnenden Unschuldsblick aufzusetzen. Er war sicher, dass es ihm gelang …

In exakt diesem Moment geriet er mit dem Vorderrad in ein Schlagloch. Und schon lag er auf der Straße.

Ich bin gestürzt. Heilige Scheiße. Ich bin gestürzt.

Er fing an zu lachen.

»Alles in Ordnung?« Jax sprang vom Rad, kniete sich neben ihn und legte die Hände an sein Gesicht.

Er lachte noch lauter. Sicherte man sich so ein paar weitere Dates? Indem man vom Fahrrad fiel wie ein vierjähriger Anfänger?

»Es muss alles in Ordnung sein.«

Er streckte die Arme und Beine von sich und lachte einfach weiter. Jax ging in die Hocke. Ihr besorgter Gesichtsausdruck wich einem Lächeln.

»Pass mal auf, England. Wenn eine Frau dir zu Hilfe eilt, kannst du Schmerzen vortäuschen, um dir ihr Mitgefühl zu sichern.«

Weil sie ihn »England« nannte, musste Andrew noch mehr lachen. Und schließlich lachte sie mit.

Er hatte sich so sehr vor einem Sturz gefürchtet, dass er vergessen hatte, die Fahrt zu genießen. Jetzt lag seine Würde auf dem löchrigen Asphalt und es war ihm völlig egal.

Er stützte sich auf die Ellbogen und schaute an sich hinunter. Vermutlich würde er nach der harten Landung sein linkes Knie noch eine Weile spüren. Doch eigentlich hatte nur sein

Ego ein paar Schrammen abbekommen. »Ein Kuss aufs Knie und weiter geht's.« Das hatte seine Mutter früher immer gesagt.

»Geht es dir wirklich gut?« Jax neigte lächelnd den Kopf.

Er nutzte den Moment, auch wenn es möglicherweise nicht der richtige war. »Ich täusche nur ungern Schmerzen vor, um zu bekommen, was ich will.«

»Ach ja?«

Er schüttelte den Kopf, setzte sich auf und berührte ihr Gesicht. Jax' Zunge huschte über ihre Lippen. Eine weitere Einladung brauchte er nicht.

Sie beugte sich ihm entgegen und mitten auf der schmalen Landstraße, auf der er vom Fahrrad gefallen war, berührten sich ihre Lippen zum ersten Mal. Dabei wusste Andrew eines sofort: Diesen Kuss würde er genauso wenig vergessen wie den allerersten Kuss seines Lebens.

Jax' Lippen waren voll, weich und sinnlich. Und sie war kein bisschen scheu.

Er spürte ihre Hand am Hinterkopf, schob sich näher zu ihr, öffnete die Lippen und zeigte sich bereit für mehr.

Eine Autohupe setzte dem magischen Moment ein jähes Ende.

»Nehmt euch ein Zimmer, verdammt!«, schrie jemand im Vorbeifahren in einer Wolke aus Straßenstaub und Splitt.

Erschrocken zuckten sie auseinander, schauten sich an und mussten wieder lachen.

Jax fing sich als Erste, stand auf und streckte ihm die Hand hin.

Er ließ sich von ihr aufhelfen und testete seine Beine.

»Wird's gehen?«, fragte sie.

»Ich sterbe an einem anderen Tag.«

* * *

Beim Schlusssprint zur Haustür schlug Andrew sie um Haaresbreite. Sie mussten beide dringend aufs Klo.

»Jetzt ist die Frau im Vorteil, die weiß, wo die Toiletten sind«, rief Jax, als sie durch die Tür drängten. Sie machte sich auf den Weg zur nächstgelegenen.

»Ich kann mir auch einen Rosenbusch suchen, Mylady«, gab er zurück.

»Meine Mutter bringt dich um.«

Jax hörte Andrew nach Luft schnappen. Sie schaute über die Schulter.

»Oh ja. Das würde sie tun.« Die Hände ineinandergeschlungen stand Evelyn in der Tür zum Wohnzimmer.

»Nie im Leben würde ich …«, beteuerte Andrew.

»Das möchte ich hoffen.«

Jax lachte und sagte »Ertappt!«. Dann verschwand sie hinter der Toilettentür. Ein paar Augenblicke später kam sie zurück in den Eingangsbereich, wo Andrew mit einem verkniffenen Lächeln wartete. Sie wies ihm den Weg zum Klo.

»Wir wussten nicht, dass du wieder zurück bist.« Jax ging mit ihrer Mutter ins Wohnzimmer.

»Ganz offenbar.« Evelyns Ton war streng.

»Aufs Klo zu müssen, ist nicht dasselbe, wie splitternackt erwischt zu werden.«

Ihre Mum wandte sich zu ihr um. »Muss ich das in Zukunft befürchten?«

Jax lachte und schüttelte den Kopf. Die Antwort blieb sie ihr schuldig. »Wie war dein Lunch?«

»Darüber können wir später reden. Aber gibt es etwas, was du mir über Andrew sagen möchtest?«

Jax zuckte die Achseln. »Erzähl mir was über dein Liebesleben, dann erzähle ich dir was über meins.«

Evelyn kniff die Augen zusammen, dann zuckte ein Lächeln um ihre Mundwinkel. »Du listiges kleines …«

»Ladys.« Andrew trat ins Zimmer. »Vielen Dank, dass Sie mir mein eiliges Verschwinden nachsehen.«

Evelyn musterte ihn von oben bis unten. »Ich bin froh, dass meine Rosen verschont geblieben sind.«

Er küsste sie auf die Wangen. »Schön, Sie zu sehen, Mrs Simon.«

»Und Mum findet es schön, dass das Wiedersehen nicht zwischen ihren Blumen stattfindet«, sagte Jax.

Als ihre Mutter lachte, legte sich die Spannung.

»Was für eine Überraschung.«

»Ihre Tochter ist bezaubernd. Aber ich denke, das wissen Sie.«

Das Wort »bezaubernd« erwischte Jax unvorbereitet.

»O ja!«

Jax kam nun endgültig ins Trudeln.

»Hatten Sie einen angenehmen Lunch im Klub?«, fragte Andrew.

»Es ist nett, dass Sie fragen …«

Ein paar Minuten lang unterhielten sich die beiden über das Essen und die Wohltätigkeitsveranstaltung, die die Damen gerade planten. Andrew erwähnte das Picknick und die Flasche Wein.

Jax stand dabei und hörte staunend zu, wie die zwei ganz mühelos höflichen Small Talk machten. Sie selbst hätte das unendlich viel Anstrengung gekostet, und wenn sie ehrlich war, war sie ein bisschen neidisch. Was sie wiederum überraschte.

»Jedenfalls hoffe ich, Sie sehen mir nach, dass ich einfach so hier reinplatze.«

»Ich bitte Sie.« Evelyn wandte sich an Jax. »Möchtest du unserem Gast nicht etwas zu trinken anbieten? Ich schaue inzwischen nach, was Letty fürs Abendessen vorbereitet hat.«

Seit wann war ihre Mutter derart spontan?

Andrew hatte Jax' Verwirrung offenbar bemerkt.

»Bitte keine Umstände, Mrs Simon.«

Ihre Mutter blieb stehen. »Sie sind ein guter Freund meines Sohnes, nicht wahr?«

»Das bin ich, Ma'am.«

»Vermutlich wissen Sie dann auch, dass in diesem Haus gerade eine männliche Hand fehlt.«

Jax fiel beinahe die Kinnlade herunter.

Andrew seufzte. »*Yes, Ma'am*«, gab er schließlich zu.

»Dann bleiben Sie zum Essen. Und wechseln danach vielleicht die eine oder andere Glühbirne.«

Im ganzen Haus gab es keine einzige Glühbirne, die auch nur flackerte.

»Mit dem größten Vergnügen.«

Damit ließ Evelyn sie allein und verschwand Richtung Küche.

»Was zum Henker war das denn?«, raunte Jax.

»Deine Mutter mag mich.«

Jax schob sich ganz dicht an ihn heran, kam ihm sogar näher als bei dem Kuss mitten auf der Straße. »Die Glühbirnen hier im Haus sind in bester Verfassung.«

»Vielleicht hat sie mich nicht deshalb gebeten zu bleiben.«

Das war Jax völlig klar, nur wollte es nicht in ihren Kopf. »Meine Mutter war noch nie spontan.«

»Vielleicht ändert sich das gerade.«

»Wollt ihr beide den Rest des Abends miteinander flüstern?«, rief Evelyn aus der Küche.

Andrew lachte. »Bitte nach dir.«

Ihre Mutter hatte eine Flasche Weißwein aus dem Weinkühlschrank genommen und legte gerade Käse, Cracker und Oliven auf eine kleine Platte.

»Andrew, seien Sie so lieb und öffnen den Wein, bitte.«

Jax hatte langsam den Verdacht, dass ihre Mutter von Aliens entführt worden war und diese Frau sich nur für ihre

Mutter ausgab. Wortlos holte sie drei Weingläser und stellte sie vor Andrew hin.

»Wohin seid ihr denn heute gefahren?«

»Oder besser, wo waren wir nicht?« Andrew zwinkerte Jax über die Schulter hinweg zu.

»Nachdem Andy sich mal entschlossen hatte, auf dem Fahrrad zu bleiben, anstatt sich auf die Straße zu legen, ist er dem Rausch der Geschwindigkeit verfallen.«

»Sie sind gestürzt?«, fragte Evelyn.

»Mein Ego hat ein paar Kratzer. Ansonsten bin ich unverletzt.« Er entkorkte die Flasche, schenkte ein und gab jedem ein Glas. »Auf nachmittägliche Radtouren, die mit Wein unter Freunden enden.«

Sie prosteten aneinander zu, und Jax fand ihr Lächeln wieder.

»Wussten Sie, wie unglaublich ehrgeizig Jax ist? Sie hat sich nie abhängen lassen.«

Evelyn fing Jax' Blick auf. »Oh ja, das ist mir bekannt. Schneller, höher, weiter, mehr. In ihrer Kindheit war das für uns manchmal eine Herausforderung. Und sie ist ein kluger Kopf. Jacqueline spricht vier Sprachen fließend.«

»Fünf«, korrigierte Jax. »Claire und ich haben am College aus purem Spaß noch Spanisch dazugenommen.«

Evelyn schob sich näher zu Andrew. »Sehen Sie, was ich meine?«, raunte sie.

»Nutzt du deine Sprachkenntnisse denn auch?«, fragte er.

Jax nahm sich ein Stück Käse vom Teller. »Klar. Wenn Claire und ich über Jungs reden oder wenn wir Mafiabosse ausschalten, die Kinder verkaufen.« Sie biss von dem Käse ab und blickte auf, als die beiden stumm blieben.

»Im Ernst?«, fragte Andrew.

Sie lächelte. »Claire und ich reden schon seit Jahren über Jungs.«

»Das meine ich nicht. Das ist sonnenklar. Ich meine die Mafiabosse.« Er zog fragend eine Braue hoch und sah ziemlich besorgt aus.

»Russische Mafiabosse.« Jax ließ dem Käse einen Schluck Wein folgen.

»Davon hast du mir nie erzählt«, sagte Evelyn.

»Du hast mich nie gefragt, was ich mache.« Jax nahm die Platte. »In welches Zimmer dieses herrschaftlichen Anwesens soll ich das bringen, Mutter?«

»Ins Esszimmer. Und das ist kein herrschaftliches Anwesen.«

Um ihrer Mutter das Gegenteil zu beweisen, steuerte Jax zum Frühstückszimmer.

»In das Esszimmer vorne im Haus«, sagte Evelyn.

»Ach so.« Jax lächelte. »Ich war mir nicht sicher, von welchem wir reden.«

Andrew nahm ihr die Platte ab.

»Und eine kleine Klugscheißerin ist sie auch, so ungern ich das sage«, ergänzte Evelyn seufzend.

»So ein Wort aus deinem Mund!«, hauchte Jax, zum Schein entrüstet. Im Grunde fand sie die Bemerkung liebenswert.

Evelyn ging voraus. »Jedes Ding hat nun mal zwei Seiten.«

»Und Schlagfertigkeit ist eine Gabe«, konterte Andrew.

»Dann werden Sie an meiner Tochter viel Freude haben.«

* * *

»Deine Mutter ist sehr charmant.«

Evelyn hatte Jax praktisch genötigt, Andrew hinauszubegleiten. Dass sie so sehr darauf bestand, war fast schon lustig.

»Ich bin mir ziemlich sicher, dass die Frau da drinnen ein Droide ist, der meine richtige Mutter irgendwo in einem Schrank eingeschlossen hat.«

Andrew lachte und Jax folgte ihm die Stufen hinunter zu seinem Wagen. Dekorative Leuchten vor dem Haus sowie das Verandalicht wiesen ihnen den Weg.

»Sie war heute wirklich ein bisschen anders als die Frau, die ich seit Jahren kenne.«

»Vielleicht macht sie das ungewohnte Singledasein lockerer.« Zum ersten Mal dachte Jax darüber nach, wie ihre Mutter die Trennung verkraftete.

Falls es sich tatsächlich um eine Trennung handelte und nicht nur um einen Streit, der mit Entschuldigungen, teurem Schmuck und Blumen endete.

Andrew legte eine Hand auf ihre Schulter. »Alles in Ordnung mit dir? Du bist plötzlich so still.«

»Was, wenn sie sich scheiden lassen? Ich suche die ganze Zeit nach dem Trennungsgrund, aber an das Endergebnis habe ich noch gar nicht gedacht.«

Er trat etwas näher. »Wenn du den Grund kennst, hast du vielleicht auch eine bessere Vorstellung davon, wie die Sache enden könnte.«

»Sind deine Eltern glücklich verheiratet?«

»Glücklicher als die meisten, würde ich sagen. Sie lachen zusammen. Manchmal sehe ich sie Händchen halten. Klar, sie gehen sich auch mal auf die Nerven. Aber wenn sie sich streiten, dann fair.«

»Und wie muss ich mir so einen fairen Streit vorstellen?«, fragte Jax.

»Sie werden nicht verletzend. Viele Leute werfen einander Gemeinheiten an den Kopf, wenn sie wütend sind.«

Jax lehnte sich gegen seinen Wagen. »Vielleicht liegt da ja das Problem. Ich glaube, ich habe meine Eltern nie streiten sehen. Weder fair noch anders.«

»Das macht es noch schwerer, diese Trennung zu verstehen.«

»Die Wortgefechte können hinter geschlossenen Türen stattgefunden haben.«

»Gut möglich.«

Jax atmete tief aus. »Ich sollte dich nicht länger aufhalten. Du hast eine lange Fahrt.«

Anstatt in seinen Wagen zu steigen, trat er näher. »Du bist jede noch so lange Fahrt wert.« Er streckte die Hand nach ihrer Taille aus.

»Was soll das werden, England?« Sie hob einladend das Kinn.

»Ich wollte noch mal an den Kuss anknüpfen, den wir vorhin auf der Kreuzung unterbrechen mussten.«

»Das war eine Landstraße, keine Kreuzung.« Wieder huschte ihre Zunge über ihre Lippen.

Er starrte auf ihren Mund.

»Tatsächlich. Eine kleine Klugscheißerin.«

Sie beugte sich näher und legte eine Hand auf seinen Arm. »Andrew?«

»Ja?«

»Hör auf zu reden.«

Lächelnd drückte er den Mund auf ihren.

Er ließ sich alle Zeit der Welt, wartete ab, bevor er die Lippen öffnete, um weiter zu forschen. Jax mochte es normalerweise ein bisschen flotter, fand die Verzögerung aber betörend. Als er ihren Kopf ein wenig zur Seite bog und seine Zunge ihre berührte, drückte sie sich an ihn.

Ein großer Teil seines harten Körpers berührte weichere Stellen an ihrem. Und während der Kuss immer weiterging, fiel es ihr leicht, sich vorzustellen, wie sie beide mit weniger Kleidern und an einem viel privateren Ort zusammen waren.

Er küsste sie, als wäre das eine Kunstform. Ohne Eile, gründlich, mit Liebe zum Detail. Eine zarte Berührung ihres Gesichts, ihres Halses. Der Gipfel der Intimität war, als sein

Daumen ganz leicht an der Außenseite ihrer Brust entlang strich.

Damit raubte er ihr fast den Verstand. Sie zog ihn fester an sich, grub die Nägel in seinen Rücken.

Dies war die Nacht erster Küsse, nicht die Nacht für heißen, aber vielleicht bedeutungslosen Sex. Obwohl sich Jax auch dazu hätte überreden lassen, wenn sie ehrlich war.

Andrew wich ein wenig zurück.

Sie hielt die Augen noch einen Moment lang geschlossen. »Wow, England. Du machst das wirklich gut.«

»Vielleicht solltest du mich das bald noch mal tun lassen.«

»Darüber können wir reden.«

Er wurde ernst, trat zurück, hielt ihre Hände aber weiterhin fest. »Es war wunderschön heute. Sicher wird mein Hintern mich morgen verfluchen. Ich habe jahrelang auf keinem Fahrrad gesessen. Aber den Schmerz ertrage ich gern.«

»Denk daran, wenn du aufwachst und die Blessuren von dem Sturz spürst.«

Er öffnete die Wagentür. Das Licht aus dem Innenraum war fast zu hell.

»Ich rufe dich morgen an.«

»Wenn du's nicht tust, weiß ich, dass du gelogen hast und nur behauptest, es sei heute wunderschön gewesen.«

Andrew schaute ihr in die Augen, dann gab er ihr einen braven Kuss. »Ich bin ein miserabler Lügner.«

Er schob sich hinters Steuer und ließ den Motor an.

»Fahr vorsichtig.«

»Jetzt erst recht.«

Jax trat zur Seite, er schloss die Tür und legte einen Gang ein. Sie wartete, bis er am Ende der Einfahrt auf die Straße abbog. Dann ging sie zurück ins Haus.

KAPITEL 13

Jax schaute sich auf ihrem Laptop einen Schnelldurchlauf der Aufnahmen aus der Wohnung ihres Bruders an. Es war, als würde man Farbe beim Trocknen zusehen.

Wobei trocknende Farbe noch spannend sein konnte, wenn etwa ein Insekt darauf landete und man beobachtete, ob es sich noch einmal von der klebrigen Oberfläche würde lösen können.

Aber ja. Einfach nur langweilig.

Ihr Vater lebte nach einem festen Muster, von dem er keinen Millimeter abwich. Er kochte nicht, er putzte nicht. Wenn Harry ihnen nichts zu essen machte oder wenn er abends mal wegging, zeigte die Tracking-App an, dass ihr Dad in einem von drei Restaurants in der Nähe saß. Danach ging er immer direkt nach Hause, machte sich einen Drink und verschwand in seinem Zimmer.

Ein paarmal hatte Harry schon erklärt, er habe keine Haushaltshilfe, sein Vater könne entweder eine einstellen oder selbst mit anpacken.

Deshalb war Jax nicht überrascht, als eine Frau in Hausmädchenuniform und mit einem Arm voller Putzsachen auf dem Bildschirm auftauchte. Während Jax und Andrew durch die Gegend geradelt waren, hatte Gregory sich bemüht, der Putzfrau aus dem Weg zu gehen, die durch die Wohnung wirbelte.

Als Jax' Telefon klingelte, war sie für die Unterbrechung dankbar. Auf dem Display erschien die Nummer von MacBain Security and Solutions in L.A. Jax nahm an, dass Claire sich wegen einer weiteren Verzögerung meldete, und begrüßte sie vorwurfsvoll.

»Sag mir jetzt nicht, dass du nicht kommst.«

»Ich komme nicht«, antwortete Neil prompt.

»Sorry. Ich dachte, du wärst Claire.«

»Die fährt gerade mit Gwen zum Flughafen. Wie läuft es bei dir?«

»Frustrierend. Schleppend.« Sie klappte den Laptop zu.

»Wenn man sehr nah an etwas dran ist, ist es oft schwer, etwas zu erkennen«, sagte er.

Seine Worte klangen tröstlich. »Es wird wohl etwas länger dauern, als ich dachte.« Sie holte tief Luft, wollte um mehr Zeit bitten, oder vielleicht um eine Aufgabe in der Umgebung von London, damit sie weiter für Neil arbeiten konnte.

»Das dachte ich mir schon. Wie praktisch, dass ich im Moment auch in Europa einiges für dich zu tun habe. Natürlich bloß, wenn du möchtest.«

Das war fast zu einfach. »Gerne! Ich meine … Moment mal. Hat Claire das eingefädelt?«

»Ich bespreche nicht jede Entscheidung mit Claire.«

Was nicht bedeutete, dass Claire nichts gesagt hatte. Im Moment war das allerdings unwichtig, die Antwort lautete Ja. »Gibt es einen speziellen Auftrag?«

»Charlie hat mich angerufen.«

Das kam nun wirklich überraschend. »Checkpoint Charlie?« Charlie arbeitete im Richter-Internat. In den Jahren, in denen Claire und sie dort zur Schule gegangen waren, war er so etwas wie ein inoffizieller Butler, ein Wachmann und Mädchen für alles gewesen. Oft hatten sie ihn überreden können, beide Augen zuzudrücken, wenn sie etwas ausgefressen hatten. Seit einiger Zeit war er in Richter Neils Augen und Ohren. Wenn irgendetwas Außergewöhnliches oder Verdächtiges passierte, meldete er sich. Neil war noch immer nicht überzeugt, dass sich die Dinge an der Schule endgültig zum Guten gewendet hatten und dass alle Absolventen tatsächlich gefahrlos ins Leben hinausgehen konnten. Deshalb waren ihm Charlies Updates sehr wichtig.

»Ja.«

»Und was sagt er?«

»Sasha hat die Nachricht entschlüsselt. Angeblich gibt es wieder jemanden, der finanzielle Anreize für vier oder mehr Fremdsprachen bietet.«

Das allein musste nicht viel bedeuten. Die Schule war bekannt für die hervorragenden Sprachkenntnisse ihrer Schützlinge. »Sasha sieht Grund zur Sorge?«

»Sie findet, es erinnert zu sehr an früher, und man sollte unbedingt nachforschen. Zudem werden wohl wieder mehr elternlose Jungen und Mädchen in Richter angemeldet.«

Verdammt, das klang nun wirklich verdächtig.

»Sie vermutet, es könnte einen neuen Förderer mit dunklen Motiven geben.«

Claire hatte zu den elternlosen Schülerinnen mit einem solchen vermeintlichen Wohltäter gehört. Ihr war für jede Fremdsprache, die sie bei ihrem Abschluss beherrschte, eine Belohnung von fünftausend Euro angeboten worden. Ihr Förderer hatte sie für besondere Aufgaben, vorwiegend illegale, rekrutieren wollen. Geheimdienste und Spezialeinheiten interessierten sich immer für junge Talente aus Richter. Doch manche dieser Talente waren in ganz andere, zwielichtige Arbeitsverhältnisse gerutscht und zu Auftragsmorden erpresst worden. Lebend entkam dieser Maschinerie kaum jemand.

Neil und sein Team hatten das teuflische System im Jahr vor Jax' Abschluss aufgedeckt und zerschlagen. Damals hatte die Schule die Hälfte ihrer Schülerinnen und Schüler und ihres Personals verloren. Die Direktorin war wegen Gefährdung des Kindeswohls und anderer Vergehen hinter Gittern gelandet, und Pohl, einer der Hauptförderer und Dunkelmänner, noch vor Beginn seines Prozesses auf mysteriöse Weise zu Tode gekommen.

Neil behielt die Entwicklungen im Internat seither im Auge. Ihm war das ein persönliches Anliegen, weil Claire beinahe in Pohls Fänge geraten wäre.

»Ich bin dabei. Was stellst du dir denn vor?«

»Wir schicken dich an deine alte Schule, hören uns vorher aber noch ein bisschen um. Mach dir jetzt erst mal ein paar schöne Tage mit Claire und Gwen. Wenn Claire ein Hochzeitskleid gefunden hat, kann sie vielleicht auch mal wieder von was anderem sprechen.«

Jax lachte. »Darauf würde ich nicht wetten.«

Neil schnaubte. »Sasha sammelt Informationen. Sobald wir sie ausgewertet haben, planen wir. Wir schicken dich nicht blind da rein.«

»Klingt gut.«

»In der Zwischenzeit lasse ich das Londoner Team wissen, dass du zur Verfügung stehst, wenn sie dich brauchen.«

»Danke, Neil.«

»Das ist kein Gefallen. Das ist Arbeit.«

Ja, ja …

Nachdem sie das Gespräch beendet hatte, schaute sie noch eine Weile dem drögen Alltag ihres Bruders und dem ihres Vaters im Schnelldurchlauf zu. Doch sie begann bald zu gähnen und beschloss, den einen Menschen anzurufen, den es freuen würde, wenn sie länger in Europa blieb.

Andrew nahm beim zweiten Klingeln ab.

»Was für eine Überraschung.«

»Störe ich?« Heute war ein Wochentag und Andrew saß sicher noch im Büro.

»Niemals.«

Sie lachte. »Diese Antwort könntest du noch bereuen.«

»›Eine verhängnisvolle Affäre‹ habe ich gesehen. Dafür bist du nicht der Typ.«

Sie überlegte kurz. »Ist das nicht ein alter Kinofilm?«

»Jap. Als ich noch ein Teenager war, hat meine Mutter meinen Vater genötigt, ihn sich anzusehen. Ein Mann hat einen One-Night-Stand. Aber seine Geliebte ist ziemlich durchgeknallt. Versucht, die Ehefrau umzubringen …«

»Pffft. Ein gemütlicher Familienfilmabend im Hause Craig.«

Er lachte. »Meine Mutter hat meinem Vater versichert, er müsse sich keine Sorgen machen, dass eine Geliebte ihn umbringen könnte. Weil er in einem solchen Fall nämlich bereits hinten im Garten verscharrt wäre.«

Jax konnte sich vorstellen, etwas Ähnliches zu sagen. »Coole Lady, deine Mom.«

»Ich mache mir keine großen Sorgen.«

»Dass deine Mom deinen Dad um die Ecke bringt?«

»Nein. Dass ich meine Worte zurücknehmen muss.«

Jax stand auf und streckte sich. »Ich würde meine Zeit nie damit verschwenden, jemanden zu behelligen, der kein Interesse hat.«

»So jemand bin ich nicht. Was gibt's denn?«

Einen Moment lang suchte sie nach den richtigen Worten. »Wegen meines Rückflugtickets in die Staaten …«

»Nein. Nein, nein, nein.« Andrew klang plötzlich fast panisch.

Jax ließ ihn reden.

»Was kann ich tun, um dich umzustimmen?«

Sie schwieg.

»Jax?«

»Bist du fertig?«

»Ich habe noch nicht mal angefangen.«

Sie lächelte. »Mein Boss braucht mich für eine Weile hier.«

»Was?« Andrews Frage klang atemlos.

»Hier in Europa. Ich unterstütze das Team in London. Aber er wird mich bald auch in Deutschland einsetzen.«

Andrew stieß eine Mischung aus Pfeifen und Seufzen aus. »Okay. Gut. Verdammt!«

»Alles in Ordnung?«

»Ja, jetzt schon. Wobei Deutschland nicht gerade um die Ecke liegt.«

»Aber auch nicht auf der anderen Seite des großen Teichs.«

»Stimmt.«

»Ach ja, und Deutschland würde ich gerne aus allen Gesprächen raushalten, von denen meine Eltern etwas mitbekommen könnten.« Sie sagte das ganz aus dem Bauch heraus. Und es fühlte sich richtig an.

»Warum denn? Moment. Hat dein Auftrag etwas mit deiner alten Schule zu tun?«

»Ja. Aber vergiss nicht, ich bin eine private Ermittlerin. Und ›privat‹ bedeutet, je weniger Leute etwas wissen, desto besser.« Sie stellte sich ans Fenster und schaute hinaus in den Nieselregen.

»Oh. Du magst mich.«

Sie blinzelte ein paarmal. »Bitte was?«

»Du magst mich. Du hast mir etwas verraten, was du deiner Familie verheimlichen willst. Du magst mich.«

»O mein Gott! Du klingst wie ein Zwölfjähriger.«

»Mit zwölf hatte ich mehr Action als jetzt. Wenn du weißt, was ich meine.«

Sie hörte das Lächeln in seiner Stimme. Wenn die ›Action‹ mit zwölf die Vorübung für heute gewesen war, wollte sie dem Mädchen von damals gerne danken. »Hast du mit zwölf das Küssen gelernt?«

»Mit zehn«, entgegnete er. »Ihr Name war Susan.«

»Wirklich? Mit zehn?«

»Jap. Für sie war es eine Mutprobe. Und ich habe mich von da an als eine Art Casanova betrachtet.«

»Ist der nicht an Syphilis gestorben?«

»Kein schöner Gedanke. Als Teenager habe ich mir das Pfeiffersche Drüsenfieber eingefangen. Manche nennen es Kusskrankheit. Aber ich schwöre, ich hatte damals nur die eine Freundin.«

Jax konnte nicht aufhören zu lächeln. »Vielleicht warst du ja nicht ihr einziger Freund.«

»Der Gedanke ist mir auch schon gekommen.« Er hielt kurz inne. »Und du?«

»Was soll das heißen, ›und ich‹?«

»Wo hast du das Küssen gelernt?«

»Zwischen den Bücherregalen in der Schulbibliothek. Wo sonst?«

»Ah, ja. Wenn man was lernen will, ist eine Bibliothek der passende Ort.«

Sich mit ihm zu unterhalten, war so leicht und machte einfach Spaß. »Ich glaube, jetzt habe ich dir genug von deiner Arbeitszeit gestohlen.«

»Du hast mir den Tag versüßt.«

Ein erfreulicher Gedanke. »Und jetzt noch mal wegen Deutschland. Das muss wirklich unter uns bleiben.«

»Ich bin ein schlechter Lügner, aber Geheimnisse sind bei mir gut aufgehoben. Keine Sorge.«

»Wir reden später noch mal.«

»Hauptsache, es ist kein Ferngespräch in die Staaten.«

Sie verabschiedete sich und lächelte danach noch eine ganze Weile ihr Telefon an. Zum ersten Mal im Leben hatte sie Lust, länger in Europa zu bleiben. Und es gab jemanden, der wollte, dass sie blieb.

Sie ließ den Blick durch das Zimmer ihrer Kindheit schweifen, schaute hinaus in das trübe Wetter und lockerte ihre verspannten Schultern.

Sie konnte das Wiedersehen mit Claire kaum erwarten. Es gab so viel zu bereden.

* * *

Jax saß mit ihrer Mutter im Frühstückszimmer.

»Andrew mochte ich schon immer gern. Ich bin überrascht, dass ihr beide euch so gut versteht«, sagte Evelyn.

»Weshalb überrascht dich das?«, fragte Jax.

Ihre Mutter schaute sie über den Rand ihrer Teetasse hinweg an. »Schon aus dem einen Grund, dass dein Vater und ich mit ihm einverstanden wären. Was dich normalerweise dazu bringen würde, die Flucht zu ergreifen.«

»Da hast du allerdings recht.«

Sie lächelten beide.

»Guter Mann, respektabler Beruf, angesehene Familie.«

»Und schöne Zähne.«

Evelyn verdrehte die Augen. »Musst du immer so was sagen?«

Jax nickte. »Jap.«

Ihre Mutter lachte und schüttelte den Kopf. »Er scheint deinen Humor zu mögen.«

»Du meinst, meinen Sarkasmus.«

»Den auch.«

Sie hatten eine Art gemeinsamen Modus gefunden. Wie bei einem Ballwechsel beim Tennis und halbwegs entspannt. Die berühmte britische *stiff upper lip* verrutschte bei Evelyn sogar gelegentlich ein bisschen.

»Möchtest du heute nicht doch mitkommen?« Jax hatte ihre Mutter gefragt, ob sie mit Gwen, Claire und ihr zusammen Hochzeitsshoppen gehen wollte. Evelyn hatte abgelehnt.

»Du kannst mich dazu doch nicht einfach so einladen. Und abgesehen davon hatte ich nie das Gefühl, dass deine Freundin mich mag. Peinliche Momente möchte ich lieber vermeiden.«

»Das ist Unsinn.« Es war die blanke Wahrheit, aber das würde sie ihrer Mutter nicht verraten.

Es klingelte an der Haustür. Das mussten Claire und Gwen sein und Jax stand auf. »Mich würde es freuen, wenn du mit-kommst.« Ohne auf eine Antwort zu warten, ging sie zur Tür.

Angela war vor ihr dort.

Claire sah Jax und sie breiteten gleichzeitig die Arme aus. »Ich habe dich so vermisst.«

Die Umarmung ihrer Freundin war warm und wunderbar und genau so, wie eine Umarmung sein sollte. »Und ich dich erst«, seufzte Jax.

Claire lehnte sich ein Stück zurück.

Einen Moment lang sagte keiner etwas. Dann trafen sich ihre Blicke und Claires Lippen dehnten sich zu einem breiten Grinsen. Ihre Füße vollführten einen kleinen Tanz. »Wir gehen shoppen! Wir kaufen ein Hochzeitskleid!«

Ihre Freude war ansteckend.

Jax und Gwen umarmten sich ebenfalls. »Macht sie dich wahnsinnig?«

»Gelinde gesagt. Ich bin froh, dass du jetzt übernimmst«, antwortete Gwen trocken und ohne jede Boshaftigkeit.

Jax hörte, wie sich ihre Mutter hinter ihnen räusperte.

Claire blickte auf und eilte mit ausgebreiteten Armen auf Evelyn zu. Evelyn hatte keine andere Wahl, sie musste die viel zu herzliche Begrüßung über sich ergehen lassen.

»Ich heirate bald.« Die etwas misslungene Umarmung war kurz, dann streckte Claire die Hand vor und zeigte stolz ihren Verlobungsring.

»Ich habe davon gehört. Gratuliere.«

Letty kam um die Ecke, und Claire machte einfach weiter. Sie verteilte Umarmungen, strahlte und lachte.

»Hat sie heute Morgen viel Kaffee getrunken?« Jax' Frage war an Gwen gerichtet.

»Nach dem dritten habe ich ihr die Tasse weggenommen.«

»Zum Glück.«

Jax schaute ihre Mutter an, die höflich auf eine Vorstellung wartete. »Kaum zu glauben, dass ihr beide euch noch nie begegnet seid. Gwen, das ist meine Mutter, Evelyn.«

»Es ist mir ein großes Vergnügen. Ihre Tochter macht uns allen so viel Freude.« Gwen drückte Evelyn die Hand.

»Ich habe schon viel von Ihnen gehört. Und über Ihren Mann.«

Die Frauen lächelten einander an. »Es ist wirklich schön hier bei Ihnen. Ich vermisse die englischen Gärten, wenn ich länger weg bin.«

»Ich glaube, Jacqueline hat einmal erwähnt, dass Sie hier in der Gegend ein Haus haben.«

»Es gehört der Familie, mehr meinem Bruder als mir. Aber wir sind alle viel zu selten dort. Das Wetter in Kalifornien ist einfach zu gut.«

»Wie meine Tochter mir oft und gerne versichert.«

Claire wippte auf den Zehen. »Können wir los?«

Evelyn trat einen Schritt zurück. »Ich wünsche euch einen wunderschönen Tag.«

Sofort gab Claire sich noch ein wenig aufgekratzter und zugänglicher. »Was? Nein! Sie kommen doch mit, oder?« Jax wusste, dass Claire eine kleine Show abzog, denn die Zuneigung zwischen ihrer Freundin und ihrer Mutter hielt sich seit jeher in

Grenzen. Aber Jax hatte ihre Freundin gebeten, sich ins Zeug zu legen. Sie wollten Gwen die Gelegenheit geben, das Vertrauen ihrer Mutter zu gewinnen.

»Bitte, Evelyn. Lassen Sie mich nicht mit den Mädchen allein. So aufgeregt waren die beiden nicht mehr, seit Jax zum ersten Mal in Los Angeles aus dem Flugzeug gestiegen ist.«

»Ich möchte mich nicht aufdrängen.«

»Ich bin fest davon ausgegangen, dass Sie mitkommen, und habe alle Reservierungen für vier Personen gemacht. In der Limousine ist auch jede Menge Platz.«

»In der Limousine?« Jax spähte aus dem Fenster neben der Haustür. Und tatsächlich, draußen stand ein riesenhafter eleganter Schlitten. Der Fahrer wartete an der Wagentür.

»Heute lassen wir uns chauffieren. Ohne Champagner kann man doch kein Hochzeitskleid kaufen.«

Jax lachte. »Ja, absolut undenkbar.«

Gwen lachte ebenfalls. »Bitte, Evelyn. Wenn nicht Claire zuliebe, dann tun Sie es für mich. Außerdem würde ich gerne die Frau kennenlernen, die eine so entzückende Tochter großgezogen hat.«

»Hörst du, Mum? Ich bin ›entzückend‹«, frotzelte Jax.

Evelyn schaute zwischen den dreien hin und her. Schließlich seufzte sie. »Augenblick. Ich hole meine Handtasche.«

KAPITEL 14

Während der Fahrt stießen sie mit Mimosas an und blätterten in Brautmodenzeitschriften. Claire und Jax wollten gerne nachholen, was sie durch Jax' Abreise so kurz nach der Verlobung verpasst hatten.

Die Zeitschriften waren voller wunderbarer Ideen. Von Brautkleidern über Schnitte, Farben und Stoffe für die Outfits der Brautjungfern bis hin zu Deko, Blumen und passenden Örtlichkeiten für die Feier.

»Wir möchten auf jeden Fall im Freien heiraten«, sagte Claire.

»Wisst ihr denn schon, wo?«, erkundigte sich Evelyn. Beim Anstoßen waren sie alle miteinander zum Du übergegangen.

»Vermutlich in einem Haus von Freunden. In einem Hotel oder Resort hätten wir sicher keine freie Terminwahl.«

»Ich versuche, sie zu überreden, dass sie in unserem Haus in Kalifornien feiern«, sagte Gwen zu Evelyn.

»Ja, und Trina und Wade haben uns ihre Ranch angeboten. Dort haben Cooper und ich uns kennengelernt.«

»Eine Texas-Ranch-Hochzeit? Fantastisch«, schwärmte Jax.

Evelyn legte die Stirn in Falten. »Texas?«

»Wade und Trina sind gute Freunde der Familie«, erklärte Gwen.

»Wade ist in Texas so was wie alter Adel. Glaub mir, Mum, du wärst angetan«, fügte Jax hinzu.

»Von texanischen Adeligen habe ich noch nie gehört.«

Claire wedelte mit der Hand. »Cooper und ich überlegen noch, ob wir wirklich eine Motto-Hochzeit mit einer so langen Anreise für die meisten Gäste wollen.«

»Ihr müsst das ja nicht heute entscheiden.«

Je näher sie ihrem ersten Halt kamen, desto aufgeregter wurde Claire.

Unter den neugierigen Blicken der Passanten stiegen sie vor einem exklusiven Brautmodensalon aus der Limousine. Die Besitzerin begrüßte sie persönlich, ging auf Gwen zu und neigte leicht den Kopf. »Lady MacBain. Was für eine Freude, Sie endlich einmal persönlich kennenzulernen.«

Jax sah die Verblüffung im Gesicht ihrer Mutter. Gwens Titel hatte sie absichtlich nie erwähnt. Oft vergaß sie sogar, dass Gwen einen hatte. Der Drang, gegen ihre Eltern zu rebellieren, hatte Jax immer davon abgehalten, ihnen etwas zu erzählen, was sie gut gefunden hätten. Sie selbst interessierten Titel nicht die Bohne.

»Vielen Dank, dass Sie so kurzfristig Zeit für uns gefunden haben, Beatrice.«

»Wir sind glücklich, Sie bei uns begrüßen zu dürfen. Wen kleiden wir denn heute ein?«

»Das ist die Braut.« Jax schob Claire nach vorn.

Beatrice machte eine einladende Handbewegung und führte sie ins Innere des Salons. »Ich zeige Ihnen Ihren privaten Anproberaum.«

Evelyn schob sich neben Jax und senkte die Stimme. »*Lady* MacBain?«

»Ja. Ihr Bruder ist ein Herzog.«

»Davon hast du mir nie erzählt.«

Jax hakte ihre Mutter unter. »Du hast dich nie sehr für mein Umfeld interessiert.«

170

»In Zukunft muss ich wohl mehr nachfragen.«

Jax drückte Evelyns Arm. »Das würde mich freuen.«

Der großzügig bemessene private Anproberaum war mit einladenden Sofas ausgestattet. Und passend zu dem freudigen Anlass standen Champagner und erlesene Häppchen aus einer französischen Konditorei bereit.

»Beatrice, das ist Jacqueline Simon, die Trauzeugin. Und Jacquelines Mutter Evelyn.«

Die Frau schüttelte ihnen die Hände. Bei Jax zögerte sie einen Moment. »Sie kommen mir bekannt vor. Habe ich Sie hier bei uns schon einmal gesehen?«

»Nein. Ich bin zum ersten Mal in Ihrem Salon.«

»Aber irgendwoher muss ich Sie kennen.« Sie wiegte den Kopf. »Sicher fällt es mir wieder ein.«

»Jeder hat mindestens einen Doppelgänger«, stellte Claire fest.

»Lassen Sie uns anfangen. Claire, wenn Sie mir folgen wollen? Als Erstes suchen wir Ihnen etwas Passendes für drunter aus. Dann haben Sie es bei der Anprobe leichter und sehen die Kleider gleich ohne störende BH-Träger.«

Und schon ging es los …

* * *

Wie läuft's bei euch?

Nach zwei Stunden Anprobe kam eine Textnachricht von Andrew. Jax lächelte über die Frage und über seine Aufmerksamkeit.

Es macht riesigen Spaß. Claire ist wunderschön.

Hat sie das richtige Kleid schon gefunden?

Jax schaute zu, wie sich ihre beste Freundin auf dem Podest vor einem dreiteiligen Spiegel hin und her drehte.

Nein. Aber für einen Stil hat sie sich entschieden.

»Was meinst du, Jax?«

Sie blickte auf und legte das Handy beiseite. »Du hast recht. Der Rückenausschnitt ist zu tief. Es soll sexy sein, aber nicht zu viel zeigen.«

Claire deutete auf das Telefon, das Jax gerade weggelegt hatte. »Chattest du mit Andrew?«

»Er erkundigt sich, ob du schon ein Kleid gefunden hast.«

»Wie süß von ihm.«

»Wer ist Andrew?«, wollte Gwen wissen.

Claire wandte Beatrice den Rücken zu, damit sie die Knöpfe öffnen konnte.

»Ein Freund.«

Ihre Mutter lachte. »Für mich sah das nach ein wenig mehr aus.«

»Was du nicht sagst.« Claire grinste.

»Du datest hier tatsächlich schon jemanden?«, fragte Gwen.

Evelyn nickte dezent. Ihr zufriedenes Lächeln war nicht zu übersehen.

»Er ist Harrys Freund und hat mich vom Flughafen abgeholt.«

»Und wann lernen wir ihn kennen?«, wollte Gwen wissen.

»Wir haben uns erst ein paarmal getroffen.«

»Ja, und?« Claire stieg aus dem Kleid, während ihr eine Salonangestellte das nächste brachte.

»Er würde dir gefallen, Gwen. Ein respektabler Mann, beruflich erfolgreich, gutes Elternhaus«, zählte Evelyn freudig auf.

»Schöne Zähne.« Jax konnte es sich einfach nicht verkneifen.

Claire lachte und bald konnten sie alle kaum noch aufhören. Was womöglich auch ein bisschen am Champagner lag.

»Wie wäre es denn mit einer entspannten Dinnerparty, damit wir ihn kennenlernen können? Die Angestellten im Harrison-Haus langweilen sich halb zu Tode.«

Claire war begeistert. »Prima Idee.«

»Was meinst du, Evelyn? Wir beide könnten eine kleine Gästeliste zusammenstellen, damit Andrew nicht das Gefühl hat, einer Musterung unterzogen zu werden.«

»Obwohl es ja genau darum geht.« Claire drehte sich zu Jax. »Haben die Jungs ihn schon berochen?«

»Nein.«

»Die Jungs?«, fragte ihre Mutter.

»Sie meint Sven und die anderen vom Londoner Team. Aber nein. Bislang hatte noch keiner die Gelegenheit, den armen Kerl zu grillen. Wie gesagt, wir hatten erst ein paar Dates.«

»Kein Trallali-Trallala?« Claire zog schelmisch die Brauen hoch.

»O mein Gott, Loki! Meine Mutter sitzt direkt neben mir.«

Claire zeigte auf Gwen. »Meine ist auch da.«

Gwen legte eine Hand auf ihre Brust. Einen Moment lang waren sie alle still.

»Du weißt, wie gerne ich das höre.« Gwens Stimme klang ganz sanft.

»Sicher nicht halb so gerne, wie ich es sage.«

Mit Tränen in den Augen fielen sich die beiden Frauen in die Arme.

Beatrice breitete unterdessen die Schleppe des Kleides aus, in das sie Claire gerade geholfen hatte, und Jax schnappte nach Luft.

»O ja!« Evelyn stand auf.

Gwen legte die Fingerspitzen einer Hand an ihre Lippen.

Claire wischte sich die Träne ab, die ihr über die Wange geglitten war, und drehte sich vor den Spiegeln hin und her. »O mein Gott!«

Jax wollte die Reaktion ihrer Freundin abwarten, bevor sie etwas sagte.

»Das ist es.«

Jetzt eilte Jax zu Claire. »Es ist perfekt.« Die Schönheit des Kleides lag in seiner Schlichtheit. Schimmernde Seide bildete die Grundlage. Es gab nur eine kleine Spitzenborte an den angeschnittenen kurzen Ärmeln und am Rückenausschnitt. Die stufenförmig fallende Schleppe verlieh ihm das gewisse Etwas, ohne es übertrieben wirken zu lassen.

Trotzdem war es spektakulär und schmeichelte Claire in jeglicher Hinsicht.

»Es ist atemberaubend. Du bist atemberaubend«, hauchte Evelyn.

»Neil wird weinen.«

Jax und Claire drehten sich wortlos zu Gwen.

Dann schauten sie einander an. »Neil weinen zu sehen, ist Grund genug für dieses Kleid«, sagte Jax schließlich.

Claire betrachtete sich noch einen Moment lang im Spiegel und legte eine Hand auf ihr Herz. »Das ist es.«

* * *

Zum ersten Mal in ihrem Leben war Teetrinken mit ihrer Mutter für Jax keine lästige Pflicht.

Dass der Tee unbeachtet in der Kanne blieb und stattdessen Champagner getrunken wurde, mochte dazu beitragen. Nachdem Claire sich für das Kleid entschieden hatte, hatten sie gleich noch die Outfits für die Brautjungfern besprochen. Und weil sie gleich im ersten Salon fündig geworden waren und nicht von einem Brautmodengeschäft zum nächsten ziehen mussten, hatten sie mehr Zeit als gedacht und planten bereits die Dinnerparty.

»Wir könnten ein paar Jungs aus dem Team einladen«, schlug Jax vor. »Sven hat hemmungslos mit meiner Mutter geflirtet.«

»Sven flirtet mit jeder Frau. Nimm es mir nicht übel, Evelyn.«

»Der Mann könnte mein Sohn sein. Ich bin jetzt zwar wieder Single, aber an so etwas mag ich gar nicht denken.«

Die Bemerkung sorgte für eine kurze Gesprächspause.

Evelyn verschlang die Hände im Schoß und schaute beiseite. »Entschuldigung. Heute sollte es nicht um mich gehen.«

Jax legte ihre Hand auf die Hand ihrer Mutter.

»Claire ist meine beste Freundin, Mum. Sie weiß, weshalb ich nach London geflogen bin.«

»Das dachte ich mir schon. Trotzdem hätte ich lieber still sein sollen. Heute soll sich alles um Claires Hochzeit drehen.«

»Mach dir keinen Kopf. Ganz ehrlich, ich freue mich, dass du dich uns anvertraust.« Claire lief zur Hochform auf und Jax nahm sich vor, ihr später zu danken.

Evelyn suchte Blickkontakt zu Gwen.

Auf Gwen war wie immer Verlass und sie sagte genau das Richtige. »Das heißt, wir streichen Mr Simon von der Gästeliste.« Wie um ihre Worte zu bekräftigen, übermalte sie etwas auf ihrem Notizblock.

»Nein.«

Alle Augen richteten sich auf Evelyn.

»Gregory hat sich seine eigene Grube gegraben. Falls er nicht kommen möchte, ist das seine Entscheidung.« Sie wandte sich an Jax. »Dein Vater ist ein guter Mann. Er hat Fehler gemacht, aber er ist kein schlechter Mensch.«

Jax schloss die Augen und sah hinter ihren Lidern ein klares Bild vor sich. »Er hat dich betrogen.« Genau wie Claire vermutet hatte.

Als Evelyn nicht sofort widersprach, wusste Jax, dass es wahr sein musste. Sie drückte die Hand ihrer Mutter und fand es tröstlich, dass sie den Druck erwiderte.

»Es liegt ganz bei dir, Evelyn. Wenn du möchtest, dass Gregory dabei ist, laden wir ihn ein. Oder wir übergehen ihn, so wie er es eigentlich verdient.« Gwen war ruhig und einfühlsam, genau das Gegenüber, das Evelyn jetzt brauchte.

Evelyn warf einen Blick in die Runde, schaute einer Frau nach der anderen in die Augen. »Wenn wir ihn einladen, müssen wir ihn höflich behandeln.«

»Freundlichkeit wird ihn tiefer treffen als jeder Dolchstich«, sagte Gwen.

Claire nickte Gwen zu. »Mit Sicherheit.«

Jax schaute zu ihrer Mutter. »Ich habe noch jede Menge Fragen.«

Evelyn zögerte. »Gib mir noch ein bisschen Zeit. Für Antworten ist es mir noch zu früh.«

»Das respektiere ich«, antwortete Jax und meinte es genau so.

Claire legte ihre Hand mit der Handfläche nach oben auf den Tisch. Evelyn schaute sie einen Moment lang an, dann legte sie ihre freie Hand hinein. Nun fasste Claire auch Gwen an der Hand, und am Ende bildeten sie alle gemeinsam einen geschlossenen Kreis.

»Für Frauen, die andere Frauen nicht unterstützen, gibt es einen besonderen Platz in der Hölle. Ganz gleich, ob du deinem Mann verzeihen willst oder ihn für alle Zeiten in die Wüste schickst, wir stehen hinter dir. Und das bedeutet nicht, dass wir ihn hassen.«

Gwen nickte Claire zu. »Ich glaube, ich war noch nie so stolz auf dich wie jetzt in diesem Moment.«

»Was Freundschaft ist, weiß ich dank Jax. Und Sasha hat mir gezeigt, was es bedeutet, anderen Frauen beizustehen. Selbst wenn man sie gar nicht kennt. Und du bist noch einen Schritt weitergegangen und hast mir die Tür zu eurem Heim geöffnet«, sagte Claire zu Gwen. »Von so starken Frauen umgeben zu sein, ist ein großes Geschenk.«

Auch Jax war ungeheuer stolz auf ihre Freundinnen. Ohne jede Absprache fanden sie die richtigen Worte. Für ihre Mutter waren sie in ihrer jetzigen Situation sicher ungeheuer wertvoll und wohltuend.

Jax musste erst einmal verdauen, was sie gerade über ihre Eltern erfahren hatte. Doch sie wollte nicht, dass der Tag schon endete. »Ich habe eine Idee.«

Stunden nach dem Tee, sie hatten noch allerhand unnütze schöne Dinge gekauft und waren bei den Massagen, die Gwen gebucht hatte, wieder nüchtern geworden, saßen sie in Jax' Elternhaus im Wohnzimmer, aßen Pizza aus einer Schachtel, tranken Wein und schauten sich romantische Komödien an.

Nie zuvor in ihrem ganzen Leben hatte Jax leicht beschwipst zusammen mit ihrer Mutter Mädelsfilme angeschaut.

Sie lachten und weinten.

Irgendwann verdrückten sich Jax und Claire in Jax' Zimmer, weil sie ein bisschen reden wollten. Sie machten es sich auf dem Bett bequem.

»Evelyn und Gwen sind jetzt allein.«

Jax zog ihr Smartphone aus der Tasche und wählte die Nummer der Londoner Niederlassung.

James meldete sich. »Hallo, Süße.«

»Schaltest du bitte die Kameras und Mikrofone bei mir zu Hause aus?«

»Sicher? Sieht aus, als würde es bei euch endlich mal interessant.«

»Abschalten, James!«

Eine Pause.

Ein Klick.

»Erledigt.«

»Vielen Dank.«

Jax legte das Telefon weg und schaute Claire an.

»Alles in Ordnung bei dir?«, fragte Claire.

»Mein Dad ist ein Scheißkerl.«

»Das steht noch nicht fest.«

»Er hat meine Mutter betrogen. Also ist er ein Scheißkerl.«

»Schon möglich. Aber wir müssen tiefer graben. Okay, oberflächlich betrachtet ist er wirklich ein Vollpfosten. Aber vielleicht steckt ja mehr hinter der Geschichte.«

Jax ließ sich rücklings neben Claire aufs Bett fallen. »Womit lässt sich ein Seitensprung rechtfertigen?«

Claire nahm ihre Hand. »Ich weiß es nicht.«

»Ich auch nicht.«

Benommen vom Wein und von den Ereignissen des Tages lagen sie eine Weile schweigend nebeneinander. Schließlich lenkte Jax ihre Aufmerksamkeit wieder zu Claire, wo sie hingehörte. »Dein Kleid ist wunderschön.«

»Cooper wird dahinschmelzen.«

»Ich glaube, das ist längst passiert.«

Claire drückte ihre Hand. »Möchtest du wirklich eine Zeit lang hierbleiben?«

»Es muss sein. Zum ersten Mal in meinem ganzen Leben braucht meine Mutter mich. Und sie ist wirklich recht erträglich.«

Das brachte Claire zum Lachen. »Sie ist ein völlig anderer Mensch.«

»Ja. Nicht wahr? Verrückt.«

Claire stieß die Luft aus. »Ohne Familie leben zu müssen, ist kein Spaß. Du verdienst es, deine besser kennenzulernen.«

Jax legte den Kopf an Claires Schulter. »Ich bin so froh, dass du hier bist.«

»Ich auch.«

* * *

»Mir ist völlig egal, wie du ihn dorthin kriegst. Sorg einfach dafür, dass er kommt. Wenn es sein muss, fessle ihn und pack ihn in den Kofferraum.«

Jax erklärte Harry am Telefon die Situation und den Plan.

»Ich kann nicht glauben, dass er unsere Mutter betrogen hat.«

»Gewöhn dich an den Gedanken. Denn genau das hat er getan. Fragt sich nur, wann und warum. Sprechen wir von einer kurzen Affäre oder von einer Beziehung? Läuft da immer noch was? Ist es mehr als einmal passiert? Je nachdem, wie die Antworten auf diese Fragen ausfallen, wissen wir, ob Mum blöd wäre, wenn sie an Versöhnung denkt. Oder ob du Schuldgefühle haben musst, weil du den Mistkerl bei dir wohnen lässt.«

»Hat Mum dir noch mehr erzählt?«

»Sie hat nur bestätigt, dass es eine Affäre gab. Mehr wollte sie nicht sagen. Und ganz ehrlich, das muss sie auch nicht. Dad ist derjenige, der ein Geständnis ablegen sollte. Also heizen wir ihm ein bisschen ein, indem wir ihn nötigen, zu dieser Dinnerparty zu kommen. Und was immer du tust, lass ihn bloß nicht merken, dass du etwas weißt.«

»Kein Problem.«

»Gut.«

»Aber noch mal im Ernst. Wie soll ich ihn dort hinschaffen? Mal abgesehen von brutaler Gewalt?«

179

»Sag ihm, ich hätte eine Ankündigung zu machen. Etwas, was er nicht von Dritten erfahren will.«

»Hast du das tatsächlich vor?«

»In gewisser Weise. Und bring deine Freundin mit. Mutter möchte sie kennenlernen.«

Harry zögerte. »Auf Mutter habe ich sie noch nicht vorbereitet.«

»Mum ist im Moment zu sehr mit sich selbst beschäftigt, um deiner Liebsten das Leben schwerzumachen. Und abgesehen davon ändert sie sich gerade.« Zum ersten Mal kam Jax der Gedanke, dass die Trennung ihrer Eltern vielleicht auch ihr Gutes hatte.

»Ich hoffe, du weißt, was du tust.«

»Weiß ich. Und halte bei euch in der Firma die Augen und Ohren offen. Achte darauf, was andere über unseren Vater sagen. Gibt es jemanden im Büro, mit dem er viel Zeit verbringt? Eine Frau?«

»Mit seiner Sekretärin. Aber dass da was läuft, scheint mir unwahrscheinlich. Sie ist verheiratet.«

»Das ist Dad auch.«

»*Touché.* Trotzdem glaube ich nicht, dass er was mit ihr hat.«

»War er in letzter Zeit auf Geschäftsreise? Vielleicht wiederholt?«

»Nicht dass ich wüsste. Aber ich schreibe dir die Events und Veranstaltungen auf, die wir für die Firma besuchen.«

»Das wäre ein Anfang.«

Einen Augenblick lang schwiegen sie beide.

»Ich bin sehr enttäuscht von ihm.« Harry seufzte.

»Willkommen im Klub.« Jax war seit Jahren von beiden Eltern enttäuscht. Ihrer Mutter gegenüber war sie im Moment allerdings versöhnlich gestimmt, während ihr Vater haufenweise Minuspunkte sammelte.

»Jax?«

»Ja?«

»Ich bin wirklich froh, dass du hier bist.«

Sie schloss die Augen. »Danke, Harry. Es tut gut, das hin und wieder zu hören.«

»Ich werde versuchen, es öfter zu sagen.«

KAPITEL 15

Es war schön, ihre Mutter lächeln zu sehen und zu wissen, dass sie es tatsächlich meinte.

Sie fuhren mit Kleidern zum Wechseln zum Harrison-Anwesen. Das herrschaftliche Haus von Gwens Familie lag gerade weit genug entfernt, um eine Übernachtung zu rechtfertigen.

Trotz der kurzfristigen Planung standen inzwischen fast dreißig Namen auf der Gästeliste. Indem er zwei hohe Tiere aus der Firma mit ihren Ehefrauen auf die Gästeliste hatte setzen lassen, hatte Harry dafür gesorgt, dass sein Vater ebenfalls erscheinen musste.

Jax und Claire ließen die Expertinnen für gesellschaftliche Anlässe und Etikette einfach machen.

Die Angestellten des Harrison-Anwesens schwärmten umher wie emsige Bienen.

»Wohnen diese Leute alle hier?«, fragte Jax Claire.

Claire zuckte die Achseln. »Die meisten. Irgendwer muss ja die Klospülungen in Gang halten.«

Jax war ein paarmal zu Besuch gewesen, hatte aber noch nie die ganze Maschinerie in Aktion erlebt.

Seit Claires und Gwens Ankunft in England war fast eine Woche vergangen und Jax war bereits seit über zwei Wochen in

London. In der Vergangenheit hätte sie längst ungeduldig die Stunden bis zu ihrer Rückkehr nach Kalifornien gezählt. Doch diesmal war alles ein bisschen anders.

Während sich Evelyn und Gwen um die Sitzordnung kümmerten, brachten Jax und Claire Sven und James auf den neuesten Stand. Dieses Haus war wie jedes, in dem sich Neils Familie regelmäßig aufhielt, mit einem topmodernen Überwachungssystem ausgestattet. Inklusive Bild- und Tonaufnahmen. Die heutige Feier wurde vom Londoner Büro aus mitverfolgt. Sicherheitsbedenken gab es zwar keine, doch die Mitschnitte würden es erleichtern, später Privatgespräche auszuwerten.

»Operation ›Im Schlamm wühlen‹. Wir wollen meinen Vater ein bisschen aus der Ruhe bringen und sehen, ob sonst noch jemand nervös wird. Mit zwei der geladenen Gäste arbeitet er und mein Bruder seit Jahren zusammen. Die Männer werden kaum etwas Verwertbares sagen, aber vielleicht ihre Frauen.« Jax zeigte Sven und James Fotos von den Kollegen ihres Vaters und deren Ehefrauen. »Das hier ist Maxine, eine gute Freundin meiner Mutter. Sie weiß, dass mein Dad ausgezogen ist. Details kennt sie aber laut Mum nicht.«

»Sind wir wirklich hier, um uns Tratsch anzuhören?«

»Wir sammeln Informationen«, korrigierte Claire.

»Tratsch.«

»Meine Mutter glaubt, wir sind hier, damit Claire und Gwen Andrew kennenlernen können. Und damit wir Iris treffen, die neue Flamme meines Bruders. Dass wir uns für Tratsch und Gerüchte über meinen Vater und ihre Ehe interessieren, hat sie nicht auf dem Radar.«

James legte die Stirn in Falten. »Wäre es nicht einfacher, deine Eltern zu fragen, weshalb dein Dad ausgezogen ist?«

Claire knuffte ihn in die Seite. »Hat sie doch längst getan, allerdings mit mageren Ergebnissen. Irgendwas passt nicht zusammen, und wir wüssten gerne, was es ist.«

»Trotzdem bin ich überrascht, dass Neil uns hergeschickt hat«, sagte Sven.

»Offenbar denkt er, es sei wichtig. Also seid tapfer, zieht anständige Sachen an und haltet die Ohren offen«, sagte Claire.

»Und lasst es euch schmecken«, fügte Jax hinzu.

Eines der Hausmädchen trat zu ihnen. »Miss Claire.«

»Ja?«

»Sie haben einen Gast.« Die Frau zeigte hinaus zum Eingangsbereich.

Zu viert machten sie sich auf den Weg zur Haustür.

In der Eingangshalle stand Cooper mit einem Blumenstrauß.

Claire kreischte auf und sprintete zu ihm.

»Habt ihr etwas gewusst?«, fragte sie Sven.

»Wir hatten keinen Schimmer.«

Kurz darauf füllte Neils massige Gestalt die Haustür. Neben ihm erschien Sasha. Ihre Mienen versetzten Jax in Anspannung.

»Was machst du denn hier?«, fragte Claire ihren Liebsten ungläubig.

»Ohne den Bräutigam würde auf einer Verlobungsfeier doch irgendwas fehlen«, erklärte Cooper.

Gwen bog um die Ecke. »Überraschung!«

»Ernsthaft?«, fragte Claire. Sie warf einen Blick in die Runde. »Eine Verlobungsfeier?«

»Jetzt verstehe ich, weshalb Neil so viel Wind macht«, raunte Sven Jax zu.

Gwen lehnte sich an Neil und gab ihrem Mann einen Begrüßungskuss.

Claire schaute Jax an. »Hast du was gewusst?«

Jax drehte sich zu ihrer Mutter, die sich betont unschuldig gab.

»Ich hatte keine Ahnung«, antwortete Jax.

»Wir dachten, du würdest dich gegenüber deiner Freundin vielleicht verplappern«, erklärte Evelyn.

»In drei Stunden geht es hier los und ihr müsst doch vom Flug todmüde sein.«

»Wir sind schon seit gestern Abend hier und ganz gut ausgeschlafen«, erklärte Cooper.

Evelyn trat näher. »Stellst du mich deinen Freunden vor?«, fragte sie Jax.

Jax deutete auf Cooper. »Das ist Cooper. Offensichtlich.«

»Herzlichen Glückwunsch zur Verlobung.«

»Vielen Dank.«

»Und der Gigant hier ist Neil, mein Boss. Also sei nett.«

Neil trat vor und Evelyn wirkte plötzlich sehr klein. Er schüttelte ihr die Hand. »Schön, Sie kennenzulernen.«

»Und das ist Sasha.«

Sasha blieb stehen, wo sie war, und neigte leicht den Kopf. »Es ist mir ein Vergnügen.«

»Genau so hat meine Tochter Sie beschrieben«, bemerkte Evelyn.

»Keine Sorge, ich habe bloß nette Sachen gesagt«, scherzte Jax.

Gwen verließ Neils Seite. »Ich muss mich noch um ein paar Kleinigkeiten kümmern. Entschuldigt mich bitte. Evelyn?« Sie nickte Jax' Mutter zu. »Sollen wir?«

»Es freut mich wirklich, Sie nun alle einmal persönlich zu treffen.«

Als Evelyn und Gwen im Speisezimmer verschwunden waren, winkte Neil Sven und James zu sich. »Kurze Besprechung.«

Die drei Männer verließen das Haus, Sasha blieb zurück.

»Hat Neil dich wirklich nur für die Feier nach Europa geschleppt?«, fragte Jax.

Sasha schüttelte den Kopf. »Von hier aus geht es für mich weiter nach Deutschland.«

»Schaust du dich auch in Richter um?«

»Nein. Aber lasst uns später darüber reden. Wie ich höre, weißt du inzwischen vom Seitensprung deines Vaters?«

»Ja. Meine Mutter hat es uns gesagt. Aber Moment mal. Ihr habt das gewusst?«

»Vermutet«, antwortete Sasha leise.

»Muss ein bescheuertes Gefühl sein, Jax. Tut mir leid«, sagte Cooper.

»Ich kenne keine Details. Meine Eltern lassen sich nicht in die Karten schauen.«

»Vielleicht erfahren wir ja heute Abend ein bisschen mehr.« Sasha deutete zur Treppe. »Ich gehe auspacken.« Und damit war sie weg.

Als sie außer Hörweite war, wandte sich Jax an Claire. »Irgendwie seltsam das alles, oder?«

Claire nickte und knuffte Cooper in die Seite. »Weißt du, was hier heute läuft?«

»Mir hat man nur erklärt, ich würde meine Verlobte treffen. Also habe ich mich sofort in den Flieger gesetzt. Neil und Sasha tun wie immer das, was sie am besten können. Sie sagen nichts, bis sie alles wissen.«

Jax senkte die Stimme. »Ich wette, sie haben sich die Richter-Akten angesehen.«

Claires Blick hellte sich auf. »Aber klar doch. Darauf hätte ich eigentlich längst kommen müssen. Aber ich war ein bisschen abgelenkt.«

»Ich frage mich, was sie darin gefunden haben.«

»Vielleicht gar nichts. Vielleicht ist Sasha ja deshalb hier«, vermutete Claire.

»Eins ist sicher«, fügte Cooper hinzu. »Wenn du in Gefahr wärst, würden sie es dir sagen.«

Jax seufzte. »Und wenn sie etwas herausgefunden haben, was nicht direkt gefährlich ist?«

»Ich würde dir alles erzählen«, erklärte Claire. »Aber Neil schweigt am liebsten und Sasha tratscht nicht.«

»Sie werden dafür sorgen, dass du dich gefahrlos in Richter umsehen kannst. Und falls sich dort etwas Übles zusammenbraut, muss es ans Licht.« Cooper legte eine Hand auf Jax' Schulter und drückte sie.

»Zeit, im Schlamm zu wühlen.« Jax stieß ihre Faust gegen Claires, dann ließ sie die beiden Turteltäubchen allein.

* * *

Jax hörte Geräusche unten im Hof, schaute aus dem Fenster und sah, wie die ersten Gäste eintrafen. Im Lauf dieses Abends konnte alles Mögliche passieren, aber am aufregendsten fand sie es, Andrew wiederzusehen.

Nach einem letzten prüfenden Blick in den Spiegel stieg sie in ihre Heels und verließ das Zimmer.

Die Tür ihrer Mutter stand einen Spalt offen und das Licht war noch an. Normalerweise war Evelyn immer absolut pünktlich, deshalb zögerte Jax einen Moment. Als sie ihre Mutter seufzen hörte, klopfte sie an und schob die Tür auf. »Mutter?«

Evelyn saß mit durchgedrücktem Rücken auf einem Stuhl, den Blick aus dem Fenster gerichtet.

»Ich komme.«

Sie stand auf und wandte sich um. Ihr Lächeln wirkte aufgesetzt.

Jax stieß den Atem aus. »Wow! Du siehst umwerfend aus.«

Die Dinnerparty war ein Anlass für Cocktailkleider. Und zum ersten Mal in ihrem Erwachsenenleben sah Jax ihre Mutter vor allem als Frau. »Gwens Handschrift ist unverkennbar.« Evelyn trug ein nachtblaues, eng anliegendes Kleid, das ihr bis knapp über die Knie reichte. Die dreiviertellangen Spitzenärmel verliehen ihm Eleganz und Anmut, der eckige Ausschnitt wirkte stylisch. Ihr dunkles Haar hatte sich Evelyn seitlich zu einem gekonnt nachlässigen Dutt aufgesteckt. Jugendlich, ohne bemüht zu wirken. Zwei tropfenförmige Saphirohrringe machten den Style perfekt.

Jax berührte die Ohrringe fast ehrfürchtig. »Sind die neu?«

»Gwen hat darauf bestanden, dass ich sie mir borge.«

»Das hat sie gut gemacht.« Jax trat einen Schritt zurück und musterte ihre Mutter von Kopf bis Fuß. »Wer in die Schlacht zieht, muss gewappnet sein.«

»Ich finde, es ist alles ein bisschen viel.«

»Es ist genau richtig.« Jax schaute noch ein wenig genauer hin. »Nur eine Klitzekleinigkeit würde ich noch ändern.« Sie stöberte kurz in den Schminksachen ihrer Mutter.

»Was soll das werden?«

Jax schaute ihr in die Augen. »Vertrau mir.«

Sie schloss die Lider und Jax betonte die Augenpartie mit einem zusätzlichen Hauch Lidschatten.

Dann lehnte sie sich zurück und betrachtete ihr Werk. »*Yes.*«

Evelyn schaute in den Spiegel und lächelte. »Ja. Besser.«

Jax lächelte ebenfalls und nahm ihre Mutter an den Händen. »Können wir?«

Evelyn hob die Hand, an der ihre Eheringe schimmerten.

Jax spürte, dass dies ein besonderer Augenblick war. Ein schwieriger Moment. »Lass sie hier.«

»Die Leute werden reden.«

»Falls dich jemand darauf anspricht, sagst du, du hättest sie beim Geschirrspülen neben das Becken gelegt und dort vergessen.«

»Ich spüle nicht.«

»Ich werde mal überhören, wie snobistisch das klingt, und einfach behaupten, dass jeder hin und wieder Geschirr spült. Aber eigentlich geht's um was ganz anderes. Pass auf.« Jax räusperte sich. »Du siehst hinreißend aus, Evelyn. Aber was ist mit deinen Eheringen?«

Jax ahmte die Stimme ihrer Mutter nach. »Stell dir vor, die sind mir unter der Dusche vom Finger gerutscht. Der Klempner gibt sich die erdenklichste Mühe, sie aus dem Abfluss zu retten. Nicht wahr, Gregory?«

Ihre Mutter gewann ihr Lächeln zurück. »Du bist fast ein bisschen zu gut in solchen Dingen.«

»Denk daran: Der heutige Abend ist *deine* Show. Du weißt, wie man seine wahren Gefühle versteckt. Und heute zeigst du nur die, die du wirklich zeigen willst. Abgesehen davon wird dir sicher kaum jemand auf die Hände schauen.«

»Dein Vater schon.«

»Aber ihm soll ja auch auffallen, dass die Ringe fehlen.«

Ihre Mutter straffte die Schultern und zog die Ringe ab. Jax hielt ihr die Armbeuge hin. »Fertig?«

»Jetzt ja.«

Untergehakt gingen sie durch den Flur zur großen Treppe. Unten an der Haustür hießen Gwen, Neil, Claire und Cooper die eintreffenden Gäste willkommen. Jax entdeckte Andrew. Elegantes Jackett, Rollkragenpullover. Sexy! Er legte gerade seinen Übermantel ab, sein Blick fand ihren und sie lächelte.

Jax spürte, wie sich ihre Mutter neben ihr plötzlich versteifte, und bemerkte ihren Vater. Er schaute zwischen ihnen hin und her. Dabei trat er von einem Fuß auf den anderen.

Jax beugte sich zu Evelyn. »Der da sieht ein bisschen zwielichtig aus.«

Ihre Mutter lachte, und so stiegen sie die letzten Stufen hinab.

Sofort stand Andrew bei ihnen. »Meine Damen! Darf ich der Erste sein, der es ausspricht? Ihr stehlt allen die Show.«

Evelyn beugte sich vor. »Sie sind voreingenommen, junger Mann.«

»Ja, das stimmt.« Er schaute Jax in die Augen. »Hallo.«

Bevor Jax etwas antworten konnte, küsste er sie auf die Lippen. Direkt vor ihrer Mutter.

»Ganz schön frech, England«, flüsterte sie.

Evelyn begrüßte er mit höflichen Wangenküssen. Er raunte ihr etwas zu, was Jax nicht hören konnte.

»Danke.«

Jax drückte seinen Arm, als er sich zwischen sie und ihre Mutter schob und mit ihnen zu den anderen Gästen ging.

* * *

Absolut atemberaubend.

Ein sexy, stylisches kleines Schwarzes und Beine, die Andrew nicht mehr aus dem Kopf gingen, seit er ihr an dem Abend, an dem sie sich kennengelernt hatten, die Hose ausgezogen hatte.

Obwohl absolut nichts passiert war, fühlte er sich bei der Erinnerung daran ein wenig wie ein Schuft.

Doch im Moment beindruckte ihn vor allem, wie Jax ihrer Mutter zur Seite stand. Arm in Arm, das Kinn in die Höhe gereckt, waren sie die Treppe heruntergestiegen und hatten dabei allem Anschein nach über einen privaten Scherz gelacht.

Dabei wusste Andrew, dass das Verhältnis zwischen Jax und ihrer Mutter eher schwierig war. Trotzdem unterstützte sie Evelyn, als wäre das völlig selbstverständlich.

»Maxine, du erinnerst dich an Jacqueline …?«, fragte Evelyn die erste Person, die auf sie zukam.

»Du bist erwachsen geworden.«

»Schön, dich nach all der Zeit wieder einmal zu sehen. Maxine, das ist Andrew ...«

Auf eine kurze Vorstellungsrunde folgte höfliche Konversation. Als sich Jax zu ihrem Vater drehte, spürte Andrew, wie sie die Fingerspitzen in seinen Arm grub. Das einzig merkliche Anzeichen ihrer inneren Spannung.

»Hallo, Vater.«

»Guten Abend. Du siehst bezaubernd aus.« Gregory drehte sich zu Evelyn. »Genau wie deine Mutter.«

Evelyn räusperte sich. »Hast du Lady Gwen und ihren reizenden Ehemann Neil schon kennengelernt?«

Jax überließ das Vorstellen ihrer Mutter, und Gwen war wie immer die vollendete Gastgeberin. Sie hieß Gregory willkommen, und kein Mensch wäre auf die Idee gekommen, dass sie von seinem Fehltritt wusste.

Doch als Neil Gregory die Hand drückte, trat sekundenlang eine Stille ein, die wie mit Messern zu schneiden war.

Neil schwieg.

Keinem im näheren Umkreis konnte das entgehen.

Und keiner durchbrach dieses Spannungsfeld.

»Andrew?«

Er hörte seinen Namen und sah seine Eltern auf sich zukommen.

Die Spannung zerstob, war aber nicht vergessen.

Diesmal übernahm Andrew die Vorstellungen. Erst die Gastgeber, dann Jax' Eltern, dann Jax. »Meinen Vater kennst du ja bereits.«

»Wie schön, dass Sie sich so kurzfristig Zeit nehmen konnten. Haben Sie meine beste Freundin Claire schon kennengelernt? Und ihren Verlobten Cooper? Der Abend ist auch eine Überraschungsparty zu ihrer Verlobung.«

Neils Schweigen wurde beiseitegeschoben. Doch Andrew würde es so schnell nicht vergessen.

Die Eingangshalle füllte sich zusehends und bald zog Jax ihn und ein paar andere ein Stück von der Haustür weg.

Andrew beugte sich zu ihr. »Ist Neil immer so unerbittlich?«

»Eigentlich ja. Loyalität geht ihm über alles. Lieber würde er sich mit einem stumpfen Messer die Eier abschneiden, als seine Frau zu betrügen.«

Bei der Vorstellung spürte Andrew ein Ziehen an der entsprechenden Stelle.

»Er ist dein Boss, richtig?«

»Jap.«

Er nahm sich vor, dem Mann zu danken, dass er für Jax eine Aufgabe in Europa gefunden hatte. Gerade als er ihr noch einmal sagen wollte, wie umwerfend sie aussah, gesellte sich ihre Freundin Claire zu ihnen. »Du bist vorhin am Eingang viel zu schnell davongerannt.«

»Habt ihr beide euch schon bekanntgemacht?«

»Ja. Als du dir oben noch alle Zeit der Welt gelassen hast«, scherzte Claire.

»Meine Mutter hat ein bisschen Unterstützung gebraucht.«

Sie wandten sich um und sahen Evelyn mit einem Glas Wein in der Hand mit einem Grüppchen plaudern. Ein gutes Stück von ihr entfernt stand Gregory bei einem Kollegen. »Das kann ein interessanter Abend werden.«

Claire musterte Andrew von oben bis unten. »Du bist also der Typ, der Jax nach den Martinis ins Bett gebracht hat.«

Er spürte Hitze in seinen Wangen. »Ich wollte bloß dafür sorgen, dass ihr nichts passiert und sie gut zugedeckt ist.«

Claire kniff die Augen zusammen. Ein winziges Lächeln umspielte ihre Lippen.

Cooper gesellte sich zu ihnen und legte den Arm um seine Verlobte. »Grillt sie dich schon?«

»Nur ein bisschen«, antwortete Andrew.

Cooper nickte zu der eigens für diesen Abend aufgebauten Bar. »Wie wär's mit etwas zu trinken?«

»Ich nehme Weißwein«, sagte Claire.

»Ich einen Martini«, fügte Jax hinzu.

Andrew und Cooper machten ein paar Schritte von den Frauen weg. »Du bist der Finanztyp.«

Andrew nickte. »Hat jeder einzelne von euch meinen Background gecheckt?«

»Nein. Das meiste hat Jax selbst erledigt. Aber den Bericht haben alle gelesen.«

Die ehrliche Antwort brachte Andrew zum Lachen. »Dann bin ich wohl im Nachteil.«

»Ein bisschen. Aber ich verrate dir auch ein paar Dinge.« Cooper deutete auf zwei Männer, etwa Ende zwanzig, Anfang dreißig. Sie wirkten fit und ziemlich wachsam. »Sven und James. Sie arbeiten hier in der Londoner Niederlassung. Und die atemberaubende Lady dort drüben ist Sasha.«

Die Beschreibung traf in diesem Fall absolut zu. Langes dunkles Haar, im Nacken zu einem dicken Pferdeschwanz zusammengebunden. Ein Kleid wie von einem Laufsteg in Mailand. »Sie gehört nicht zu Neils Angestellten, ist eher beratend tätig.«

»Beratend?«

»Es ist kompliziert. Könnte länger dauern, das zu erklären.«

»Seid ihr alle private Ermittler?«

Cooper lachte. »Nein. Meine Aufgabe ist vor allem Security. Und gelegentlich mache ich ein bisschen Undercover-Arbeit.«

Sie standen jetzt an der Bar. »Ein Glas Weißwein und ein Bier, bitte.« Cooper schaute Andrew an.

»Zwei Wodka-Martinis.«

Während der Barkeeper ihre Drinks einschenkte, ließen sie die Blicke durch den Raum schweifen. »Kennst du hier irgendwen?«, fragte Cooper.

Andrew nickte und deutete diskret auf Jax' Familienmitglieder und die Leute aus Gregorys Firma. Zu jedem sagte er ein paar kurze Sätze.

»Welcher ist Jax' Bruder?«

»Er geht gerade auf sie zu.«

»Er sieht deutlich älter aus als sie.«

»Er und ich sind gleich alt. Wir sind zusammen zur Schule gegangen.«

Cooper musterte Andrew verdutzt. »Darauf wäre ich nie gekommen.«

Mit den Getränken gingen sie zurück zu Jax und Claire, denen Harry gerade seine Freundin vorstellte.

Andrew gab Jax ihren Cocktail.

»Wie kommen sie klar?« Harry nickte zu ihren Eltern hin.

»Sie halten Abstand.«

Er zeigte auf die Gläser. »Für diesen Abend brauche ich dringend eine Stärkung.« Damit führte er seine Freundin zur Bar.

Andrew hob sein Glas. *»Cheers.«*

Jax, Claire und Cooper hoben ebenfalls die Gläser, prosteten einander zu, nahmen einen Schluck und seufzten im Chor.

* * *

Als sich Gregory auf Evelyn zubewegte, schob Jax Andrew in dieselbe Richtung. »Falls ich das Gefühl habe, dass sich meine Mutter unwohl fühlt, hole ich sie unter einem Vorwand da weg. Kannst du dann dafür sorgen, dass mein Dad uns nicht folgt?«

»Das kriege ich hin.«

»Los, geht im Schlamm wühlen«, raunte Claire ihnen hinterher.

Jax stellte im Vorbeigehen ihr halb leeres Glas auf ein Tablett.

»Wie meint sie das?«, fragte Andrew.

»Erkläre ich dir später.«

Sie gesellten sich zu ihrer Mutter, ihrem Vater und dem Paar, mit dem die beiden gerade plauderten. Obwohl sie ihn lieber erdrosselt hätte, bedachte Jax ihren Vater mit einem höflichen Lächeln.

»Es war sehr freundlich von den MacBains, uns heute zu sich einzuladen«, sagte Gregory.

Ihre Mutter nickte Jax zu. »Claire und Jacqueline sind seit ihren Schultagen eng befreundet. Als wir diesen Abend geplant haben, war Gwen der Meinung, alle Gäste sollten hier jemanden kennen. So ist die Gästeliste entstanden. Nicht wahr, Liebes?«

»Ja, genau.«

Die Frau, mit der ihre Mutter gerade gesprochen hatte, kniff die Augen zusammen. »Ich glaube, wir kennen eure Tochter noch gar nicht.«

»Das muss sich dringend ändern. Paul und Lissa Grover, das ist unsere Tochter Jacqueline. Paul und dein Vater sind Kollegen«, erklärte Evelyn. »Und das hier ist Andrew Craig, Lloyds und Phillis' Sohn.«

»Ich glaube, wir sind uns schon einmal begegnet«, sagte Paul zu Andrew.

Gregory kam Andrew mit der Antwort zuvor. »Vor einigen Jahren war er mal zusammen mit Harry bei uns im Büro. Ich habe versucht, ihn in unsere Welt zu locken.«

Paul drückte Andrew die Hand. »Ach, ja. Ich erinnere mich.«

»Ich bin ganz glücklich, dort, wo ich bin, Gregory. Aber dein Vertrauen damals hat mich gefreut.« Andrew stellte sein Glas auf das Tablett eines vorbeigehenden Kellners. Jax nutzte die Gelegenheit dazu, ihre Hand auf seinen Arm zu legen. Die Berührung war unauffällig, wurde aber doch bemerkt.

Lissa zwinkerte Evelyn zu und lächelte. »Ich glaube, langsam verstehe ich, wie die Gästeliste zustande gekommen ist.«

Gregory räusperte sich. »Jacqueline ist nur hin und wieder hier in London. Sicher freut sie sich über die Gelegenheit, heute so viele alte und neue Bekannte zu treffen.«

»Genauso ist es, Vater. Auf Harrys Freundin war ich auch sehr gespannt. Und Mutter fand, es wäre eine gute Idee, mich einigen eurer Freunde vorzustellen, weil ich ja nun für eine Weile in Europa bleibe.«

Jax schaute ihrem Vater ins Gesicht. Das höfliche Lächeln saß bombenfest, doch ein Zucken um seine Augen verriet sein Unbehagen. »Was für eine Überraschung!«

»Ja, ist das nicht großartig? Jacqueline hat jahrelang in Kalifornien gelebt. Ich freue mich, sie endlich wieder in der Nähe zu haben«, sagte ihre Mutter.

»Ich möchte gerne glauben, dass ich auch dazu beigetragen habe.« Andrew legte seine Hand in Jax' Kreuz.

»Du hast es mir leicht gemacht, meiner Versetzung zuzustimmen.« Jax lächelte ihn an.

»Ach, wie schön«, sagte Lissa. »Das erinnert mich an damals, als wir noch jung waren. Es war, als würden plötzlich alle gleichzeitig heiraten. In dem Sommer, in dem wir uns das Jawort gegeben haben, sind wir noch zu drei weiteren Hochzeiten gegangen. Weißt du noch, Darling?«

»Du hast dich versetzen lassen?«, fragte Gregory.

»Ja.«

»Für länger?«

Jax schaute erst Andrew an, dann ihre Mutter. »Das wird sich zeigen.«

Eine Gabel brachte ein Glas zum Klingen und alle drehten sich zu ihrer Gastgeberin. Die Gespräche wurden leiser und bald war es still.

»Neil und ich freuen uns sehr, dass wir trotz der kurzfristigen Einladung so viele liebe Gäste begrüßen können. Der eigentliche Anlass für unsere kleine Feier ist Claires und Coopers Verlobung. Aber außer den beiden sehe ich hier noch einige andere junge Paare, und wir Älteren wünschen ihnen alles erdenkliche Glück. Die langen Reden heben wir uns für förmlichere Zusammenkünfte auf. Ich höre nämlich gerade, dass das Essen fertig ist. Also setzen wir den Abend im Speisezimmer fort.«

KAPITEL 16

Im Lauf der nächsten Stunden nahm die Spannung zwischen Jax' Eltern zu. Zwar saßen sie während des Essens nicht beieinander, doch ihre Mutter schoss Blicke wie Pfeile auf ihren Vater ab und machte die eine oder andere spitze Bemerkung.

»Bin ich der Einzige, der deinen Vater schwitzen sieht?«, fragte Andrew leise.

»Wenn er es nicht verdient hätte, täte er mir leid«, flüsterte Jax zurück.

Nach dem Essen wurde in einem angrenzenden Raum mit Zugang zum Außenbereich Kaffee serviert. Einige Gäste nutzten die Möglichkeit, im Freien weiterzuplaudern. Dort sorgten Heizgeräte für angenehme Wärme und funkelnde kleine Lichter für eine festliche Atmosphäre.

Wann immer Jax mitbekam, dass ihr Vater zu ihrer Mutter hinstrebte, agierte sie als Puffer. Außer ihrer Mutter bemerkte nur Andrew, wie sehr sie sich ins Zeug legte.

»Du wirst immer besser«, raunte er, als sie sich zum x-ten Mal in Bewegung setzte, um ihrem Vater den Weg zu verstellen.

»Das habe ich mir beim College-Football in Kalifornien abgeschaut.«

Diesmal kam Evelyn bereits auf sie zu. »Ich rede mit ihm.«

»Willst du das wirklich?«, fragte Jax.

»Ich habe es den ganzen Abend vermieden. Wie eigentlich schon seit Wochen. Hier wird das Gespräch kurz und höflich bleiben.«

»*Höflich* hat er nicht verdient.«

Evelyn legte eine Hand auf Jax' Arm und lächelte Andrew an. »Ihr beide solltet diesen Abend genießen.«

Jax trommelte mit den Fingern gegen ihren Oberschenkel. Sie wollte die Unterhaltung zu gerne mithören.

Evelyn gab Gregory ein Zeichen, ihr nach draußen zu folgen, Jax nahm Andrews Hand und führte ihn aus dem Zimmer.

»Wo gehen wir denn hin?«

Sie zeigte nach oben und steuerte auf die Treppe zu. Die Geräusche des kleinen Festes verklangen, während sie eilig zu den Schlafzimmern im ersten Stock hinaufstiegen.

»Ist das dein Ernst?«

»Je näher an der Quelle, desto verlässlicher die Informationen.«

»Du hältst wohl nicht viel von Privatsphäre.« Andrew lachte.

Jax blieb auf der obersten Stufe stehen. »Das hätte sich mein Vater überlegen müssen, bevor er mit einer Frau geschlafen hat, mit der er nicht verheiratet war.«

»Auch wieder wahr.«

Sie ging in das Zimmer, unter dessen Fenster sie ihre Eltern vermutete. Ohne Licht zu machen, zog sie Andrew mit sich hinein und öffnete leise die Balkontür.

Von unten drangen Gesprächsfetzen und Geräusche zu ihnen herauf, aber auch die Stimmen ihrer Eltern.

Jax hob die Daumen, neigte den Kopf, legte einen Finger an die Lippen und lauschte.

»Glaubst du nicht, es wäre an der Zeit, Harry wieder in Ruhe sein Leben leben zu lassen?« Obwohl sie leise sprach, war Evelyn gut zu verstehen. »Heute Abend habe ich schon zweimal gehört, wie er auf sein eingeschränktes Privatleben angespielt hat.«

»Wenn dir so viel daran liegt, komme ich gerne nach Hause.«

Jax spürte, wie sich ihr Pulsschlag beschleunigte.

Andrew legte eine Hand auf ihren Arm.

Dass ihre Mutter laut nach Luft schnappte, war ebenso erfrischend wie ihre nächsten Worte. »Kommt gar nicht infrage.«

»Und wie soll ich deiner Meinung nach unsere Reibereien vor meinen Kollegen verbergen, wenn wir beide meilenweit voneinander weg wohnen?«

»Das sind mehr als nur Reibereien, Gregory. Aber Diskretion ist offenbar deine Stärke. Wenn du eine Affäre vor deiner Ehefrau verbergen kannst, kannst du sicher auch unser Zerwürfnis vor deinen Kollegen geheim halten.«

»Sei doch vernünftig, Evelyn.«

Jax ballte eine Hand zur Faust. »*Vernünftig*«, zischte sie Andrew zu, der nun seinerseits warnend einen Finger an die Lippen legte.

»Ich verstehe nicht, weshalb du mir überhaupt davon erzählt hast. Es sei denn, die Sache ist noch immer aktuell.«

»Ist sie nicht. Das kann ich beschwören. Es war nichts von Bedeutung und es ist lange her«, beteuerte Gregory. »Ich möchte nach Hause kommen.«

»Und ich will dich dort nicht haben. Zum allerersten Mal kommen Jacqueline und ich wirklich gut miteinander aus, und deine Anwesenheit wäre nicht hilfreich.« Für Jax klang das genau richtig.

»Wie kannst du so etwas sagen?«

»Vielleicht solltest du dich das selbst fragen. Als du Jacqueline und Andrew vorhin zusammen gesehen hast, war dir ein Unbehagen deutlich anzumerken. Und als sie erklärt hat, sie würde in Europa bleiben, hast du geradezu bestürzt gewirkt.«

»Das bildest du dir ein.«

Jax schaute Andrew an und schüttelte den Kopf. Er nickte ihr zu.

»Ein Außenstehender könnte denken, ich hätte eine Affäre gehabt, und du würdest dir Gedanken machen, ob Jacqueline tatsächlich deine Tochter ist.«

»Das ist absurd.«

»Vielleicht. Aber so könnte man es sehen. Du hast diese Familie schwer enttäuscht, Gregory.«

Jax stieß triumphierend eine Faust in die Luft.

»Du hast Jacqueline von der Affäre erzählt«, hörte sie ihren Vater sagen.

»Sie ist selbst darauf gekommen und ich habe es nicht abgestritten.« Evelyns Ton war unerbittlich und knapp.

»Wie konntest du das tun.«

»Wie konnte *ich*?« Die Stimme ihrer Mutter wurde lauter. »Ich schlage vor, du verabschiedest dich jetzt, steigst in deinen Wagen und verlässt dieses Fest. Bevor ich gezwungen bin, eine Szene zu machen.«

»Evelyn …«

»Ich meine das ernst, Gregory.«

Schritte entfernten sich. Jax gab Andrew ein Zeichen und sie schlichen zurück ins Zimmer. Leise schloss sie die Balkontür. »Ist der Typ noch zu fassen?« Sie schnaubte.

»Fragt die Frau, die gerade ein privates Gespräch ihrer Eltern belauscht hat.«

»Nach so einem Vertrauensbruch gibt es keinen Anspruch auf Privatsphäre.«

»Aber steht deiner Mutter denn nicht auch eine zu?«

Im Grunde hatte er recht. »Kollateralschaden«, rechtfertigte sie sich bedauernd.

Andrew lachte.

Jax machte sich auf den Weg zur Tür.

»Wir folgen ihm nach draußen?«

Sie nickte.

»Verraten wir damit nicht, dass wir gelauscht haben?«

»Doch. Ja.« Jax lehnte sich an ihn und reckte ihm den Mund entgegen. »Küss mich.«

Das ließ sich Andrew nicht zweimal sagen. »Sehr raffiniert.«

»Und das ist erst der Anfang.« Sie rückte noch näher an ihn heran.

Andrew zeigte ihr, wie viel Freude es ihm machte, sie zu küssen.

Jax vergrub die Hände in seinem Haar und zerzauste es ein wenig.

Er revanchierte sich.

Als sie lachen musste, verwandelte sich der Kuss in eine Art Wettkampf darum, wer am Ende mehr so aussehen würde, als wären sie übereinander hergefallen.

Er löste sich von ihr und schaute sie an. Einen Moment lang fiel alle Heiterkeit von ihnen ab. Dann fanden sie sich in einem wirklich heißen Kuss.

Erst nach einer ganzen Weile machte sich Jax von ihm los. »Wir müssen aufhören.«

Andrew fuhr sich mit der Hand über die Lippen. »Jap.« Er stieß den Atem aus.

Sie rückte ihr Kleid zurecht. »Sollen wir wieder runter?«

»Nein.« Trotzdem ging er zur Tür.

»Du bist ein prima Komplize«, sagte sie auf dem Weg zur Treppe.

»Immer wieder gerne.«

Jax musterte ihn aus dem Augenwinkel, blieb mitten auf der Treppe stehen und wischte ihm mit dem Daumen etwas Lippenstift von der Unterlippe.

Unten räusperte sich jemand.

Gwen warf einen Blick zu ihnen herauf, dann wandte sie sich wieder Gregory zu. »Wir freuen uns sehr, dass Sie kommen konnten, Mr Simon.«

Jax und Andrew erreichten die unterste Stufe. Es gelang ihnen, nicht allzu schuldbewusst auszusehen. Jax' Vater starrte sie einen Augenblick lang unverwandt an.

»Du gehst schon?«, fragte Jax.

»Ich habe morgen sehr viel zu tun.«

»Gib Bescheid, wenn du Zeit für ein Mittagessen hast«, schlug sie vor.

Ohne darauf einzugehen, verabschiedete sich ihr Vater mit Wangenküsschen von ihr, schüttelte Andrew die Hand und bedankte sich noch einmal bei Gwen. Dann war er aus der Tür.

»Das war recht unterhaltsam«, kommentierte Gwen. »Sollen wir?«

* * *

Noch lange, nachdem die letzten Gäste gegangen waren, saß Andrew mit Jax, Claire und Cooper im Wohnzimmer. Gwen, Neil und Evelyn waren wie Sasha bereits nach oben gegangen.

»Letztendlich ist dein Dad einfach ein Idiot«, fasste Cooper zusammen.

Die Gäste hatten hier und da kurze Bemerkungen ausgetauscht, aber nichts, was sie irgendwie weiterbrachte.

»Glaubst du, die Affäre liegt schon länger zurück?«, fragte Claire.

Sobald Evelyn zu Bett gegangen war, hatten Jax und Andrew den anderen von dem Gespräch erzählt, das sie belauscht hatten.

»Dass immer noch was läuft, ist eher unwahrscheinlich. Er geht zur Arbeit, dann in Harrys Wohnung. Hin und wieder in ein Restaurant.«

»Warum hat er deiner Mutter überhaupt was gesagt?«, fragte Claire.

»Schuldgefühle?«, mutmaßte Andrew.

»Schon möglich. Aber warum jetzt?«

»Und weshalb legt er so viel Wert darauf, dass in der Firma niemand etwas mitbekommt? Die Sache vor seinen Kollegen zu verbergen, ist ihm offenbar sehr wichtig.«

»In der Firma werden hohe Summen bewegt«, gab Andrew zu bedenken. »Von der Person, der man seine Investments anvertraut, erwartet man Stabilität und Verlässlichkeit.«

»Aber irgendwer lässt sich doch immer scheiden«, hielt Jax dagegen.

»Vielleicht hatte er ja was mit jemandem aus dem Büro.« Claire zuckte mit den Schultern.

Jax machte eine wegwischende Handbewegung. »Ich habe ihm eine Wanze unter den Schreibtisch geklebt. In seinem Büro passiert nichts.«

»Du hast das Büro deines Vaters verwanzt?« Andrew fixierte Jax ungläubig.

Sie kniff die Augen zusammen. »Kennen wir uns?«, scherzte sie.

»Vielleicht hatte er ja was mit einer Klientin«, steuerte Cooper bei.

Einen Moment lang dachten sie schweigend darüber nach.

»Durchaus vorstellbar.«

»Ich will nicht sexistisch klingen, aber fast alle Investoren, mit denen wir es in unserem Metier zu tun haben, sind männlich«, erwiderte Andrew.

»Mit der Frau eines Klienten, vielleicht?«

Claire seufzte. »Könnte passen.«

»Trotzdem frage ich mich immer noch, weshalb er gerade jetzt mit der Sprache herausgerückt ist.«

»Männer gestehen, wenn sie Gefahr laufen aufzufliegen. Das kann man in jedem Klatschblatt lesen«, sagte Cooper.

»Vielleicht droht die Frau damit, die Affäre zu enthüllen. Vielleicht erpresst sie meinen Vater ja.«

»Hast du dir seine Kontenbewegungen angesehen?«, fragte Claire. »Womöglich gibt es eine Geldspur.«

»Nein.« Jax zog eine Grimasse. »Zu meiner Verteidigung muss ich sagen, dass wir von dem Seitensprung erst seit Kurzem etwas wissen.« Insgeheim hätte sie sich für diesen Anfängerfehler jetzt am liebsten geohrfeigt.

Andrew strich über ihre Hand. »Sicher hätte deine Mutter es längst bemerkt, wenn immer wieder Geld von ihren Konten verschwunden wäre.«

»Vielleicht kennt sie gar nicht alle Konten. Ich kümmere mich morgen darum.«

»Ist das legal?«, fragte Andrew.

»Legal ist relativ«, antwortete Jax.

»Und das heißt was?«

»Lass dich nicht erwischen.« Claire lachte.

Cooper beugte sich vor und rieb sich die Augen. »Du tust dir da ganz schön was an, Jax. Und du riskierst, dir damit selbst wehzutun.«

»Stimmt.« Sie seufzte.

Cooper fuhr fort. »Sagen wir, dein Dad hatte eine Affäre mit einer Klientin oder der Frau eines Klienten. Er hat sie für ihr Schweigen bezahlt. Du findest raus, wer sie ist, oder die Frau tritt von sich aus in Erscheinung. Alle Karten liegen auf dem Tisch. Und was dann? Ändert sich dadurch irgendwas? Letztendlich ist es die Ehe deiner Eltern und es ist ihre Trennung. Für die beiden ist das schmerzlich, für dich und Harry auch. Aber ansonsten wird es kaum jemanden kümmern.«

Jax hob die Schultern. »Ja, kann sein. Aber …«

Claire schaute ihr ins Gesicht. »Aber du kannst erst mit der Sache abschließen, wenn du alle Fakten kennst.«

Jax nickte. »Fast alle, die wir aus Richter kennen, wurden wegen irgendeines Geheimnisses dorthin geschickt. Falls ich wegen Dads geheimer Affäre dort gelandet bin, habe ich das Recht, es zu erfahren.«

Cooper atmete tief durch. »Okay, das verstehe ich.«

»Leute, ich bin platt.« Claire unterdrückte ein Gähnen.

Andrew streckte die Beine von sich. »Und für mich wird es langsam auch höchste Zeit.«

Jax griff nach seiner Hand. »Du kannst gerne bleiben.«

Er lächelte. »Klingt verlockend. Aber das hebe ich mir für ein andermal auf.«

Sie rappelten sich von den Sofas und Sesseln hoch.

»Wie lange bleibt ihr denn in der Gegend?«, fragte Andrew Cooper und Claire.

»Sicher noch ein paar Tage.«

»Falls ich euch vor der Abreise nicht mehr sehe – es war schön, euch kennenzulernen.«

Andrew und Cooper schüttelten einander die Hand.

Claire umarmte Andrew herzhaft. »Den Beste-Freundin-Test hast du bestanden.«

Jax verdrehte die Augen. »Ich bringe dich raus.«

Cooper und Claire folgten ihnen aus dem Wohnzimmer und schalteten die Lichter aus.

Draußen hatte sich Nebel ausgebreitet und eine feuchte Kälte mitgebracht.

Andrew hielt Jax direkt vor der Haustür auf. »Es ist eisig hier draußen.«

Sie trug noch immer das süße Cocktailkleid, nur inzwischen ohne Schuhe. Die hatte sie abgestreift, als die letzten Gäste gegangen waren.

»Und du willst wirklich nicht bleiben?« Es war bereits nach ein Uhr.

»Will ich die Nacht mit dir verbringen? Mehr als du glaubst. Will ich das in einem Haus tun, in dem nicht nur deine Mutter, sondern auch dein Boss und deine beste Freundin übernachten? Eher nicht.« Er legte die Hände auf ihre Oberarme und rieb einen Teil der Kälte weg.

»Das verstehe ich.«

»Vielleicht kann ich dich diese Woche zu einer Nacht in der Stadt überreden. Wenn die anderen abgereist sind.«

Das hörte sich gut an. »Möglicherweise sage ich Ja.«

»Möglicherweise? So, so.« Er rückte näher an sie heran und legte eine Hand in ihren Nacken.

Selbst hier in der feuchtkalten Luft brachten seine Küsse eine Stelle tief in ihrem Bauch zum Flattern. Doch viel zu schnell hob Andrew den Kopf.

»Und jetzt geh schlafen. Du hattest einen langen, anstrengenden Tag«, drängte er sie.

»Schick mir eine Nachricht, wenn du zu Hause bist.«

Er nickte, gab ihr einen kurzen Abschiedskuss und joggte die Stufen hinunter.

* * *

»Jax' Dad weiß, wie man ein Geheimnis bewahrt«, sagte Sasha am Morgen nach der Dinnerparty zu Neil. »Nirgendwo eine Geldspur. Jedenfalls habe ich keine gefunden.«

Neil blätterte ihre Notizen durch, zu denen auch eine Übersetzung von Jax' Akte aus dem Richter-Internat gehörte. »Und mehr stand wirklich nicht im Originaldokument?« Er hielt die Übersetzung in die Höhe.

»»Indiskretion des Vaters, die ihm bei Bekanntwerden beruflich schaden könnte««, wiederholte Sasha wörtlich, was in der

Akte notiert war. »Nicht jeder war wegen eines Geheimnisses in diesem Internat«, gab sie zu bedenken. »Doch dank Leuten wie Gregory Simon wurden die Geheimnisse der Schule bewahrt. Wenn er die düsteren Machenschaften dort ans Licht gezerrt hätte, wären auch seine Sünden öffentlich geworden. Auf diese Weise hat man in Richter dafür gesorgt, dass Leute geschwiegen haben. Schülerinnen wie Claire haben sich mit Mitschülerinnen wie Jax angefreundet. Und die Eltern haben weggeschaut, wenn die Claires dieser Welt von zwielichtigen Auftraggebern zu kriminellen Handlungen gezwungen wurden.«

»Du vermutest, dass die Simon-Familie Jax auf die Schule geschickt und dort später jemand Wind von der Affäre ihres Vaters bekommen hat?«

»Das ist ziemlich wahrscheinlich.«

»Wer stellt für Richter die Nachforschungen an? Wer wühlt im Privatleben der Familien und sucht nach Leichen im Keller?« Neil blätterte weiter.

»Ich kenne nur eine einzige Person, die uns diese Frage beantworten könnte.«

Er schaute Sasha ins Gesicht. »Die ehemalige Direktorin. Lodovica.«

Sasha kannte diese Frau besser als jeder andere. »Mit mir redet sie ganz bestimmt nicht.«

»Aber vielleicht mit Jax.«

»Sicher weiß sie, dass Jax zu unserem Team gehört.«

»Einen Versuch ist es wert. Im schlimmsten Fall sagt sie ihr eben nichts. Im besten Fall lässt sie irgendeine Kleinigkeit raus«, meinte Neil. »Noch ein Grund, Jax nach Deutschland zu schicken.«

»Wenn sie dort herumstöbert und alte Wunden aufreißt, wird sicher irgendwer nervös.«

»Sie geht auf keinen Fall allein.« Neil glaubte nicht daran, dass in Richter inzwischen alles mit rechten Dingen zuging. Jedenfalls nicht ganz und nicht immer.

»Was hältst du von Andrew als Begleitung?«, fragte Sasha.

»Wie soll ihr denn ein Zahlenmann nützen?«

Sasha trat an eines der raumhohen Fenster. »Wir haben Jax letztes Jahr mit einem gefakten Verlobten am Arm ihre alte Schule besuchen lassen. Wenn sie dort nun nach so kurzer Zeit allein aufkreuzt, ist es offensichtlich, dass wir etwas suchen. Aber wenn Andrew sie als echter Mann in ihrem Leben begleitet, mit einem Namen, den der Schnüffler von Richter überprüfen kann, ist das weniger verdächtig. Wer weiß, vielleicht ertappen wir diese Person sogar dabei, wie sie Andrews Background unter die Lupe nimmt.«

Sashas Überlegungen klangen logisch.

So wie immer.

»Aber wird Andrew auch mitgehen?«

Sasha lächelte Neil über die Schulter hinweg an. »Männer respektieren dich. Frag ihn.«

Neil setzte sich an den Schreibtisch, blätterte ein paar Schriftstücke durch und griff zum Telefon.

Andrew antwortete nach dem zweiten Klingeln. »Hallo?«

»Andrew. Neil hier.«

»Oh. Hallo. Mit dir habe ich nicht gerechnet.«

»Ich störe bloß kurz.«

»Ist alles in Ordnung? Mit Jax?« Andrews Stimme wurde eine halbe Oktave höher.

»Ihr geht's gut. Ich möchte dich um einen Gefallen bitten.« Um einen Gefallen zu bitten, kam in Neils Universum eigentlich nicht vor. Für gewöhnlich gab er Anweisungen und Befehle.

Die dann zeitnah befolgt wurden.

»Gerne, wenn ich kann.«

»Ich schicke Jax für einen Auftrag nach Deutschland.«

»Ja. Das hat sie erwähnt.«

»Ich möchte, dass du mitgehst.« Neil schaute Sasha an, die schweigend zuhörte.

»Und aus welchem Grund?«

»Die Geschichte mit ihren Eltern beschäftigt sie sehr. Falls sie in Deutschland irgendetwas herausfindet, wäre mir wohler, wenn sie … ähm … emotionale Unterstützung hätte.« *Emotionale Unterstützung?* Wo zum Teufel kam bloß diese Formulierung her? Offenbar verbrachte er zu viel Zeit in der Gegenwart von Frauen. »Ich möchte sicher sein, dass sich jemand um sie kümmert. Und ich denke, du würdest das tun.«

Sasha verkniff sich ein Grinsen und formte mit den Lippen das Wort *bitte*.

Neil schüttelte den Kopf. Das kleine Zauberwort würde er in dieser Situation nicht verwenden.

»Verstehe. Ich werde entsprechende Vorbereitungen treffen.«

Der Hauch eines Lächelns umspielte Neils Lippen. »Ich schicke dir eine Nachricht mit meiner Privatnummer und der Nummer des Notfallteams. Zögere nicht, sie zu benutzen.«

»Es gibt ein Notfallteam?«

»Reine Vorsichtsmaßnahme. Ich schicke dir die Kontaktdaten.«

»In Ordnung.«

»Danke.«

Noch während sich Andrew verabschiedete, legte Neil auf. »Erledigt.«

Sasha fing an zu lachen.

»Was ist?«

»›Emotionale Unterstützung‹?«

»Krieg dich wieder ein!«

Sasha lachte weiter.

KAPITEL 17

Vor seinem Rückflug in die Staaten saß Neil mit Jax, Sven und Sasha im Einsatzraum der Londoner Niederlassung.

Sasha begann die Besprechung. »Vor euch liegt eine Liste aller Richter-Angestellten einschließlich Küchenhilfen. Es gibt zwei Kategorien. Leute, die erst nach dem Wechsel der Schulleitung eingestellt worden sind, und Leute, die schon vorher dort gearbeitet haben, überprüft wurden und bleiben konnten. Auf der nächsten Seite findet ihr die Namen aller Mitglieder des derzeitigen Schulaufsichtskomitees. Einige wurden gewählt, andere berufen. Die entsprechenden Hinweise findet ihr neben den Namen. Dort steht auch, von wem sie berufen wurden und ob sie ein Kind in der Schule haben oder hatten.«

»Kann mir jemand erklären, was es mit dem Schulaufsichtskomitee auf sich hat?« fragte Sven.

»Als Jax und ich noch in Richter waren, bestand es vor allem aus Eltern von Mitschülerinnen und Mitschülern. Die meisten Mitglieder wollten eigentlich gar keine sein, wurden aber erpresst, den Posten anzunehmen. Man sicherte sich ihre Stimmen und ihr Schweigen, indem man drohte, andernfalls ihre Sünden ans Licht zu bringen. Wie immer die auch aussahen. Dank dieses Systems war es Leuten wie Pohl möglich, Richter-Absolventinnen wie Olivia für ihre Zwecke einzuspannen.« Pohl hatte Olivia zu Auftragsmorden gezwungen. Sie alle kannten Olivia gut. Die Waffe hatte sie nur aus der Hand legen können, weil Pohl nicht mehr am Leben war.

»Nachdem Pohl tot und Lodovica in den Knast gewandert war, wurde das Schulaufsichtskomitee neu zusammengesetzt. Aber seit Kurzem stellt sich die Frage, ob in Richter doch wieder krumme Dinger laufen. Charlie hat angedeutet, es könnte erneut einen Förderer geben, der den jungen Leuten finanzielle Anreize fürs Fremdsprachenlernen bietet und sie damit ködert. Wer ist dieser Förderer? Was hat diese Person vor?«, fügte Neil hinzu.

»Erst mal sammeln wir bloß Informationen. Wir werten sie aus und überlegen, ob Charlies Sorge begründet ist«, erklärte Sasha.

»Charlie hätte nicht Alarm geschlagen, wenn nicht irgendwas faul wäre«, sagte Jax.

Neil nickte. »Das sehe ich auch so. Aber noch wissen wir zu wenig, um den Laden auseinanderzunehmen. Und allein macht ihr beiden das sowieso nicht. Jax, du sprichst als Erstes mit Lodovica.«

Die Anweisung überraschte sie. »Im Knast?«

»Ja. Wenn sie ihre Verbrechen tatsächlich bereut, wird sie nicht wollen, dass sie sich wiederholen. Uns interessiert, wer für sie oder Pohl die Nachforschungen angestellt und in den Familien der Schülerschaft nach schmutziger Wäsche und dunklen Geheimnissen gesucht hat«, sagte Sasha. »Wer hat herausgefunden, dass dein Vater eine Affäre hatte?«

»In den Richter-Akten gibt es dazu eine Notiz, oder?«

Sasha schaute Jax in die Augen. »Ja. Aber keinen Namen. In den Unterlagen steht nur, die Sache könnte ihm beruflich schaden. Die Information stammt sicher nicht von deinem Vater. Fragt sich also, wer dahintergekommen ist und ob diese Person noch immer für das Internat arbeitet. Das wollen wir rausfinden. Außerdem interessiert uns, ob es Heime und Institutionen gibt, die der Schule elternlose Kinder zuführen. Und wer die Förderer dieser Kinder sind.«

Neil stieß sich vom Schreibtisch ab, an dem er gelehnt hatte, und trat ein paar Schritte näher. »Jax, du bist sichtbar und ziehst die Aufmerksamkeit auf dich. Sven behält dich unauffällig im Auge und achtet darauf, ob dich irgendwer beschattet.«

»Das heißt, ich gehe allein?«

»Nein. Andrew kommt mit«, erklärte Neil.

Jax schüttelte den Kopf. »Wie bitte?«

»Ich habe ihn gebeten, mit dir nach Deutschland zu fliegen.«

Jax schaute Sven an, der genauso überrascht wirkte.

»Und was genau soll er dort tun?«, fragte sie.

Sven lachte. »Dir die Hand halten.«

Jax verdrehte die Augen.

»Ja, das auch. Aber dein zweiter Besuch in Richter innerhalb eines Jahres wird für Verwunderung sorgen. Allein würdest du sofort Misstrauen erregen. Also kommst du diesmal mit einem anderen Mann. Falls dort tatsächlich wieder üble Geschichten laufen, wird irgendwer Nachforschungen über euch anstellen.« Sasha wedelte mit der Hand in Jax' Richtung. »Deine Eltern trennen sich gerade. Es ist nur eine Frage der Zeit, bis sich das rumspricht. Du könntest nach dem Namen der Frau suchen, mit der dein Dad eine Affäre hatte. Wenn du willst, sag das ruhig ganz offen. Wer sich für dich interessiert, findet raus, wo du arbeitest. Verdammt, falls jemand fragt, sag einfach offen, was du beruflich machst. Bring die Leute ein bisschen durcheinander und lass sie glauben, dass du als Privatdetektivin in eigener Sache unterwegs bist. Und falls jemand Andrew unter die Lupe nimmt, beschäftigt er sich automatisch auch mit dir. Dadurch kommen wir vielleicht demjenigen auf die Spur, der für Richter im Leben der Familien wühlt.«

»Und was ist mit Andrews Privatsphäre?«

»Wir kennen seinen Background«, sagte Sven. »Der Mann hat nichts zu verbergen.«

Neil hob die Hände. »Er hat bereits zugesagt, dich zu begleiten.«

»Du hast ihn darum gebeten?«

»Ja.«

»Im Ernst? Wann denn?« Jax wusste nicht, was sie davon halten sollte.

»Heute Nachmittag.«

Neil bat nie um Einverständnis, bevor er irgendwelche Entscheidungen traf. Deshalb sah auch Jax keinen Grund für Zurückhaltung. »Ich möchte Andrew nichts verheimlichen. Dabei hätte ich kein gutes Gefühl.«

»Das erwartet auch keiner von dir«, antwortete Neil. »Der Einsatz dauert längstens eine Woche. Du gehst rein, sammelst Informationen und schaffst die Voraussetzungen, damit wir weiter beobachten können. Du gehst raus. Dann kannst du später noch mal wiederkommen, oder wir schicken jemand anderen.«

»In einer Woche kann viel passieren.«

»Wenn es dort zu heiß wird, kriegst du Verstärkung oder wir holen euch zurück.«

Neil gab Sven und ihr je einen Umschlag. »Übermorgen geht es los.«

Jax öffnete den Umschlag und fand darin Flugtickets für sie und Andrew. Mit Widerspruch hatte ihr Boss offensichtlich nicht gerechnet. Und damit richtiggelegen.

»Irgendwelche Fragen?«, erkundigte er sich.

»Bloß eine.«

Sasha und Neil sahen sie aufmerksam an. »Steht sonst noch was über meine Familie in den Richter-Akten? Über meine Mutter?«

»Nein. Nichts. Und nach der Geliebten suche ich gerade persönlich«, antwortete Sasha. »Um ganz sicher sein zu können, dass sie, wer auch immer sie ist, weder für dich noch für deine Familie eine Bedrohung darstellt.«

Jax fühlte sich ein wenig besser.

»Es ist nur eine Frage der Zeit, bis die andere Frau noch mal auftaucht«, sagte Sven.

Sasha legte eine Hand auf Jax' Arm. »Falls ich etwas erfahre, hörst du von mir. Konzentrier du dich auf die Situation in Richter. Wir behalten deine Familie im Blick.«

»Danke.«

* * *

»Du weißt, dass dich keiner zwingen kann, mit nach Deutschland zu kommen.« Sobald Jax ins Auto gestiegen war, hatte sie Andrews Nummer gewählt.

»Ist das deine Art, mir zu sagen, dass du mich nicht dabeihaben möchtest?«

»Nein … Ja … Nein.«

»Das musst du dir noch abgewöhnen. Also ja oder nein?« In seiner Stimme schwang Enttäuschung.

»Mir ist wichtig, dass dir klar ist, worauf du dich einlässt.«

Er summte ins Telefon. »Ich begleite die Frau, mit der ich zusammen bin, auf eine Geschäftsreise.«

»Schön wär's, wenn es so harmlos wäre. Hinter der Sache könnte deutlich mehr stecken, als wir ahnen. Wenn du mitkommst, kann es gut sein, dass sich jemand eingehend für dich interessiert. Wissen will, wer du bist und wie du ins Bild passt. Die werden versuchen, so viel wie möglich über dich zu erfahren.«

»Kein Problem. Ich habe nichts zu verbergen.«

»Die dringen in deine Privatsphäre ein«, warnte sie ihn.

215

»Sagt die Frau, die recherchiert hat, was ich mit meiner Kreditkarte bezahle.«

Jax stöhnte. »Eigentlich müsste ich ein schlechtes Gewissen haben.«

Andrew lachte. »Hast du aber nicht.«

»Stimmt.« Sie lächelte.

»Jax, falls du mich lieber nicht dabeihaben möchtest, rede ich mit Neil. Ansonsten lass uns das Beste draus machen.«

»Bist du sicher, dass du mit nach Deutschland willst?«

»Bin ich sicher, dass ich mit der schönen Frau verreisen möchte, an die ich ununterbrochen denke? Auf Rechnung ihrer Firma? Ja, absolut.«

Jax spürte, wie die Spannung in ihren Schultern etwas nachließ. »Ich weiß über dich Bescheid, Andrew. Du könntest ohne Weiteres auf eigene Rechnung verreisen.«

»Stimmt. Aber weshalb so ein Angebot ablehnen?«

Das hätte sie auch nicht getan. »In Ordnung. Aber ich habe dich gewarnt.«

»Jap, hast du. Und jetzt muss ich wieder an die Arbeit, damit ich mir kurzfristig ein paar Tage frei nehmen kann.«

Die Frage, ob er wirklich Knall auf Fall aus dem Büro wegkonnte, hatte sie sich noch gar nicht gestellt. »Geht das denn überhaupt?«

»Wenn ich so was ständig machen würde, wäre es problematisch. Aber solange es nicht zur Gewohnheit wird, hat keiner was dagegen. Abgesehen davon mögen meine Eltern dich und deine Freunde. Mein Vater springt gerne für mich ein. Wir sind ein ziemlich gutes Team.«

»Dank ihm bitte von mir.«

»Mache ich. Und pack was Hübsches zum Anziehen ein. Vielleicht sogar mehrere hübsche Sachen. Sicher können wir uns in Berlin ein paar Stunden freinehmen.«

»Okay. Dann bis bald.«

»Ich freu mich schon.« Damit legte er auf.

Jax ließ das Telefon in ihren Schoß fallen und stützte das Gesicht in die Hände. »Worauf lasse ich mich da bloß ein?«

* * *

Der Tag vor der Abreise nach Deutschland war hektisch, aber auch ein bisschen bedrückend. Sich auf unbestimmte Zeit von Claire zu verabschieden, fiel Jax schwerer als gedacht. Von Jax' letztem Schuljahr in Richter mal abgesehen, waren sie immer unzertrennlich gewesen.

Ihnen beiden war klar, dass sie nicht mehr zusammenwohnen würden, wenn Claire und Cooper heirateten. Aber Jax hatte gedacht, sie hätten noch mehr Zeit.

Sie spürte, wie ihr eine einzelne Träne über die Wange glitt, während sie Kleider in ihren Koffer packte.

Jemand klopfte an ihre offene Zimmertür und sie wandte sich um.

Ihre Mutter stand dort und lächelte sanft. »Mir war, als hätte ich dich schniefen gehört. Ist alles in Ordnung?«

Dass ihre Mum sie das fragte, schnürte Jax die Kehle zu. Sie schob den Koffer beiseite und setzte sich auf die Bettkante. »Sie wird mir unheimlich fehlen.«

Evelyn setzte sich neben sie. »Es ist ja nicht für immer.«

»Ich weiß. Aber es fühlt sich fast so an. Selbst wenn ich irgendwann wieder nach Kalifornien gehe, wird alles ganz anders sein. Und das ist ja auch richtig so. Claire heiratet und eine WG mit guten Freunden ist ja nichts für die Ewigkeit. Das Leben geht nun mal weiter.«

Evelyn nahm ihre Hand und drückte sie. »Stimmt. Alles ist im Fluss. Und selbst wenn du glaubst, du weißt, was kommt, kann plötzlich etwas ganz anderes passieren. Ich hätte nie

217

gedacht, dass ich dich mal so gut kennenlernen würde wie in den letzten paar Wochen. Und jetzt sitzen wir hier zusammen.«

Weil ihre Mutter so ehrlich war, wollte auch Jax ganz offen sein. »Und ich hatte nie den Eindruck, dass du mich überhaupt kennenlernen wolltest.«

Evelyn seufzte. »Das habe ich mir wohl selbst zuzuschreiben.«

»Ich habe mich immer gefragt, ob es einen Grund gab. Habe ich etwas getan …?«

»Du lieber Himmel, nein! Du und dein Bruder, ihr wart beide auf einem Internat. Danach ist er aufs College gegangen und unser Leben hier verlief in gewohnten Bahnen. Wenn du mal hier warst, wusste ich kaum, was ich mit dir anfangen sollte. Du warst so selbstständig und so unabhängig. Ganz anders als Harry. Und nach ein paar Jahren in Richter wolltest du bei deinen kurzen Besuchen hier immer möglichst wenig mit uns zu tun haben. Ich hielt das für eine typische Teenagerphase, die sich irgendwann auswachsen würde.« Ihre Mutter atmete tief durch. »Ein paarmal habe ich deinem Vater von meinen Schuldgefühlen erzählt, weil ich meinen Kindern in ihrem Alltag nicht zur Seite stehen konnte. Er meinte nur, wir seien doch auch beide auf ein Internat gegangen und so sei das nun mal. Und deine Großmutter hat mir versichert, alle Mütter hätten mit solchen Gefühlen zu kämpfen. Vielleicht habe ich deshalb das Grübeln irgendwann eingestellt.«

»Weit weg von meinem Zuhause aufzuwachsen, hat es mir leichter gemacht, es ganz zu verlassen«, sagte Jax.

»Ja, bestimmt. Aber ich dachte immer, irgendwann kämst du zurück. Mit deinen Fremdsprachenkenntnissen hättest du hier in Europa tausend Möglichkeiten. Aber nein. Kalifornien und seine Strände haben es dir angetan.«

»Eigentlich bin ich wegen Claire in die USA gezogen. Sie ist die Schwester, die ich nie hatte.«

Ihre Mutter lachte. »Der Gedanke ist mir auch schon gekommen. Dein Vater und ich hatten ihretwegen endlose Diskussionen.«

»Warum das denn?«

»Er meinte, er wolle dich nicht teilen. Und ich dumme Gans habe auf ihn gehört.«

»Aber du warst doch diejenige, die gesagt hat, ich könnte Claire nicht mitbringen.«

»Dein Vater hat Konfrontationen immer gescheut. *Good cop, bad cop.* So heißt doch das Spiel. Außerdem war er tagsüber bei der Arbeit. Also musste ich die schlechten Nachrichten überbringen.« Ihre Mutter starrte mit abwesendem Blick an die Wand. »Aber vielleicht war er ja gar nicht in der Firma, sondern bei einer anderen Frau.«

»Oh, Mum!«

Evelyn schüttelte den Kopf und setzte ein Lächeln auf. »Tut mir leid. So was sollte ich zu dir nicht sagen.«

»Ach was. Ich habe schon viel schlimmere Dinge gesagt.« Jetzt drückte Jax die Hand ihrer Mutter. »Wenn die Leute mich nach meiner Familie gefragt haben, habe ich ihnen erklärt, das Problem sei nicht, dass ich euch nicht mag, sondern dass ich euch gar nicht richtig kenne.«

»Das ist wirklich traurig.«

»Vielleicht. Aber seit Neuestem kann ich sagen, dass ich für meinen Vater tatsächlich nicht allzu viel übrighabe.«

Evelyn lehnte sich an Jax' Schulter. »Ich habe keine Ahnung, was ich mit ihm anstellen soll. Ich fühle mich so tief betrogen. Unser Eheleben war angenehm. Wir mögen dieselben Dinge, haben zwei verantwortungsbewusste Kinder großgezogen. Und dann erzählt er mir urplötzlich von dieser anderen Frau.«

Je länger Jax ihrer Mutter zuhörte, desto wütender wurde sie auf ihren Vater. »Mit einer Entschuldigung ist so was kaum aus der Welt zu schaffen. Und wirklich reumütig scheint er mir auch nicht zu sein.«

»Da muss ich dir leider recht geben. Jedenfalls hat er mir in unseren glücklichen Zeiten mehr Blumen geschenkt.« Ihre Mutter brach ab und stöhnte auf. »Aber vielleicht wollte er damit nur sein Gewissen beruhigen, wenn er mal wieder bei der anderen war.«

»Was für eine scheußliche Vorstellung«, sagte Jax. »Hat er dir gesagt, wer sie ist?«

»Nein. Er weigert sich.«

»Dann tut es ihm auch nicht wirklich leid, Mum. Wenn er dir nicht die ganze Wahrheit über diese unselige Affäre beichten kann, dann …«

»Lass nur. Ich war erst traurig, dann wütend und schließlich wieder traurig. In letzter Zeit schlägt das Pendel allerdings in Richtung Zorn und Abscheu aus.«

»Verständlich.«

Ihre Mutter ließ Jax' Hand los und drückte die Handflächen auf die Matratze. »Genug jetzt. Ich habe mir geschworen, vor meinen Kindern nie schlecht über ihren Vater zu sprechen. Und jetzt breche ich meine eigenen Regeln.«

»Alles Gute für deine Vorsätze«, frotzelte Jax.

Evelyn stand auf und zeigte auf den Koffer. »Wie lange wirst du denn weg sein?«

»Etwa eine Woche. Kommt drauf an, was wir rausfinden.«

»Wonach sucht ihr eigentlich?«

»Nach allem, was wir kriegen können. Größtenteils ödes Zeug. Aber sicher freut es dich zu hören, dass ich auch wegen meiner Fremdsprachenkenntnisse mal in Kalifornien und mal in Europa arbeiten kann.«

»Dann war ja doch nicht alles verkehrt.«

Jax schüttelte den Kopf. »Ganz ehrlich? Viel ändern würde ich nicht. Mich aufs Richter-Internat zu schicken, war jedenfalls kein Fehler. Nicht in meinem Fall.«

»Ich bin dankbar, dich das sagen zu hören.«

Ihre Mutter wandte sich zum Gehen.

»Ach übrigens, habe ich dir schon gesagt, dass Andrew mitkommt?«

Evelyn blieb stehen, dann kam sie zurück und setzte sich wieder auf die Bettkante. »Nein. Das ist mir völlig neu.«

Jax grinste.

Ihre Mutter hatte plötzlich hundert Fragen und Jax machte es sich auf dem Bett bequem und beantwortete jede einzelne.

Kapitel 18

Geldsorgen waren Andrew zum Glück fremd. Für den Unterhalt der Familie hatte immer sein Vater gesorgt und genug verdient, um ihn und seine ältere Schwester, die inzwischen mit ihrem Mann in Edinburgh lebte, auf renommierte Internate schicken zu können. Auch das Studium hatte der Vater ihnen finanziert. Die Familie hatte Urlaubsreisen in verschiedene europäische Länder unternommen und dort zwar nicht in Luxusresorts, wohl aber in sehr komfortablen Unterkünften gewohnt. Jetzt als beruflich erfolgreicher Single gönnte er sich für längere Flüge gelegentlich ein Businessclass-Ticket. Doch als er sich jetzt für den zweistündigen Flug nach Berlin in die erste Klasse setzte, bekam er eine Ahnung davon, welche Art Leben Jax führte.

»Neil ist wirklich sehr großzügig.« Das Boarding im Rest der Maschine war noch in vollem Gange und sie legten bereits die Gurte an.

Jax verstaute ihre Handtasche unter dem Sitz vor ihr. »Flüge in der ersten Klasse spendiert er uns nur ab und zu.«

»Stimmt. Manchmal schickt er uns einen Privatjet«, kommentierte Sven direkt hinter ihnen.

»Und manchmal fliegen wir in der Holzklasse.«

Sven lachte. »Letztes Jahr war ich mal in einem Frachtflugzeug unterwegs.«

Jax spähte zwischen den Sitzen hindurch nach hinten. »Ich erinnere mich. Von Indonesien nach Westaustralien.«

»In einem Frachtflugzeug?«, fragte Andrew.

Jax lächelte und nickte. »Deshalb freuen uns diese komfortablen Plätze umso mehr.«

»Weshalb denn ein Frachtflugzeug? Und wie kriegt man dafür überhaupt ein Ticket?«

Sie beugte sich näher und sprach leise. »Manchmal soll eben keiner mitbekommen, wohin man unterwegs ist.«

Diese Antwort warf gleich hundert neue Fragen darüber auf, was genau sie für Neil eigentlich machte. »Weshalb sollte man …«

Jax legte eine Hand auf Andrews Arm. »Das erkläre ich dir später.«

Die Flugbegleiterin kam auf sie zu. Sie warf einen Blick auf die Liste in ihrer Hand. »Miss Simon und Mr Craig. Willkommen an Bord. Möchten Sie vor dem Start gerne etwas trinken?«

Verschwörerisch beugte sich Jax noch etwas näher zu Andrew. »Wir beginnen jeden Urlaub mit Mimosas, nicht wahr, Schatz?«

»Jeden Urlaub …« Das war neu. Er lächelte die wartende Flugbegleiterin an. »Zwei Mimosas, bitte.«

Bevor Andrew nachfragen konnte, flüsterte Jax: »Später.«

»Du hast mich gewarnt.«

»Jap, das habe ich.«

Er nahm ihre Hand in seine. »Wo waren wir noch mal in unserem letzten Urlaub?«

»Auf Bali. Wie konntest du das vergessen?«, scherzte sie.

»Ach ja, natürlich. Heiß und feucht.« Er erinnerte sich an ihre Beschreibung.

»Und die Menschen waren unglaublich freundlich.«

»Du machst das wirklich gut«, raunte er.

»Und du wirst es schnell lernen«, antwortete sie.

In den nächsten knapp zwei Stunden unterhielten sie sich so angeregt über ihren angeblichen Trip nach Bali, dass Andrew bald das Gefühl hatte, er wäre wahrhaftig dort gewesen. Mehr noch, er konnte es kaum abwarten, die Insel wirklich einmal kennenzulernen.

Weil Sven nur mit Handgepäck unterwegs war, verließ er in Berlin zügig das Flughafengebäude. Im Weggehen sagte er, man werde sich im Hotel sehen, und Andrew nickte.

Jax plauderte fröhlich weiter über gemeinsame Reisen, die nie stattgefunden hatten, und über die touristischen Aktivitäten, auf die sie sich in Deutschland freute.

Im Hotel spielte sie weiter ganz entspannt die Rolle der Urlauberin. Mit den Angestellten sprach sie Deutsch, obwohl die meisten sicher ganz gut Englisch konnten. Zu hören, wie mühelos Jax zwischen den beiden Sprachen hin und her wechselte, war beeindruckend. Ein oder zwei Fremdsprachen lernte man hier in Europa oft schon in der Schule. Doch in Andrews Bekanntenkreis hatten fast alle Französisch oder Italienisch gewählt. Er selbst hatte sich drei Schuljahre lang mit Französisch herumgequält, brachte heute aber kaum noch einen unfallfreien Satz zustande.

Nachdem sie in ihr Zimmer geführt worden waren, hängte Jax sofort das »Bitte nicht stören«-Schild außen an die Tür und schloss sie hinter dem Hotelangestellten. »Du bist wirklich ein prima Komplize.« Sie öffnete ihren Koffer. »Und ein besserer Lügner, als du behauptest.«

»Ich lerne von einer der Besten.« Er ging zum Fenster und öffnete die Jalousien.

Dann hörte er plötzlich ein hohes Piepen hinter sich. Er wandte sich um und sah Jax mit einem kleinen Gerät durchs Zimmer wandern.

»Was ist das denn?«

Sie legte einen Finger an die Lippen und ging langsam weiter, nahm den Hörer des Telefons auf dem Nachttisch ab und legte ihn wieder zurück. Systematisch bewegte sie das Gerät an den Wänden nach oben und unten, hielt es an die Lampen und an den Fernseher. Erst als sie es ausgeschaltet hatte, redete sie weiter.

»Das Ding spürt versteckte Tracker oder Abhörvorrichtungen auf.«

»Wanzen?«

»Genau.«

»Du glaubst, jemand könnte dir … uns … nachspionieren?«

»Jetzt vielleicht noch nicht, aber womöglich im Lauf der nächsten Tage.«

Andrew streifte sein Jackett ab und hängte es über eine Stuhllehne. »All diese Vorkehrungen, die erfundenen Geschichten im Flugzeug, wozu das alles?«

»Eine Grundregel bei unserer Arbeit lautet, dass Reisen immer nach Urlaub aussehen sollten. Für Touristen interessiert sich niemand ernsthaft. Die gehen einfach durch die Passkontrolle. Ohne Arbeitsvisum und größere Formalitäten.«

»Aber einer Flugbegleiterin könnte doch egal sein, was du vorhast«, gab Andrew zu bedenken.

»Stimmt. Aber falls irgendwer ihr eine Frage über ein bestimmtes Paar in der ersten Klasse stellt, kann sie nur das sagen, was wir ihr vorgespielt haben. Wir sind auf dem Weg in den Urlaub und trinken zum Auftakt Mimosas. Alles sehr unverfänglich. Oder nehmen wir mal an, jemand würde uns hier tatsächlich abhören und später mit der Flugbegleiterin sprechen. Dann wäre es ungünstig, wenn wir uns unterwegs über den wahren Grund unserer Reise unterhalten hätten. Auch irgendein Mitreisender hätte was aufschnappen können.«

»Ah.« Das leuchtete ihm ein. »Und was ist mit den Frachtflugzeugen?«

»Spezielle Transportmittel für spezielle Einsätze.«

»Willst du mir das genauer erklären?«

Sie setzte sich in einen Sessel und legte den Detektor beiseite. »Manchmal nimmt man eine andere Identität an, um eine Mission geheim zu halten.«

»Einen anderen Namen?«

Sie nickte. »Mit entsprechenden Papieren.«

»Gefälschte Pässe?« War das nicht illegal?

»Das kommt schon mal vor.«

»Ist das nicht ill…«

Sie hob eine Hand. »In ganz bestimmten Fällen heiligt der Zweck die Mittel. Ich versuche mal, dir unsere Aufgabe hier zu beschreiben. Womöglich wird das alle deine Fragen beantworten.«

»Ich höre.«

»Morgen besuche ich in einem Frauengefängnis hier in der Nähe die ehemalige Direktorin des Richter-Internats.«

Von Harry wusste Andrew, dass die Frau seit etlichen Jahren im Knast saß. Details kannte er allerdings nicht.

»Lodovica sitzt unter anderem deshalb, weil sie es einem Mann namens Pohl ermöglicht hat, Richter-Absolventen anzuwerben. Pohl hat den jungen Leuten Jobs in Spionagenetzwerken versprochen. Allerdings jenseits der britischen Geheimdienste oder der CIA. Die Aufträge kamen weder von Scotland Yard noch aus dem Weißen Haus. Am liebsten waren diesem Pohl junge Talente wie Claire. Ohne Eltern, ohne Angehörige. Während ihrer Schulzeit war er ihr namenloser Förderer. Er bezahlte ihre Ausbildung. Für jede Fremdsprache, die sie perfekt beherrschten, gab es gutes Geld. Genau wie für Bestleistungen in anderen Bereichen. Klingt eigentlich recht harmlos.« Jax hielt inne. Jetzt fiel auch die letzte Spur eines Lächelns von ihr ab.

Andrew spürte, wie sich sein Pulsschlag beschleunigte. Er ahnte, dass er gleich üble Dinge hören würde.

»Die jungen Leute haben diese Jobs arglos angenommen. Es klang ja auch gut. Eine Betroffene hat mir erzählt, ihr sei gesagt worden, dass sie als Agentin für die Guten spionieren und dabei ein luxuriöses Leben führen würde. Sehr verlockend, wenn man im Grunde mittellos ist. Manche dieser Nachwuchskräfte sind bereits als Achtzehnjährige angeheuert worden. Andere haben in Richter noch ein kurzes Studium absolviert und waren bei ihrem ersten Auftrag für Pohl gerade einundzwanzig.« Jax' Stimme war mit jedem Satz monotoner geworden.

»Und dann?«

»Schon nach ein paar Monaten wurde ihnen klar, was sie wirklich zu tun hatten. Pohl war kein Mittelsmann der Guten. Über seine Auftraggeber ist bis heute wenig bekannt. Vermutlich hat er immer den jeweils Höchstbietenden bedient. Pohl hat den Richter-Absolventen eine Waffe in die Hand gedrückt und ihnen gesagt, wer sterben sollte. Als Druckmittel hat er jemanden aus dem engsten Kreis dieser jungen Leute bedroht.«

Andrew schluckte. »Sie mussten Menschen umbringen?«

Jax nickte kurz. »Töten oder sterben.«

»Großer Gott. Und die Direktorin hat das gewusst?«

»Vielleicht nicht gleich zu Anfang, aber am Ende zweifellos. Einige Jahre nach Sashas Abschluss hat Pohl versucht, auch sie anzuwerben. Dadurch ist der ganze Zirkus aufgeflogen. Sasha hat damals, während Claire und ich in der Oberstufe waren, dem Richter-Internat einen Besuch abgestattet. Claire hat sich mit ihr angefreundet. Als Sasha abreiste, ist Claire durchgebrannt und ihr gefolgt. Das hat Pohl offenbar aufgeschreckt. Er hat den Medien Lügen über Claires Alter erzählt und behauptet, Sasha hätte sie entführt. Damit hat er die Behörden auf den Plan gerufen. Sasha und Claire sind von Neil und seinem Team mithilfe falscher Pässe in Sicherheit gebracht worden. Dann hat er mit seinen Leuten den Richter-Sumpf ausgehoben. Er ist damals nicht öffentlich in Erscheinung getreten. Ich muss dich also bitten, das für dich zu behalten.«

»Selbstverständlich.«

»Neil und sein Team haben die Wahrheit ans Licht gezerrt. Sie haben rausbekommen, weshalb sich Pohl so ungehindert bedienen konnte. Das Schulaufsichtskomitee hat dabei eine entscheidende Rolle gespielt. Es wurde vorwiegend mit Leuten besetzt, die etwas zu verbergen hatten. Pohl und Lodovica kannten die dunklen Geheimnisse dieser Personen und ihrer Familien und haben sie damit unter Druck gesetzt. So haben sie dafür gesorgt, dass die Komiteemitglieder weggeschaut und geschwiegen haben, wenn Richter-Talente zu kriminellen Handlungen gezwungen wurden. Neil, Sasha und das Team haben an der Schule die Akten und Notizen mit den Familiengeheimnissen gefunden und gesichert. Alles, was nötig war, um Lodovica und Pohl vor Gericht zu bringen, haben sie den Behörden übergeben. Andere Unterlagen verschwiegen.«

»Weshalb denn irgendwas verschweigen?«

»Weil es an dem Internat noch mehr junge Leute wie Sasha gab. Auch ihr hat jemand die Ausbildung bezahlt, allerdings nicht Pohl. Und nicht alle Förderer hatten finstere Absichten. Sashas Wohltäterin zum Beispiel hat sie in Richter vor ihrem Vater versteckt. Wenn Ruslan Petrov geahnt hätte, wo Sasha war, hätte er sie umbringen lassen. Seine eigene Tochter. Es gibt also Geheimnisse, die gehütet werden müssen.«

Andrew fuhr sich mit den Händen durchs Haar. »Du lieber Gott, Jax. Für diese Art Arbeit muss man mehr können als nur ermitteln.«

»Manchmal ja. Aber im Moment sammeln wir erst mal nur Informationen. Was private Ermittler eben so machen. Aber weil es sein könnte, dass wir in ein Wespennest stechen, ist auch Täuschen und Tarnen angesagt.«

Andrew beschlich das Gefühl, er hätte im Flugzeug anstelle des Mimosas lieber einen Whiskey trinken sollen. »Weshalb sind wir hier?«

»In Richter wurde nach dem Skandal damals richtig aufgeräumt, das Schulaufsichtskomitee mit neuen Leuten besetzt und von da an von einer unabhängigen Stelle kontrolliert. Die militärische Zusatzausbildung wurde abgespeckt. Derzeit lernt man dort nur einen Bruchteil dessen, was Sasha, Claire und mir beigebracht worden ist. In den letzten Jahren hat sich das Internat zu Recht wieder einen Namen für die exzellenten Leistungen seiner Schülerinnen und Schüler gemacht. Regierungen und Behörden aus der ganzen Welt stellen gerne und ganz legal Richter-Absolventen ein. Ihre Fähigkeiten werden erst dann problematisch, wenn Kriminelle sie steuern. Seit vor Jahren das Netzwerk aus Verbrechen und Schweigen gesprengt worden ist, war die Schule unter neuer Leitung auf einem guten Weg. Aber kürzlich hat Neil Hinweise erhalten, dass sich das vielleicht gerade wieder ändert. Deshalb soll ich mit Lodovica sprechen. Vielleicht weiß sie etwas über die neueren Entwicklungen und gibt uns einen Hinweis.«

»Und was ist mit diesem Pohl?«

Jax schüttelte den Kopf. »Pohl ist tot.«

»Oh.«

»Ich denke, auch Lodovica wäre nicht mehr am Leben, wenn sie Informationen über Pohls Auftraggeber hätte. Aber auf Pohl werde ich sie gar nicht ansprechen. Uns interessiert, wer zu ihrer Zeit für die Schule im Umfeld der Schülerinnen und Schüler nach pikanten oder düsteren Geheimnissen gesucht hat.«

Andrew wurden die Zusammenhänge immer klarer. »Denn solche Geheimnisse machen erpressbar. Dann wird wieder geschwiegen und weggeschaut und alles fängt von vorne an.«

Jax zwinkerte ihm zu. »Genau. Sven und ich sollen hier ein bisschen herumstöbern. Rausfinden, ob an dem, was Neil zugetragen wurde, was dran ist. Ich werde die Fragen stellen, Sven behält mich unauffällig im Auge und achtet darauf, ob mir irgendwer nachspioniert.«

»Und mir.«

Jax wandte den Blick ab. »Jetzt, wo du weißt, worum es hier wirklich geht, würde ich verstehen, wenn du einen Rückzieher machst.«

»Sind wir in unmittelbarer Gefahr?«

»Jetzt gerade? Nein. Aber ein gewisses Risiko besteht immer. Ich habe damals nicht zu dem Team gehört, das Leute in den Knast gebracht hat. Aber jetzt gehöre ich dazu. Ich erzähle jedem, wir wären hier im Urlaub, suche das Hotelzimmer nach Wanzen ab und lüge hemmungslos, um möglichst harmlos zu erscheinen.«

»Und wie kann ich dir dabei helfen?«

Jax fand ihr Lächeln wieder. »Du spielst meinen besorgten Freund, während ich nach der Frau suche, wegen der sich meine Eltern trennen. Auch über die Affäre meines Vaters steht etwas in den geheimen Richter-Akten. Ich will wissen, wer die Aktennotiz gemacht hat und ob mehr hinter dieser Geschichte steckt.«

»Ist das der wahre Grund, weshalb wir hier sind?« Er musste diese Frage einfach stellen.

Jax schüttelte den Kopf. »Nein. Jax Simon hat eine wichtigere Mission. Sie will dazu beitragen, arglose junge Leute vor dem nächsten Pohl zu schützen. Jacqueline Simon hingegen ist ganz persönlich auf der Suche. Sie interessiert sich für die Geheimnisse ihrer Familie und will rausfinden, wer davon weiß. Das soll zumindest Lodovica glauben. An der Schule werde ich vermutlich eine andere Strategie anwenden. Je nachdem, was ich erfahre, wird Neil entscheiden, ob er eingreift oder abwartet.«

»Verdammt brillant.«

»Danke.«

»Ich habe noch eine Frage.«

»Frag.«

»Wer bezahlt Neil? Irgendeine Schulaufsichtsbehörde oder …?«

»Niemand«, unterbrach ihn Jax. »Falls er Geld für eine Richter-Mission bräuchte, würde vermutlich Sasha einspringen. Aber was wir gerade tun, tun wir ohne offiziellen Auftrag. Für Neil ist Richter persönlich. Für ihn und für Sasha.«

»Und für dich und Claire.«

»Ja.«

»Noch eine Frage. Was passiert, wenn man dich mit einem gefälschten Pass erwischt?«

Jax lachte. »Erstens habe ich im Moment keinen bei mir. Zweitens ist das noch nie passiert. Und drittens …« Sie holte tief Luft. »In den sechs Jahren, in denen ich nun schon in Neils Firma arbeite, habe ich immer wieder gestaunt, wen der Boss alles kennt. Leute mit Macht und Einfluss. Wenn man die wirklich üblen Kriminellen aus dem Verkehr ziehen kann, riskiert man gerne mal eine Freifahrt zur Polizeiwache und wartet ab, bis Neil einen rausholt. Und nein, so eine Freifahrt gab's für mich noch nie.«

Andrew musste lachen. »Mir wurde immer geraten, die Rücksitze von Streifenwagen zu meiden. Aber bei dir klingt das wie eine Auszeichnung.«

Sie kicherte. »Wenn du mir genügend Zeit gibst, kann ich fast alles irgendwie hindrehen.«

»Ich muss zugeben, interessant fand ich dich schon, als du auf dem Flughafen in mein Auto gestiegen bist. Aber was für eine taffe Lady du wirklich bist, wird mir erst jetzt langsam klar.«

Jax legte eine Hand auf ihre Brust. »Mit Schmeicheleien kannst du bei mir fast alles erreichen.«

»Jetzt veralberst du mich.« Er lachte. Allerdings war ihm aufgefallen, dass hier im Zimmer nur ein großes Doppelbett stand.

Sie rappelte sich hoch. »Heute haben wir noch einen ziemlich lockeren Tag. Ein bisschen wachsam zu sein, schadet nie. Aber wir spazieren vor allem durch die Gegend, ich mache ein paar Anrufe und arrangiere alles für den Besuch im Gefängnis morgen. Dann schauen wir uns ein paar Sehenswürdigkeiten an.«

»Und Sven?«

»Den treffen wir erst später wieder. Heute hat er eigene Aufgaben. Aber sobald ich aus dem Gefängnis komme, ist er immer in der Nähe. Auch wenn wir ihn nicht sehen.«

Andrew rieb sich die Hände. »Okay. Dann mal los mit dem Tarnen und Täuschen.«

»Du klingst fast ein bisschen zu begeistert.«

»Hey, normalerweise hocke ich den ganzen Tag an einem Schreibtisch und berechne für meine Klienten die Rendite von Investitionen. Eine geheimdienstliche Mission ist die Erfüllung meiner Kindheitsträume.«

»Krieg dich mal wieder ein, 007. Ganz so aufregend wird es nicht werden.«

Andrew verzog das Gesicht. »Lass mich doch ein bisschen in meinen Illusionen schwelgen.«

Eine halbe Stunde später spazierten sie Hand in Hand aus dem Hotel und unternahmen einen Streifzug durch die Stadt.

KAPITEL 19

Nach den Anrufen war die Arbeit für diesen Tag erledigt. Jax und Andrew setzten sich in ein Straßencafé am Gendarmenmarkt, bestellten eine Flasche Weißwein und genossen das warme Wetter.

»Wenn ich nicht in Europa bin, vermisse ich so was manchmal«, sagte Jax.

»In einem Straßencafé zu sitzen?«

»Nein. Dazu gibt es in Kalifornien jede Menge Gelegenheiten. Aber leider ohne diese Aussicht.« Jax deutete auf das monumentale Konzerthaus und die prachtvollen Kirchen, die es flankierten. Diesen imposanten Platz gab es schon seit dem siebzehnten Jahrhundert, die historischen Kirchen waren im achtzehnten Jahrhundert, das Konzerthaus einige Jahrzehnte später erbaut worden. Nach den Verwüstungen im Zweiten Weltkrieg hatte man alles wieder instandgesetzt. »Hier gibt es Geschichte auf Schritt und Tritt, die großartigen alten Bauten werden erhalten. In den Staaten reißt man alte Mauern oft nieder, um Platz für Neues und Modernes zu schaffen.«

»Ich war schon mal in Kalifornien und habe dort auch schöne Bauwerke aus vergangenen Zeiten gesehen.«

»Stimmt, aber in Europa gibt es einfach mehr davon.«

»Ja, sicher auch, weil fast alle unsere Städte älter sind als die in den Staaten.« Er nahm einen Schluck Wein und stellte das Glas ab. »Ich freue mich, dass du dich gerade verliebst.«

Jax' Kopf schnellte in die Höhe. »Dass ich was?«

»Dass du dich in Europa verliebst«, ergänzte er grinsend.

»Herrje!« Sie stieß den Atem aus. »Erschreck mich doch nicht so.«

Andrew lehnte sich zurück und sah dabei ziemlich entspannt aus. »Hast du Angst davor?«

»Mich zu verlieben?«

»In eine Person. Nicht in einen Ort«, präzisierte er.

»Keine Ahnung. Mir ist das noch nie passiert. Und was ist mit dir? Warst du schon mal verliebt?« Sie beugte sich vor und spielte mit dem Stiel ihres Weinglases.

»Einmal habe ich es gedacht. In meinem letzten Collegejahr.«

»Und dann?«

»Als die letzten Seminare und Vorlesungen vorbei waren und das richtige Leben anfing, funktionierte es mit uns beiden nicht mehr. Es gab kein Drama. Es war einfach vorbei.«

»Habt ihr zusammengewohnt?«

Er schüttelte den Kopf. »Die Sachen, die sie bei mir hatte, haben keinen Koffer gefüllt.«

»Ich habe es noch nicht mal so weit gebracht. Mein letzter Freund stand kurz vor dem Examen, wollte Anwalt werden. Meine Eltern hätten ihn geliebt.«

»Aber du nicht.«

Sie zog die Schultern hoch. »Nein. Er hatte kein Verständnis für meine Arbeit und dafür, dass ich nicht einfach vom Geld meiner Familie leben wollte.«

»Und was hat dir an eurer Beziehung gefallen?«

»Ganz ehrlich?«

»Ja.«

»Wir hatten viel Spaß im Bett.«

Andrew fing an zu lachen, wurde ein bisschen leiser und dann wieder lauter. »Irgendwie habe ich mir gedacht, dass du so was sagen würdest.«

Sie seufzte. »Aber auf Dauer reicht das eben nicht. Und wir haben uns getrennt.«

»Ich bin froh, dass es so gekommen ist«, sagte Andrew.

Jetzt lachte auch Jax. »Wenn mein Job und mein Familiendrama dir keine Angst machen, haben wir vielleicht eine Chance.«

»Dein Job ist ziemlich speziell, und die Leute, mit denen du arbeitest, sind irgendwie extrem.«

Begeisterung klang in ihren Ohren anders.

»Aber ich würde es trotzdem gerne versuchen.«

»Und wenn es im Bett öde ist?«

Andrew beugte sich vor und nahm ihre Hand. »Ich glaube, da kannst du unbesorgt sein.«

Sie rückte näher und griff nach seiner freien Hand. »Bist du bloß rotzfrech oder wirklich so selbstsicher?«

»Die Entscheidung überlasse ich dir.«

Herzlich gerne. Sie sah den Hunger in seinem Blick und spürte einen wohligen Schauer.

Andrew küsste ihre Hand, griff nach der Weinflasche und schenkte ihnen nach. »Was würdest du jetzt gerne machen?«

Sie hatte sofort ein paar Ideen. Wirklich gute Ideen.

Anstatt ihm zu verraten, was ihr gerade durch den Kopf ging, trank sie aus. Sie verließen das Café und besichtigten eine der beiden Kirchen.

Danach schlenderten sie durch die Stadt, streiften durch ein paar Geschäfte und teilten sich eine der großen Brezeln, die hier in Deutschland einfach dazugehörten.

Als sie an zwei Straßenmusikern – einer spielte Geige, der andere Cello – vorbeikamen, zog Andrew Jax in seine Arme und tanzte mit ihr drauflos.

»Was soll das werden?«, fragte sie lachend.

»Psst. Ich zähle den Takt mit.«

Die kleine Zuschauerschar machte ihnen Platz, und ein weiteres, deutlich älteres Paar begann ebenfalls zu tanzen.

»Siehst du, was du angerichtet hast?«

»Wenn es Livemusik gibt, muss man die Gelegenheit nutzen.«

Jax versuchte, locker zu bleiben, und überließ ihm die Führung. »Du machst das ziemlich gut.« Das war wirklich so. »Wer hat dir das Tanzen beigebracht?«

»Meine Schwester.«

»Ach ja?«

Er wirbelte sie herum und zog sie wieder an sich. Diesmal ein bisschen enger. »Sie und ihre Freundinnen haben über die Jungs an ihrer Schule gestöhnt und gesagt, die würden viel mehr Dates kriegen, wenn sie ein bisschen tanzen könnten.«

»Die Mädels hatten recht.«

»Allerdings. Und weil ich ein kluges Kerlchen war, habe ich mir zu Herzen genommen, was meine große Schwester gesagt hat.«

Jax legte eine Hand auf seine Brust und schaute ihm in die Augen. »Hat es sich gelohnt?«

Das Musikstück endete, das Publikum applaudierte.

»Sag du es mir.«

Ganz im Zauber des Moments gefangen, schmiegte sich Jax an ihn und hob ihm die Lippen entgegen. In der Wolke dieses Kusses hörte sie jemanden pfeifen und ein paar Leute klatschen. Andrew beendete den Kuss, solange er noch jugendfrei war.

Er zog die Geldbörse aus der Hosentasche, nahm einen Schein heraus und ließ ihn in den Hut der Musiker fallen.

Auf dem Weg zurück zum Hotel legte er ihr den Arm um die Schultern.

»Irgendwelche Wünsche fürs Abendessen?«, fragte er. »Lieber ganz locker? Elegant? Oder ein paar leckere Kleinigkeiten in einem trendigen Klub?«

»Klingt alles sehr verlockend.«

»Aber du hast einen anderen Vorschlag?«

Sie hielt die Augen auf den Gehsteig gerichtet und antwortete atemlos. »Zimmerservice.«

Andrew ging schneller.

Jax lachte leise auf.

»Es war das Tanzen, oder?« fragte er.

»Tanzen weckt bei mir immer prickelnde Gefühle.«

Er ging ein bisschen langsamer und schaute sie aus dem Augenwinkel an. »Du überraschst mich immer wieder.«

»Das kannst du morgen früh vielleicht noch besser beurteilen.«

Andrew stieß eine Art Knurren aus. Den Rest des Wegs zum Hotel legten sie schweigend zurück und warfen dem Empfangspersonal im Vorbeigehen ein höfliches Lächeln zu.

Jax fragte sich, ob es Nervosität war oder Vorfreude. Jedenfalls zog sich ihr Magen so erwartungsvoll zusammen wie lange nicht mehr. Als sie sich darauf eingelassen hatte, Andrew mit nach Deutschland zu nehmen, war klar gewesen, dass sie zusammen im Bett landen würden. Zumindest für sie.

Sein langer Blick auf das Doppelbett war ihr nicht entgangen. Sie hatte die Reservierung, die Neil für sie gemacht hatte, etwas abgeändert. Deshalb hatten sie jetzt anstelle von zwei Einzelbetten diesen Kingsize-Traum im Zimmer. Natürlich hatte sie die Fragen gespürt, die Andrew ihr bei diesem Anblick gerne gestellt hätte. Sie hatte abgelenkt und ihm lieber erklärt, weshalb sie in Deutschland waren und wie die nächsten Tage verlaufen würden. Ihn hatte das offenbar nicht verschreckt. Im Gegenteil. Er schien die Rolle, die sie beide hier in Deutschland spielen würden, spannend und aufregend zu finden.

So etwas war selten.

Die Männer, die sie bis jetzt gedatet hatte, hatten entweder keinerlei Interesse an ihrem Job gezeigt oder sich gleich in ihrer Männlichkeit bedroht gefühlt.

Bei Andrew war das anders. Er hatte ihr vom ersten Augenblick an zugehört. Und was noch wichtiger war, er hörte nicht bloß zu, er verstand sie auch und stellte Fragen. Abgesehen von Claire und dem Team tat das sonst keiner.

Selbst ihre Familie interessierte sich kaum dafür, was sie machte, auch wenn sich das bei ihrer Mutter gerade zu ändern schien.

Jax war gerne bereit, die Sache zwischen Andrew und ihr auf das nächste Level zu bringen. Die Neugier auf den Grund seiner rotzfrechen Selbstsicherheit war größer als die Lust auf ein gepflegtes Abendessen.

Im Fahrstuhl drückte er den Knopf für ihr Stockwerk. Als sich in letzter Sekunde ein anderes Paar hereindrängte, hörte sie ihn aufstöhnen. Jax' erfolgloser Versuch, ein Lachen zu unterdrücken, quittierte er mit einem festen Druck seiner Finger, die ihre Hand nie losgelassen hatten.

Sie warteten ungeduldig, bis das andere Paar ausstieg.

Dann drückte Andrew gleich mehrmals auf die Türschließtaste, als könnte er den Vorgang damit beschleunigen. Erst direkt vor ihrem Zimmer atmete er durch.

Er öffnete die Tür und ließ ihr den Vortritt.

Die Tür schloss sich und Stille breitete sich aus.

Jax wandte sich um und sah, wie er sie anschaute. Seine Lippen waren leicht geöffnet, seine Brust hob sich mit jedem Atemzug schneller. Das Verlangen in seinem Blick galt ihr, ganz ihr.

Ihre Handtasche fiel zu Boden.

Sie streckten die Hände nacheinander aus.

Sein Kuss war von der ersten Sekunde an versengend. Ohne jede Zurückhaltung und Scheu. Kein süßes Spiel wie vorher auf dem Platz in der Stadt, das ihnen ein paar wehmütige Seufzer aus dem Publikum eingebracht hatte. Jetzt gab es nur Hunger, Lust und Verlangen. Ein hochexplosives Gemenge.

Andrew legte die Hände an die Seiten ihres Gesichts und küsste sie so tief, dass ihre Gedanken zerstoben.

Sie strich mit den Händen über seine Brust, seine Hüften und dann wieder hinauf. Am Ende des Kusses biss sie ihn spielerisch in die Unterlippe.

»Ich müsste mich schämen wegen all dem, was mir gerade durch den Kopf geht.« Er grub die Hände in ihr Haar und zog ihren Kopf nach hinten, damit er ihren Hals küssen konnte.

»Lass uns einfach alles tun, woran du denkst. Und ich sage dir hinterher, ob es einen Grund gab, sich zu schämen.«

Seine Zähne streiften die Seite ihres Halses, seine Hand glitt in ihr Kreuz und drückte sie an ihn.

»Großartige Idee.«

Er nahm sie an den Hüften und hob sie hoch.

Sie schlang die Beine um ihn.

Während Andrew sie zum Bett trug und dort auf die Matratze drückte, drängte seine Erektion sich an genau den richtigen Stellen an sie. Eine heiße Welle erfasste ihren Körper und sie holte erschauernd Luft.

Andrew gefiel ihre Reaktion. Er erhöhte den Druck ein wenig.

Sie wand sich, grub die Fingernägel in seine Schultern. »Du machst das viel zu gut.«

Er murmelte eine Antwort, die sie nicht verstand. Seine Lippen fanden wieder zu ihr. Diesmal küsste er sie etwas sanfter, doch genauso hungrig. Jax tastete sich über seinen harten Körper, er füllte seine Hände mit ihren Brüsten. Einen Moment lang löste er sich von ihr und zog ihr die Bluse über den Kopf. »Unfassbar«, raunte er.

Seine Lippen nahmen den Platz seiner Hände ein. Er schob den Spitzen-BH beiseite, um mehr von ihr berühren zu können. Jax spürte, wie sich ihre Nippel aufrichteten, und er heizte ihr mit einem frechen kleinen Biss zusätzlich ein.

Es gelang ihr, die Schuhe loszuwerden und ihm das Hemd aus der Hose zu ziehen. Doch sie wollte viel mehr von ihm spüren. Haut. Sie brauchte die Haut dieses Mannes an ihrer. »Wir haben noch viel zu viel an.«

»Sobald wir nackt sind, bin ich in dir«, warnte er sie.

»Das ist der Sinn der Sache, England.«

Lachend strich er mit der Hand über ihren flachen Bauch, schob die Finger in ihre Hose und berührte sie ganz in der Nähe der Stelle, wo sie ihn unbedingt haben wollte.

Sie reckte sich ihm entgegen und er zog die Hand zurück.

»Das machst du mit Absicht.«

»Das.« Er küsste ihren Bauch.

»Stimmt.« Er knöpfte ihre Hose auf.

Dann schob er sich vom Bett.

Jax öffnete die Augen, sah, wie er sich das Hemd auszog, aus den Schuhen schlüpfte und die Hose aufknöpfte.

Sie wartete auf den Rest des Striptease. Doch vergeblich. Stattdessen legte er sich zu ihr und streifte ihr die Hose ab.

Mit einer schnellen Bewegung zog sich Jax den BH aus und warf ihn zu ihrer vergessenen Bluse. In nichts als ihren winzigen Pantys winkelte sie ein Knie an und lockte ihn mit dem Finger. »Komm her«, schnurrte sie.

Andrew nahm die Geldbörse aus der Tasche, holte ein Kondom heraus und legte es auf den Nachttisch.

»Ich nehme die Pille.«

Er legte die Hände an ihre Knöchel und zog sie dorthin, wo er sie haben wollte. »Gut. Die werden wir brauchen.«

Damit brachte er sie zum Lachen. »Beweis es mir.«

Seine Hände strichen an ihren Waden nach oben und drückten ihre Knie auseinander. »Das werde ich. Keine Sorge.«

Jax lehnte sich zurück und schloss die Augen. Andrews Absichten waren eindeutig.

Sein warmer Atem streifte die Stelle zwischen ihren Schenkeln und ihren Hüften. Seine Finger schoben das letzte bisschen Stoff, das sie noch trug, zur Seite, und er war da. Genau da, wo sie ihn brauchte. Lippen und Zunge, Druck und Zähne. Und verdammt, er machte das unfassbar gut.

Jax hob ihm die Hüften entgegen, um ihm näher zu sein, zog sich zurück, als das Gefühl zu intensiv wurde. Sie spürte sein Lachen mehr, als sie es hörte. Ein Vibrieren an dem empfindlichen Bündel aus Nerven zwischen ihren Beinen.

Ihr Orgasmus kam fast zu schnell und zu heftig, und je mehr sie dagegen ankämpfte, desto intensiver wurden Andrews Zärtlichkeiten. So als wollte er ihr zeigen, dass er die Zügel in der Hand hielt und sie nun gleich einen Höhepunkt erleben würde, ob es ihr nun passte oder nicht.

Gerade als sie dachte, es gebe keine Steigerungsmöglichkeit mehr, tat er etwas. Was es war, hätte sie nicht sagen können, doch sie verlor den letzten Rest Kontrolle. Ein glutheißer Orgasmus, wie sie nie einen erlebt hatte, durchjagte sie in pulsierenden Wellen. Am Ende war ihr regelrecht schwindelig.

»Wow«, flüsterte sie, als sie wieder etwas sagen konnte. Sie öffnete die Augen und sah, wie sich Andrew mit einem zufriedenen Lächeln aufrichtete.

»Jetzt, wo ich weiß, wie du dich anhörst, lass mich das gleich noch mal machen.«

Er streifte die restlichen Kleider ab und griff nach dem Kondom.

Der Mann war gesegnet, und sie vorzubereiten, war eine gute Idee gewesen.

Nackt schob er sich über sie und bat wortlos um Einlass.

»Küss mich«, sagte sie, als er sich in sie drängte.

* * *

Als der Zimmerservice kam, ging Andrew im Bademantel zur Tür und nahm das Bestellte entgegen.

Lächelnd schob er den kleinen Wagen zum Bett. Jax kam gerade aus dem Badezimmer. Ebenfalls in einen Bademantel gehüllt, machte sie es sich auf dem Bett bequem und strich sich das lange Haar auf den Rücken.

»Ich bin am Verhungern.«

Er entkorkte gerade den Wein. »Das wundert mich nicht. Seit dem Frühstück im Flugzeug hatten wir nur noch eine Flasche Wein und die Brezel.«

»Zum Wein gab es Oliven und Nüsse.«

»Stimmt. Das habe ich vergessen. Das war fast ein vollständiges Menü.«

Er schenkte ihnen ein und reichte ihr ein Glas.

Sie setzte es an die Lippen und er verlor sich in ihrem Anblick. Die Weichheit in ihren Zügen, die Offenheit in ihren Augen, ihre unersättliche Lebenslust. Jax' leidenschaftlichste Momente zu teilen, war ein absolutes Privileg gewesen. Ein Geschenk. Und ihr jetzt dabei zuzuschauen, wie sie eingehüllt in seinen Geruch an ihrem Wein nippte, löste in seinem Inneren etwas aus, wofür er noch nicht bereit war. Oder genauer, womit er nicht gerechnet hatte.

»Du starrst mich an«, stellte sie fest.

»Ich genieße die Aussicht.«

Sie erwiderte seinen Blick und plötzlich glühten ihre Wangen.

Mit einem kurzen Kopfschütteln wandte sich Andrew dem Essen zu. Er schob den Wagen näher zu Jax, damit sie bleiben konnte, wo sie war. Für sich zog er einen Stuhl an die andere Seite.

»Das war eine großartige Idee.« Sie biss in ein Stück Brot.

»Noch nie war ich so glücklich über ein Essen vom Zimmerservice.« Andrew kostete den Wein und staunte, wie gut er war.

Jax verschlang den ersten Bissen Steak mit geschlossenen Augen. »Das war dringend nötig. Nach dem …«

»Anstatt einer Zigarette danach ein Steak. Eine Frau nach meinem Geschmack.«

Sie spülte den Bissen mit Wein hinunter. »Sag mal, weshalb hat dich eigentlich noch keine zum Traualtar geschleppt?«

Die Frage überraschte ihn. »Wie bitte?«

»Du hast mich schon verstanden. Ich meine …« Sie stieß den Atem aus. »Du bist sexy, fit, hast einen tollen Job. Du bist witzig, klug und dabei nicht unerträglich eingenommen von dir selbst. Und du liebst wie ein …«

Andrew wartete mit angehaltenem Atem.

»Ach, lassen wir das.«

»Nein. Nein, du musst den Satz schon zu Ende bringen.«

»Würde ich ja gerne. Aber mir fehlen die Worte.«

Sein Ego schwoll schlagartig auf Raumgröße an. »Du meinst begeisterte Worte, hoffe ich.«

Jax verdrehte die Augen und schnitt sich ein Stück Steak ab. »Wenn ich zu viel sage, passt dein Ego nicht mehr durch die Tür.«

Dabei musste sie eigentlich gar nichts sagen. Ihre Lustschreie hatten für sich gesprochen.

»Ich bin aus demselben Grund Single wie du«, griff er das ursprüngliche Thema wieder auf.

Ihre Blicke trafen sich.

Er erklärte es ihr genauer. »Mir ist noch keine Frau begegnet, mit der ich den letzten ersten Kuss teilen wollte. Eine Frau, die nicht nur außen sondern auch innen schön ist, lustig und klug, die mich immer wieder überrascht …« Er musste aufhören. Die Sätze, die aus ihm herausdrängten, beschrieben sie zu genau.

So wahr und richtig sie sich auch anfühlten, es war zu früh dafür.

Jax schaute ihn lange an, bevor sie den Blick auf den Teller senkte. »Wenn der angehende Anwalt so geliebt hätte wie du, hätte ich mich nicht so leicht von ihm getrennt. Das ist alles, was ich dazu sagen werde.«

Andrew grinste und nahm einen Bissen. Nach dem Kauen sagte er: »Ich bin froh, dass der angehende Anwalt nicht vollständig überzeugen konnte.«

Jax' Augen wurden groß. »Ich auch.«

Kapitel 20

Das Gefängnis lag am nördlichen Stadtrand Berlins. Von außen unterschied es sich kaum von den benachbarten Gebäuden. Es gab weder einen elektrischen Zaun noch Wachtürme, auf denen Uniformierte mit geladenen Waffen patrouillierten. Hier in Deutschland lautete das Stichwort Resozialisierung. Ein Gefängnisaufenthalt sollte auch eine Art Vorbereitung auf das Leben draußen sein. Und nirgendwo war das deutlicher sichtbar als in einem Frauenknast.

Schon die Wachleute waren nur an ihren Namensschildern zu erkennen und nicht etwa an ihrer Kleidung. Hier und da schallte Kinderlachen durch die Flure.

Jax hatte vorab recherchiert und war doch überrascht.

Linette Lodovica, die ehemalige Direktorin des Richter-Internats, saß ihre Strafe in einer Einrichtung ab, die ein wenig an ein Wohnheim erinnerte. Acht Stunden täglich mussten die Gefangenen einer Arbeit nachgehen. Kleine Kinder konnten bei ihren Müttern leben, solange die sich an die Regeln hielten und während ihrer Haftzeit keine weiteren Verstöße begingen. Vor allem dieser Kinder wegen trugen die Wachen Zivilkleidung, viele Türen standen offen und es gab keine Gitterstäbe. Die Zellen glichen kleinen Wohnungen oder Schülerunterkünften wie in Richter.

Jax fand es geradezu ironisch, dass Lodovica in einer auf den ersten Blick ganz ähnlichen Institution gelandet war wie die, die sie einmal geleitet hatte. Wobei sie die hier nicht einfach verlassen konnte.

Ihre Haftzeit ging nun allerdings bald zu Ende. Die Strafe hatte sie letztlich nur wegen Freiheitsberaubung, tätlicher Angriffe und Beihilfe zur Erpressung bekommen. Die Beweisführung hatte sich als schwierig erwiesen, weil kaum ein Elternteil gegen sie hatte aussagen wollen. Ihre Komplizenschaft mit Pohl hätte sicher zu einem härteren Urteil geführt, wenn er noch etwas hätte sagen können.

Obwohl Jax gerne gewusst hätte, wie und durch wen er zu Tode gekommen war, würde sie darüber lieber keine Nachforschungen anstellen. Schließlich kannte sie Leute, die jeden Grund gehabt hätten, ihn ins Fadenkreuz zu nehmen und abzudrücken.

Sie ging durch den Metalldetektor zur Ausweiskontrolle und zeigte die Papiere vor, die sie für den Besuch benötigte.

Ihre Handtasche und ihr Telefon musste sie in einem Schließfach zurücklassen. Sie durfte nur einen Stift und einen Notizblock mitnehmen, und beides wurde genau untersucht, bevor man sie zum Besuchsraum brachte. Vor der Tür wurden ihr noch einmal die Regeln erklärt. Keine Wand und keine Glasscheibe würden die Gefangene und sie voneinander trennen, es gab keine Telefone, über die man sich unterhielt. Nur ein Tisch würde zwischen ihnen stehen und Körperkontakt war verboten. Für Jax kein Problem. Sie hatte kein Bedürfnis, die Frau zu umarmen. Gut dreißig Minuten, nachdem sie das Gefängnis betreten hatte, begann der eigentliche Besuch bei Lodovica.

Im Besuchsraum standen mehrere Tische, ein paar davon waren besetzt. Obwohl die Gefangenen normale Kleidung trugen und keine blauen oder orangefarbenen Overalls, wie man sie aus dem Fernsehen kannte, waren sie unschwer von den Besuchern zu unterscheiden.

Während Jax darauf wartete, dass Lodovica hereingeführt wurde, ließ sie den Blick ein wenig schweifen. Was Gefängnisse anging, so fühlte sich dieses für sie recht erträglich an.

Eine Wachfrau trat mit der ehemaligen Direktorin durch die Tür.

Lodovica war gealtert.

Ja, es war sieben Jahre her, seit Jax sie zum letzten Mal gesehen hatte. Aber man hätte meinen können, inzwischen wären Jahrzehnte vergangen.

Das Haar, das die Frau früher in einem straffen Dutt getragen hatte, war nur noch knapp schulterlang, die Farbe mehr Salz als Pfeffer. Einen Friseursalon suchte man in dieser Strafanstalt offenbar vergeblich. Und schlank war Lodovica schon immer gewesen, aber früher hatte Jax sie meist in einer Art Robe gesehen, einem Abzeichen ihrer gehobenen Stellung als Direktorin. In der Zivilkleidung wirkte sie jetzt seltsam fremd.

Beim ersten Blickkontakt zögerte Lodovica einen kurzen Moment.

Eine Sekunde lang fürchtete Jax, sie würde sich abwenden und gehen. Abhalten konnte sie davon keiner.

Jax hielt den Atem an und stieß ihn erst aus, als Lodovica nähertrat und sich an den Tisch setzte.

»Hallo«, begann Jax.

»Als man mir gesagt hat, Sie wollten mich sehen, war ich verwundert. Mit Sasha oder Claire hätte ich eher gerechnet.«

Jax bemühte sich um ein sanftmütiges Lächeln und rief sich ins Gedächtnis, dass sie freundlich erscheinen musste, um etwas aus dieser Frau herauszubekommen.

»Sasha genießt mit ihrem Mann das Leben in den Staaten.«

»Dass sie geheiratet hat, habe ich gehört.«

»Ach tatsächlich? Von wem denn?« Eine unschuldige Frage.

Lodovica schüttelte den Kopf. »Nicht so wichtig. Aber ich freue mich, dass sie ihr Glück gefunden hat.«

»Claire hat sich gerade verlobt. Und wir sind mitten in der Planung für die Hochzeit.« Ein paar Informationen, damit Lodovica sich sicher fühlte.

»Das ist mir nun wieder neu. Ich freue mich für sie. Wirklich.«

Jax senkte den Blick. »Miss Lodovica … Frau Direktorin … Ich weiß gar nicht, wie ich Sie nennen soll.« Das war tatsächlich so. Mit »Direktorin Lodovica« hatte sie diese Frau früher immer angesprochen. Und natürlich hatte sie als Schülerin genau wie alle anderen damals noch andere Namen für die Hüterin von Disziplin und Ordnung gehabt. Darunter einige ziemlich unfreundliche.

»Linette genügt, Jacqueline. Ich bin keine Direktorin mehr und hier drinnen steht mir auch kein besonderer Titel zu.«

»Wie ist es hier denn so?«

»Deshalb sind Sie sicher nicht gekommen.«

»Nein, aber ein bisschen neugierig bin ich schon.« Jax ließ den Blick umherwandern und rutschte wie vor Anspannung hin und her.

»Jacqueline.«

Sie setzte ein scheues Lächeln auf. »Meine Eltern haben sich getrennt.«

»Das ist bedauerlich.«

»Ich habe keine Ahnung, ob es endgültig ist. Nicht dass …« Jax stotterte und zögerte absichtlich. »Ich weiß von der Affäre meines Vaters.«

Lodovica zeigte keinerlei Reaktion. Nicht einmal ein Blinzeln.

»Sie wirken nicht sehr überrascht.«

»Ich kannte Ihre Eltern nicht gut.«

»Aber Sie kannten ihre Geheimnisse.«

Die Frau blieb stumm, ihre Miene emotionslos.

»Sie kannten sehr viele Geheimnisse.«

»Nicht so viele, wie Sie vielleicht denken.«

Das glaubte Jax keine Sekunde lang. Mit einem bemühten Lächeln versuchte sie es anders. »Ich habe in Richter viel Nützliches gelernt. Ich bin froh, an diese Schule gegangen zu sein.«

»Ich freue mich immer, so etwas zu hören.«

»Und weil ich dort so viel gelernt habe, gehe ich davon aus, dass hinter dem Seitensprung meines Vaters mehr steckt, als man vielleicht annehmen könnte. Ich weiß von den geheimen Akten.«

Die Frau schaute kurz weg. Ihre Lippen blieben verschlossen.

»Sicher erinnern Sie sich nicht an jede einzelne Aktennotiz. Aber wenn ich wüsste, wer die Informationen gesammelt hat, könnte ich vielleicht mit der Person reden und herausfinden, was mein Vater verheimlicht.«

»Fragen Sie ihn doch.«

»Er verweigert jede Antwort.«

»Und ich kann Ihnen keinen Namen nennen.«

»Haben Sie etwa selbst nach pikanten Geheimnissen gesucht, um etwas gegen die Eltern Ihrer Schüler in der Hand zu haben?«

»Nein.«

»Aber wer dann? Brigitte?«

Die Erwähnung ihrer früheren Geliebten ließ Lodovica die Stirn in Falten legen. »Man kann ihr viele Dinge vorwerfen, aber hinter den Familien herzuschnüffeln, gehört nicht dazu. Sie suchen nach Informationen, die ich nicht habe.«

»Die Sie nicht preisgeben wollen«, hielt Jax dagegen.

Lodovica schwieg.

Jax senkte die Stimme. »Die Affäre meines Vaters war mehr als ein Ausrutscher nach einem Glas zu viel bei irgendeiner

Geschäftsreise. Das spüre ich genau.« Jax legte eine Hand auf ihre Brust. »Irgendetwas an der Sache riecht nach Gefahr, und ich hätte geglaubt, eine Frau, die ihre Taten bereut, würde einer ehemaligen Schülerin gerne helfen.«

»Ich kann Ihnen nicht helfen, Jacqueline.«

Jax kniff die Augen zusammen. Im Grunde hatte sie mit dieser Antwort gerechnet. Fragen hatte sie trotzdem wollen.

Sie hob die Hand und wartete, bis die Wachfrau an den Tisch trat. Dann schrieb sie ihren Namen und ihre Telefonnummer auf den Notizblock, riss das Blatt ab und reichte es der Aufseherin. »Sie können das mit meinen Kontaktinformationen abgleichen. Ich möchte ihr den Zettel gerne geben.«

Nach einem kurzen Blick darauf gab sie Lodovica den Zettel.

Jax stand auf. »In weniger als einem Jahr sind Sie frei. Was werden Sie dann tun?«

Lodovica hob langsam den Blick und schaute ihr in die Augen. »Mich um meine eigenen Angelegenheiten kümmern.«

»Und das können Sie gefahrlos tun?«

»Grüßen Sie Sasha von mir. Und Glückwünsche an Claire.«

»Ich richte es aus.« Auch wenn keine von ihnen Wert darauf legen würde.

»Wann wollen Sie denn heiraten? Hatten Sie sich nicht verlobt?«

Eine Sekunde lang war Jax etwas verwirrt. Dann erinnerte sie sich an ihren letzten Besuch in Richter. »Er war nicht der Richtige.«

»Beim nächsten Mal läuft es besser.«

Jax lächelte und deutete auf den Zettel in Lodovicas Hand. »Falls Ihnen noch etwas einfällt.«

Die Frau faltete das Blatt, steckte es ein und schob ihren Stuhl zurück. »Leben Sie wohl, Jacqueline.«

»Alles Gute.« Kein Abschied für immer. Wiedersehen würde sie die Lodovica ganz sicher. Die Frage war nur, wann.

* * *

In den Filmen war 007 immer ein Mann, und die kurvige Blondine wartete am Rand des Geschehens, bis die Gefahr vorbei war, während er todesmutig Kopf und Kragen riskierte.

Andrew hätte gern gewusst, wie er zu der Rolle der kurvigen Blondine gekommen war.

Jax war schon fast eine Stunde in dem Gefängnis und inzwischen erschien ihm jede Sekunde wie eine kleine Ewigkeit. Er trommelte mit den Fingerspitzen und schaute alle paar Minuten auf die Uhr.

Was zum Teufel dauerte da so lange?

Er sagte sich, dass sie in einem öffentlichen oder zumindest in einem sicheren Gebäude war. Dennoch wurde ihm plötzlich deutlich bewusst, welche Risiken sie bei ihrer Arbeit einging. Und wenn er ganz ehrlich war, machte ihm das Angst. Schließlich hatte sie es oft mit sehr gefährlichen Leuten zu tun.

Wie in dem Gefängnis, in dem sie sich jetzt aufhielt.

Andrew lehnte sich gegen den Mietwagen, verschränkte die Arme und starrte auf die Tür, durch die Jax herauskommen würde. Am liebsten wäre er selbst hineingegangen und hätte nachgeschaut, ob auch wirklich alles in Ordnung war.

Als sie endlich aus dem Gebäude trat, glitt eine Last von seinen Schultern wie Schnee von einem Blechdach.

Auf dem Weg zu ihm beschleunigte sie ihre Schritte.

»Wie ist es gelaufen?«

»Besser als gedacht.«

»Sie hat dir den Namen des Schnüfflers verraten?«

»Nein. Sie dachte gar nicht daran.«

Das verwirrte ihn. »Und was lief dann besser als gedacht?«

Jax warf einen Blick über die Schulter. »Lass uns auf dem Weg zum Hotel darüber reden.«

Andrew lenkte den Wagen vom Parkplatz und Jax begann zu erklären.

»Lodovica behauptet, sie kann mir keinen Namen nennen. Aber das ist gelogen. Sie will ihn nur nicht rausrücken.«

»Kaum überraschend. Sie würde sich damit selbst belasten.«

»Allerdings. Ich wäre schockiert gewesen, wenn sie ihn mir einfach so verraten hätte. Es muss jemanden geben, aber davon sind wir sowieso ausgegangen. Viel überraschender ist, dass irgendwer in Richter mit ihr in Kontakt steht und sie sogar über ihre früheren Schülerinnen auf dem Laufenden hält. Vor allem über Sasha, aber auch über Claire.«

»Und woraus schließt du das?«

»Letztes Jahr war ich für einen Auftrag in Richter. Mit einem falschen Verlobten am Arm. Die Ex-Direktorin hat mich heute nach ihm gefragt. Aber die Verlobung habe ich nur an dem einen Tag dort vorgetäuscht. Dass Sasha verheiratet ist, wusste sie auch. Dabei gab es damals nur ein paar Unterschriften auf dem Standesamt und keine weiteren Verlautbarungen. Ihre Ehe ist zwar kein Geheimnis, aber in einem deutschen Gefängnis davon zu hören, obwohl Sasha und AJ in den Staaten leben und nur gelegentlich nach Europa fliegen, und das meist auch noch undercover ... Wie hat sie davon erfahren? Außerdem meinte sie, von Claires Verlobung hätte sie noch nichts gehört. Sie hat also ganz klar einen Informanten.«

Jetzt verstand Andrew Jax' Zufriedenheit mit dem Gespräch. »Dann hat sich der Gefängnisbesuch tatsächlich gelohnt.«

»Allerdings. Es gibt jetzt eine Richtung, in die wir ermitteln können. Wer versorgt Lodovica mit Informationen und weshalb? Wie? Wir brauchen eine Liste all ihrer Besucher und Anrufer.«

»Sind solche Listen öffentlich zugänglich?«

»Vermutlich nicht, aber es muss sie geben. Etwas über die Anrufer zu erfahren, könnte schwierig werden. Vor allem wenn jemand für sie ein Wegwerfhandy in den Knast geschmuggelt hat.«

»Hältst du das für wahrscheinlich?«

Jax hob die Schultern. »Ich bezweifle es. Zu riskant … so kurz vor ihrer Entlassung. Und wozu sollte sie überhaupt eins brauchen?«

Andrew fuhr, Jax dachte laut nach.

»Ich muss Neil Bericht erstatten. Wir brauchen eine Videoüberwachung für das Gefängnis oder wenigstens einen Beobachter. Spätestens nach unserem Besuch in Richter.«

»Kann man ein Gefängnis einfach überwachen?«

Sie lachte. »Rund um den Erdball gibt es siebenhundert Millionen Überwachungskameras. Die meisten davon sicher in China. Aber allein in London hängen sechshunderttausend. Und das sind nur die, die wir kennen. Nach meinen letzten Informationen gab es sechzehntausend hier in Berlin. Falls die Gefängnisse also keine Überwachung wollen, müssen sie schon irgendwo weit draußen in der Einöde stehen, wo Straßenkriminalität kein Thema ist.«

»Du meinst das ernst.«

»Todernst. Wenn wir Mitschnitte brauchen, ist es oft am einfachsten, sich in ein bereits bestehendes System zu hacken.«

»Ist das legal?«

»Die Straßen sind öffentlich. Wenn man Privatbesitz zerstört, riskiert man eine Anzeige. Aber die meisten Aufzeichnungen werden in irgendeiner Cloud gespeichert. An die ranzukommen, ist kein unlösbares Problem.«

»Und rankommen heißt hacken.«

»Ja.« Sie lachte. »Ich gehe übrigens immer davon aus, dass ich gefilmt werde. Vielleicht, weil ich seit Jahren selbst an Überwachungsmonitoren sitze. Neil betreibt eine

Sicherheitsfirma. Und wenn man zu den Besten gehören will, braucht man Leute, die Sicherheitsvorkehrungen umgehen oder ausschalten können. Frag einen Autodieb nach seinen Tricks und Kniffen und du lernst, wie man Autodiebstahl verhindert. Als Hacker suchen wir ständig nach Sicherheitslücken und verbessern damit ganz nebenher unsere eigenen Systeme.«

»Clever.«

»An Daten rankommen oder hacken – nenn es, wie du willst. Gelernt habe ich das in Richter. Lodovica hat alle möglichen Informationen und weiß, dass auch sie beobachtet wird. Wir müssen also so unauffällig wie möglich vorgehen. Aber die eigentliche Frage ist doch: Weshalb interessiert sie sich noch immer für uns?«

»Sie sitzt wegen Neil und seinem Team hinter Gittern.«

Jax nickte. »Möglicherweise ist das schon alles. Aber worum es ihr wirklich geht, finden wir erst raus, wenn sie ihre Informationen auf irgendeine Art nutzt. Wir stechen hier womöglich in ein Wespennest. Falls das jemandem nicht gefällt, werden wir es ziemlich bald zu spüren bekommen.«

Er bog in die Straße zu ihrem Hotel ein. »Lass mich wissen, ab wann ich regelmäßig über meine Schulter schauen sollte.«

»Eigentlich schon, seit wir aus dem Flugzeug gestiegen sind. Aber jetzt, wo man uns beim Gefängnis zusammen gesehen hat, erst recht.«

»Ich war ja nicht mit drin.«

»Siebenhundert Millionen Kameras weltweit, England.«

»Ich werde daran denken, wenn ich mich das nächste Mal in der Öffentlichkeit am Hintern kratzen möchte.«

Sie lachte und zog ihr Smartphone aus der Tasche. »Ich bestelle Sven zu uns ins Zimmer. Wir haben ein paar Dinge zu besprechen und ich möchte so wenig wie möglich mit ihm gesehen werden.«

Andrew öffnete die Parkhausschranke mithilfe der Schlüsselkarte für das Zimmer und warf dabei tatsächlich einen kurzen Blick nach hinten. »Weißt du was?«

Jax drückte das Telefon ans Ohr und schaute ihn an. »Was?«

»Du bist verdammt sexy im Agentenmodus.«

Sie spitzte die Lippen und hauchte ihm einen Kuss zu. »Wart nur ab, bis ich mich mal verkleide.«

Darauf freute er sich schon.

Kapitel 21

»Ich brauche dich in Deutschland. Heute Abend noch.«

Er streckte die langen Beine aus, legte die Füße in den Fensterrahmen und spürte das altbekannte Brennen im Bauch. Diesen Anruf hatte er ersehnt und gefürchtet. »Das ist dein letztes Token.«

»Umso besser, dass wir das Ziel bereits kennen.«

»Wer ist es?«

»Details im Tresor in Berlin.«

Die Verbindung brach ab.

Er zog ein letztes Mal an der Zigarette, dann stellte er die Füße auf den Boden. Die Freiheit hatte ihren Preis.

Einen hohen Preis.

* * *

Am nächsten Tag wechselten Jax und Andrew vom Hotel in Berlin in eine kleine Pension in einem Städtchen in der Nähe des Richter-Internats.

Sven hatte sich ein Zimmer in Sichtweite gebucht und war eine halbe Stunde vor ihnen da.

Laut Sasha hatte sich eine Kneipe im Ort in der Vergangenheit als gute Informationsbörse erwiesen. Anstatt direkt nach Richter zu fahren, wollten Jax und Andrew deshalb versuchen, erst einmal dort Kontakte zu knüpfen.

Hier draußen auf dem Land sprachen weit weniger Leute fließend Englisch als in Berlin.

Die Besitzerin der Pension war eine ältere Frau namens Hazel. Ihr Lächeln glich einem Zähneblecken, ansonsten wirkte sie recht freundlich.

Das Reden übernahm Jax, weil die Frau offenbar kein Englisch sprach. »Wir haben eine Reservierung auf den Namen Simon«, sagte Jax auf Deutsch.

Hazel warf einen Blick in ein dickes Buch. »Ein großes Doppelzimmer für Sie und Ihren Mann.«

»Meinen Freund«, korrigierte Jax.

Hazel schaute auf Jax' Hände, dann musterte sie Andrew mit zusammengekniffenen Augen. »Dann also zwei Zimmer.«

»Danke, aber eins ist in Ordnung.«

Die Frau blickte nicht auf. »Zwei Zimmer für ein unverheiratetes Paar.«

Langsam dämmerte Jax, was hier gespielt wurde. Sie steckte sich einen Ring, den sie immer trug, vom rechten an den linken Ringfinger und legte die Hand auf die Theke. »Ein Zimmer für meinen Verlobten und mich.«

»Gibt es ein Problem?«, fragte Andrew.

Jax flüsterte durch die zusammengebissenen Zähne hindurch. »Sie möchte uns kein gemeinsames Zimmer geben, weil wir nicht verheiratet sind.«

Andrew gluckste.

Hazel lächelte. »Die Honeymoon-Suite für die jungen Verlobten, die hier heimlich heiraten möchten.«

Die Frau war gewieft, das musste man ihr lassen. Indem sie sich die Tatsachen zurechtbog, konnte sie ihren Prinzipien treu bleiben und gleichzeitig für das bereits reservierte Zimmer noch etwas mehr verlangen.

Sie trugen sich in das Buch ein und Hazel nahm einen echten Schlüssel aus einem Fach hinter ihr. »Ich zeige Ihnen Ihr Zimmer.«

Hintereinander stiegen sie die schmalen Stufen hinauf bis in den zweiten Stock. Andrew schleppte das Gepäck. »Wir führen die Pension in der zweiten Generation. Ich habe acht Zimmer und Sie bekommen das beste.«

»Wie viele Gäste haben Sie denn gerade?«, fragte Jax.

»Momentan ist nur noch ein weiteres Zimmer belegt. Um diese Jahreszeit ist es bei uns sehr ruhig. Um vier heute Nachmittag gibt es Wein und Käse. Bier für Ihren Verlobten.«

Jax schaute über die Schulter und grinste. Armer Andrew.

»Kaffee und ein leichtes Frühstück servieren wir im Speiseraum.«

Sie hatten das oberste Stockwerk erreicht und Hazel öffnete eine der zwei Zimmertüren hier oben.

Und Jax staunte.

Ein so schönes Zimmer hätte man eher in einem Boutique-Hotel und zum dreifachen Preis erwartet. Es hatte eine gewölbte Decke und eine Wand mit einer ganzen Fensterreihe. Dadurch wirkte es luftig und war sehr hell. In der Mitte stand ein gigantisches Himmelbett. Ein Kleiderschrank, ein Schminktisch und ein kleines Sofa vervollständigten das Mobiliar. »Sie haben einen Balkon. Und wir sind ein Nichtraucherhaus.«

»Wir rauchen nicht«, erklärte Jax.

»Wow, das ist wirklich schön«, sagte Andrew.

»Ja, sehr.«

Hazel gab Andrew den Schlüssel und redete auf Deutsch weiter mit Jax. »Früher hatten wir unten auch ein Restaurant. Aber seit mein Mann gestorben ist, ist mir das zu viel. In der Stadt gibt es ein paar Möglichkeiten, essen zu gehen, und zwei Kneipen für junge Leute wie Sie.«

»Das mit Ihrem Mann tut mir leid.«

Hazel zuckte die Achseln. »Er ist selbst schuld. Er hat geraucht.«

Jax unterdrückte ein Lachen.

»Ich lasse Sie jetzt allein.«

»Vielen Dank.«

Andrew bedankte sich auf Deutsch und Hazel zwinkerte ihm auf dem Weg aus dem Zimmer kurz zu.

Sobald sich die Tür hinter ihr geschlossen hatte, fing Jax an zu lachen. »Die Frau hat's faustdick hinter den Ohren.«

»Sind wir verheiratet?«

»Dass du mein Freund bist, hat nicht gereicht. Aber einen Verlobten, den ich heimlich heiraten will, hat sie durchgehen lassen.« Jax hielt die linke Hand in die Höhe. »Hübscher Ring.«

»Den könnte ich toppen.«

Jax öffnete die Balkontür. Der Blick ging zur Straße hinaus, doch die Fenster auf der anderen Seite zeigten zum Garten. Direkt hinter dem Zaun lagen Felder und Wiesen. »Es ist nur ein weiteres Zimmer belegt.«

»Ist das gut oder schlecht?«

»Zumindest ist es so einfacher zu sehen, wer zum Haus gehört.« Jax griff zum Smartphone und schrieb Sven eine Nachricht.

Ganz oben, zur Straße hin.

Seine Antwort kam nach wenigen Sekunden. Schöner Balkon.

Sie hob einen Daumen, kam ins Zimmer zurück und schloss die Balkontür.

»War das Sven?«

»Jap.« Aus Gewohnheit packte Jax den Detektor aus und schaltete ihn ein.

Andrew folgte ihr ein paar Sekunden lang durchs Zimmer. »Du könntest mir zeigen, wie man das macht. Dann kann ich es dir abnehmen.«

Jax grinste. »Du willst nur mit meinen Sachen spielen.«

Er rückte näher und lächelte keck. Dann legte er die Arme um sie und umfasste ihren Hintern.

Kichernd versuchte sie, sich aus seinem Griff zu winden.

Er hielt sie fester.

»So kann ich nicht arbeiten.«

»Sollst du auch nicht.« Er hob sie hoch und fing an, mit ihr durchs Zimmer zu gehen.

»Was soll …«

»Ich helfe dir.«

Sie schlang die Beine um seine Taille und einen Arm um seinen Hals. Mit der freien Hand führte sie das Gerät an den Wänden entlang, während Andrew mit ihr durchs Zimmer tanzte.

»Du spinnst.«

»Du sagst der Zimmerwirtin, wir sind verheiratet, und jetzt bin ich der, der spinnt?«

»Verlobt.«

Er trug sie zum Bett, ließ sie auf die Matratze plumpsen und schob sich über sie.

Jax ließ den Detektor zu Boden gleiten. Niemand wusste, dass sie hier waren. Jedenfalls noch nicht. Andrew küsste sie seitlich auf den Hals. »Kann ich jetzt mit deinen Sachen spielen?«, fragte er.

Sie kreuzte die Fußknöchel hinter seinem Rücken und drückte die Schenkel zusammen. »Bloß wenn ich auch mit deinen spielen darf.«

* * *

Um vier trafen sie sich mit Hazel in einem geräumigen Wohnzimmer, dessen Doppeltür zum Garten führte. Wie der Rest des Hauses wirkte auch dieser Raum gemütlich und freundlich. Jax hätte gerne ein ganzes Wochenende hier verbracht. Mit einem guten Buch und etwas Sonnenschein.

Hazel trug ein Tablett mit Käse, Nüssen und Beeren herein. Andrew drückte sie eine Flasche Weißwein und einen Korkenzieher in die Hand.

»Möchte er lieber Bier?«, fragte sie Jax.

Jax übersetzte.

Andrew schüttelte den Kopf. »Wein passt.«

Das hatte Hazel verstanden. Sie nickte und ging aus dem Zimmer.

»Hier ist es wie früher in einem typisch englischen Bed and Breakfast«, sagte Jax.

»Da habe ich gleich Lust, Deutsch zu lernen und öfter mal herzukommen.«

»Ich war noch nie länger in diesem Städtchen. Bin immer nur auf dem Weg zum Bahnhof oder Flughafen durchgefahren.«

»Warst du nie mit Leuten aus dem Internat hier?« Er entkorkte die Flasche und schaute sich im Zimmer um.

»Ich dachte, du hättest mir zugehört. Wir durften das Schulgelände nicht verlassen.«

»Auch nicht, als ihr älter wart?«

»Nein. Nur wenn uns unsere Eltern oder sonst ein Angehöriger eine Art Passierschein besorgt haben.«

Andrew ging im Zimmer umher. »Klingt nach Gefängnis.«

»Was machst du?«

Er hob die Flasche. »Falls Frau Hazel nicht möchte, dass wir aus der Flasche trinken, brauchen wir Gläser.«

Wie auf ein Stichwort kehrte die Besitzerin der Pension in diesem Moment mit einem Tablett mit mehreren Gläsern zurück.

»Danke«, sagte Andrew auf Deutsch.

Sie stellte das Tablett vor ihn hin und setzte sich.

»Wir haben gerade Ihre Pension bewundert«, sagte Jax auf Deutsch.

»Das Haus macht viel Arbeit.«

Andrew schenkte Wein ein und gab Jax ein Glas.

Hazel schob ihm ein leeres Glas hin und wartete.

Dass sie die Wirtin war, bedeutete offenbar nicht, dass sie ihre Gäste von vorn bis hinten bediente.

»Ihr Verlobter ist groß.« Hazel nahm einen kräftigen Schluck Wein.

»Ja, stimmt.« Jax grinste und schaute zu Andrew. »Sie hat gerade gesagt, du seist ein großer Mann.«

»Soll ich mich bedanken?«

Hazel stellte ihr Glas ab und ging aus dem Zimmer.

»Habe ich was Falsches gesagt?«

Jax hob ratlos die Schultern. »Ich glaube kaum.«

»Seltsam. Ob die anderen Gäste wohl noch kommen?«

Jax hoffte es. Sie wollte gerne sehen, wer außer ihnen noch hier untergebracht war. Doch selbst wenn die anderen ausblieben, Sven würde darauf achten, wer kam und wer ging. Inzwischen hatte er sicher bereits eine Kamera installiert, um die Pension überwachen zu können, wenn er anderweitig beschäftigt war. »Falls bis fünf keiner auftaucht, ziehen wir los.«

»Guter Plan.«

Hazel kam ins Zimmer zurück. Mit einer Schachtel Glühbirnen unter einem Arm und mit einem kleinen Hocker. Sie schaute Andrew an und hob den Hocker in die Höhe.

»Für manche Sachen bin ich ein bisschen zu klein. Aber Ihr Verlobter hat sicher keine Probleme.«

Andrews verdutzter Gesichtsausdruck war unbezahlbar. »Sie will, dass ich eine Glühbirne wechsle?«

Jax lachte. »Sie bittet sehr freundlich darum.«

Andrew trank einen Schluck, stellte das Glas weg und stemmte sich vom Sofa hoch. »Okay. Sieht aus, als wäre ich für kleinere Wartungsarbeiten zuständig.«

Hazel ging voraus, Andrew folgte ihr und Jax spazierte mit dem Weinglas in der Hand hinterher.

»So was ist mir noch nie passiert«, sagte er über die Schulter hinweg.

»Wirklich urkomisch.«

Hazel blieb im Flur stehen und zeigte auf einen kleinen Kronleuchter. Zwei der Glühbirnen waren defekt. Andrew stieg auf den Hocker und wechselte sie aus.

»Du bist ein toller Komplize, England.«

»Davon werden wir noch in ein paar Jahren erzählen.« Er stieg vom Hocker, klemmte ihn sich unter den Arm und wollte zurück zum Wohnzimmer.

Doch Hazel schnalzte mit der Zunge und deutete mit dem Kinn in die andere Richtung.

Jax überspielte ihr Lachen mit einem Husten.

Hazel ging voraus, Andrew hinterher, und so wechselte er nach und nach etwa ein Dutzend Glühbirnen in verschiedenen Räumen.

Dass die Arbeit getan war, wusste er, als die Pensionswirtin ihm den Hocker abnahm, Danke sagte und davonging.

»Soll ich fragen, ob es irgendwelche tropfenden Wasserhähne gibt?«

Jax hakte sich bei ihm unter. Gemeinsam kehrten sie zu Wein und Käse zurück. »Weißt du denn, wie man tropfende Wasserhähne repariert?«

»Ich glaube, mangelnde Sachkenntnis wäre hier keine Ausrede.«

»Na ja. Wir sind nicht verheiratet und sie hat uns trotzdem ein Zimmer gegeben.«

»In welchem Jahrhundert lebt sie eigentlich?«

»In ihrem.«

Sie lachten beide.

Zwanzig Minuten später holte sich Hazel ihr Weinglas und ließ sie wieder allein. Mit den anderen Gästen war offenbar nicht mehr zu rechnen.

Als sie in die Stadt aufbrachen, sagte Jax der Wirtin Bescheid.

Hazel zuckte die Achseln, meinte, es sei gerade wenig los und sie kämen sicher bald wieder zurück.

Sie spazierten zum vereinbarten Restaurant. Dort saß Sven bereits an einem Tisch. Ohne ihn zu beachten, gingen sie an ihm vorbei.

Die Kellnerin sprach genug Englisch für eine kurze Unterhaltung, während sie die Bestellung aufnahm.

»Wovon leben die Leute hier eigentlich«, überlegte Andrew laut, als die Frau wieder gegangen war.

»Das Richter-Internat spielt ganz sicher eine Rolle. Ein Teil der Angestellten wohnt hier und kauft hier ein. Außerdem gibt es eine Wäscherei und Lebensmittellieferanten, für die das Internat ein wichtiger Kunde ist.«

»Dort braucht man sicher noch mehr als Essen und frische Handtücher.«

»Stimmt. Waffen, Munition, Ärzte und anderes medizinisches Personal. Bei den Nahkampfübungen gibt es schon mal Verletzte.«

»Ich dachte, da hätte sich einiges geändert.«

»In meinem letzten Schuljahr wurden sämtliche Waffen weggeschlossen. Im Internat hatte man versucht, die Schießübungen geheim zu halten. Aber selbstverständlich haben die Kids geredet. Vor allem die jüngeren. Nachdem die alte Schulleitung weg war, hat es eine Art Bewährungszeit gegeben, während der die neue Leitung Anträge auf Zulassung einer Schießausbildung gestellt hat.«

»Und? Wurde die Genehmigung erteilt?«

»Das ja. Mithilfe der Behörden und staatlichen Einrichtungen, die gerne Richter-Absolventen anwerben. Aber jetzt schießt nur noch die Oberstufe.«

»Und das ist am Richter-Internat wer?«

»Alle ab sechzehn. Und das Schießtraining ist freiwillig. Jedenfalls nach unseren letzten Informationen.«

»Klingt nach einer vernünftigen Lösung.«

Am Nebentisch nahm ein anderes Paar Platz, und sie passten ihre Unterhaltung an. Sie hatten genau abgesprochen, wie sie sich verhalten wollten. Jax würde über Richter reden wie eine typische Ehemalige, die zu Besuch kam. Fakten, die sie nur kannte, weil sie zu Neils Team gehörte, würde sie für sich behalten.

»Richter ist das einzige Internat, an das ich meine Kinder je schicken würde«, sagte sie laut genug, um auch am Nebentisch gehört zu werden.

»Ich weiß nicht«, entgegnete Andrew. »Du hast mir schon viel darüber erzählt, aber ein wirklich sicherer Ort hört sich für mich anders an.«

»Richter ist die sicherste Schule der Welt. Ich weiß das, ich war ja selbst dort.«

»Das Internat, auf das ich gegangen bin, hat auch einen sehr guten Ruf. Und es wäre um einiges näher.«

»Wie viele Sprachen sprichst du noch mal?«

»Zwei.«

Jax lachte auf, spähte kurz über seine Schulter und bemerkte, wie die Frau am Nebentisch wegschaute. Auf Französisch fügte sie hinzu: »Französisch hatte ich nur eineinhalb Jahre lang. Aber meins ist viel besser als deins.«

»Mein Französisch ganz gut«, antwortete er in derselben Sprache.

»Und nach drei Jahren Französischunterricht vergisst du das Verb«, kommentierte Jax diesmal auf Deutsch und mit einem betont unschuldigen Lächeln.

Der Mann, der mit dem Rücken zu Andrew saß, hüstelte.

»Angeberin«, frotzelte Andrew.

Jax beugte sich vor, nahm seine Hände und sprach jetzt wieder Englisch. »Schau dich bei unserem Besuch morgen einfach genau um und lass alles auf dich wirken. Für mich ist das wirklich unheimlich wichtig.«

»Keine Sorge. Dafür bin ich schließlich mit dir hier.«

Das Essen kam und sie wechselten das Thema.

* * *

Schon unzählige Male hatte er das abgegriffene Foto aus seinem Versteck gezogen. In einer eingenähten Tasche trug er es immer bei sich.

Inzwischen war sie acht. Unschuldig und schön wie ihre Mutter.

Dunkle Augen, olivfarbener Teint. Was hätte er darum gegeben, sie sehen zu können. Wenigstens von Weitem.

Aber das war viel zu riskant.

Noch ein letzter Auftrag …

Noch ein paar Jahre im Verborgenen.

Er küsste das Foto, verstaute es wieder und hob das Fernglas an die Augen. Sein Ziel hatte er jetzt fest im Blick.

* * *

Andrew wurde immer besser.

Eine Stunde später saßen sie in einer Kneipe und wiederholten dieselbe Unterhaltung mehrmals in Hörweite verschiedener anderer Gäste. Diesmal tat Jax, als hätte sie bereits ein Bier zu viel getrunken. Sie sprach ein bisschen lauter, lachte länger und fasste ihn viel öfter an, als sie es sonst in der Öffentlichkeit tat.

Endlich, nach einer gefühlten Ewigkeit, erkannte Jax jemanden, der durch die Tür kam.

»Professor Müller«, raunte sie. »Groß, Ende vierzig, Anfang fünfzig, dunkles Haar. Ist mit einer Frau in einem grünen Blazer hier.«

Andrew drehte sich zur Tür und riskierte unauffällig einen Blick. »Was hat er unterrichtet?«

»Russisch. Und ich glaube, auch Mandarin. Aber das hatte ich nicht.«

»Ganz ehrlich? So viele Sprachen im Kopf zu haben, stelle ich mir ein bisschen verwirrend vor.«

»Frag Claire.«

»Sie spricht Mandarin?«

Jax ließ seine Frage unbeantwortet und beugte sich vor, als wollte sie ihn küssen. »Ich gehe zur Toilette. Wenn ich zurückkomme, tue ich, als würde ich ihn gerade erst bemerken. Ich begrüße ihn und winke dich rüber. Bring unsere Gläser und spiel einfach mit.«

»Du bist der Boss.« Andrew gab ihr einen braven Kuss, dann stand sie auf.

Er nahm einen Schluck von seinem Bier.

Jemand tippte ihn auf die Schulter. »Hey«, grüßte ihn der Fremde.

»Ja? Hallo?«

»Du weißt schon, dass sie sich über dein Französisch lustig macht, oder?«, sagte der Mann.

Andrew lächelte und schaute hinter Jax her. »Wenn man so aussieht, kann man sich einiges rausnehmen.«

Der Mann lachte und nickte. »Da sagst du was. Du bist zu beneiden.«

»Ich richte es ihr aus.«

Andrew wollte sich wegdrehen, zögerte dann aber. »Ist mein Französisch wirklich so schlecht?«

Der Unbekannte hob die Schultern. »Keine Ahnung. Ich kann kein Französisch. Den Witz darüber hat sie auf Deutsch gemacht.«

»Ich muss dringend mal wieder Vokabeln büffeln.« Damit wandte er sich ab und wartete auf Jax' Zeichen.

Im Hintergrund lief eine Mischung aus deutscher und englischer Popmusik. Englisch klang in seinen Ohren melodiöser. Und von den deutschen Texten verstand er kein Wort.

Aus dem Augenwinkel sah er Jax auf ihn zusteuern, dann hörte er, wie sie mit lauter Stimme ihren ehemaligen Lehrer ansprach.

Scheinbar versonnen schaute er vor sich hin, bis sie seinen Namen rief. Jax winkte ihn an den anderen Tisch.

Er schob seinen Stuhl zurück, zögerte, dann hob er sein Glas in die Höhe. Sie nickte und er nahm die Getränke mit.

»Siehst du, Schatz? Ich wusste, dass wir hier früher oder später jemanden aus meiner alten Schule treffen.« Jax strahlte.

»Guten Abend. Ich hoffe, wir stören nicht«, sagte Andrew zu dem Paar.

Die Miene des Professors war schwer zu deuten, doch seine Begleiterin klopfte mit einem Lächeln auf den Tisch. »Nein, im Gegenteil. Ich habe viel zu selten mal Gelegenheit, Noahs Schüler kennenzulernen.«

»Professor Müller, Frau Müller, das ist mein … Freund Andrew Craig. Professor Müller unterrichtet in Richter Russisch.«

Andrew stellte die Gläser auf den Tisch und drückte dem Mann die Hand.

»Freut mich.« Müllers Stimme war genauso emotionslos wie seine Miene.

»Ganz meinerseits. Jax redet praktisch nonstop von Richter. Natürlich interessiert mich da auch, wie andere ihre alte Schule sehen.«

»Noah unterrichtet seit fast dreizehn Jahren dort. Sicher kann er Ihnen ein paar Fragen beantworten.«

Andrew und Jax nahmen Platz. Jax rückte ihren Stuhl etwas näher an ihn heran und legte ihre Hand auf seine.

»Ich dachte mir schon, dass er mehr ist als nur irgendein Freund.« Frau Müller deutete lächelnd auf ihre Hände.

Jax strahlte. »Der Ring hat nichts zu bedeuten. Wir übernachten in einer Pension in der Nähe, und Frau Hazel, die Wirtin, wollte uns kein gemeinsames Zimmer geben.«

»Ach, immer noch dieselbe Masche? Die Frau ist clever.«

»Wir finden sie sehr unterhaltsam.«

Andrew hob Jax' Hand und küsste sie. »Ganz ehrlich? Jax verbietet mir, über Ringe und die Zukunft zu sprechen, bis ich mir ein Bild davon gemacht habe, was sie sich für unsere Kinder vorstellt.« Diese Geschichte hatten sie sich zurechtgelegt und würden sie auch in Richter so erzählen.

»Für *meine* Kinder. Falls du andere Vorstellungen hast, möchte ich das gerne sehr bald erfahren.«

Endlich sagte auch der Professor etwas. »Sie wollen Ihre Kinder aufs Richter-Internat schicken?«

Jax nickte. »Ich schon. Trotz allem, was dort früher schiefgelaufen sein mag, gibt es für mich keine bessere Schule. Ich wäre dort auch gerne noch aufs College gegangen, aber meine Eltern wollten das nicht. Wegen des Dramas in meinem letzten Schuljahr und den vielen Wechseln in der Schulleitung und beim Personal. Sie erinnern sich …«, sagte sie zu Professor Müller.

»Das war eine schwierige Zeit.«

»Und genau deshalb fehlt mir noch die letzte Überzeugung«, erklärte Andrew.

269

»Bitte, Professor Müller, sagen Sie ihm, dass Richter ein sehr sicherer Ort ist. Und dass man dort die faulen Äpfel aussortiert hat.«

Der Professor versuchte ein Lächeln. »Wenn ich Bedenken hätte, müsste ich woanders unterrichten.«

So richtig überzeugend klang das nicht.

»Siehst du?« Jax drückte Andrews Hand.

Die Müllers tauschten einen Blick und Frau Müller wechselte das Thema. »Wo haben Sie denn dann studiert?«

»In Kalifornien. Ich bin erst kürzlich wieder hergezogen. Vor Andrew … hatte ich einen anderen Freund. Einen US-Amerikaner. Letztes Jahr habe ich ihm Richter gezeigt …«

»Das Internat hat ihm nicht gefallen«, unterbrach Andrew.

»US-Amerikaner tun sich mit Internaten schwer. Das Prinzip ist ihnen fremd. Ich war schockiert, wie wenig die Erstsemesterstudenten in den Staaten wissen. Viele konnten nur mit Mühe ein Verb auf Englisch konjungieren. Von anderen Sprachen ganz zu schweigen.« Jax fügte für den Professor eine Bemerkung auf Russisch hinzu.

Er antwortete auf Russisch und sie lächelten beide.

»Ich glaube, Sie sind ein wenig zu streng mit den Studenten in den Staaten.«

»Ja, vielleicht. Die Anforderungen sind einfach niedriger. Aber ich möchte, dass meine Kinder einerseits unter gebildeten Menschen bestehen und sich andererseits nachts auf einer dunklen Straße sicher fühlen können. Es ist gut, dass es in Richter Veränderungen gegeben hat und jetzt jeder wissen darf, dass es dort manchmal ein bisschen militärisch zugeht. Ich kenne viele Ehemalige, die nach ihrer Richter-Zeit glänzende Karrieren hingelegt haben.«

»Unsere Absolventen sind sehr gefragt.« Der Professor nickte.

»Danke, Professor.« Jax drehte sich zu Andrew. »Da hörst du's.«

»Deine Freundin Claire sieht das ein bisschen anders.«

»Ja. Weil die Veränderungen erst stattgefunden haben, nachdem sie schon weg war.« Jax schaute wieder zu ihrem früheren Lehrer. »Jemand wie diesen Pohl muss man doch jetzt nicht mehr fürchten, oder?«

Eine kurze Pause.

»Ich kannte Pohl nicht und wusste auch nicht, wer ihm ermöglicht hat, als Förderer unserer Schützlinge zu agieren.«

Jax legte eine Hand auf ihre Brust. »Das glaube ich Ihnen aufs Wort. Ich wollte Ihnen auf keinen Fall unterstellen …«

Frau Müller berührte Jax an der Schulter. »Damals gab es zu Recht sehr viele kritische Fragen. Alle Lehrkräfte wurden eingehend überprüft.«

Noah beugte sich vor und legte die Hände um das Glas, aus dem er noch keinen Schluck getrunken hatte. »In Richter hat sich sehr vieles verändert, aber die Grundprinzipien haben weiter Bestand. Falls Sie eines Tages Ihre Kinder auf das Internat schicken, sind ihre Zukunftsaussichten so blendend wie Ihre.«

Jax hob ihr Glas. »Darauf stoßen wir an.«

Damit hakten sie das Thema ab und unterhielten sich in der nächsten halben Stunde über andere Dinge. Jax deutete gewisse familiäre Probleme an, auf die sie aber nicht näher eingehen wollte.

Der Professor wirkte erfreut, als sie erwähnte, dass sie bei einem Undercover-Einsatz dazu beigetragen hatte, einen russischen Mädchenhändlerring zu sprengen, und dass die Sprachkenntnisse, die sie ihm verdankte, dabei eine entscheidende Rolle gespielt hatten.

Schließlich bezahlte Andrew am Tresen alle Getränke, und beim Abschied versicherten Jax und er, sie würden sich freuen, den Professor am nächsten Tag bei ihrem Besuch in der Schule wiederzusehen.

Schon um halb zehn standen sie wieder in der Pension, wo jetzt nur noch ein paar wenige Lichter brannten, und gingen auf ihr Zimmer. Dort packte Jax erneut den Detektor aus und überprüfte den gesamten Raum.

»Das war eine tolle Show heute Abend, England«, sagte sie, als sie fertig war.

Ihm hatte das großen Spaß gemacht. »Ich lerne von einer der Besten.«

Jax' Telefon summte. »Das ist Sven.« Sie nahm den Anruf an. »Ja?«

Andrew streifte seine Jacke ab und hängte sie über eine Stuhllehne, Jax telefonierte.

»Das waren Professor Müller und seine Frau. Ja. Gut. Okay. Ich melde mich morgen früh wieder.« Sie legte auf.

»Spioniert uns irgendwer hinterher?«

»Sven hat niemanden gesehen.«

Andrew setzte sich aufs Bett und zog sich die Schuhe aus. »War der Professor schon immer so reserviert?«

»Oh ja.«

»Glaubst du, er wusste damals etwas von Pohl?«

Sie hängte ihren Pullover zu seiner Jacke. »Ich möchte gerne annehmen, dass sämtliche Lehrkräfte, die damals informiert waren, die Schule verlassen haben. Aber das wäre vielleicht naiv. Ich hatte das Gefühl, er ahnt sehr wohl, dass im Augenblick wieder etwas Ungutes läuft.«

Andrew war es genauso gegangen.

»Und jetzt?«

»Haben wir Feierabend. Morgen fahren wir zum Internat, wiederholen unser kleines Theaterstück und schauen, was dabei rauskommt.«

»Und falls du dann meinst, dass sich dort was zusammenbraut?«

»Fliegen wir zurück nach London, bewerten die Situation und planen das weitere Vorgehen. Dass wir morgen irgendwelche rauchenden Colts vorfinden, bezweifle ich. Wir können darauf hoffen, dass uns jemand folgt und Sven ihn dabei beobachtet. Das ist der Actionteil. Danach kommt die Fleißarbeit.«

»Und das heißt was?«

»Überwachung, Hintergrundchecks, Recherchen. Viele Stunden am Computer.«

»In dieser Hinsicht sind sich unsere Jobs ganz ähnlich.«

»Ich habe die besseren Spielsachen.«

Er zog sie zu sich. »Allerdings.«

Jax strich ihm durchs Haar. »Danke fürs Mitkommen. Das hier ist kein Urlaub …«

»Es gibt Leute, die bezahlen für ein Mystery-Wochenende. Das hier ist besser.«

Sie küsste ihn. »Ja. Und eine von uns kriegt sogar Geld dafür.«

»Was will man mehr?« Er nahm sie in die Arme.

KAPITEL 22

Es war wie ein kleines Déjà-vu.

Jax kehrte mit einem gefakten Verlobten nach Richter zurück und suchte nach Informationen. Diesmal hatte sie sich allerdings zuvor angemeldet, um mehr Aufmerksamkeit zu erregen. Auch ihren wahren Beruf würde sie nicht verschweigen, allerdings keine Details preisgeben. In Richter konnte sowieso jeder halbwegs begabte Mittelstufenschüler problemlos herausfinden, für wen sie arbeitete und wo.

»Eine bewachte Zufahrt?«, fragte Andrew, nachdem sich Jax kurz mit dem Wächter am Tor unterhalten hatte.

»Schon immer.«

Während sie die lange, von Bäumen gesäumte Einfahrt hinauffuhren, schaute sich Andrew interessiert um. »Man könnte doch einfach über die Mauer springen.«

»Und damit den Alarm auslösen.« Sie lächelte. »Hin und wieder versucht das natürlich jemand. Sasha ist es in ihrer Schulzeit gelungen. Und dann später noch einmal zusammen mit Neils Team, als sie Pohl und Lodovica haben hochgehen lassen.«

Sie parkten auf der großen runden Kiesfläche vor dem Haupteingang der Schule und stiegen aus.

»Sieht genau so aus, wie man sich ein Internat vorstellt.«
Andrew nahm Jax an der Hand und stieg mit ihr die Stufen zur
großen Eingangstür hinauf.

»Und es fühlt sich ein bisschen so an wie nach Hause
kommen.«

»Trotz allem, was passiert ist?«

Jax betrachtete die imposanten Säulen links und rechts der
Tür. »Ich habe viele Jahre hinter diesen Mauern verbracht.«

Vogt, der Schuldirektor, kam ihnen entgegen. »Sie sind
wieder zurück, Miss Simon.«

»Ja. Vielen Dank, dass Sie sich heute Zeit für uns nehmen.«

»Sehr gerne.« Er schaute Andrew an und wartete.

»Herr Direktor Vogt, mein Freund, Andrew Craig.«

Die Männer drückten einander die Hand.

»Johan, bitte.«

»Sehr freundlich.«

»Darf ich annehmen, dass sich Mr Kenner und Ihre Eltern
nicht verstanden haben?«

Jax lachte höflich.

»Wer ist Mr Kenner?«, fragte Andrew.

Jax legte ihm eine Hand auf den Arm. »Leo, Schatz. Ich
habe dir doch erzählt, dass er letztes Jahr mit mir hier war. Nach
unserem Besuch an der Schule habe ich ihn meinen Eltern vorgestellt. Dass wir auf dem Weg zu ihnen sind, habe ich dem
Direktor damals erzählt.« Sie drehte sich zu dem Mann. »Ich
bin überrascht, dass Sie sich daran erinnern.«

»Ich habe ein gutes Gedächtnis für Details.«

Andrew nickte ein paar Mal. »Ich kenne die Simons
schon seit vielen Jahren. Bin mit Jax' Bruder Harry zur Schule
gegangen.«

»Sie sind Engländer«, stellte der Schuldirektor fest.

»Ja, richtig.«

Das schien dem Mann zu gefallen. »Kommen Sie herein. Willkommen in Richter.«

»Ist dieses Gebäude nicht großartig?«, fragte Jax Andrew.

»Ja, allerdings.« Andrew schlug einen neutralen Ton an.

»Ganz so leicht wie der junge Mann aus den Staaten sind Sie nicht zu beeindrucken, scheint mir.«

»Ich bin selbst auf ein Internat gegangen, und irgendwie ähneln sie sich doch alle.«

»Richter ist anders«, widersprach Jax.

Sie durchquerten die Eingangshalle und verließen sie auf der gegenüberliegenden Seite. Vor ihnen breitete sich der Innenhof aus.

»Ja, das hat Harry mir erzählt. Aber nicht alles klang positiv.«

Jax seufzte. »Ich dachte, das hätten wir bereits besprochen.«

»Ihre Bedenken sind leider nachvollziehbar. Aber ich kann Ihnen versichern, die dunklen Zeiten von Richter sind vorbei. Und schon damals gab es nur eine kleine Handvoll Schuldiger an der Misere. Was immer man Ihnen erzählt hat, manchmal trügt der Schein«, beschwichtigte Vogt.

»Wie soll ich das verstehen?«, hielt Andrew dagegen. »Ich erinnere mich noch gut an die Pressemeldungen. Es hieß, Eltern seien erpresst und Schüler großen Gefahren ausgesetzt worden.«

Sie blieben am Rand des Innenhofs stehen. Junge Leute spazierten mit Büchern in den Händen beschwingt von einem Gebäude zum anderen. Viele trugen ihre Uniformen hier draußen ein wenig nachlässig. Es sei denn – Jax konnte beobachten, wie ein Junge den Direktor bemerkte und rasch seine Krawatte zurechtrückte –, jemand vom Lehrkörper tauchte auf.

»Die Eltern damals wussten über die disziplinarischen Maßnahmen Bescheid. Selbst wenn manche, als sie ihre Kinder von der Schule genommen haben, behauptet haben, man hätte sie darüber im Unklaren gelassen. Mr und Mrs Simon kannten unsere Regeln. Die Schulordnung haben alle Eltern unterschrieben.«

Jax beugte sich näher zu Andrew. »Das kann ich bezeugen.«

»Und was kleinere Unfälle angeht …« Der Schulleiter stieß ein Schnauben aus. »Knochenbrüche gibt es auf jedem Schulhof der Welt. Gehirnerschütterungen, Kratzer und blaue Flecken im Sportunterricht. Selbst an einem Blatt Papier kann man sich schneiden und im Chemieunterricht muss man sowieso immer sehr vorsichtig sein. Zeigen Sie mir eine Schule, an der es keine Vorkommnisse gibt.«

Jax nickte und lächelte betont beglückt. »Vielen Dank, Herr Direktor. Ich meine, Johan.«

Der Mann wandte sich an Andrew und schaute ihm fest in die Augen. »Ich denke, das beste Beispiel für die Qualität unserer Schule steht direkt vor Ihnen. Jacqueline, eine frühere Schülerin, möchte eines Tages gerne ihre Kinder hierherschicken.«

Andrew nahm ihre Hand. »Und ich bin mitgekommen, um Richter eine Chance zu geben. Bitte führen Sie uns doch ein bisschen herum.«

Fast zwei Stunden lang dauerte die Tour über den Campus, bei der sie auch kurze Blicke in ein paar Klassenzimmer warfen. Der Direktor erläuterte, was sich an der Schule geändert hatte und was nicht. »Mobbing in den sozialen Medien und viele andere Nachteile dieser Technik sind hier kein Problem, denn deren Benutzung ist unseren Schülern verboten. Kein Tinder, kein Facebook, keine Möglichkeit, mithilfe des Internets bei Tests zu mogeln. Wir ermutigen die Eltern, auch während der Schulferien keine Ausnahmen zuzulassen, und die meisten halten sich sehr gerne daran. Und Schießübungen und Nahkampftraining finden nur noch in der Oberstufe statt, wie Jacqueline Ihnen sicher bereits gesagt hat.«

»Ja, sie meinte, zu ihrer Schulzeit wäre das hier noch anders gewesen.«

»Ja, tatsächlich. Und ich will ganz offen sein, wir möchten gerne zu dieser früheren Praxis zurückkehren«, erklärte Johan.

»Ach tatsächlich?«, fragte Jax.

»Die Teilnahme wäre selbstverständlich freiwillig. Aber wir haben den Eindruck, dass manche Institutionen von unseren Absolventen heute weniger begeistert sind als noch vor Jahren.«

Jax tauschte Blicke mit Andrew.

»Von welchen Institutionen sprechen wir?«, fragte Andrew.

»Von Regierungen und Behörden. Früher waren unsere Absolventen weltweit sehr gefragt. Unsere angeblichen Geheimnisse waren wohl nicht ganz so geheim wie gedacht.«

»Heißt das, Richter-Schüler haben nicht mehr dieselben brillanten beruflichen Aussichten?«

»Einige durchaus. Andere müssen erleben, dass man Bewerbern aus anderen Schulen den Vorzug gibt. Das nehmen wir hier sehr ernst. Viele unserer jungen Leute wünschen sich das militärische Training von früher zurück. Und viele Eltern ebenfalls. Dafür müssen wir allerdings umfangreiche Genehmigungen bei verschiedenen offiziellen Stellen einholen. Im Verborgenen geschieht nun gar nichts mehr.«

Das hatte Jax schon mehrfach gehört. Auch aus Johans Mund.

Wenn jemand behauptete, es werde nichts verborgen, war oft das Gegenteil der Fall.

Johan zeigte ihnen die Bibliothek, einen großen Aufenthaltsraum und den Teil der Unterkünfte, wo Jax zusammen mit Claire gewohnt hatte. Alles war noch so wie in ihrer Erinnerung.

Überall wurde gelacht und geredet, gerufen und geflüstert. Doch sobald die jungen Leute den Direktor bemerkten, wurden sie leiser und strafften die Schultern. Wie Erwachsene, die beim Anblick eines Streifenwagens plötzlich langsamer fuhren.

Am Ende des Rundgangs waren sie zurück in der Eingangshalle. Sie hatten weder Professor Müller noch Checkpoint Charlie gesehen.

»Wenn Sie wirklich daran denken, Ihre Kinder später einmal hierher zu schicken, könnten sie während unserer alljährlichen Jobbörse für die Abschlussklassen wiederkommen. Im Mai.«

»Gute Idee. Die Jobbörse hatte ich vergessen«, sagte Jax.

»Dafür müssten Sie sich allerdings frühzeitig um eine Unterkunft bemühen. Für dieses Jahr könnte es bereits zu spät sein, vielleicht müssen Sie im nächsten Jahr kommen. In der näheren Umgebung ist die Anzahl der Gästebetten begrenzt.«

»Was Frau Hazel während der Jobbörse wohl für eine Übernachtung verlangt?«, überlegte Jax laut. Ihr war wichtig, dass der Direktor wusste, wo sie gerade wohnten.

»Sie übernachten in ihrer Pension?«

»Ja.« Jax hörte in ihrem Kopf einige Alarmglocken schrillen. »Wie viele potenzielle Arbeitgeber sind denn normalerweise auf der Börse vertreten?«

»Dutzende. Und falls sich jemand aus der Schülerschaft für eine Firma oder eine Behörde interessiert, die sich nicht angemeldet hat, versuchen wir, sie einzuladen. Wir freuen uns immer, wenn unsere Absolventen bereits vor ihrem Abschluss einen Arbeitsvertrag in der Tasche haben.«

Von den Jobs als Auftragsmörder mal abgesehen. Jax sprach den Gedanken nicht laut aus. »Hast du alles gesehen, was du sehen wolltest, Schatz?«, fragte sie Andrew.

»Ja. Und ich bin tatsächlich ein bisschen beeindruckt.« Andrew streckte die Hand aus. »Besten Dank, Johan. Sicher sind Sie sehr beschäftigt. Umso mehr wissen wir es zu schätzen, dass Jax hier nun schon die zweite private Führung bekommen hat. Wenn es nach mir geht, wird sie keinen weiteren Mann herbringen.«

Jax kniff die Augen zusammen. »Um Ja sagen zu können, muss ich erst mal eine Frage gehört haben.«

»Du hast sehr deutlich gemacht, dass ich die Frage erst nach unserem Besuch hier stellen kann.«

Sie spürte, wie ihre Wangen heiß wurden.

»Ich denke, ich lasse Sie jetzt lieber allein«, sagte Johan lachend. »Miss Simon, es war mir ein Vergnügen.« Er küsste Jax links und rechts auf die Wangen.

»Vielen Dank noch mal.«

Er wandte sich an Andrew. »Alles Gute. Vielleicht sehen wir uns ja wieder.«

»Ich hoffe es.«

Sie verabschiedeten sich und stiegen in den Wagen. »Also, das war …«, begann Andrew.

Jax beugte sich vor und küsste ihn auf den Mund. »Vielen Dank, dass du mit mir hergekommen bist.« Sie schaute ihm in die Augen und schüttelte ganz leicht den Kopf. Der Wagen hatte zwei Stunden lang hier gestanden, und kein Mensch konnte sagen, was in dieser Zeit passiert war.

Andrew verstand sie offenbar sofort. »Für dich tu ich alles.«

Ein paar Minuten lang unterhielten sie sich über unverfängliche Dinge, dann bat Jax ihn, kurz anzuhalten. »Meine Lesebrille ist weg. Vielleicht ist sie ja im Kofferraum aus meiner Handtasche gefallen.«

Andrew hielt am Straßenrand und stellt den Motor ab. Jax packte ihr Lieblingsreisespielzeug aus, schaltete es ein und wartete, bis die Leuchtanzeige aufhörte zu flackern.

Als eines der kleinen Lämpchen weiter blinkte, klopfte sie an die Seite des Detektors. Die Anzeige flackerte weiter.

»Heißt das …«

Mit einer Handbewegung signalisierte sie Andrew zu schweigen. Dann führte sie das Gerät an der Beifahrertür entlang, hielt es ins offene Handschuhfach und zwischen die Sitze.

Im Bereich des Fahrersitzes leuchtete die Anzeige nur noch schwach.

Sie öffnete die Tür und stieg aus. Je näher sie dem Heck kam, desto stärker wurde das Signal.

»Öffnest du bitte den Kofferraum, Schatz?«

Andrew stieg aus und trat mit ihr ans Wagenheck.

Hier hinten musste irgendetwas sein.

Der Kofferraum war leer, es gab nicht einmal ein Ersatzrad.

»Schau unter den Wagen«, formte Jax mit den Lippen.

Andrew ging auf Knie und Hände. Jax fischte einen kleinen Spiegel aus ihrer Handtasche und sah sich damit die Unterseite des Fahrzeugs an.

»Ich habe deine Brille gefunden.«

Jax schaute auf die Stelle, auf die Andrew zeigte. »Na Gott sei Dank.«

Ohne auf den Schmutz am Straßenrand zu achten, ging auch Jax auf die Knie. Unten am Wagen haftete ein magnetischer Tracker. Solche kleinen schwarzen Dinger hatte sie schon öfter gesehen.

»So ein Glück.«

Sie ließ den Tracker, wo er war, und zog sich an Andrews Hand hoch. Sicherheitshalber ging sie noch einmal um den Wagen und hielt den Detektor auch unter die Motorhaube. Doch das Gerät zeigte nichts weiter an.

Sie schaltete es aus und drehte sich zu Andrew. »Das ist ein einfacher GPS-Tracker. Damit kann man uns nicht abhören, aber sehen, wo wir sind.«

»Heilige Scheiße.«

Sie spürte ein ungutes Kribbeln. »Lass uns zur Pension zurückfahren.«

»Und das Ding bleibt am Wagen?« Andrew trat von einem Fuß auf den anderen.

»Ja. Wer immer es dort platziert hat, soll nicht wissen, dass wir es bemerkt haben. Zumindest für den Moment.«

Er fuhr sich mit der Hand durchs Haar. »Das muss jemand von der Schule gewesen sein.«

Jax schüttelte den Kopf. »Ich habe den Wagen zuvor erst einmal überprüft. Nämlich als wir ihn am Flughafen übernommen haben. Und seither nicht mehr.« Diesen Fehler würden ihr die Jungs vom Team später garantiert um die Ohren schlagen. »Vielleicht fahren wir schon seit Berlin mit dem Tracker herum.«

Andrew packte sie unvermittelt und drückte sie fest an sich. »Du lieber Gott«, flüsterte er.

Jax hörte und spürte, wie er beim Einatmen erschauerte. »Hey.«

Er hielt sie noch fester. »Bis jetzt hat sich alles angefühlt wie ein Spiel.«

Sie konnte ihn gut verstehen. Sich nur vorzustellen, dass jemand sie beobachtete oder abhörte, war eine Sache. Zu wissen, dass es tatsächlich so war, eine ganz andere. Der Tracker veränderte alles.

Andrew legte die Hände an die Seiten ihres Gesichts und schaute ihr tief in die Augen. »Ich …« Er atmete aus und küsste sie fest. Dann öffnete er ihr die Beifahrertür.

»Und was jetzt?«, fragte er beim Weiterfahren.

»Ich glaube, Neil wird uns abziehen. Jemand ist an uns dran, und diesem Jemand wollen wir keine weiteren Informationen liefern. Außerdem bist du trotz deiner Kraft und all deiner Fähigkeiten für das hier nicht ausgebildet.«

»Daran ändern selbst die vielen Agentenfilme nichts, die ich mir schon angeschaut habe.« Sein nervöses Lachen ließ Angst durchschimmern.

»Es hört sich vielleicht seltsam an, aber dass wir das Ding entdeckt haben, hat auch sein Gutes.«

»Und das wäre?«

»Es macht uns wachsamer. Dadurch wird unwahrscheinlicher, dass wir zu Opfern werden. Wer sich beobachtet fühlt, schaut genauer hin. Plötzlich fällt es auf, wenn einem dieselbe Person mehrfach begegnet. Man sucht nicht mehr nur routinemäßig nach Wanzen, sondern weil es absolut notwendig ist. Verstehst du, was ich meine?«

Andrew krallte sich mit den Händen am Steuer fest und nickte. »Allerdings.«

Sie zog ihr Smartphone aus der Tasche. »Ich gebe Sven Bescheid.«

Während des Anrufs achtete Jax auf Andrews Körpersprache.

Das anschließende Gespräch mit Neil dauerte länger und war ihr ziemlich peinlich.

»Sprich mit mir«, sagte Neil anstelle einer Begrüßung.

Jax schaltete den Lautsprecher ein. Mit Small Talk hielt sie sich nicht auf. »Jemand hat einen Tracker an unserem Mietwagen angebracht. Wo das passiert ist, ist unklar. Wir waren gerade in Richter und haben ihn jetzt erst entdeckt.«

»Wann hast du den Wagen zuletzt überprüft?«

Jax schloss die Augen. »Als wir ihn am Flughafen übernommen haben.«

Neil kommentierte das mit einem Geräusch.

»Wird nicht wieder vorkommen«, versicherte sie verlegen.

»Gut, dass ihr auf keiner Geheimmission wart.«

»Sorry, Boss.«

Neil verzichtete auf Vorhaltungen. »Und was hast du in Richter erfahren?«

Sie gab ihm eine Zusammenfassung. »Vogt hat die Jobbörse für die Abschlussklassen erwähnt. Ich hatte längst vergessen, dass es die gibt. Er meinte, für diesen Zeitraum müsste man sich frühzeitig um eine Unterkunft kümmern, weil die Pensionen in der Umgebung dann ausgebucht sind. Vielleicht sollten wir uns die früheren und die aktuellen Reservierungen anschauen und nach Übereinstimmungen und Mustern suchen, die einen zweiten Blick wert sein könnten. In der Stadt gibt es bloß drei Pensionen.«

»Einen Computer habe ich bei Hazel nicht gesehen«, steuerte Andrew bei.

»Ja, richtig. Sie trägt alles von Hand in ein Buch ein«, bestätigte Jax.

»Kein Problem also«, sagte Neil.

»Wenn die anderen es genauso machen, müssen wir dort jemanden hinschicken.«

»Wird erledigt. Wo seid ihr jetzt?«

»Auf dem Rückweg zur Pension.«

»Ihr fahrt hin, besorgt die Informationen, die wir brauchen, und reist dann sofort ab.«

Damit hatte sie gerechnet.

»Verstanden.«

»Sven hat zusätzlichen Schutz dabei. Von jetzt an hat Eigensicherung Priorität.«

»Verstanden.«

Neil räusperte sich. »Eins noch.«

»Ja?«

»Auf Seite vier im Finanzteil des *London Report* erscheint heute ein Artikel über die Trennung deiner Eltern.«

Jax warf Andrew einen Blick zu. »Wie bitte?«

»Den entsprechenden Link habe ich dir gerade per Mail geschickt. Wenn du den Artikel gelesen und verdaut hast, mach eine Liste aller Personen, die die Geschichte an die Presse durchgestochen haben könnten. Wir tun hier dasselbe.«

Mit fliegenden Fingern öffnete sie die Mail auf ihrem Smartphone.

»Geht klar.«

»Und, Jax …«

Sie hielt inne. »Ja?«

»Ablenkungen können tödlich sein. In Berlin steht ein Flugzeug bereit. Ihr kommt zurück nach London. Wir sprechen alles durch und planen neu. Und schmeiß vor der Fahrt nach Berlin den Tracker weg.«

Jax' Nervenenden begannen zu prickeln. »Wird erledigt. Und wirklich, Boss, so was passiert mir nicht noch mal.«

»Ich weiß.«

Sie beendete den Anruf und lehnte sich zurück. *»Fuck!«*

»Alles okay?« Andrew nahm über die Mittelkonsole hinweg ihre Hand.

»Geht schon.« Sie verstaute das Smartphone in der Handtasche. Was in der Zeitung stand, war jetzt unwichtig.

»Willst du den Artikel nicht lesen?«

»O doch. Die Neugier bringt mich fast um. Aber Neils Botschaft war klar und absolut richtig. Lesen kann ich, sobald wir in der Luft sind.«

Denn Ablenkungen konnten tödlich sein.

KAPITEL 23

Das passiert alles wirklich.

Von Jax' Einsätzen hatte er bislang nur gehört. Er hatte so tun können, als wären die Gefahren vorbei und abgehakt. Nach Deutschland zu fliegen und dort den Hilfsagenten zu spielen, hatte er als spannende Abwechslung betrachtet.

Doch der Anblick des verdammten Trackers am Wagen war ein Realitätsschock gewesen. Wie ein plötzlicher Schlag in die Magengrube.

Offenbar hatte Jax tatsächlich in ein Wespennest gestochen.

Neils Stimme hallte durch seinen Kopf.

Ablenkungen können tödlich sein.

Sosehr er sich auf den Deutschland-Trip mit Jax gefreut hatte, jetzt konnte er es kaum erwarten, hier wegzukommen.

Mit Jax.

Gerade machte sie Fotos von den Reservierungen in Hazels Buch, während er die Pensionswirtin ablenkte, indem er unter ihrer Anweisung Wartungsarbeiten durchführte. Auf diese Idee war Jax gekommen.

Andrew tauschte die Filter der Dunstabzugshaube aus und brachte eine schief hängende Tür ins Lot. Anschließend wechselte er die Batterien in den besonders hoch hängenden Rauchmeldern der Pension.

Erst als Jax zu ihnen stieß – das vereinbarte Zeichen, dass sie nun alles hatte, was sie brauchte – lehnte er weitere Arbeitsaufträge höflich ab. Hazel hätte ihn sicher noch stundenlang beschäftigt.

»Ihr wart sehr fleißig«, sagte Jax.

»Hazel braucht einen Mann.«

Die Pensionswirtin schnaubte.

»Sie haben ihn verstanden?«, fragte Jax die Frau auf Englisch.

Sie zuckte die Achseln.

»Wir dachten, Sie sprechen kein Englisch.«

»Sie haben nicht gefragt«, antwortete Hazel.

»Eins zu null für Sie«, antwortete Andrew lächelnd.

»Wenn Sie mal wiederkommen, können Sie umsonst hier wohnen. Ich mache dann eine Liste.« Hazel bohrte ihren Zeigefinger in seine Brust und entblößte beim Lächeln wieder sämtliche Zähne. »Und jetzt ein Glas Wein.«

Jax hob die Hand. »Das geht leider nicht. Meine Mutter hat angerufen. Ich muss dringend nach Hause.«

Die Pensionswirtin kniff die Augen zusammen und Jax redete auf Deutsch weiter. Nach ein paar kurzen Sätzen nickte die Frau.

»Wenn Sie fertig sind, begleite ich Sie hinaus«, sagte sie und ging davon.

»Frau Müller hatte recht. Unsere Wirtin ist clever«, sagte Andrew.

»Neil sollte ihr einen Job anbieten.«

Mit dem Namen des massigen Mannes kam die Realität zurück.

»Hast du alles, was du haben wolltest?«

287

»Ja. Lass uns packen.«

In kürzester Zeit hatten sie ihre Sachen beisammen und brachten sie zum Wagen.

Hazel bedankte sich bei Andrew für seine Hilfe, als sie sich von ihr verabschiedeten.

Am Auto zog Jax den Tracker ab und schleuderte ihn ins Gebüsch. Mit dem Kinn deutete sie über die Straße. »Ich hole noch kurz was für unterwegs. Bin gleich wieder da.«

Andrew verstaute eine Tasche im Kofferraum. »Ich kann …«

»Es dauert bloß eine Sekunde.« Ohne ein weiteres Wort joggte sie zu dem kleinen Supermarkt gegenüber.

Andrew packte die restlichen Sachen in den Wagen und setzte sich ans Steuer. Den Supermarkt hatte er direkt im Blick, doch mit jeder Sekunde, die verging, wurde das unangenehme Prickeln in seinem Nacken heftiger.

Als Jax endlich wieder durch die Tür kam, stieß er den Atem aus, den er angehalten hatte.

Sie sprang auf den Beifahrersitz und stellte eine Tüte vor sich auf den Boden. »Können wir?«

»Jap. Ist Sven in der Nähe?«

»Oh ja. Wir treffen uns später am Flughafen.«

Andrew lenkte den Wagen vom Parkplatz auf die Hauptstraße. Jax holte die Tüte auf ihren Schoß und zog eine Pistole heraus.

»Was zum …«

»Sorry. Ich hätte dich warnen sollen. Das ist bloß eine Vorsichtsmaßnahme. Die Eigensicherung, die Neil angekündigt hat.«

»Sprecht ihr eigentlich immer verschlüsselt?« Unter den Schutzmaßnahmen hatte er sich ein weiteres Paar Fäuste vorgestellt, keine Handfeuerwaffe.

»Du findest das ziemlich gruselig, oder?«, fragte Jax.

Es machte ihm eine Heidenangst. Er umfasste das Steuer noch fester und holte tief Luft. »Du hast mir ja erzählt, was du beruflich machst. Trotzdem hätte ich nie damit gerechnet …«

Was zum Teufel hatte er denn erwartet?

Sie steckte die Waffe in die Handtasche und stellte sie zwischen ihre Füße. »Das ist bloß ein Werkzeug, Andrew.«

Reiß dich zusammen!

Jax streckte die Hand nach seiner aus.

Er nahm sie und hielt sie fest.

Die Fahrt zum Flughafen war eine der stressigsten seines Lebens, dabei verlief sie völlig ereignislos.

Bis sie belebtere Straßen erreichten, konnte er weit hinter sich immer wieder Svens Wagen erkennen.

Am Flughafen stellten sie den Mietwagen ab und warfen den Schlüssel in den vorgesehenen Kasten.

»Kannst du das Ding einfach so mit reinnehmen?« Andrew nickte zu Jax' Handtasche hin.

»Vertrau mir. Ich habe alle nötigen Papiere.«

Er hatte keine Ahnung, was das bedeutete oder ob diese Papiere echt waren. Verdammt, und er wollte es auch gar nicht wissen.

An der Sicherheitskontrolle sprach Jax Deutsch, zog etwas aus der Handtasche und zeigte es vor. Der Mann schaute Andrew ausdruckslos an und stellte eine Frage.

Jax schüttelte den Kopf. »Er möchte deinen Pass sehen.«

Andrew übergab ihm den Pass zur Kontrolle.

»Vielen Dank. Folgen Sie mir«, sagte der Sicherheitsmann auf Englisch.

»Und was passiert jetzt?«

»Wegen meiner Eigensicherung muss er uns direkt zum Flugzeug bringen. Andernfalls würde jeder einzelne Detektor anschlagen.«

»Ja. Ja, klar.« Dass der Sicherheitsmann sie begleitete und wusste, dass sie eine Waffe hatten, beruhigte ihn ein wenig. Doch als sie in einen Raum abseits der großen Abfertigungshalle geführt wurden, kam die Nervosität zurück.

»Routine«, erklärte Jax drinnen.

Sie nahm die Waffe aus der Tasche und entlud sie. Dann legte sie sie auf die Theke.

»Vielen Dank, Miss Simon. Ihr Gepäck bitte.«

Sie stellten ihre Sachen zu der Waffe und ein weiterer Sicherheitsmann kam herein. Er tastete sie mit einem Scanner ab, ihre Koffer wurden geöffnet und durchsucht. Jax' Wanzendetektor schien niemanden aus der Fassung zu bringen.

Andrew beobachtete die Szene schweigend.

»Alles in Ordnung. Ihr Flugzeug steht bereit.«

»Wir warten auf eine weitere Person.«

»Wir sind informiert«, sagte der Mann.

»Danke.«

Sie schlossen ihre Koffer, Jax lud die Waffe, sicherte sie und steckte sie weg. Der ganze Vorgang wirkte surreal. Und gerade, als Andrew glaubte, er habe nun alles gesehen, wurden sie durch eine Tür direkt auf die Rollbahn geführt, wo ein Privatjet auf sie wartete.

»Heilige Scheiße!«

In dem Flugzeug gab es sechs bequeme Sessel, eine kleine Bordküche und eine Toilette. Und es war die erste Privatmaschine, die Andrew von innen sah.

Jax steckte den Kopf ins Cockpit.

Er hörte, wie sie die Piloten begrüßte und mühelos zwischen Englisch und Deutsch hin und her wechselte. Offenbar unterhielt sich einer der Piloten lieber auf Deutsch.

Kein Problem, solange er den Vogel fliegen konnte.

Andrew ließ den Blick durch die Kabine schweifen. Ihm gingen hundert Fragen durch den Kopf.

Als er sich umwandte, sah er, wie Jax ihn musterte. »Alles in Ordnung?«

Er zog sie an sich und drückte die Lippen auf ihre. Das erdete ihn ein wenig. »Schon besser«, raunte er.

Jax rollte die Koffer nach hinten und nahm ihren Laptop heraus, bevor sie das Gepäck in einem Schrankfach verstaute.

»Du warst schon mal mit diesem Flugzeug unterwegs.«

»Mit dem hier nicht, aber mit einem ganz ähnlichen.«

»Und du kennst die Piloten?«

»Einen von ihnen. Aber das Team hat sie überprüft.«

Sven joggte die Stufen herauf und warf seinen Rucksack auf einen der Sitze. »Hey, Kumpel.«

Die völlige Gelassenheit des Mannes nahm Andrew etwas von seiner Anspannung.

»Hey.«

Wie zuvor Jax begrüßte auch Sven die Piloten.

Als er wieder aus dem Cockpit kam, folgte ihm einer der beiden. »Ich bin Tom. Mein Co-Pilot ist Ely. Willkommen an Bord.« Er schüttelte Andrew die Hand.

»Andrew.«

Der Pilot lächelte. »Ihr erster Privatflug?«

»Merkt man das?«

Sven und Tom sagten gleichzeitig Ja.

»Das ist ein Selbstbedienungsflug. Holen Sie sich einfach aus der Bordküche, was Sie mögen. Diese kleinen Maschinen sind ein bisschen lauter und der Flug nach Heathrow dauert ein bisschen länger. Aber genau wie bei einem Linienflug informiere ich Sie, wann Sie die Sitzgurte lösen können oder ob es Turbulenzen gibt. Im Augenblick sieht es gut aus und wir rechnen mit einem angenehmen Flug.«

»Vielen Dank.«

»Sehr gerne. Machen Sie es sich bequem.«

Der Pilot ging nach vorn und schloss die Außentür.

Als das Flugzeug abhob, seufzten alle auf.

* * *

»Dafür reicht ein Token nicht aus.«

»Du wolltest dich danach zur Ruhe setzen.«

»Das habe ich nie gesagt.« Er würde seine Schuld bezahlen. Nicht mehr und nicht weniger.

Die Stimme am Telefon klang, als wollte sie lachen. »Du und deine Familie für diesen letzten Auftrag.«

»Ich habe keine Familie.«

Jetzt kam das Lachen tatsächlich. »Jeder hat eine.«

Seine linke Hand zuckte. Weshalb hatte er das Gefühl, gerade in mörderischen Treibsand geraten zu sein, aus dem es kein Entrinnen gab?

»Ein Token, ein Ziel.«

»Zwei auf einen Streich.«

Der Druck auf seinen Kiefern drohte, seine Backenzähne zerspringen zu lassen.

»An uns bleibt von der Sache nichts hängen, sonst haben wir keinen Deal. Lose Enden sind dein Problem. Verstanden?«

Was bedeutete, dass sein Kontakt mit losen Enden rechnete.

»Und wenn ich den Auftrag ablehne?«

»Mein Token. Was damit gemacht wird, bestimme ich.«

So lief das nun mal.

* * *

Andrew legte eine Hand auf Jax' Arm. »Willst du jetzt den Artikel lesen?«

292

Sven hob den Kopf und musterte sie über den Mittelgang hinweg. »Du weißt noch gar nicht, was drinsteht?«

»So schlimm?« Svens Gesichtsausdruck deutete darauf hin.

»Skandale sind nie nett. Auch wenn die meisten bloß auf Spekulationen beruhen.«

Jax tippte auf ihrem Smartphone den Link zu dem Artikel an, den Neil ihr geschickt hatte, und las.

Wie kürzlich bekannt wurde, haben sich der Hedgefonds-Manager Gregory Simon von JT Capital und seine Frau nach zweiunddreißig Jahren Ehe getrennt. In der Finanzwelt erregt diese Meldung Aufmerksamkeit, weil als Trennungsgrund eine Affäre zwischen Mr Simon und der Ehefrau eines Topinvestors vermutet wird. Der Wert von JT Capital brach kurzfristig etwas ein, was bei langjährigen Investoren Besorgnis auslöste. Möglicherweise auch deshalb, weil noch offen ist, wer von ihnen privat betroffen sein könnte. Eine Scheidung dürfte Gregory Simon mehr als vierzig Millionen …

Einen Moment lang verschwamm die Schrift vor Jax' Augen. Der Rest des Artikels bestand aus Fakten und Zahlen.

Ihr erster Gedanke galt ihrer Mutter. Wie ging es ihr jetzt? Wie kam sie zurecht?

»Wer hat das verbreitet?« Sie hielt Andrew ihr Smartphone hin, damit auch er die Meldung lesen konnte.

Sie schaute ihm dabei zu.

»Hast du in den letzten Tagen mit deiner Mutter gesprochen?«, fragte er.

Jax schüttelte den Kopf.

Während der verbliebenen Flugzeit analysierten sie zu dritt das Gelesene und erstellten eine Liste von Namen. Niemand, auch nicht ihre Mutter, wurde als Tippgeber der Presse ausgeschlossen.

Als Nächstes beschäftigten sie sich mit der Frage, wo und von wem der Tracker an dem Mietwagen befestigt worden sein konnte. Am wahrscheinlichsten war ein Zeitpunkt zwischen dem Besuch im Gefängnis und der Fahrt zum Richter-Internat.

Aber von wem stammte das Ding? Hatte die frühere Direktorin jemanden gewarnt, dass Jax herumschnüffelte?

Hatte Professor Müller etwas damit zu tun?

Vogt?

Letztendlich war nur eines ganz sicher: Dass sie im Schlamm wühlten, hatte irgendwen aufgeschreckt. Und ganz gleich, wer für den Tracker verantwortlich war, diese Person hatte etwas zu verbergen.

Checkpoint Charlie lag also richtig mit seiner Vermutung, dass sich in Richter etwas zusammenbraute. Auf Jax und das Team wartete in der kommenden Woche, vielleicht sogar auf Monate hinaus, viel Arbeit.

»Dass der Artikel über deine Familie gerade jetzt erscheint, kann kein Zufall sein.« Sven tippte auf die Liste von Namen.

»Das sehe ich genauso. Allerdings wohnen meine Eltern ja derzeit getrennt. Also war es nur eine Frage der Zeit, bis jemand stutzig wurde. Aber weshalb mein Dad gerade jetzt mit der Sache herausgerückt ist, interessiert mich immer noch brennend. Jetzt, wo die Katze endgültig aus dem Sack ist, kann ich den Druck auf meinen Vater erhöhen.«

»Ich überlege gerade, was das für Harrys Karriere bedeutet«, sagte Andrew.

Jax spürte, wie es ihr kalt den Rücken hinunterlief. »Gute Frage. Falls Dad aus der Firma gedrängt wird, hat Harry dann dort noch eine Zukunft?« Ihr wurde fast übel. »Was zum Teufel hat sich unser Vater bloß gedacht?«

Sven lehnte sich zurück und verschränkte die Arme vor der Brust. »Wenn der Schwanz hart wird, wird die Birne weich.«

»Ein Single kann sich das vielleicht leisten, ein verheirateter Mann aber nicht. Wenn er Mist macht, hat das Auswirkungen auf viele andere. Wer ein Versprechen gibt, sollte sich verdammt noch mal auch dran halten. Und falls sich was ändert, redet man darüber, bevor man sich anderweitig umtut.« Jax spürte, wie sie wütend wurde.

Der Einsatz in Deutschland und was sich zwischen Andrew und ihr entwickelte, hatten alles andere in den Hintergrund treten lassen. Doch je näher sie ihrem alten Zuhause kam, desto schwerer spürte sie das Gewicht des Dramas wieder auf ihren Schultern.

»Sobald wir in London sind, sehe ich nach Harry«, sagte Andrew.

»Danke. Und wenn ich ihm irgendwie helfen kann …«

»Ich richte es ihm aus.«

Jax lehnte den Kopf an Andrews Schulter. Ein paar Minuten lang genoss sie nur seine Nähe und gönnte ihren Gedanken eine Pause.

»Wer sind die Topinvestoren von JT Capital?«, fragte Andrew plötzlich.

Jax schaute ihn an.

»Wenn es stimmt, was in dem Artikel steht, finden wir vielleicht raus, wer die Frau war.«

»Ich schlage vor, wir gehen direkt ins Büro und klemmen uns hinter die Sache. Vielleicht können wir den Personenkreis ja einschränken«, schlug Sven vor.

»Einverstanden. Aber ich muss heute noch zu meiner Mutter. Ich muss wissen, wie es ihr geht.«

»Kann ich auch was tun?«, fragte Andrew.

»Ja. Geh zu Harry. Und falls dir mein Vater begegnet, kannst du ihm gerne eine reinhauen.« Sie blickte auf. »Das war Spaß.«

Sven schnaubte. »War es nicht.«

KAPITEL 24

»Jetzt ist die Kacke so richtig am Dampfen, verdammt.«

Andrew hatte es befürchtet. »Könnte man sagen. Denkst du, dein Dad hatte wirklich was mit der Frau eines Investors?«

»Aus ihm ist rein gar nichts rauszukriegen«, schimpfte Harry.

»Und was glaubst du?«

»Ich glaube, er ist ein beschissener Lügner. Seit der Zeitungsartikel erschienen ist, steht ihm der Schweiß auf der Stirn. Ich habe ihm gesagt, wenn wirklich stimmt, was da drinsteht, muss er auf Distanz zu mir gehen. Falls die Firma seinen Arsch vor die Tür setzt, muss ich meinen irgendwie retten.«

Andrew konnte sich das Gespräch zwischen Vater und Sohn beim besten Willen nicht vorstellen. Dass Harry auf Konfrontationskurs ging, traute er ihm nicht zu. »Und was meint er dazu?«

»Er hat mir das Wort im Mund umgedreht, gesagt, er hätte meine Gastfreundschaft wohl überstrapaziert und würde sich eine Bleibe suchen.«

»Er geht auf Distanz.«

»Genau. *Fuck,* Andrew. Ich bin gerade auf dem Sprung in die oberste Etage, und jetzt habe ich diesen Klotz am Bein, der mich runterzieht.«

»Das ist noch nicht raus.«

»Ich hoffe, ich täusche mich.«

»Kann ich was für dich tun?«

»Ja. Falls du meinen Dad siehst, hau ihm eine rein.«

Andrew lachte. Offenbar gab es doch ein paar Ähnlichkeiten zwischen den Geschwistern.

»Du bist heute schon die zweite Person, die das sagt.«

Harry seufzte. »Ich bin ein Vollpfosten. Ich hätte längst fragen müssen, wie Jacqueline mit der Sache klarkommt.«

»Mir scheint, besser als du.«

»Das ist gut.«

»Hast du schon mit deiner Mutter gesprochen?«

»Ja. Sie wirkt erleichtert, weil es jetzt raus ist. Aber sie ärgert sich meinetwegen.«

Das hörte sich ganz gut an. »Vielleicht freut es dich zu hören, dass Jax und ihr Team mit Hochdruck daran arbeiten rauszukriegen, wer die andere Frau ist.«

»Ich hoffe, Jax ist so gut in ihrem Job, wie man von ihren Freunden hört.«

»Ich habe sie bei der Arbeit erlebt. Sie *ist* gut. Und sie wird ganz bestimmt Licht in die Angelegenheit bringen.«

»Ich habe keine Lust, in einer anderen Firma noch mal ganz von vorn anzufangen.«

»Bei JT Capital kann man sicher zwischen Vater und Sohn unterscheiden. Mach dir keine Gedanken.« Andrew schloss die Augen. Er glaubte kein Wort von dem, was er sagte.

Harry bedachte seinen Vater mit ein paar unschönen Ausdrücken und verfluchte ihn aus ganzem Herzen.

* * *

»Du bist doch nicht etwa meinetwegen so schnell zurückgekommen?«

Bevor sich Jax in die Arbeit stürzte, wollte sie mit ihrer Mutter sprechen. Auf einem Monitor im Überwachungsraum konnte sie verfolgen, wie Evelyn mit dem Telefon am Ohr durchs Haus wanderte.

»Nein. Dass unser Trip so kurz war, liegt an ein paar Entwicklungen. Aber ich bin froh, wieder in deiner Nähe zu sein. Wie geht es dir?«

»Ich komme klar. Ich wusste ja Bescheid, und jetzt weiß die Welt es eben auch. Aber um Harry mache ich mir Sorgen. Die enge Zusammenarbeit mit seinem Vater könnte ihm jetzt schaden.«

Jax hatte bereits eine Textnachricht von Andrew bekommen, in der er schrieb, er sei gerade bei ihrem Bruder und werde später berichten.

»Glaubst du, was in der Zeitung steht, stimmt, und Dad hatte was mit der Frau eines Investors?«

»Inzwischen traue ich ihm alles zu. Aber ich weiß nicht mal mehr, ob mich das noch kümmert.«

Jax schaute zu, wie ihre Mutter aus dem Bildausschnitt hinaus Richtung Schlafzimmer ging.

»Hast du irgendeine Ahnung, wer sie sein könnte?«

»Nein. Wie auch? Über den Zeitpunkt der Affäre schweigt sich Gregory aus. Er sagt bloß, dass es eine gab. Vor einiger Zeit. Aber wie lange das her ist und wie lange die Sache ging? Es ist mir auch egal. So egal! Wer? Wann? Wie? Die Antworten würden nichts ändern.«

Jax hörte, wie verletzt ihre Mutter war. »Es tut mir so leid, Mum.«

»Nein, mir tut es leid, dass du dich mit so etwas beschäftigen musst. Das hätte ich dir und deinem Bruder sehr gerne erspart.«

Jax verließ den Überwachungsraum und ging in den Flur. »Jetzt ist es nun mal so. Ich komme heute noch nach Hause, aber wahrscheinlich sehr spät.«

»Oh. Ich dachte, du bleibst vielleicht bei Andrew.«

»Heute nicht. Ich möchte gerne mit eigenen Augen sehen, dass du klarkommst.«

Sie hörte ihre Mutter seufzen. »Das ist lieb von dir. Ich lasse das Licht für dich an.«

»Mum?«

»Ja?«

»Ich habe noch eine Frage, aber bitte sei nicht sauer.« Jax holte tief Luft. »Hast du die Geschichte an die Presse weitergegeben?«

Sie hörte ihre Mutter lachen. »Nein. Aber wenn dein Bruder in einer anderen Firma arbeiten würde, hätte ich es vielleicht getan. Jetzt, wo es raus ist, muss ich nicht länger den Schein wahren. Aber dass Harry nun zur Zielscheibe werden könnte, ärgert mich sehr.«

»Danke für die Antwort, Mum. Ruh dich erst mal aus. Wir sehen uns morgen früh.«

»Fahr vorsichtig, Liebes.«

Jax starrte ihr Telefon an. Das kurze Gespräch klang in ihr nach. Bis vor ein paar Wochen hatte sie nicht die geringste Lust auf Unterhaltungen mit ihrer Mutter verspürt, und jetzt freute sie sich darauf.

Sie ging die wenigen Schritte bis zum Einsatzraum. Dort füllte sich das große magnetische Whiteboard langsam mit Namen und mit Hinweisen auf verdächtige Aktivitäten in Richter. Ein wenig abseits von den anderen Informationen stand in einer Ecke alles, was helfen konnte, die Geliebte ihres Vaters zu finden. Obwohl die Suche nach ihr keine Priorität hatte, war es doch wichtig, alle Entwicklungen im Auge zu behalten.

Sven und zwei andere aus dem Team waren in eine Besprechung vertieft.

»Worum geht es denn gerade?« Sie setzte sich zu ihnen.

»Ums Abendessen.«

»Direkt gegenüber gibt es ein prima Thai-Restaurant«, fügte Sven hinzu. Er schob ihr eine Speisekarte und einen Zettel mit Bestellungen hin.

Jax suchte sich etwas aus und wandte sich wieder dem Whiteboard zu. Die Männer zückten die Geldbörsen und hielten ihr ein paar Scheine hin. »Wofür ist das?«

»Das Essen holen immer die Neuen.«

Sie wollte widersprechen, aber hier in London war sie tatsächlich neu. Also ging sie mit ihrer Handtasche und dem Bestellzettel zur Tür.

»Die Besitzerin heißt Ubon. Falls sie da ist, sag ihr, dass du hier arbeitest. Sie packt uns immer ein kleines Extra ein.«

»Ubon. Alles klar.«

Die Tage wurden langsam länger und es schien, als hätten sie das gute Wetter aus Deutschland mitgebracht. Jax ließ sich Zeit für den kurzen Weg zu dem kleinen Restaurant. Von dem knappen Dutzend Tischen waren im Augenblick nur drei besetzt. Würzige Düfte ließen ihr das Wasser im Mund zusammenlaufen, und ihr Magen erinnerte sie mit lautem Knurren daran, dass ihre letzte Mahlzeit das Frühstück kurz vor dem Besuch in Richter gewesen war.

Jax gab den Zettel einer Frau und fragte sie, ob sie Ubon sei. Die Frau blickte überrascht auf. Als Jax ihr erklärte, wo sie arbeitete, lächelte sie und nickte ein paarmal. Einen Moment lang unterhielten sie sich höflich, dann setzte sich Jax zum Warten an einen freien Tisch. Die Zeit nutzte sie, um auf ihrem Smartphone ihre E-Mails zu lesen, und jetzt spürte sie auch, wie müde sie war. Ihr Mietwagen stand vor dem Haus ihrer Mutter und irgendwie musste sie heute noch dorthin kommen.

Vielleicht wurde es Zeit, an ein eigenes Auto zu denken. So lange in einem Mietwagen durch die Gegend zu fahren, war unpraktisch und teuer.

Doch sich hier in England ein Auto zu kaufen, selbst wenn es ein günstiges gebrauchtes war, fühlte sich ein bisschen an wie Wurzeln schlagen.

Ein seltsamer Gedanke, bei dem sie fast ein schlechtes Gewissen bekam. So als würde sie ihrem neuen amerikanischen Lebensstil untreu werden.

Aber das war albern und ein eigenes Auto vernünftig.

»Bestellung ist fertig.« Ubon verpackte das Essen.

Behängt mit weißen Plastiktüten voller Essensboxen verließ Jax das Restaurant. Draußen blinzelte sie gegen die tief stehende Sonne an.

Ein Kribbeln im Nacken brachte sie dazu, sich umzuschauen.

Ein Mann hatte sie angestarrt.

Er war jung, kaum älter als sie. Groß.

Sie wandte sich ab, hielt kurz Ausschau nach einer Lücke im Verkehr, dann riskierte sie einen weiteren Blick.

Jap. Der Mann drehte sich abrupt weg und ging in die Gegenrichtung davon.

Sie überquerte die Straße und schob den Gedanken an den Fremden beiseite. Während der Arbeit an einem Fall bestand immer die Gefahr, überall nur Verdächtige zu sehen. Aber meist war irgendein Typ, der ihr auf der Straße hinterherschaute, tatsächlich nur ein Mann, der sich nach einer Frau umdrehte.

Vorsichtshalber spähte sie trotzdem noch einmal über ihre Schulter.

Der Mann war weg.

Sie trat durch die Tür der Londoner Firmenniederlassung. »Essen ist fertig.«

* * *

Mit dem Telefon am Ohr fiel Jax ins Bett. »Ich bin im Eimer.«

»Mir fallen auch gleich die Augen zu«, seufzte Andrew am anderen Ende der Leitung.

»Ich habe doch gesagt, wegen mir musst du nicht wach bleiben.«

»Ich wollte hören, dass du gut zu Hause angekommen bist.«

»Ja, alles in Ordnung. Das war ein langer Tag.«

»Kaum zu glauben, dass wir vor zwölf Stunden noch in Richter herumgelaufen sind. Irgendwelche neuen Erkenntnisse?«

Sie gähnte. »Sorry. Nein. Bloß eine lange Liste von Namen. Wie geht's Harry?«

»Könnte besser sein. Er hat Angst, dass er zusammen mit eurem Vater untergeht.«

»Ich hoffe, er täuscht sich.«

»Im Moment hält JT Capital noch an eurem Vater fest. Solange sich die Frau, wenn sie denn tatsächlich mit einem Topinvestor verheiratet ist, bedeckt hält, kann Gras über die Sache wachsen. Ein Seitensprung wird bei Männern eben immer noch oft als Kavaliersdelikt betrachtet. Leider. Und die Firma wird deinen Dad deswegen kaum vor die Tür setzen. Das meint zumindest mein Vater.«

»Und falls man doch die Leiche im Keller findet?«

»Dann gibt es keine Garantie.«

»Wenn ich als Großinvestor erfahren würde, dass einer, der mein Geld verwaltet, etwas mit meiner Frau hat, hätte er einen Klienten weniger. Und wenn ich meine Kohle komplett aus der Firma abziehe, müsste er sich vielleicht sogar einen Termin beim Arbeitsamt holen.«

»Du hast recht. Dein Dad ist geliefert.«

»Kein Wunder, dass er keinen Namen nennen will.«

»Langsam glaube ich tatsächlich, an den Gerüchten ist was dran«, sagte Andrew.

»Jap. Ich auch.« Sie gähnte wieder.

»Du solltest ins Bett gehen.«

Jax kuschelte sich unter die Decke. »Ich bin im Bett.«

»Oh. Schade, dass ich nicht bei dir bin. Ich dachte, wir wären mindestens eine Woche lang Tag und Nacht zusammen.«

»Pass lieber auf, was du dir wünschst. Die Fahrt von hier zum Büro in London und zurück ist während der Rushhour ein Höllentrip.«

»Plötzlich finde ich den Londoner Verkehr ganz sympathisch.«

Sie lachte.

»Ich gebe dir einen Schlüssel.«

Das überraschte sie. »Ist das nicht ein bisschen früh?«

»Du willst keinen Schlüssel?«

»Das habe ich nicht gesagt.«

»Dann kriegst du einen.«

»Andrew!«

»Was ist? Ich bitte dich ja nicht, bei mir einzuziehen. Ich gebe dir bloß die Möglichkeit, bei mir zu übernachten, wenn es spät wird und du müde bist. In den letzten Minuten hast du dreimal gegähnt. Ich mache dir das Leben leichter.«

Jax zog die Knie an die Brust und lächelte. »Falls ich ihn mal benutze, melde ich mich vorher an.«

»Wenn ich Angst haben müsste, dass du mich bei irgendwas ertappst, würde ich dir keinen Schlüssel geben. Ich kann nicht mehrere Frauen gleichzeitig daten. Dafür fehlen mir die Gene. Und nach dem ganzen Drama um deinen Dad würde ich mir damit außerdem den Titel als Drecksack des Jahres sichern.«

Sie lachte. »Okay.«

»Du nimmst den Schlüssel?«

»Ich nehme den Schlüssel. Und du sagst mir Bescheid, falls sich etwas ändert und du ihn zurückwillst.«

»In Ordnung.«

»Manchmal lässt das Interesse nämlich nach und man entfernt sich voneinander.«

»Und manchmal ist das Glas halb voll. Wir sind nicht deine Eltern.«

Sie verzog das Gesicht. »Du meinst, ich sehe zu schwarz?«

»Jap.«

»Ich werde daran arbeiten.«

»Schon gut«, sagte er. »Ich werde offen und ehrlich zu dir sein und du zu mir.«

»Abgemacht.« Sie seufzte. »Kriege ich auch einen hübschen Schlüsselanhänger?«

Andrew gluckste. »Mal sehen, was ich tun kann.«

Sie gähnte wieder, und spürte, wie ihr die Augen zufallen wollten. »Weißt du, was ich wirklich brauche?«

»Was denn?«

»Ein Auto. Seit ich hier bin, fahre ich in einem Mietwagen herum, und das ist eigentlich Quatsch.«

»Sag mir, was dir vorschwebt, dann helfe ich dir beim Suchen. Du hast gerade schon genug um die Ohren.«

»Das willst du wirklich tun?«

»Fragst du das jetzt im Ernst? Die Frau, die ich date und die mir vor Kurzem noch gesagt hat, sie würde Europa vermutlich bald wieder verlassen, will sich jetzt hier ein Auto kaufen. Ich glaube, mein heimlicher Plan, dich hierzubehalten, geht langsam auf.«

»Wie lange ich wirklich bleibe, ist immer noch unklar.«

»Ich weiß. Aber ein Junge darf schließlich Träume haben. Wenn du dir jetzt noch einen Hund zulegst, muss ich mir keine Gedanken mehr machen.«

Die Vorstellung machte sie ein bisschen wehmütig. »Ich hatte noch nie einen Hund.«

»Wirklich?«

»Wirklich. Claire und ich haben mal darüber nachgedacht, aber es hat nie gepasst.«

»Lass uns mit einem Auto anfangen. Und jetzt ruh dich aus. Ruf mich morgen an und sag mir, wonach ich suchen soll. Ich kümmere mich darum.«

»Danke.«

»Gute Nacht, Jax.«

»Gute Nacht.«

Sie schloss ihr Telefon an das Ladekabel auf dem Nachttisch an und machte das Licht aus.

Andrew wollte ihr einen Schlüssel geben.

Zu einer Wohnung, in der sie noch gar nicht gewesen war.

Sie konnte gar nicht aufhören zu lächeln.

Was er wohl von einem topmodernen Überwachungssystem hält?

Kapitel 25

Er hörte nur eine Seite des Gesprächs und konnte nur diesen Teil analysieren.

Das Telefon abzuhören, wäre problemlos machbar, aber viel riskanter gewesen. Im Moment wussten sie nichts von ihm und würden unvorsichtig sein.

Andrews Stimme änderte sich, wenn er mit ihr sprach. Sie klang weicher, tiefer … verliebt.

Er schob die Bilder weg, die das Wort in seinem Kopf heraufbeschwor, und machte sich Notizen.

»Wenn dein Bruder so weitermacht, hat er mit vierzig einen Herzinfarkt oder einen Schlaganfall.«

Stille, gefolgt von Lachen.

»Du musst mir nicht danken. Er ist mein Freund.«

Stille.

»Ja? Hm …«

Stille.

»Habt ihr schon irgendeine Ahnung, wer jetzt die Schnüffelarbeit für die Richter-Akten macht? ... Glaubst du, sie redet mit dir?«

Er richtete sich auf, lauschte konzentrierter.

»Dabei wirkt dieses Internat eigentlich total normal ... Nein, mach dir keine Gedanken. Bis bald.«

Der Anruf endete mit einem Seufzen.

»Ich verliere gerade mein Herz an dich, Jacqueline.«

Die letzten Worte waren nach dem Auflegen geflüstert worden.

Es war höchste Zeit, einen Schlussstrich zu ziehen. Seine Zielperson war bald tot, und dass dieser Mann dann verzweifelt sein würde, berührte ihn. Das konnte nicht sein.

Durfte nicht sein.

Er betrachtete seine Notizen, zog einen Kreis um das Wort »Akten« und schaltete seinen Computer ein.

* * *

Vor einem gigantischen Bildschirm sprach Jax bei der Videokonferenz mit dem kalifornischen Team. In Kalifornien konnte man hinter den Gesichtern in London das Whiteboard mit den Namen sehen.

»Ich bin das Gespräch mit Lodovica noch x-mal durchgegangen. Sie hat ganz sicher einen Informanten an der Schule. Schon dass sie meine vorgetäuschte Verlobung mit Leo letztes Jahr erwähnt hat, ist ein Beweis. Sie weiß, wer für Richter Geheimnisse ausgräbt, behält es aber für sich. Von der Affäre meines Vaters wusste sie auch. Ich bin ziemlich sicher, dass sie sogar den Namen der Frau kennt. Über Sashas und AJs Hochzeit war sie ebenfalls informiert, nur dass Claire und Cooper verlobt sind, schien ihr neu.«

»Klingt, als hätte sich Lodovica in ihrer Zeit im Knast kaum geändert«, stellte Claire fest.

Sven nickte. »Möglicherweise hat sie die Presse informiert oder Informationen nach draußen durchsickern lassen.«

»Aber wozu?«, fragte Jax.

»Als Ablenkungsmanöver«, antwortete Neil.

»Damit du zu beschäftigt bist, um den Richter-Schnüffler zu finden.«

»Aus meiner Sicht hat Lodovica viel zu bereitwillig durchblicken lassen, dass sie über uns hier draußen Bescheid weiß.«

»Damit wollte sie dir sagen, dass uns jemand im Auge behält«, folgerte Sasha.

»Sprechen wir von einer Person? Oder von zweien?« Die Fragen kamen von Sven.

Jax stellte weitere in den Raum. »Wer hat in Deutschland den Tracker an unserem Mietwagen angebracht? Wer informiert Lodovica über ihre früheren Schützlinge? Ist es jemand aus dem Internat? Handelt es sich um ein und dieselbe Person oder suchen wir nach zwei verschiedenen Leuten? Wer forscht nach den Geheimnissen der Familien, die ihre Kinder in Richter anmelden? Und benutzt der Schnüffler sein Wissen selbst als Druckmittel oder gibt er es nur weiter?«

»Wir könnten es mit vier verschiedenen Leuten zu tun haben.«

»Mit fünf, wenn wir Daddys Geliebte noch dazuzählen.« Sven warf Jax einen kurzen Blick zu und lächelte bedauernd.

»Mit der Geschichte um die Affäre will man uns ablenken«, beharrte Neil.

»Sehe ich auch so«, pflichtete ihm Sasha bei.

»Wie läuft's mit den Namen aus den Zimmerreservierungen in Deutschland?«

»Einen nach dem anderen zu durchleuchten, ist ziemlich zeitaufwendig. Dass Hazel eine grauenhafte Klaue hat und alle Namen außer den deutschen fürchterlich falsch schreibt, macht die Sache nicht leichter.«

»Wenn wir damit durch sind, schauen wir nach, ob es Übereinstimmungen mit Personen gibt, die im Gefängnis ein und aus gehen.«

»Das kann dauern, Boss«, sagte Sven.

»Die Zeit nehmen wir uns. Und unsere eigenen Systeme überprüfen wir ab jetzt täglich. Ich möchte ausschließen können, dass sich irgendein Richterabsolvent bei uns eingehackt hat.«

»Verstanden.«

»Das wär's für heute. Das nächste Update dann morgen.«

»Moment.« Claire schob sich vor die Kamera. »Jax, die Frau vom Brautmodensalon hat angerufen. Sie hat drei Kleider für Brautjungfern, die zu meinem passen würden. Meinst du, du könntest hinfahren und sie dir zeigen lassen?«

Jemand neben Jax schnaubte.

»Ich gehe mir später ein paar Autos anschauen. Dann fahre ich dort vorbei.«

»Du willst dir ein Auto kaufen?« Claires Lächeln fiel ab.

»Ich denke praktisch.«

»Wie geht's Andrew?«

»Genug gequasselt.« Neils Stimme war lauter geworden.

Das Schnauben hinter Jax verwandelte sich in ein Lachen.

»Ich ruf dich später an.«

Jemand brach die Videoschalte ohne Verabschiedung ab.

»»Wie geht's Andrew?‹« James sprach eine Oktave höher als gewöhnlich und ahmte Claire nach.

Jax antwortete, ohne aufzublicken. »Ich hau dir eine rein. Und das wird wehtun.«

Das Lachen hörte trotzdem nicht auf.

* * *

Als Andrew Jax am frühen Nachmittag abholte, brummte ihr der Schädel.

Er legte die Arme um sie. »Du siehst müde aus.«

»Bin ich auch.« Sie schmiegte sich an ihn und hob ihm die Lippen entgegen.

Er küsste sie zärtlich und lange. Dann öffnete er ihr die Tür auf der Beifahrerseite, ging um den Wagen herum und setzte sich ans Steuer.

»Danke, dass du mitkommst.«

»Das tue ich gerne.« Er ließ den Motor an.

Sie zog den Detektor aus der Tasche und schaltete ihn ein.

»Glaubst du wirklich, jemand würde sich die Mühe machen, meinen Wagen zu verwanzen?«

»Gebranntes Kind.«

Nach einem gründlichen Scan erklärte sie das Fahrzeug für sauber.

»Bevor wir Autos shoppen gehen, muss ich für Claire etwas erledigen.«

»Und das tun wir wo?«

»Du wirst dich gruseln.«

Eines musste sie Andrew lassen. Den Brautmodensalon betrat er, ohne mit der Wimper zu zucken. Beatrice kam ihnen mit einem gewinnenden Lächeln entgegen.

»Miss Simon. Schön, dass Sie kommen.«

»Claire hat gesagt, Sie hätten ein paar Kleider für uns.«

»Ja. Absolut traumhaft, alle drei. Ich hoffe, die Entscheidung wird Ihnen schwerfallen.« Beatrice drehte sich zu Andrew.

Jax stellte die beiden einander vor.

»Die Meinung eines Mannes ist uns immer willkommen.«

»Ich kann es kaum erwarten.«

Sie folgten Beatrice durch das Geschäft. Unterwegs beugte sich Jax zu Andrew. »Du bist ein Junggeselle in einem Brautmodensalon und ich sehe keine Schweißperlen auf deiner Oberlippe.«

»Gib mir ein paar Minuten.«

Sie gluckste.

»Darf ich Ihnen ein Glas Champagner anbieten?«, fragte Beatrice, als sie den Vorführraum betraten.

Jax schüttelte den Kopf. »Heute lieber nicht. Wir müssen gleich noch ein Auto aussuchen.«

»Tee vielleicht?«

»Mineralwasser, falls Sie welches haben.«

Beatrice nickte und schaute Andrew an.

»Für mich auch.«

»Sie können gerne schon anfangen. Unterwäsche finden Sie in der Kabine. Haben Sie Schuhe dabei?«

»Nein. Dass wir herkommen, hat sich ganz kurzfristig ergeben.«

»Welche Größe?«

»Achtunddreißig.«

»Bin gleich wieder da.«

Jax stellte ihre Handtasche neben Andrew auf ein Sofa und schlüpfte aus den Schuhen.

»So sieht das also aus, wenn Frauen shoppen.«

»Du hast eine Schwester. Das kann dich nicht überraschen.«

Andrew zwinkerte ihr zu, lehnte sich zurück und legte die Arme auf die Rückenlehne des Sofas.

»Du siehst mir fast ein bisschen zu entspannt aus.«

»Du wirst dich gleich hinter diesem Vorhang ausziehen, und ich werde die ganze Woche lang darüber fantasieren.«

Jax verdrehte die Augen, knöpfte aber ihre Bluse auf und ließ sie von den Schultern gleiten, bevor sie hinter dem Vorhang verschwand.

Andrew knurrte.

Im Spiegel bewunderte sie ihr neues Lächeln und es wärmte ihr Herz. Dass sie so glücklich aussah, verdankte sie dem Mann da draußen.

»Bitte schön, Mr Craig«, hörte Jax Beatrice sagen.

Einen Augenblick später trat die Frau zu ihr in die Kabine und half ihr mit dem ersten Kleid. Ähnlich geschnitten wie Claires Hochzeitskleid betonte es Jax' Kurven. Es hatte einen tiefen Rückenausschnitt und fiel wunderbar fließend bis zum Boden.

Beatrice schloss die Häkchen im Rücken, schob ihr hochhackige Schuhe hin und öffnete den Vorhang.

Andrew legte sein Smartphone weg und blickte auf.

Sein Lächeln wurde weicher, seine Lippen öffneten sich.

Jax strahlte.

Was gab es Schöneres, als wenn ein Mann eine Frau mit so viel Bewunderung und Verlangen anschaute?

»Kommen Sie zu den Spiegeln«, forderte Beatrice sie auf. Dort zupfte sie den Rock zurecht, hielt das Kleid in der Taille mit den Fingern etwas zusammen und erklärte, welche Änderungen noch notwendig sein würden.

Sie schnappte sich einen Clip, drehte Jax' Haar zu einem schlichten lockeren Knoten und steckte es auf. Dann zog sie ein paar Strähnen heraus und ließ sie ihr über den Rücken fallen. »So kommt das Kleid am besten zur Geltung.«

Jax drehte sich vor den Spiegeln. »Es ist umwerfend.«

»Was meinen sie, Mr Craig?«, fragte Beatrice.

Andrew räusperte sich. »Bin ich zu der Hochzeit eingeladen?«

Jax lachte. »Das kommt ganz auf dich an.«

313

»Dann finde ich es wunderschön.«

Beatrice gluckste und griff nach einer Kamera. »Ich mache ein paar Fotos und ein kurzes Video für die Braut.«

Sie wiederholten dieselbe Prozedur mit den beiden anderen Kleidern, und Jax hätte tatsächlich nicht sagen können, welches ihr am besten gefiel. Die Entscheidung überließ sie sehr gerne Claire.

Angeregt plaudernd half Beatrice ihr aus dem letzten Kleid. »Als Sie kürzlich mit den anderen Damen hier waren, habe ich gesagt, Sie erinnern mich an jemand. Wissen Sie noch?«

Jax stieg aus dem Kleid. »Ja. Ist Ihnen eingefallen, wer das sein könnte?«

Beatrice strahlte. »Addison Philips. Womöglich kennen Sie sie ja.«

»Nein.« Jax zog ihren BH wieder an.

»Sie war letzte Woche mit einer Freundin hier, die bald heiratet, und es war, als würden Sie vor mir stehen. Addison ist Ihnen wie aus dem Gesicht geschnitten. Sie könnte Ihre Schwester sein.«

Jax lächelte. Hielt inne.

Während Beatrice weiterredete, erstarrte die Welt.

»Es heißt ja, jeder hätte mindestens einen Doppelgänger, aber ...«

Der Raum fühlte sich plötzlich kalt an. »Wie alt ist sie?«

»Etwa gleich alt wie Sie, möchte ich annehmen.«

»Addison Philips?« Dieser Name. Wo hatte sie den schon einmal gehört?

Beatrice hängte das Kleid auf, nahm die Schuhe und verließ die Kabine. »Ja. Beinahe unheimlich. Ich schicke die Fotos und Videos an Claire.«

Jax zog sich hastig an und hatte es plötzlich sehr eilig.

* * *

314

Die Beine entspannt von sich gestreckt, wartete Andrew auf dem Sofa auf sie.

Als sie aus der Kabine trat, hatte sich ihr Gesichtsausdruck verändert. »Was ist?«

»Ich habe was vergessen.« Sie schnappte sich ihre Handtasche und nahm ihn am Arm. »Vielen Dank noch mal, Beatrice.«

»Sehr gern geschehen, meine Liebe. Es war mir ein Vergnügen, Sie kennenzulernen, Mr Cr…«

Sie waren schon aus der Tür.

»Wo brennt's?«

»Addison Philips.«

»Wer?«

Jax hechtete geradezu auf den Beifahrersitz und tippte dabei etwas in ihr Smartphone. Andrew stieg ein und drehte sich zu ihr.

Sie las. Runzelte die Stirn.

Ihr Herz machte einen riesigen Sprung.

»Die Autosuche ist verschoben, oder?«, fragte Andrew.

Jax nickte bedächtig.

»Theodore Philips ist einer der Investoren von JT Capital. Oder vielmehr, er war es.«

Der Name klang vertraut.

Und plötzlich verbanden sich die Punkte zu einem Bild.

Jax beugte sich wieder über ihr Telefon. »Theodores Tochter sieht aus wie ich.«

»Du denkst …«

Sie schnappte nach Luft. »Heilige Scheiße.«

Er nahm ihr das Smartphone aus den Fingern.

Auf dem Familienfoto stand neben einem Paar ein Mädchen, das fast genauso aussah wie Jax. Unter dem Bild war der Name der Familie abgedruckt. Theodore Philips war ein alter Mann, weit über siebzig. Und vielleicht wirkte er noch älter, weil die Frau an seiner Seite bestenfalls Ende vierzig sein konnte.

»Was meinst du?«

Andrew gab ihr das Telefon zurück.

»Verrückt.«

Sie wählte eine Nummer und drückte das Telefon ans Ohr. »Könnt ihr die Adresse einer Addison Philips rausfinden?« Jax kramte einen Stift und Papier aus ihrer Handtasche. »Hm-hm. Okay. Danke … Nein. Okay.«

Sie legte auf und tippte die Adresse in das Navi des Wagens. »Da fahren wir jetzt hin.«

»Geht klar.« Andrew ließ den Motor an.

Während er sich vom Navi leiten ließ, las Jax vor, was sie über Addison Philips herausfand.

»Sie ist ein Jahr älter als ich und hat ihren Schulabschluss in Oakman gemacht.«

»Das ist ein Internat im Norden.«

Jax schaute weiterhin aufs Display. »Als ihr Vater vor einem halben Jahr gestorben ist, hat sie sein Vermögen geerbt.«

»Ah, richtig. Deshalb kam mir der Name bekannt vor. Etliche Zeitungen haben im Finanzteil darüber berichtet.«

»Einen der Artikel habe ich gerade gefunden.« Jax überflog den Text.

> »*Theodore Philips, verstorben mit dreiundachtzig. Hinterlässt Marion Philips und die gemeinsame Tochter Addison. Und Richard Philips, einen mit der Familie zerstrittenen Sohn. Der jetzt das Testament anficht.*«

»Ja. Ja. Jetzt fällt es mir wieder ein. Harry hat mir davon erzählt und gesagt, das zweite Kind hätte die Anteile geerbt.«

»Kein Kind. Eine Frau. Sie ist älter als ich.«

»Selbst für jemanden in deinem Alter sind das ziemlich viele Nullen«, stellte Andrew fest.

Jax stieß einen Pfiff aus. »Allerdings.«

»Der Halbbruder will gegen seine Halbschwester prozessieren. Warum hat Theo das Geld nicht seiner Frau vermacht? Sieht aus, als wäre die komplett leer ausgegangen.«

Sie verließen die Autobahn und fanden sich auf einer Landstraße wieder. Das Navi führte sie an großen Grundstücken mit hohen Zäunen vorbei. »Ich weiß nicht, was du dir von diesem Ausflug erhoffst.«

»Ich auch nicht. Aber ich muss mir ansehen, wo sie wohnt.«

Das Anwesen, vor dem sie schließlich standen, konnte es gut mit dem der Harrisons aufnehmen. Nur dass dieses hier ziemlich frei zugänglich wirkte. Keine Tore, um ungeladene Gäste fernzuhalten. Hecken und Bäume boten einen gewissen Sichtschutz. Aber mehr auch nicht.

Sie parkten ein Stück entfernt und Andrew stellte den Motor ab.

Die Stille der ländlichen Umgebung sickerte in den Wagen. »Und jetzt?«

Jax löste den Sicherheitsgurt. »Warte hier.«

»Was hast du vor?«

»Ich schaue mich ein bisschen um.«

»Im Ernst?«

Jax hauchte ihm einen Kuss auf die Lippen und stieg aus.

»Was zum …?« Andrews Nerven begannen zu prickeln.

* * *

Absolut unfassbar. Keine einzige Kamera, keine Alarmanlage.

Jax schaute die Straße entlang. Die Stromkabel waren offenbar unterirdisch verlegt.

Sie joggte ein Stück, dann tauchte sie zwischen die Bäume ab, die das Grundstück zur Straße hin begrenzten. Jede Menge gute Verstecke, von denen aus man ungesehen auf den Besitz gelangen konnte.

Mit einem Plan im Kopf kehrte sie zum Wagen zurück.

Andrew schnaubte ungehalten. »Was soll das, Jax? Wenn dich jemand sieht!«

»Dann suche ich nach Fluffy. Der verdammte Köter ist mal wieder weggelaufen.«

Er lächelte fast gegen seinen Willen. »Du hast nie einen Hund gehabt.«

Sie holte sich ein Satellitenbild der Umgebung aufs Smartphone und bat Andrew, zur Rückseite des Grundstücks zu fahren. Doch leider grenzte hinten ein anderes Anwesen an das der Philips. Was sich allerdings noch als praktisch erweisen konnte.

»Und was jetzt?«

Sie seufzte laut auf. »Keine Ahnung. Vielleicht komme ich später mit ein paar Spielsachen zurück.«

»Will ich wissen, was das heißt?«

»Ähm, ja … Nein.«

»Dass ihr euch so ähnlich seht, könnte purer Zufall sein.« Andrew packte das Steuer fester.

»An solche Zufälle glaube ich nicht. Überleg mal. Mein Vater gesteht meiner Mutter urplötzlich eine Affäre, von der er behauptet, sie liege lange zurück. Warum sollte er das tun? Falls Addison Philips tatsächlich seine Tochter ist …« Sie brach ab. Ihr war gerade ein Gedanke gekommen. »… dass meine Halbschwester, die mir unglaublich ähnlichsieht, jetzt plötzlich zu den wichtigsten Investoren bei JT Capital gehört und jederzeit bei ihm im Büro oder bei Besprechungen auftauchen kann …«

»… und die bei der gerichtlichen Auseinandersetzung um ihr Erbe mit der Behauptung konfrontiert wird, dass Theodore gar nicht ihr Vater ist«, fügte Andrew hinzu.

»Genau. Skandale in vermögenden Kreisen sind nicht bloß für die Klatschpresse ein gefundenes Fressen. Sobald Addisons Foto in den Zeitungen erscheint, werden Fragen gestellt. Man zählt eins und eins zusammen und die Affäre kommt ans Licht. Also möchte mein Dad Schadensbegrenzung betreiben und spricht mit meiner Mutter.«

»Ein Kind mit einer anderen Frau ist noch mal was anderes als eine Affäre.«

Jax lehnte sich zurück und betrachtete ein Foto von Addison. Sie war schön. Das Haar trug sie ein bisschen kürzer als sie, die Farbe war ein wenig dunkler. »Meine Großmutter hat manchmal im Scherz gesagt, die Jungs in der Familie könnten von jedem sein. Aber die Mädchen sehen offenbar alle aus wie mein Urgroßvater. Unsere Babyfotos könnte man jedenfalls ohne Weiteres verwechseln.«

Andrew legte die Hand auf ihre. »Vielleicht bist du tatsächlich auf der richtigen Spur.«

Das »Vielleicht« konnte er getrost vergessen.

»Was weißt du über Oakman?«

»Gute Privatschule. Fast wäre meine Schwester dort gelandet.«

»Ich vielleicht auch, wenn man mich hier in England behalten hätte.«

»Was willst du damit sagen?«

Tausend Gedanken wirbelten ihr durch den Kopf. »Wie hoch ist die Wahrscheinlichkeit, dass Addisons Vater sie in seinen letzten Lebensjahren einmal mit zu JT Capital genommen hat?«

»Ich hätte meine Tochter auf die Zeit nach mir vorbereitet. Uns werden jedenfalls öfter zukünftige Erben vorgestellt.«

»Wie mein Vater es wohl finden würde, wenn ich von nun an regelmäßig in seinem Büro auftauche?«

»Großer Gott, Jax!«

»Außerdem frage ich mich gerade, ob ich vor allem deshalb auf ein Internat in Deutschland geschickt worden bin, weil es schön weit weg ist und ich damit halbwegs unsichtbar war. Dad meinte immer, Richter sei ein sicherer Ort. Aber vielleicht hieß das, dass vor allem sein Geheimnis dort sicher war.«

»Womöglich muss ich deinem Vater tatsächlich eine reinhauen, wenn ich ihn das nächste Mal treffe.«

»Stell dich schon mal hinten an.«

* * *

Er richtete das Fernglas auf die Adresse an einem Pfeiler am Eingang des Anwesens.

Ein paar Klicks, und er hatte einen Namen. Und ein Foto.

»Du machst mir die Arbeit viel zu leicht, Jacqueline.«

Er ließ den Wagen an und folgte ihnen mit einigem Abstand.

KAPITEL 26

Anstatt zum Londoner Hauptquartier fuhren sie zu Andrews Wohnung.

In den hohen, luftigen Räumen dominierten ruhige Grau- und Blautöne und helles Holz. Im Wohnzimmer stand neben einem einladenden Sofa ein Liegesessel. An einer Wand hing ein gigantischer Fernseher.

Ausgesuchte Kunstwerke harmonierten mit der Einrichtung, Lampen und Beistelltische setzten kleine Akzente. Sehr stylisch für eine Junggesellenwohnung.

»Meine Schwester hat mir geholfen«, erklärte Andrew, bevor Jax fragen konnte.

»Die hat einen guten Geschmack.«

Er ging zum Kühlschrank in seiner zum Wohnbereich hin offenen Küchenzeile. »Was möchtest du trinken?«

»Was schlägst du vor?«

»Kommt darauf an, ob wir noch mal weggehen.«

Jax überlegte kurz und entschied sich dagegen. »Ich muss erst mit dem Team über die Entdeckung heute sprechen. Dass ich persönlich in die Sache verwickelt bin, darf mir nicht im Weg stehen.« Was vermutlich schwierig sein würde.

»In dem Fall … Bier? Wein? Martini?«

»Martini.«

Andrew wusch sich an der Spüle die Hände.

»Hast du einen Laptop?«

»Den Flur entlang und dann die erste Tür links.«

Jax ging durch die Wohnung, schaute durch offene Türen. »Alles blitzeblank bei dir.«

»Einmal die Woche kommt eine Putzkraft.«

Sie fand den Laptop auf einem Schreibtisch und steckte ihn aus.

»Bringst du oft Arbeit mit nach Hause?« Sie trug den Computer in die Küche.

»Das ist eine schlechte Angewohnheit. Aber ja.«

»Du bist ehrgeizig. Das ist völlig in Ordnung.«

»Mein Vater schimpft, wenn ich zu Hause arbeite.« Andrew senkte die Stimme. »›Lass die Arbeit im Büro.‹«

»Ein guter Rat.«

Sie öffnete den Laptop und er erwachte zum Leben. »Kein Passwort?«

»Ich wohne allein hier.«

Jax verdrehte die Augen. »Du musst noch viel lernen, England.«

Andrew warf Eis in einen Shaker und schloss die Tür des Gefrierfachs. »Gut, dass du es mir beibringen kannst.«

Jax klickte sich ins Internet und machte sich auf die Suche. Mit Marion Philips fing sie an. Sie sah ihrer Mutter ähnlich genug, um vermuten zu lassen, dass Jax' Vater ein Beuteschema hatte.

Bei Addisons Geburt waren Marion und Theodore bereits fünf Jahre verheiratet gewesen. Die Verbindung erinnerte an die typische Konstellation, bei der sich ein älterer reicher Mann mit einer schönen jüngeren Vorzeigefrau schmückte. Für Theodore war es die dritte Ehe, für Marion die erste. Jax fand nur kurze Artikel über die beiden. Und nur ein paar wenige Fotos auf den Gesellschaftsseiten, meist bei Wohltätigkeitsveranstaltungen aufgenommen. Fast alle stammten aus den ersten Jahren der Ehe.

Dann wurden die Informationen spärlicher und es ging vor allem um das Investmentportfolio, das Andrew und Harry sicher deutlich mehr interessiert hätte als sie.

Andrew gab ihr den Martini. »Cheers.«

»Danke.« Sie nahm einen Schluck und summte. »Hmm. Gut.«

Er trat hinter sie und stellte sein Glas ab.

Als nächstes gab sie Kombinationen von Namen in das Suchfeld ein. Den ihres Vaters zusammen mit Marions. Addison und Richard. Sie stieß auf weitere Fotos und Artikel. Addison war die Tochter eines sehr reichen Mannes und erschien schon deshalb hin und wieder in den Medien. Meist stand sie auf den Fotos an der Seite ihres Vaters. Es sah aus, als hätten sich die beiden gut verstanden.

Jax klickte sich kreuz und quer durchs Netz und druckte zahllose Artikel aus, um sie später noch einmal in Ruhe lesen zu können.

»Wonach suchst du genau?«, fragte Andrew, als sie das erste Glas beinahe geleert hatten.

»Das weiß ich noch nicht.«

»Während du recherchierst, fange ich schon mal an zu kochen.«

Jax blickte auf. »Du kannst kochen?«

Andrew hob die Schultern. »Vier Gerichte wirklich gut. Bei den anderen improvisiere ich.«

»Krieg ich eins von den guten oder was Improvisiertes?«

»Das sagst du mir nach der ersten Gabelvoll.«

Andrew hantierte mit einem Geschirrtuch über der Schulter in der Küche.

Und Jax musste einfach lächeln. Wie um alles in der Welt war ausgerechnet dieser Mann in ihr Leben geplatzt?

Er wandte ihr den Rücken zu und sie biss sich beim Anblick seines Hinterns auf die Unterlippe. Appetitlich. Sehr.

Mit einiger Mühe gelang es ihr, den Blick loszureißen und wieder auf den Computer zu richten.

JT Capital war alljährlich bei zwei Wohltätigkeitsveranstaltungen vertreten. Eine fand in der Weihnachtszeit statt, die andere im Frühjahr. Bei der ersten wurde Geld für krebskranke Kinder gesammelt, bei der zweiten gab es eine stumme Auktion, deren Erlöse der Hungerhilfe zugutekamen.

Die bunten Blätter liebten Fotos der Reichen und Berühmten. Schöne Kleider und Blingbling.

Nach gefühlt hundert Fotos fand Jax endlich eines, das sie weiterbrachte.

Es zeigte ihre Eltern mit dem Ehepaar Philips. Alle vier trugen festliche Kleidung und waren noch viele Jahre jünger.

»Na bitte. Was sagt man dazu?«

»Wozu?«

Sie drehte den Laptop und zeigte Andrew das Foto.

»Und das beweist was?«

»Es beweist, dass sie einander kannten.«

Er wandte sich wieder den Steaks zu.

Genug. Sie klappte den Laptop zu und schob ihn beiseite. »Was kann ich tun?«

»Willst du uns noch einen Martini mixen?«

»Kommt sofort.«

Nachdem ihre Mägen voll und ihre Gehirne ein bisschen angeschickert waren, nachdem das Geschirrspülen zu einem Spiel mit Schaum, einem Klaps auf den Hintern und Sex in der Küche ausgeartet war, lagen Jax und Andrew gemütlich in seinem Bett und verdauten gemeinsam den Tag.

»Ich frage mich, wie sie wohl ist.«

»Falls sie wirklich deine Schwester ist, wirst du das sicher rausfinden.«

»Mal sehen. Den Fotos nach haben sie und ihr Vater sich sehr nahegestanden. Weshalb sollte ich ihr das kaputtmachen?« Je mehr Jax darüber nachdachte, desto weniger wollte sie die junge Frau in diesen Skandal hineinziehen.

Andrew legte die Arme um sie. »Das musst du heute Nacht nicht mehr entscheiden.«

Jax schloss die Augen. »Oh, Mist!«

»Was ist?«

»Ich habe vergessen, meiner Mutter zu sagen, dass ich auswärts schlafe.«

»Schreib ihr eine Nachricht. Dann sieht sie sie morgen früh.« Andrew gab Jax ihr Smartphone.

Als sie fertig getippt hatte, griff sie über ihn hinweg und legte das Telefon auf den Nachttisch.

Sie wollte den Kopf wieder an seine Schulter schmiegen, doch er legte eine Hand an ihre Wange und hielt sie zurück. »Habe ich dir schon gesagt, wie schön du bist? Und wie wunderbar ich es finde, dich hier bei mir zu haben?«

»Nein. Hast du nicht.«

Andrew drehte sie auf den Rücken und breitete ihr Haar auf seinem Kopfkissen aus. »Du bist wunderschön, Jacqueline. Und dich hier liegen zu sehen, genau hier, mit deinem Haar auf meinem Kissen und deinen Lippen ganz rot von meinen Küssen … Das habe ich mir schon ausgemalt, als du mich bei unserem ersten Martini angelächelt hast.«

Sie strich mit ihrem Bein an seinem entlang. »Das war ein besonders guter Martini.«

»Oh ja.« Lachend drückte er die Lippen auf ihre.

Jeder Gedanke an Cocktails und Skandale zerstob. Stattdessen nahmen sie sich, was sie haben wollten, und genossen jede einzelne Sekunde.

* * *

»Ich habe rausgefunden, mit wem mein Vater die Affäre hatte«, erklärte Jax, als bei der Teamkonferenz am folgenden Nachmittag auch Kalifornien online war. »Die Frau heißt Marion Philips.«

»Ich dachte, wir wären uns einig, dass die Geschichte nur ein Ablenkungsmanöver ist.« Neil blickte streng in die Kamera.

»Und ich habe eine Halbschwester.«

Neils Miene veränderte sich schlagartig.

Jax fasste zusammen, was ihre Recherchen ergeben hatten, und zeigte am Ende ein Foto von Addison.

»Krass«, murmelte Sven, während er sich die Fotos anschaute, die Jax herumreichte.

»Der absolute Hammer«, sagte Cooper.

»Verdammt, Jax. Hast du es deiner Mutter schon gesagt?«, fragte Claire.

»Nein.«

»Warte noch ab«, sagte Neil.

»Okay.«

»James, Claire … Ihr nehmt euch alles vor, was Jax in den Medien gefunden hat, macht einen Faktencheck und grabt noch tiefer. Jax, du und Sven, ihr findet raus, von wem der Tracker am Mietwagen war.«

»Ich könnte helfen, Addison …«, begann Jax.

»Nein. Du bist zu nah dran und nicht objektiv.«

»Aber ich …«

»Nein.« Neils Tonfall war unerbittlich.

Verdammt!

»Ich rufe Lodovica an«, erklärte Jax kurzerhand.

»Wozu?«

»Ich will wissen, ob sie über Addison informiert war.«

»Jax!«

326

»Moment. Lass mich erklären. In den Richterakten fehlt etwas. Dort gibt es eine Notiz über die Affäre, aber nichts über die Folgen. Addison Philips erbt jetzt ein riesiges Vermögen. Gleichzeitig nehmen wir an, dass jemand für Richter nach schmutziger Wäsche und Geheimnissen stöbert. Vielleicht wird derjenige versuchen, Lodovica anzuzapfen. Deshalb sollten wir rausfinden, ob sie von Addison wusste. Falls sie keine Ahnung hatte, schön. Dann behalten wir weiterhin die Gefängnistore im Auge und gehen allen möglichen Hinweisen nach. Aber falls sie informiert war, müssen wir Addison helfen, das Geheimnis zu bewahren.«

»Weshalb?« Neils knappe Frage brachte Jax kurz ins Stocken.

»Weil sie nichts dafürkann, dass mein Vater mit ihrer Mutter geschlafen hat. Und allem Anschein nach hat Addison Theodore geliebt. Sie hat es nicht verdient, dass ihre Welt zerbricht.« Jax spürte, wie sie bebte, weil so viele widerstreitende Gefühle an ihr zerrten.

Einen Moment lang herrschte Stille. Dann sprach Claire. »Und sie ist deine Schwester.«

Jax starrte in die Kamera. »Du bist meine Schwester.«

»Das ist …«, begann Neil.

Jax unterbrach ihn. »Falls Lodovica von Addison weiß, was weiß sie dann noch? Bei meinem Besuch hat sie gesagt, wenn sie aus dem Knast raus ist, würde sie sich ›um ihre eigenen Angelegenheiten kümmern‹. Das kann alles Mögliche bedeuten. Aber falls sie die Geschichte an die Presse durchgestochen hat, sollte sie erfahren, dass ›sich um ihre eigenen Angelegenheiten kümmern‹ reines Wunschdenken bleiben könnte.«

»Du bist zu nah dran.«

»Nur noch der eine Anruf, dann bin ich raus und warte auf euren Bericht.«

»Dann bist du wirklich raus.« Neils Ton war Mahnung und Drohung zugleich. »Wenn irgendwer mitbekommt, dass du um Addison rumschleichst, muss Lodovica gar keine Gerüchte mehr streuen. Dann führst du den Beobachter direkt zu der Millionenerbin.«

»Ein Anruf.«

»Dieser eine Anruf und dann raus«, lenkte Neil ein.

* * *

Lodovica ans Telefon zu bekommen, dauerte zwanzig Minuten. Jax ließ den Anruf abhören und mitschneiden, damit sie ihn später analysieren konnten.

»Was wollen Sie, Jacqueline?« Kein Hallo, keine Höflichkeiten.

»Wie geht es Ihnen?«

»Deswegen rufen Sie nicht an.«

»Sie wissen über meinen Vater Bescheid.«

Lodovica seufzte. »Ich habe doch gesagt, dass ich Ihnen da nicht helfen kann.«

»Haben Sie mit der Presse geredet?«

»Was sollte mir das nützen?«

Das war kein Nein. »Weshalb haben Sie die Details weggelassen?«

Lodovica zögerte. »Sie arbeiten jetzt als private Ermittlerin, richtig?«

»Ja.«

»In einem Team voller hochintelligenter, hervorragend ausgebildeter Leute mit allerhand speziellen Fähigkeiten.«

»Was wollen Sie damit sagen?«

»Ich habe alles gesagt, was ich sagen will. Schönen Abend.« Sie legte auf.

Jax wollte schreien.

»Durchatmen, Jax«, beruhigte Sven sie. »Wir haben, was wir brauchen.«

»Was zum Teufel führt die Frau im Schild?«

James schickte den Mitschnitt des Gesprächs bereits nach Kalifornien. »Das werden wir rausfinden, Jax. Überlass das jetzt uns.«

Sven stellte sich hinter sie und rieb ihre Schultern. »Komm. Wir kümmern uns jetzt darum, wer euch in Deutschland den Tracker an den Wagen geheftet hat.«

Ein anderes Teammitglied steckte den Kopf durch die Tür. »Besuch für dich, Jax.«

Sie stand auf und ging in den Einsatzraum. Dort stand Andrew mit dem Rücken zu ihr vor dem Whiteboard.

»Was führt dich denn her?«

»Ich bringe dir was.« Er zeigte auf das Board. »Der helle Wahnsinn.«

Sie versuchte zu sehen, was er sah. »Das sind jede Menge Namen.«

Er schüttelte den Kopf und wandte sich um.

»Hey, Kumpel.« Sven ging vorbei und hob grüßend die Hand.

»Hallo.«

»Ich habe ziemlich viel zu tun und kann leider nicht mitkommen.« Jax hob bedauernd die Schultern.

»Ich bin gleich wieder weg.« Andrew drückte ihr einen Schlüssel in die Hand.

Der Schlüsselanhänger brachte sie zum Lachen. »›Ich liebe England‹« Ein kitschiges kleines Souvenir aus einem Andenkenladen.

»Damit er zwischen deinen anderen Schlüsseln nicht verlorengeht.«

»Mit *dem* Anhänger ist das ausgeschlossen.«

Sven schaute herüber. »Du holst sie schon zu dir?«

»Kümmere dich um deinen eigenen Kram, Sven«, sagte Jax.

»Ich hoffe, du weißt, worauf du dich einlässt, Kumpel. Die Lady ist anspruchsvoll.«

»Die Lady hat auch einen ziemlich harten linken Haken«, warnte Jax ihren Teamkollegen.

Andrew lächelte. »Heute Abend fährst du zu deiner Mutter, oder?«

»Sie hält das Abendessen für mich warm.«

»Falls sich deine Pläne ändern, melde dich. Dann komme ich früher nach Hause.« Er küsste sie schnell.

Sven wandte sich um und ertappte ihn dabei. »Sorry, Kumpel. Lauschen und Beschatten gehören hier zum guten Ton.«

»Sven!«, schimpfte Jax.

Er wedelte mit der Hand. »Andrew, du, ähm … warst mit Jax unterwegs, als man euch den Tracker an den Wagen gehängt hat. Richtig?«

»Ja.«

»Du hast vor dem Gefängnis auf sie gewartet und warst mit ihr in Richter. Korrekt?«

»Du warst dort«, antwortete Andrew.

»Ja. Klar. Ich nehme an, ihr beide habt euch auch ausführlich darüber unterhalten, womit wir uns gerade beschäftigen.«

»Worauf willst du hinaus, Sven?«, fragte Jax.

»Wer behält das Überwachungssystem bei dir zu Hause im Blick, Mann?«

»Ich habe keins.« Langsam ahnte Andrew, was Sven ihm sagen wollte.

Sven nickte ein paarmal. »Okay. Jap. Wusste ich. Schließlich haben wir deinen Background gecheckt. Theoretisch könnte der Typ mit dem Tracker jetzt gerade deine Wohnung verwanzen und sich in dein Telefon und deinen Computer hacken. Oder er wartet, bis du nach Hause kommst, und stellt dir seine Fragen persönlich.«

Jax schob Sven beiseite. »Okay. Ich glaube, Andrew hat dich verstanden.«

Sven zwinkerte und ging davon.

Andrew ließ den Blick durch den Raum schweifen. »Verdammt!«

»Darüber wollte ich sowieso noch mit dir reden.«

»Schon klar. Ich date eine Frau, die eine Pistole mit in den Flughafen nimmt und sich mit Mafiabossen anlegt.«

»Ich will nicht, dass du das Gefühl hast, dass wir uns in deine Privatsphäre drängen.«

Er legte seine Hand auf ihren Arm. »Und ich möchte, dass du dich sicher fühlst, wenn du nach Hause … ähm … zu mir kommst.«

»Ist das wirklich in Ordnung für dich?«

Andrew zog sie in seine Arme. »Klar. Wenn ich dafür mit deinen Spielsachen spielen darf«, flüsterte er ihr ins Ohr.

Er kam mit ihrem Job deutlich besser klar als jeder Mann vor ihm.

»Hey, Sven.«

»Ja?«

»Mach mit Andrew einen Termin aus. Bis dahin borge ich ihm schon mal den Wanzendetektor.«

»Super Einfall von euch. Freut mich, dass ihr ganz von selbst darauf gekommen seid.«

Kapitel 27

»Ich lasse mich scheiden«, erklärte Evelyn ganz unvermittelt.

Jax ließ das Besteck sinken und griff über den Tisch hinweg nach der Hand ihrer Mutter. Obwohl sie damit gerechnet hatte, traf die Ankündigung sie hart. »Und wie geht es dir damit?«

»Es war keine leichte Entscheidung.«

»Das glaube ich dir.«

Evelyn richtete den Blick auf die Tischplatte. »Mir tut es vor allem für dich und deinen Bruder leid.«

»Ich bitte dich. Das muss dir doch nicht leidtun.«

»Ich möchte nicht, dass ihr euren Vater hasst.«

Zu spät. »Auf meine Gefühle für ihn hast du keinen Einfluss. Lade dir das nicht auf.«

»Ich würde euch gerne vor alldem bewahren.«

»Viel Glück damit.«

Die Bemerkung brachte ihre Mutter zum Lächeln. Sie blickte auf. »Ich habe Angst, Jacqueline.«

Jax drückte ihre Hand. »Alles andere wäre auch seltsam. Aber du schaffst das.«

»Ich wünschte, ich wäre mir da so sicher.«

»Weiß er es schon?«

»Nein. Und wenn ich ihn anrufe, versucht er bestimmt, es mir auszureden. Dann streiten wir uns und ich muss ihm die

Papiere ins Büro zustellen lassen. Das möchte ich Harry zuliebe gerne vermeiden.«

Jax hob das Kinn. »Ich rufe ihn an.«

»Das kann ich unmöglich von dir …«

»Du hast nichts verlangt. Ich mache das heute Abend. Sobald die Unterlagen fertig sind, bringen wir sie zu Harry und er gibt sie Dad. Diskret. Kein Streit. Dass Dad dann eine Szene will, möchte ich bezweifeln.«

»Ich wünschte, ich wäre stärker.«

»Es braucht mehr Stärke, einen Schlussstrich zu ziehen, als dich von ihm für dumm verkaufen zu lassen.« Das hatte er schon viel zu lange getan. Und mehr als das.

»Harry hat mir gesagt, euer Vater sei ausgezogen.«

Das wusste Jax bereits, gab sich aber trotzdem überrascht. »Gut.«

Evelyn tätschelte ihr die Hand, dann griff sie wieder zu ihrer Gabel. »Danke. Dass du gerade jetzt hier bist, ist ein Geschenk des Himmels.«

»Sag mir einfach, was ich für dich tun kann.«

Ihre Mutter nickte. »Aber jetzt genug davon. Wie geht's Andrew?«

Jax war froh über den Themawechsel. »Er hat mir einen Schlüssel zu seiner Wohnung gegeben.«

»Ach tatsächlich?« Evelyn klang nur gelinde erstaunt.

»Vielleicht ist es dafür noch ein bisschen früh.«

»Wenn man den Richtigen gefunden hat, spielt Zeit keine Rolle.«

Den Richtigen? War das so? »Woher weiß man, ob man jemanden liebt?«

Evelyn lächelte wehmütig. »Wenn der Gedanke an ein Leben ohne diese Person unerträglich ist.«

»Geht es dir mit Dad so?«

»Jetzt nicht mehr. Leider.«

Jax redete lieber weiter über Andrew. »Ich frage mich, ob das mit dem Schlüssel eine gute Idee ist.«

»Es ist praktisch. Du arbeitest oft lange und ich wohne weit draußen.«

Jax schnitt ein Stück von ihrem Hühnchen ab. »Und wenn du selbst wieder mit Daten anfängst, willst du auch mal sturmfreie Bude haben.«

Ihre Mutter schnappte nach Luft. »Ich habe nicht die geringste Absicht, noch mal einen Mann in mein Leben einzuladen.«

»Glaubst du, ich habe Andrew eingeladen? Der kam so unverhofft wie eine Teenagerschwangerschaft.«

Evelyn lachte auf und legte schnell eine Hand über den Mund, um keine Krümel zu prusten. »Wie kommst du bloß immer auf solche Sprüche?«

»Das ist eine Gabe.«

* * *

Später, als ihre Mutter ins Bett gegangen war, setzte sich Jax ins Arbeitszimmer ihres Vaters und wählte auf ihrem Smartphone seine Nummer.

Während sie dem Klingelton lauschte, wappnete sie sich mit durchgedrücktem Rücken für das Gespräch.

»Hallo, Jacqueline.«

»Vater.«

»Eigentlich wollte ich dich längst mal anrufen. Mich mit dir zum Lunch treffen … oder so.«

»Im Augenblick wäre das keine gute Idee.« Weil sie ihm einen Kinnhaken verpassen würde, wenn er sich ihr auf drei Schritte näherte und keiner hinschaute.

Verdammt, vielleicht sogar vor Publikum.

»Dann also demnächst.«

Sie ließ das so stehen. »Mutter reicht die Scheidung ein.«

Er blieb stumm.

»Sie hätte dich selbst angerufen, befürchtet aber, dass ihr euch dann streitet. Sie will auf jeden Fall vermeiden, dass die Sache hässlich wird.«

»Es müsste alles nicht so sein.«

»Das mit mir zu diskutieren, bringt dich nicht weiter. Ich habe die besseren Argumente. Sobald die Papiere fertig sind, wird Mum sie dir ohne großes Tamtam zustellen lassen. Tu Harry den Gefallen, sie einfach anzunehmen und kein Aufsehen zu erregen.«

»Jacqueline …«

Sie unterbrach ihn. »Tu *allen* deinen Kindern diesen Gefallen.« Ihr Ton war kühl.

Gregory schwieg.

Die Sekunden tickten dahin. »Ich habe dich lieb, Jacqueline. Wirklich.«

Für ein solches Geständnis war sie viel zu aufgebracht. »Vielleicht glaube ich dir das irgendwann. Aber jetzt ist der falsche Moment.«

Noch Minuten nach dem Gespräch mit ihrem Vater starrte sie in die Ferne. Sie zog den Schlüssel mit dem kitschigen Anhänger aus der Tasche und drehte ihn in der Hand. Plötzlich sah sie ihn mit einem ganz neuen Blick.

Ich liebe England.

Sie hatte das für einen netten Versuch gehalten, sie zum Hierbleiben zu bewegen. Doch jetzt dachte sie an den Spitznamen, den sie Andrew gegeben hatte.

England.

Und »Ich liebe England« hatte plötzlich eine völlig andere Bedeutung.

Jax wusste, dass sie sich gerade kopfüber in etwas hineinstürzte. Die Frage war nur, wie tief.

* * *

Irgendwann hatte sich Andrew ein paar Episoden einer Serie angeschaut, in der eine Crew binnen weniger Tage ein gesamtes Haus auf den Kopf stellte und umgestaltete. So in etwa fühlte er sich jetzt, als Jax' Kollegen durch seine Wohnung wirbelten und sie verkabelten. Sie kamen, machten ihr Ding und verschwanden wieder. Am Ende stand er mit einem Keypad da, und mit dem Gefühl, beobachtet zu werden.

Es gab nur zwei Kameras. Eine an der Haustür, die andere war direkt auf das Keypad gerichtet.

Alle weiteren Kameras, die Sven vorgeschlagen hatte, hatte Andrew rundheraus abgelehnt. Am Ende hatten sie sich auf diese beiden geeinigt.

»Du gewöhnst dich dran. In einem Monat hast du vergessen, dass sie da sind«, hatte ihm Sven versichert.

»Das kann ich mir kaum vorstellen.«

»In dreißig Tagen erzählst du mir, wie es dir damit geht. Falls du zu irgendeinem Zeitpunkt willst, dass die Bild- und Tonaufnahmen in deiner Wohnung unterbrochen werden, musst du es nur sagen.«

Damit konnte er leben.

Sicherer fühlte er sich jetzt allerdings tatsächlich, und vielleicht würde Jax nun mit weniger Bedenken den Schlüssel benutzen, den er ihr gegeben hatte.

Als er vor ein paar Stunden mit dem Wanzendetektor in der Hand nach Hause gekommen war, war er durch die Räume gewandert und hatte überlegt, ob tatsächlich jemand hier gewesen sein konnte. Er dachte an seinen Realitätsschock in Deutschland, als sie den Tracker entdeckt hatten. Und die Antwort lautete Ja, es war möglich. Das Interesse eines Eindringlings galt dabei vermutlich weniger ihm als Jax. Aber sie gehörte jetzt zu seinem Leben.

Sein Telefon klingelte, und er nahm ohne einen Blick aufs Display ab. »Hallo?«

»Ich bin's. Harry.«

»Hey, Kumpel. Wie geht's?«

»Dad ist endlich ausgezogen.«

»Schön zu hören. Wie ist die Stimmung im Büro?«

»Schwer zu sagen. Lust auf ein Bier?«

Andrew warf einen Blick auf die Uhr. »Okay. Im Pub bei dir um die Ecke?«

»In einer Viertelstunde.«

* * *

Jax schaute sich die Bilder aus den Überwachungskameras vor den Gefängnistoren im Schnelldurchgang an. Sie sah Leute hineingehen, die meisten aber nur von hinten. Später kamen sie wieder heraus. Die Kamera draußen auf der Straße, in die sie sich eingehackt hatten, lieferte halbwegs deutliche Aufnahmen von den Gesichtern der Angestellten und Besucher, die das Gebäude verließen.

Sie machte Screenshots, zoomte die Gesichter heran und bereinigte die Aufnahmen mit einer speziellen Software. Die aufbereiteten Fotos gab sie in eine Suchmaschine ein und fand einige dazugehörige Namen. Die wiederum glich sie mit den Richter-Angestellten und den Namen auf den Reservierungslisten von Hazels Pension und ein paar weiterer Unterkünften im näheren Umkreis von Richter ab.

Bislang gab es keine Übereinstimmungen. Aber immerhin hatten sie bereits eine Liste von Personen, die öfter Besuche im Gefängnis machten. Ein paar davon gingen zu Lodovica. Ob die Besucher anderer Inhaftierter zudem bei ihr vorbeischauten, war kaum festzustellen.

Bis zum Beweis des Gegenteils war jeder verdächtig.

So monoton diese Arbeit war, sie erforderte volle Konzentration, und bald summte Jax der Kopf. Längst erkannte sie Besucher wieder, die sie öfter im Schnelldurchlauf sah. Und an der Zeitanzeige auf den Aufnahmen konnte sie ablesen, welche Angestellten pünktlich waren und welche sich häufiger verspäteten.

Jax ertappte sich dabei, wie sie mit dem Bildschirm sprach. »Auwei, Luisa. Warst du gestern feiern? Du kommst schon wieder zu spät.«

Ein Mann folgte Luisa ins Gebäude. Er hinkte kaum merklich. Jax machte sich eine Notiz. Braune Hose und ein Hut, wie Bogart ihn in Casablanca getragen hatte. Hüte sah man in Europa öfter mal, deshalb war das nicht weiter bemerkenswert.

»Hey, Jax? Kaffee? Ich hole welchen«, rief James aus dem anderen Zimmer.

»Mit Milch«, rief sie zurück. Jax freute sich, dass sie seit ihrer Ankunft in Europa noch keinen abgestandenen Kaffee hatte trinken müssen. Im kalifornischen Hauptquartier blieb die Kanne immer so lange auf der Heizplatte, bis irgendein armer Tropf sich etwas von dem brandig schmeckenden Zeug in eine Tasse goss. Wenn sie und Claire sich zu Hause frischen Kaffee aufbrühten, wurde er binnen einer Stunde komplett ausgetrunken oder der Rest weggeschüttet. Hier standen keine Kannen herum. Man holte sich einfach irgendwo einen Becher zum Mitnehmen. Zwar gab es im Büro eine Maschine für einzelne Tassen, doch meistens besorgten sie sich ihren Koffeinfix in der französischen Bäckerei um die Ecke.

Jax rieb sich die Augen und streckte sich.

Als sie wieder auf den Monitor schaute, hinkte braune Hose mit Hut gerade aus dem Bild.

Sie hielt die Aufnahme an und fuhr sie zurück.

»Was sagt Andrew denn zu seiner neuen Alarmanlage der Extraklasse?«, fragte Sven.

»Er glaubt, wir tun den ganzen Tag nichts anderes, als seine Tür anzustarren.«

Sie hatte die Aufnahme zu weit zurückgesetzt und sah Hose und Hut hinter Luisa ins Gebäude gehen.

Seufzend spulte sie vor und schaute zu, wie der Mann wieder herauskam.

Irgendetwas stimmte nicht.

Sie spulte ein paarmal hin und her.

Er ging rein.

Er kam raus.

Ging rein. Leichtes Hinken links.

Kam raus. Hinkte rechts.

Viermal schaute sich Jax die Aufnahmen an. »Hey, Sven. Komm mal her.«

Ohne ihm zu sagen, worauf er achten sollte, ließ sie die Sequenzen mehrmals ablaufen.

»Sein Hinken wechselt.«

Sie zoomte das Gesicht des Mannes heran.

»Ich gehe die Namenslisten mit den Gefängnisbesuchern noch mal durch.« Sven setzte sich wieder an einen der anderen Computer.

Jax machte einen Screenshot von dem kleinen Teil des Gesichts, den der Hut nicht verdeckte, und fütterte die Bearbeitungssoftware mit dem Ausschnitt. Während der Rechner seine Arbeit tat, zoomte sie die Hände des Mannes heran. Wieder ein Screenshot. Als nächstes waren die Schuhe an der Reihe.

Mit dem bereinigten Ausschnitt des Gesichts ließ sie den Computer eine Bildersuche in allen möglichen Dateien machen. Zusätzlich druckte sie das Foto aus.

Der Hut verdeckte die Augen des Mannes. Sichtbar war nur ein Teil des Profils, ein Wangenknochen, die Nase, die

Lippen. Mit einigem Aufwand konnte man Gesichtszüge zwar verändern. Aber vielleicht hatten sie ja Glück.

»Die Hände sehen alt aus«, stellte sie laut fest, als der Screenshot bearbeitet war. Altersflecken und Kollagenmangel gaben den Händen sehr schlanker älterer Leute oft etwas Spinnenartiges.

Die braunen Schuhe waren Loafers, in die man einfach hineinschlüpfte. Bequemlichkeit ging hier vor Stil und Eleganz.

Der Computer jagte so schnell durch die Bilddateien, dass Jax' Augen nicht folgen konnten. Sie stand auf, machte ein paar Schritte vom Schreibtisch weg und streckte noch einmal ihren Rücken.

James kam mit dem Kaffee zurück und Jax legte vor dem ersten Schluck dankbar die Hände um den Becher.

Ein Ping von ihrem Rechner zeigte eine Übereinstimmung an. Noch bevor sie wieder am Schreibtisch saß, wiederholte sich das Geräusch drei Mal.

Gerade hatte ihr der Kaffee ein Lächeln ins Gesicht gezaubert. Jetzt war es weggewischt und sie stellte den Becher beiseite. »Heilige Scheiße!«

Jax schaute über den Monitor hinweg in Svens Gesicht. »Checkpoint Charlie.«

KAPITEL 28

»Heute ist Bewegung in unseren Fall gekommen.« Jax stieg zu Andrew in seinen Wagen.

Sie wollten ihr ein Auto besorgen. Nächster Versuch.

»Gehen wir ein Auto kaufen oder spähen wir wieder ein verlorenes Familienmitglied aus?«, frotzelte er.

Sie strahlte ihn an. »Wir kaufen ein Auto.«

Andrew fuhr vom Parkplatz.

»Checkpoint Charlie war bei Lodovica.«

»Moment mal. Wie bitte? Ich dachte, der ist einer von den Guten.«

»Ist er auch. Möglicherweise versucht er, etwas aus ihr herauszubekommen. Oder er versorgt sie mit Informationen.«

»Letzteres wäre schlecht, oder?«

Jax schnallte sich an und lehnte sich zurück. »Schwer zu sagen. Damals, als Neil und Sasha in Richter aufgeräumt haben, sind die entscheidenden Hinweise von Lodovica gekommen. Sie hat den Einsatz von Neils Team unterstützt. Jetzt sitzt sie hinter Gittern, aber sie hatte eine Wahl. Sie hätte auch einfach ihren Job an den Nagel hängen, dem Internat den Rücken kehren und abtauchen können.«

»Weshalb sollte irgendwer freiwillig in den Knast gehen?«

»Schuldgefühle? Reue? Wer weiß.«

»Der Weg zur Hölle ist mit guten Absichten gepflastert«, zitierte Andrew.

»Oh ja. Jedenfalls haben wir jetzt einen Ansatz, den wir verfolgen können.«

»Könnte der Tracker an unserem Wagen von Charlie gewesen sein?«

Jax zuckte die Achseln. »Möglich. Aber wozu? Er wusste ja, dass wir kommen und herumschnüffeln. Mit seinem Hinweis an Neil hat er uns ja praktisch ins Internat bestellt. Was hätte es ihm gebracht, zu wissen, wohin wir fahren?«

»Ich bin froh, dass ich mit Zahlen arbeite. Die sind so herrlich logisch.«

»Es gibt für jeden den passenden Job. Aber bis jetzt hast du dich ziemlich gut geschlagen.«

»Sich komplett aus euren Ermittlungen rauszuhalten, wäre schwer. Du führst ein aufregendes Leben.«

»Wo wir gerade davon sprechen …« Sie zog ihr Smartphone aus der Tasche. Ein paarmal wischte sie hin und her, dann zeigte sie ihm das Foto eines Mannes vor einem nächtlichen Hauseingang. Vor seinem nächtlichen Hauseingang. »Kennst du den?«

Andrew schaute mit einem Auge auf die Straße, mit dem anderen auf das Telefon. »Nie gesehen. Ist das bei mir?«

»Ja. Der Mann ist am Abend des Tages, an dem wir die Kamera installiert haben, zu deiner Tür gekommen.«

»Ich habe niemanden gesehen.«

»Das Überwachungsvideo zeigt, wie du weggehst. Eine Viertelstunde später steht er plötzlich da. Hat irgendein Schriftstück in der Hand, klopft an und ruft den Namen Evan.«

Andrews Besorgnis legte sich. »Mein Nachbar heißt Evan.«

Jax steckte das Smartphone weg. »Dachte ich mir fast. Aber ich wollte dich vorsichtshalber fragen.«

Andrew bog in eine Straße ab, wo sich ein Autohändler an den anderen reihte. »Was schwebt dir denn vor?«

»Mein Traumauto ist ein Jeep.«

»Wirklich? Ich dachte du bist ein Aston-Martin-Girl.«

Jax lachte. »Mein 007-Schlitten muss vor allem praktisch sein. Ein Aston ist das nicht.«

»Und du möchtest einen Gebrauchtwagen?«

»Ja. Gerne einen günstigen.«

»Bei einem Jeep sparst du bei einem Gebrauchten nicht viel. Und ein Fahrzeug mit Neuwagengarantie hat Vorteile. Dass du dir das leisten kannst, weiß ich.« Und wenn sie einen brandneuen Wagen und keine Rostlaube besaß, die man entspannt wieder abschob, fiel es ihr vielleicht ein bisschen schwerer, Großbritannien von einem Tag auf den anderen wieder zu verlassen.

»Darum geht es nicht.«

»Du magst keine Neuwagen?«

»Das habe ich nicht gesagt.«

»Dann gönn dir was. Du arbeitest schließlich hart.«

»Andrew!«

Er machte ein unschuldiges Gesicht. »Was ist? Schließlich schlage ich keinen Hauskauf vor. Es ist bloß ein Auto.«

Sie kniff die Augen zusammen. »Weshalb habe ich das Gefühl, dass wir dieses Gespräch schon mal geführt haben?«

»Keine Ahnung, wovon du redest.« Er bog in den Hof eines Autohändlers ein, der Jeeps im Angebot hatte.

Zwei Stunden später fuhr Andrew hinter Jax in ihrem brandneuen Jeep Wrangler her und fühlte sich ein bisschen wie nach einem Lottogewinn.

* * *

343

»Du hast von Charlies Besuchen bei Lodovica gehört.« Jax und Claire unterhielten sich per Videoanruf, Andrew stand unter der Dusche.

»Jap. Und falls sich rausstellt, dass er auf der falschen Seite steht, werde ich stinksauer sein.«

»Was sagt dir dein Bauchgefühl?«

»Dass Charlie einer von den Guten ist. Ich glaube, er hat Gewissensbisse, weil er nicht mehr getan hat, um all den Mist damals in Richter zu verhindern. Deshalb ist er auch noch dort. Und denk nur an die Informationen, die Neil seit Jahren von ihm kriegt.«

Jax empfand dieselbe Beklommenheit, die auch Claire ins Gesicht geschrieben stand. »Was Charlie betrifft, geht es mir genau wie dir. Und was meinst du zu unserer Ex-Direktorin?«

»Sie hat dich aufgefordert, deine Fähigkeiten einzusetzen. *Unsere* Fähigkeiten. Das klingt nicht nach jemandem, der ein Geheimnis bewahren möchte.«

»Aber direkt verraten will sie es uns auch nicht.«

»Ich nehme an, für die Namen in ihrem Kopf würden gewisse Leute töten.«

Jax machte es sich auf Andrews Sofa bequem und zog eine Decke über ihre Beine. »Tot nützt sie niemandem. Die müssten schon jemanden bedrohen, der ihr nahesteht. Und ihre frühere Geliebte kommt in diesem Leben wohl nicht mehr aus dem Knast.«

Claire hielt inne. »Lodovica könnte unsere Schlüsselfigur sein«, sagte sie schließlich. »Wir suchen nach jemandem, der die alten Zeiten in Richter wiederaufleben lassen will. Nach jemandem, der die Familiengeheimnisse der Schülerinnen und Schüler von Richter ausspioniert und nach möglichen Druckmitteln sucht. Aber was, wenn derjenige eine Abkürzung nimmt, und sich Lodovica vorknöpft? Sie muss so was wie eine wandelnde Festplatte voller Richterakten sein, auf der tonnenweise schmutzige Wäsche abgespeichert ist.«

»Sie ist nicht die Einzige mit diesen Informationen.«

Claire hob die Hände. »Dass wir sie auch haben, wissen nur wir.«

»Wir und Charlie.«

»Er würde die Geheimnisse doch sicher für sich behalten und die Kids im Internat schützen wollen.«

»Und Lodovica? Will er die auch schützen? Wie lange überlebt sie, wenn sie wieder draußen ist? Was hält einen Richter-Absolventen, der in den alten Zeiten zu übelsten Taten erpresst worden ist, davon ab, ihr eine Kugel zu verpassen?«

»Gute Frage. In Lodovicas Fall könnte die Redewendung stimmen, dass man seinen Freunden nahe sein soll, aber seinen Feinden noch näher«, überlegte Claire.

»Da sagst du was.«

»Du hast mich noch gar nicht nach neuen Erkenntnissen über Addison gefragt.«

»Wenn es welche gäbe, würdest du es mir sagen«, gab Jax seufzend zurück.

»Es gibt nichts, was wir nicht schon geahnt haben. Neil bekommt am Montag einen Bericht.«

Jax hätte gerne jetzt gleich Näheres erfahren, hakte aber nicht nach. Sie musste sich auf den Fall konzentrieren. Ihr familiäres Drama durfte sie nicht ablenken. »Hey, weißt du was? Ich habe mir heute ein Auto gekauft.«

»Wirklich?«

»Den Jeep, von dem ich schon so lange geträumt habe.«

»Einen neuen?«

Jax grinste verlegen. »Ja. Bitte nicht böse sein.«

»Ich könnte dir nie böse sein. Im Moment läuft es in England doch ziemlich gut für dich. Du bist es dir schuldig rauszufinden, was daraus werden kann.«

In der Dusche wurde das Wasser abgedreht und Jax wechselte die Sprache. Deutsch fiel ihnen beiden am leichtesten, also entschied sie sich dafür. »Ich mag ihn wirklich sehr.«

»Das merkt man.«

»Ich glaube, ich bin dabei, mich zu verlieben.«

»Ja. Auch das hab ich schon gemerkt. Er ist einer von den Guten, Jax. Mit Frauen wie uns kommen nur starke Kerle klar. Wir sind nämlich nicht einfach.«

»Du fehlst mir.«

»Du fehlst mir auch. Aber ich versteh dich und hab dich lieb, selbst wenn du in England bleibst.«

»Glaubst du, es könnte so kommen?« Jax ließ den Blick durch Andrews Wohnzimmer schweifen und dachte an die Erinnerungen, die er und sie gerade miteinander schufen.

»Absolut denkbar. Bloß gut, dass wir in derselben Firma arbeiten und unser Boss samt Team ständig zwischen Kalifornien und London pendelt. Wir werden uns also ziemlich oft sehen.«

Selbst ein Videoanruf half, die gefühlte Entfernung kleiner zu machen.

Andrew bog um die Ecke. Mit nassem Haar und einem Handtuch um die Hüfte.

»Rate mal, wer gerade so gut wie nackt ins Zimmer kommt«, sagte Jax auf Deutsch zu Claire.

»Ich nehme an, er hat einen sexy Body unter den biederen Klamotten.«

»Breite Schultern, knackiger Hintern … Hmmm.«

»Redet ihr über mich?«, fragte Andrew auf Englisch.

»Jap!« Sie gab sich keine Mühe, es abzustreiten.

»Okay, Yoda. Ich lege jetzt auf, bevor ich zu viel zu sehen kriege«, frotzelte Claire.

»Hab dich lieb.«

»Ich dich auch.«

Andrew schob sich vor Jax und lächelte sie an. »Was habt ihr denn besprochen?«

»Mädelsgeheimnis.«

»Geheimnis? Ach!« Er beugte sich über sie, schüttelte den Kopf und bespritzte sie mit Wasser.

Jax drehte sich weg und tat, als wollte sie flüchten.

Er hielt sie fest. Doch sie beförderte ihn mit einem gekonnten Hebelgriff aufs Sofa und schnappte sich das Handtuch. Lachend rannte sie damit aus dem Zimmer.

Im Schlafzimmer holte Andrew sie ein und *tackelte* sie wie ein Rugbyspieler. Im Nu lag sie unter ihm auf dem Bett und ihr gemeinsames Lachen ging in Küssen unter.

* * *

Es konnte ein Hyperaktivitätsproblem sein oder auch die Unfähigkeit, Befehle zu befolgen. Vielleicht lag es auch einfach daran, dass Jax kein Auge mehr zutun konnte, ohne der Frau, von der sie im Herzen wusste, dass sie ihre Halbschwester war, einmal gegenübergestanden zu haben. Wie immer man es nennen wollte, jetzt hatte sie ein Café auf der anderen Straßenseite im Blick. Dort saß Addison an einem Tisch im Freien und schaute auf ihr Smartphone.

Dass in dem Café gerade ziemlich viel los war, machte Jax ihr Vorhaben leichter. Sie gab drinnen an der Theke ihre Bestellung auf, dann ging sie mit einer Nummer hinaus auf die Terrasse.

Vor Addisons Tisch blieb sie stehen. Das Haar hatte Jax sich auf dem Kopf zusammengedreht und unter einer Mütze versteckt, die Augen verbarg sie hinter einer Sonnenbrille. Sie hoffte, Addison werde nicht allzu genau hinsehen und nicht bemerken, wie ähnlich sie einander sahen.

»Entschuldigung?«

Addison blickte auf.

»Wartest du auf jemanden?«

Addison schüttelte den Kopf.

»Sorry, dass ich störe, aber wäre es okay, wenn ich mich zu dir an den Tisch setzte? Hier ist alles voller Paare und …« Jax machte eine vage Handbewegung und ließ die Gäste für sich sprechen.

Addison lächelte und deutete auf den freien Stuhl. »Kein Problem.«

»Vielen Dank.«

»Bist du aus den Staaten?«

»Nein … ja. Hier geboren. Aber die letzten sechs Jahre habe ich dort verbracht.«

»Ich liebe die USA.«

»Du warst mal da?«

»Ja. New York. Chicago. Los Angeles. Ziemlich verrückt, Frauen in Flipflops auf dem Rodeo Drive shoppen zu sehen.«

Jax musste lachen. »Ich lebe in einem Außenbezirk von L.A. und habe mehr Flipflops, als ich zugeben möchte.«

Addison ließ das Telefon sinken. Offenbar hatte sie Lust, sich zu unterhalten.

»Ich bin Addison.«

»Jax.«

Sie reichten einander die Hand.

»Freut mich.«

Die Frau war älter als sie, wenn auch nur ein winziges bisschen. Und doch wirkte sie in gewisser Weise jünger.

»Was hat dich in die Staaten geführt?«, fragte Jax.

»Bloß Ferienreisen mit meiner Familie. Und wie kommt es, dass du dort gelebt hast?«

Jax überlegte, ob sie irgendeine Geschichte erfinden sollte, beschloss aber, bei der Wahrheit zu bleiben. »Meine beste Freundin aus dem Internat hat mich zu einem Tausch überredet. Endlose kalifornische Sommer gegen das Wetter hier in London. Sehr schwer habe ich es ihr nicht gemacht.«

»Trotzdem bist du wieder hier.«

»Ja. Familie …«

Addison seufzte. Der eine Ton sagte mehr als viele Worte. »Dann willkommen zu Hause.«

Aus irgendeinem Grund wurde Jax plötzlich die Kehle eng und sie musste gegen die Tränen ankämpfen. »Ich glaube, das hat seit meiner Ankunft hier noch niemand gesagt.«

Addison ließ ihre Tasse sinken. »Das ist traurig.«

»Allerdings muss ich sagen, dass meine Eltern gerade ihre eigenen Probleme haben. Sie lassen sich scheiden. Und mein Bruder war bei meiner Ankunft kurz davor, ein Verbrechen zu begehen, weil unser Vater sich bei ihm einquartiert hatte.«

Addison lachte, stellte die Tasse ab und glückste weiter. »Tut mir leid. Eine Scheidung ist nicht lustig.«

»Mein Dad ist ein Mistkerl. Damit muss ich erst mal klarkommen. Aber meine Mutter und ich waren uns noch nie so nahe. So hat die Sache auch irgendwie ihr Gutes.« Jax wurde plötzlich bewusst, dass sie ihrer Halbschwester gerade gesagt hatte, ihr gemeinsamer Vater sei ein Drecksack.

»Perfekte Eltern gibt es wohl nicht.« Addisons Lächeln erlosch.

Jax dachte daran, dass Addison gerade ihren Vater verloren und dass ihre Mutter eine Affäre gehabt hatte.

»Da sagst du was.«

»Hat dein Bruder sich wieder gefangen?« Addison schlug einen leichteren Ton an.

»Ein paar Entgleisungen sind nicht ausgeschlossen und eine Einladung zu Weihnachten wird es wohl nicht geben. Aber einen Mord befürchte ich in nächster Zeit nicht.«

»Besser so.«

»Allerdings.«

Sie tranken Kaffee und unterhielten sich über den Brexit. Im Lauf des Gesprächs stellte Jax immer mehr Ähnlichkeiten zwischen Addison und sich selbst fest. Und ihr Wunsch, sie näher kennenzulernen, wurde immer größer.

* * *

In London war es bereits später Nachmittag, als das Team aus L.A. Bericht erstattete.

Claire begann mit dem, was Jax am meisten interessierte. »Wir sind zu fünfundneunzig Prozent sicher, dass Addison Philips deine biologische Halbschwester ist.«

Jax schloss die Augen und ließ die Worte wirken. Eigentlich kamen sie nicht überraschend, aber sie machten alles noch realer.

»Theodore Philips hat seine deutlich jüngere dritte Frau allen Unkenrufen zum Trotz geheiratet. Man hat sie als Glücksritterin, Erbschleicherin und Trophäenfrau betitelt. Aber allem Anschein nach waren die beiden glücklich miteinander. Wir haben rausgefunden. dass Theodore versucht hat, seine Sterilisierung rückgängig machen zu lassen, weil die beiden ein Kind wollten. Nach einigen Jahren, in denen sie es wohl versucht haben, ist Marion schwanger geworden. Es gibt einen Arztbericht, in dem steht, der Versuch, die Sterilisierung rückgängig zu machen, sei misslungen. In anderen ärztlichen Unterlagen, die nach Addisons Geburt aufgetaucht sind, steht das Gegenteil. Addison und du, ihr habt dieselbe Blutgruppe, was an sich noch nicht viel bedeutet. Aber eure Ähnlichkeit ist kaum zu übersehen. Zur Absicherung könnte man eure DNA in ein Labor schicken, aber wir denken, die Sache ist klar.«

»Glaubt ihr, Marion hat mit meinem Vater geschlafen, um schwanger zu werden?« Für Jax klang es so.

»Gut möglich. Ziemlich fest steht allerdings, dass Theodore verhindern wollte, dass man Marion als Erbschleicherin bezeichnet. Deshalb hat er sein Vermögen seiner Tochter vermacht.«

»Und sein älterer Sohn geht leer aus.«

»Der hat ein ernsthaftes Drogenproblem«, steuerte James bei. »Kompletter Loser. Seine Mutter hatte es tatsächlich auf Theodores Geld abgesehen. Nach der Scheidung hat sie dreißig Millionen bekommen und war nach fünf Jahren pleite. Theodore hat seinem Sohn mehrere Entziehungskuren bezahlt und irgendwann aufgegeben. In seinem Testament gibt es einen Passus, in dem steht, dass Richard fünf Millionen kriegt, wenn er es schafft, fünf Jahre lang trocken und clean zu bleiben. Sieht aber nicht so aus, als wollte er diese fünf Millionen unbedingt haben. Stattdessen ficht er das Testament gerichtlich an.«

»Und was hat Marion bekommen?«, fragte Sven.

»Eine Tochter und ein komfortables Heim. Allerdings nicht das Haus hier in England. Es gibt ein zweites in Südfrankreich.« James holte ein Foto der Immobilie auf den Bildschirm.

»Das ist kein Haus. Das ist eine Villa«, stellte Jax fest.

»Marion ist alles andere als mittellos. Theodore hat ihr im Lauf der Jahre immer wieder höhere Geldbeträge geschenkt und sie hat klug investiert. Der Hauptteil seines Vermögens geht allerdings tatsächlich an Addison. Aber erst mal müssen sich die Gerichte damit befassen und das wird mit Sicherheit ein Zirkus. Richard behauptet, Addison sei nicht Theodores Tochter und er hätte Beweise dafür.«

»*Shit*. Wie schwer war es, an die Arztberichte über die Sterilisierung zu kommen?«

»Kein Kinderspiel. Aber machbar. Und Richard hat vermutlich Zugriff darauf und gut dafür bezahlt«, sagte Claire.

»Und wenn er beweisen kann, dass Addison nicht Theodores Tochter ist?«, fragte Jax.

»Wir haben uns eine Kopie des Testaments besorgt und unserer Anwältin geschickt. Sie meint, Richard hat keine Chance. Aber wegen der Höhe des Vermögens und weil er nun mal Theodores leiblicher Sohn ist, wurde seine Klage zugelassen. Sobald der Medienrummel losbricht, wird Addisons Foto überall auftauchen. Und weil ein Großteil von Theodores Vermögen von JT Capital verwaltet wird, wird man die Geschichte dort mit Interesse verfolgen.«

»Mein Vater hat meiner Mutter also die Affäre gebeichtet, bevor sowieso alles ans Licht kommt«, mutmaßte Jax.

»Das nehmen wir an.« James klopfte ihr freundschaftlich auf die Schulter.

»Gut möglich, dass er dich nach Richter geschickt hat, weil ihr und die Philips-Familie in denselben Kreisen verkehrt. Auf Kinderbildern ist die Ähnlichkeit zwischen Addison und dir ziemlich auffallend«, sagte Claire.

Jax straffte die Schultern und lächelte ihre beste Freundin durch die Kamera an. »Ich bin froh, dass ich in Richter war.«

»Was willst du nun mit diesen Informationen machen?«, fragte Cooper.

»Erst mal nichts. Ich halte mich aus dem Leben meines Vaters raus. Bleibe weg von den Leuten, die ihn und die Philips-Familie kennen. Mein Bruder hat es nicht verdient, zusammen mit unserem Dad unterzugehen. Und meine Mutter macht schon genug durch. Aber früher oder später muss sie alles erfahren. Dann werde ich da sein und sie unterstützen.«

Neils tiefe Stimme drang aus dem Lautsprecher. »Es ändert zwar nichts, aber es tut mir leid.«

»Danke, Neil. Ich weiß, die Sache hat für das Team keine Priorität, aber ihr habt euch trotzdem reingehängt. Ich weiß das wirklich zu schätzen.«

»Hey, wir wollen immer noch rauskriegen, wer um das Haus deiner Mutter rumgeschlichen ist. Auch deshalb war es wichtig, in alle Richtungen zu ermitteln.«

»Ja, sicher.« Aber hier ging es um eine Familienangelegenheit, und die Familie war Neil heilig.

Cooper klatschte in die Hände und beendete damit den Augenblick trübseliger Stille. »Und für alle, die es nicht mitbekommen haben, Sasha hat am Wochenende unsere Freundin Lodovica besucht.«

»Wie bitte? Wann?« Jax hatte den ganzen Tag lang am Monitor die Überwachungsbilder durchgesehen. Von Sasha keine Spur.

»Gestern.«

»Was zum …«

»Viel Glück dabei, sie aus dem Besuchertross rauszufiltern.«

»Vermutlich hat sie sich als Nonne verkleidet, die zum Gefängnisgottesdienst ging.« Claire lachte.

Die Vorstellung sorgte für allgemeine Heiterkeit.

»Lodovica möchte beschützt werden«, sagte Cooper.

»Wovon träumt die Frau?« Jax verdrehte die Augen.

Doch Neils Miene blieb stoisch.

»Willst du ihr diesen Gefallen etwa tun?«

»Das überlasse ich Sasha«, antwortete Neil.

»Wie können wir auch nur daran denken? Vermutlich ist sie diejenige, die der Presse gesteckt hat, was mein Vater sich geleistet hat.«

»Du hast es selbst gesagt. Lodovica steht bei gewissen Leuten auf der Abschussliste. Wenn sie aus dem Knast kommt und wir sie in Sicherheit bringen, kann sie uns sagen, was sie weiß. Nur darum geht es.«

»Mir hat sie mit auf den Weg gegeben, wir sollten unsere Fähigkeiten nutzen. So als wüsste sie, dass wir alles auch ohne sie rausbekommen.«

»Absolut denkbar. Aber wie lange wird das dauern? Und wie viele junge Leute werden verschwinden wie damals Olivia, während wir allen möglichen Hinweisen nachgehen?«

Jax wollte nicht glauben, was sie hörte.

»Sasha ist auf dem Weg nach Richter, um mit Charlie zu sprechen. Sie wird abgleichen, was die beiden sagen.«

»Glaubt ihr, Lodovica oder Charlie stecken hinter dem Tracker am Mietwagen?«

»Sie behauptet, nein. Aber überrascht war sie nicht.«

»Wir stehen wieder ganz am Anfang. Wer hat den Tracker angebracht? Wer beobachtet uns? Wer versucht, in Richter das alte System wiederaufleben zu lassen?«

»Lodovica könnte uns vielleicht mehr darüber sagen. Aber das tut sie erst, wenn wir ihr geben, was sie will.«

»Klingt nach Erpressung«, sagte Sven.

»Oder sie hat alles nur inszeniert, um uns eine Gefahr für die jungen Leute im Internat vorzugaukeln, während sie uns in Wahrheit nur für ihren Schutz einspannen will«, warf Jax ein.

Claire deutete durch die Kamera auf sie. »Genau mein Denken. Wir haben keinerlei Beweise, dass an der Schule wirklich wieder miese Sachen laufen. Wir haben nur einen Tipp von Charlie, der die ehemalige Direktorin im Gefängnis besucht, und einen simplen Tracker an einem Mietwagen. Lodovica sorgt zusätzlich mit üblem Tratsch für Interesse bei den Medien, und schon stehen wir parat.«

Jax zeigte mit einem Finger auf ihre Nase. »Für mich stinkt die Sache.«

Neil knurrte. »Falls ihr recht habt, braucht sie wirklich Schutz. Vor allem vor mir.« Er klang verstimmt.

Alle warteten, bis er weiterredete.

»Wir kochen die Sache erst mal auf kleiner Flamme weiter, bleiben aber wachsam. Und wir warten ab, was Sasha rausfindet.«

* * *

Nach der Videokonferenz stapfte Neil in sein Büro, machte die Tür zu und warf sein Headset auf den Tisch. Wenn Claire und Jax richtiglagen und diese ganze Shitshow bloß eine Inszenierung war …

Er schüttelte den Kopf.

Sein Bauchgefühl sagte ihm etwas anderes, trotzdem nahm er die Einwände der beiden jungen Frauen sehr ernst. Er setzte sich an seinen Schreibtisch und wählte Sashas Nummer.

»Ja?«

»Bist du bei ihm?«

»Ich bin vor Ort. Warte, dass er auftaucht. Warum?«

»Ich bin bei eurem Gespräch dabei. Wir haben ein vages Gefahrenszenario, aber keine handfesten Beweise, dass in Richter wirklich etwas im Busch ist. Ich will ausschließen können, dass Lodovica uns nur benutzt, damit wir sie schützen, wenn sie wieder freikommt. Und ich möchte mir verdammt noch mal hundertprozentig sicher sein, dass Charlie wirklich auf der richtigen Seite steht.«

»Dann wollen wir dasselbe.«

»Ich weiß. Vier Ohren sind besser als zwei.«

»Er biegt gerade um die Ecke.«

Neil steckte sich einen Stöpsel ins Ohr, um besser mithören zu können, und verband ihn mit seinem Telefon. Mit ein paar Mausklicks sorgte er dafür, dass das Gespräch aufgenommen wurde.

»Fertig.«

Zunächst blieb die Leitung bis auf ein paar Klickgeräusche still.

Neil hörte Sasha atmen.

»Hallo, Charlie.«

Schritte, dann folgte die Antwort. »Ich war gespannt, wer diesmal vor der Tür steht. Eigentlich habe ich mit Jacqueline gerechnet. Sie war ziemlich schnell wieder weg.«

»Ihr ist jemand gefolgt«, antwortete Sasha.

Neil hörte angespannt zu.

»Tut mir leid, das zu hören.«

»Irgendeine Ahnung, wer das gewesen sein könnte?«

Es gab eine kurze Pause. »Wenn es wieder so läuft wie früher, war es einer, der dafür bezahlt wurde. Ein talentierter junger Mensch wie du damals, der auf der falschen Seite gelandet ist.« Seit sie wieder öfter miteinander zu tun hatten, duzten sich er und Sasha.

»Eigentlich sah es doch so aus, als seien diese Machenschaften durch Pohls Tod und Lodovicas Haftstrafe Geschichte. Zumal ja auch das Schulaufsichtskomitee komplett neu besetzt worden ist.«

»Dass alles vorbei ist, habe ich auch gehofft. Aber inzwischen habe ich Zweifel«, antwortete Charlie.

Neil hörte ihn umhergehen und schloss die Augen.

»Für jemanden, der sich am Telefon so kryptisch ausdrückt, bist du jetzt ziemlich gesprächig.«

Charlie lachte. »Ich bin müde. Und dir vertraue ich mehr als jedem anderen Menschen.«

»Weshalb besuchst du Lodovica im Knast?«

Er seufzte. »Sei deinen Freunden nahe und deinen Feinden noch näher, heißt es doch. Ehrlich gesagt glaube ich, sie bereut, dass sie Pohl damals hat machen lassen. Aber womöglich weiß sie, wer seine Rolle übernommen hat. Oder sie weiß zumindest, wo man sich umsehen sollte. Ich hoffe immer, dass sie mal was rauslässt.«

»Und?«

»Nichts. Bis jetzt.«

»Hat Pohl damals allein agiert?«

Schweigen.

Neil beschloss, Charlie wissen zu lassen, dass er mithörte. »War das ein Ja oder ein Nein?«

»Neil«, sagte Sasha zur Erklärung.

»Ihr habt doch sicher Nachforschungen über Pohl angestellt. Was habt ihr rausgefunden?«, fragte Charlie.

»Dass es nur ihn gab«, antwortete Sasha.

»Und das glaubt ihr?«

»Nein.«

»Ich auch nicht. Pohl hat geduldig seine Netze ausgeworfen, um an fähige junge Nachwuchskräfte zu kommen. Er hat dunkle Familiengeheimnisse ausgegraben. Üble Sachen, für die Leute hinter Gittern landen könnten. Und genau diese Leute hat er dann im Schulaufsichtskomitee untergebracht und sie gezwungen, seine Schweinereien zu decken. Es war nur eine Frage der Zeit, bis jemand da weitermacht, wo er aufgehört hat.«

»Willst du damit sagen, das Komitee ist wieder mit erpressbaren Personen besetzt?«, fragte Neil.

»Nein. Aber es braut sich was zusammen. Das spüre ich. Und im Gegensatz zum letzten Mal werde ich nicht untätig zuschauen. Was glaubt ihr, warum ich an der Schule geblieben bin? Als ihr damals abgezogen seid und Linette ins Gefängnis gekommen ist, hätte ich gehen können. Aber wer hätte euch dann informiert, was in Richter läuft? Wer hätte euch geholfen zu verhindern, dass der ganze Mist noch mal von vorn anfängt? Richter ist ein gutes Internat. Die Absolventen haben blendende Zukunftsaussichten. Und falls sich dort ein Krebsgeschwür einnistet, muss man es rausschneiden. Momentan ist alles ruhig, aber es liegt was in der Luft.«

»Wer zieht die Fäden? Vogt?«, fragte Sasha.

»Eher nicht. Den behalte ich immer besonders genau im Blick.«

»Hast du einen Namen für uns?«, fragte Neil.

»Er schüttelt den Kopf«, sagte Sasha.

»Habt ein Auge auf die Heime und Einrichtungen, die elternlose Kinder ans Internat schicken. Sucht nach den bekannten Mustern. Vielleicht stehen wir ganz am Anfang und es dauert Jahre, bis die ersten Absolventen wieder in den Netzen von Kriminellen landen. So viel Zeit habe ich nicht mehr. Und noch weniger, falls die Strippenzieher mitkriegen, dass ich mit euch rede«, sagte Charlie.

Seiner Stimme hörte Neil an, wie müde der Mann war. Und er spürte Charlies Aufrichtigkeit.

»Falls du Schutz brauchst, das Team in London ist bloß ein paar Stunden entfernt«, bot Neil an.

»Danke.«

Neil trommelte mit seinem Stift auf den Schreibtisch. »Eins noch.«

»Ja?«

»Vertraust du Lodovica?«

Charlie lachte. »Ich vertraue darauf, dass sie Möglichkeiten findet zu überleben. Ich vertraue darauf, dass sie nach ihrer Entlassung zur Zielscheibe wird, falls sie etwas weiß. Und ich vertraue darauf, dass sie immer zuerst an sich selbst denkt.«

Neil hörte Sasha aufseufzen.

Offenbar würde er Lodovica zunächst wohl oder übel schützen müssen.

* * *

Während die anderen Angestellten durch die Flure zum Ausgang strebten, fuhr Andrew seinen Computer herunter. In letzter Zeit versuchte er, zu halbwegs zivilen Zeiten aus dem Büro zu kommen. Jetzt wo es jemanden gab, mit dem er gerne zusammen war, achtete er zunehmend auf eine Work-Play-Balance.

Er ging zum Büro seines Vaters, um zu sehen, ob er ebenfalls Feierabend machte.

»Hey, Dad.«

Lloyd schob gerade seinen Stuhl zurück. »Gehst du?«

»Ja.«

»Ein Date mit einer schönen Frau?«

Andrew schüttelte den Kopf. »Sie arbeitet heute länger und fährt dann zu ihrer Mutter.«

Lloyd schlüpfte in sein Jackett und steckte sein Smartphone in die Brusttasche. Eine Aktentasche trug er nicht mit sich herum, weil er grundsätzlich keine Arbeit mit nach Hause nahm. Andrew hatte sich das ebenfalls fest vorgenommen. Falls er Jax irgendwann überreden konnte, ganz bei ihm einzuziehen, würde er auch keine Aktentasche mehr brauchen.

»Du und Jacqueline, ihr scheint euch ziemlich gut zu verstehen.«

Andrew spürte, wie sein Lächeln breiter wurde. »Sie ist absolut umwerfend.«

Gemeinsam gingen sie den Flur entlang. Die Putzkräfte kamen ihnen bereits entgegen.

»Wann bringst du sie mal zum Essen mit? Bei der Dinnerparty hatten deine Mutter und ich kaum Gelegenheit, uns mit ihr zu unterhalten.«

Ein junger Mann schob seinen Putzwagen an ihnen vorbei und entschuldigte sich, weil sie ausweichen mussten.

Andrew lächelte und schaute ihm ins Gesicht. »Kein Problem. Danke.«

Hmmm.

»… vielleicht am Wochenende?«

Andrew warf einen Blick über die Schulter und versuchte, das seltsame Gefühl abzuschütteln, das ihn gerade hatte stutzen lassen. »Am Wochenende könnte es passen. Ich frage sie.«

Gemeinsam gingen er und sein Vater weiter zu den Fahrstühlen.

»Wie geht's Harry? Glätten sich die Wogen langsam ein bisschen?«

Sie unterhielten sich, bis sich ihre Wege in der Tiefgarage trennten.

* * *

»Du hast Neil gehört. Wir kochen die Sache erst mal nur auf kleiner Flamme weiter.« Sven war auf dem Weg zur Tür.

Jax winkte ihm zu. »Ich arbeite heute ein bisschen länger, damit ich morgen in Ruhe mit meiner Mutter frühstücken kann.«

»So läuft das hier nicht. Du kannst jetzt ohne Weiteres gehen und morgen trotzdem später kommen.«

»Ich weiß. Aber ich recherchiere gerade ein paar Waisenhäuser und Kinderheime.« Jax holte sich eine Website auf den Bildschirm.

»Du willst rausfinden, wie ernst wir Charlies Tipp nehmen müssen?«

»Könnte man sagen.«

Sven warf sich die Jacke über die Schulter. »Also für mich bedeutet ›auf kleiner Flamme kochen‹, mir einen Pub zu suchen. Die letzten Wochen waren ziemlich trocken.«

»Viel Spaß«, rief sie ihm hinterher.

Die meisten anderen waren ebenfalls bereits gegangen. Nur im Überwachungsraum saßen noch ein paar wenige Leute vor den Monitoren mit Bildern von den Häusern einiger Kunden. Eine ziemlich monotone Arbeit, fand Jax. Aber hin und wieder wurden sie alle dazu eingeteilt. Und die Neuen traf es am häufigsten. Manche hatten gerade ihr Studium abgeschlossen, andere waren vor Kurzem aus dem Militärdienst ausgeschieden. An lange Arbeitstage waren sie also gewöhnt.

Nach einer Weile erinnerte sie ihr knurrender Magen daran, dass sie das Mittagessen ausgelassen hatte.

Sie steckte den Kopf in den Überwachungsraum. »Ich gehe rüber zum Thai-Restaurant und hole mir was. Irgendwelche Wünsche?«

»Ich habe was zu essen dabei.«

»Bring mir Potstickers mit, bitte.« Einer der Jungs drückte ihr Geld in die Hand.

Jax ging über die Straße in das inzwischen vertraute Restaurant, begrüßte Ubon, gab ihre Bestellung auf, setzte sich zum Warten hin und stellte fest, dass sie ihr Smartphone im Büro vergessen hatte.

In Richter waren Handys verboten gewesen. Doch seit damals waren ein paar Jahre vergangen, und inzwischen griff sie fast reflexartig zu ihrem Telefon, falls es gerade mal nichts zu tun gab. Wenn sie mit Andrew zusammen war, ließen sie allerdings beide die Finger davon. Bei einem gemütlichen Fernsehabend oder auf dem Weg ins Bett nebenher aufs Display zu schauen, ging gar nicht.

»Miss Jack.« Ubon sprach ihren Namen immer falsch aus, aber Jax korrigierte sie nicht.

»Danke, Ubon.«

»Mit kleiner Überraschung. Für zu Hause. Für deinen Mann.« Ubon lächelte.

Jax verließ das Restaurant und fluchte leise über den Regen, der gerade eingesetzt hatte.

Jemand kam ihr entgegen und ließ seinen Schirm aufschnappen. Sie machte einen kleinen Sprung zur Seite.

Ihr üblicher Weg über die Straße war von einem schräg geparkten Taxi versperrt. Sie wollte sich an dem Fahrzeug vorbeiquetschen, da wurde sie angerempelt.

»Entschuldigung.«

Irgendwie hatte der Typ ihr wohl die Schirmspitze in die Seite gerammt und sie würde ganz sicher einem blauen Fleck davontragen.

»Passen Sie doch …«

Ihre Welt kam ins Trudeln und sie sah plötzlich alles doppelt.

Sie spürte, wie ihr das Essen aus den Händen glitt, und wie jemand den Arm um ihre Taille schlang.

Dann wurde ihr schwarz vor Augen.

* * *

»Was sagt dir dein Bauchgefühl?«, fragte Neil Sasha, nachdem sie sich von Charlie verabschiedet und auf den Weg nach Berlin gemacht hatte.

»Ich denke, wir können uns auf Charlie verlassen. Was Lodovica angeht, liegt er vermutlich richtig. Sie weiß etwas. Und wenn es nur eine Kleinigkeit ist, die uns helfen könnte, Pohls Hintermänner zu finden. Und an die wollen wir schließlich ran, auch wenn das sicher nicht leicht wird.«

»Vielleicht sollten wir uns die Frage stellen, ob wir das wirklich zu unserem Problem machen möchten.«

Sasha lachte auf.

»Okay. Vergiss, dass ich das gesagt habe.« Dass er Mist redete, war Neil schon klar gewesen, bevor er den Satz beendet hatte.

»Derjenige, der den Tracker an Jax' Wagen angebracht hat, weiß schon, dass wir uns wieder mit Richter beschäftigen.«

»Es sei denn, Claire hat recht, und alles ist nur eine Inszenierung, mit der Lodovica uns dazu bringen möchte, sie zu beschützen.«

»Ich bleibe noch ein bisschen. Schaue mir ein paar Kinderheime an. Gib Bescheid, wenn sich etwas tut.«

»Geht klar.«

Neil legte auf und rieb sich die Nasenwurzel.

Das würde ein sehr langer Tag werden.

KAPITEL 29

Andrew betrat seine Wohnung, lächelte in die Kamera über der Tür und sagte: »Hi, Jax.«

Er schaltete die Alarmanlage aus. Der Regen hatte ihn überrascht und er streifte die nassen Kleider ab. Dann spülte er sich unter der Dusche den Tag von der Haut.

In lässigen Lounge Pants und einem Sweatshirt ging er in die Küche und sortierte die Post, die er mit hereingebracht hatte.

Einen Moment lang überlegte er, ob er sich einen Cocktail mixen sollte. Aber Cocktails waren etwas für die Stunden mit Jax. Dass er seit Kurzem ein Fan von Martinis war, hatte vor allem mit ihr zu tun. Ihr zuzuschauen, wie sie an den Oliven knabberte und ganz graziös den Stein entfernte, war einfach unbezahlbar.

»Dich hat's böse erwischt«, murmelte er vor sich hin.

Aber damit konnte er leben. Sich in Jax zu verlieben, war nicht das Problem. Viel schwieriger würde es sein, sie zum Bleiben zu überreden. Auch wenn der brandneue Jeep ein Schritt in die richtige Richtung war.

Er holte sich eine Flasche Wasser aus dem Kühlschrank.

Als sein Blick noch einmal auf die Wohnungstür fiel, überlief ihn das seltsame Kribbeln, das manchmal eine Erinnerung ankündigte.

Er ging zur Tür und öffnete sie. Es wurde bereits dunkel.

Kopfschüttelnd schloss er die Tür wieder.

Und in diesem Moment fiel es ihm ein.

Das Foto, das Jax ihm auf ihrem Smartphone gezeigt hatte, flackerte vor ihm auf. Und gleich darauf das Gesicht des Mannes, der den Putzwagen durch die Büroflure schob.

Er war ein und derselbe.

»Verdammt!«

Andrew schnappte sich sein Smartphone und wählte Jax' Nummer. Viermal klingelte es, dann meldete sich die Mailbox.

»Jax, bitte ruf mich zurück. Es ist wichtig.«

Er wartete zwanzig Minuten, dann versuchte er es noch mal.

Die Mailbox.

Er wählte die Festnetznummer ihrer Mutter.

»Hallo, Andrew. Wie geht es Ihnen?«

»Mir geht es gut, Mrs Simon. Ich versuche, Jax zu erreichen. Sie geht nicht ans Telefon.«

»Sie ist noch nicht zu Hause.«

Wieder spürte er das Kribbeln, aber diesmal wurde ihm dabei kalt.

»Wenn sie kommt, sagen Sie ihr bitte, sie soll sich melden?«

»Sie meinte, es könnte später werden. Haben Sie es schon bei ihr im Büro versucht?«, fragte Evelyn.

»Das mache ich jetzt gleich.«

»Ich richte ihr aus, dass Sie angerufen haben.«

»Vielen Dank.« Er legte auf.

Andrew ging zum Schrank und zog ein Paar Jeans heraus. Mit der freien Hand wählte er Jax' Büronummer.

»MacBain Security and Solutions.« Eine unbekannte Stimme.

»Hallo. Andrew hier. Ich versuche, Jax zu erreichen. Ist sie da?«

»Sie ist gerade kurz Essen holen gegangen.«

Er seufzte. »Hat sie ihr Telefon im Büro gelassen?«

Ein paar Sekunden vergingen. »Ja. Es liegt auf ihrem Schreibtisch. Drüben bei Ubon ist es um diese Uhrzeit meist rappelvoll. Ich sage ihr, dass du angerufen hast.«

Andrew streifte die Lounge Pants ab und schlüpfte in die Jeans. »Danke.«

Bis zu ihrem Büro war es nicht allzu weit. Und nach den vergeblichen Anrufen und mit dem Bild des Mannes im Kopf, der nun schon zweimal in seiner Nähe aufgetaucht war, wollte er lieber mit eigenen Augen sehen, dass es ihr gut ging.

Eine Viertelstunde später hielt er vor dem Gebäude von MacBain Security and Solutions an. Er war etwas verwundert, dass sie ihn noch immer nicht zurückgerufen hatte.

Als er ihren Jeep auf dem Parkplatz entdeckte, lächelte er.

Er warf sich seinen Regenmantel über, sprang aus dem Wagen und rannte zur Tür der Niederlassung. Sie war unverschlossen, und als er eintrat, kündigte ein Summer ihn an.

Zunächst war niemand zu sehen.

»Hallo?« Ein Mann, den Andrew nicht kannte, bog um die Ecke.

»Ich bin Andrew. Ich möchte zu Jax.«

»Ich bin Ben. Sie wollte …« Ben schaute zu ihrem Schreibtisch.

Andrew folgte seinem Blick, sah ihre Jacke über der Stuhllehne und ihr Telefon auf der Tischplatte.

»Sie ist schon eine ganze Weile weg.«

»Wo wollte sie hin?« Andrew spürte, wie sich sein Atem und sein Herzschlag beschleunigten.

»Zu dem Thai-Restaurant gegenüber.«

Irgendetwas stimmte nicht.

Hinter ihm rief Ben in den Flur hinein: »Ich sehe mal nach Jax.«

Zusammen verließen sie das Büro.

Andrew sah das beleuchtete Restaurantschild auf der anderen Straßenseite und eilte durch eine Lücke im Verkehr.

Im Restaurant herrschte Hochbetrieb.

Von Jax keine Spur.

Er drehte sich zu Ben. »Wo kann sie sein?«

Ben schob sich zur Theke durch. »Ubon. War Jax hier?«

»Ja. Lange her.«

Andrew wurde plötzlich eiskalt. Er eilte aus der Tür und schaute die Straße entlang. »Jax?«, rief er.

Die Passanten starrten ihn an.

Ben stieß zu ihm. »Was zum …«

Panik stieg in ihm hoch, das Blut rauschte in seinen Ohren. Er fuhr sich mit der Hand durchs Haar und sein Blick streifte einen Gegenstand auf dem Boden. Dort lag eine zugeknotete Tüte mit Essensboxen, an der noch der Kassenbon hing.

Andrew hob die Tüte auf und schaute hinein. Die Behälter waren voll und unberührt.

Ben schnappte sich den Kassenbon, riss ihn ab und rannte in das Restaurant zurück.

Im Laufschritt kam er wieder heraus. Er hatte sein Telefon am Ohr. »Neil. Wir haben ein Problem.«

* * *

Jax war, als würden zentnerschwere Gewichte an ihren Augenlidern hängen. Die Welt um sie drehte sich und ihr Körper war unfassbar schlapp.

Sie war so high wie fünf Junkies, konnte sich aber nicht erinnern, etwas getrunken zu haben. Und mit Drogen hatte sie sowieso nichts am Hut. Demnach lief hier irgendetwas völlig verkehrt.

Aber das war egal. So total egal. Und die Augen einfach zuzumachen, fühlte sich gut an.

Als sie sie das nächste Mal öffnete, schmerzten ihr Rücken und ihre Halsmuskeln, als hätte sie zu lange in derselben schiefen Haltung gesessen. Ihr Gehirn fühlte sich etwas weniger wattig an, ihre Lider waren etwas leichter. Sie schaute nach links, sie schaute nach rechts. Es war kalt hier. Es roch modrig. Es war unheimlich still.

Dunkel.

Vielleicht schlief sie ja. Tatsächlich fühlte es sich an wie ein Traum.

Mal abgesehen von der Kälte. Die passte irgendwie nicht dazu. Der Schwindel? Ja. Der seltsame Ort? Der auch. Aber Kälte?

Wach auf!

Ihre innere Stimme gab Anweisungen, aber ihr Körper hörte nicht zu.

Plötzlich nahm sie wahr, wie sich jemand näherte, und war schlagartig hellwach.

Einen Moment lang dachte sie, sie wäre zu Hause und im Arbeitszimmer ihres Vaters eingeschlafen. Dann versuchte sie, sich zu bewegen.

Ihre Arme gehorchten ihr nicht, sie spürte Fesseln um die Handgelenke.

Ihr Hintern saß auf einem harten Stuhl, ihr Oberkörper war an die Lehne gebunden. Sie bewegte die Finger hinter dem Rücken. Ihre Füße waren an die Stuhlbeine gefesselt, und sie war immer noch so verdammt high.

Was zum …?

Sie dachte an die Bar in Oceanside, an das Teamwochenende. Träumte sie?

Sie schüttelte den Kopf.

Rechts von ihr schleifte eine schemenhafte Gestalt irgendetwas Schweres über den Boden. Dann ließ sie es fallen und drehte sich zu ihr.

»Du bist wach.«

Jax machte den Mund auf, um zu fragen, was los sei. Heraus kam nur ein verwaschenes »Wassn«.

Eine Hand schnellte auf sie zu, schlug sie ein paarmal auf die Wange. Nicht allzu heftig, aber auch nicht freundlich.

»Willst du's noch mal versuchen?«

Sie wollte ja sprechen, lallte aber nur irgendwelchen Mist. Ein Mix aus zwei oder drei Sprachen verhedderte sich in ihrem Kopf.

»Dann erst mal viel Spaß, Ladys. Wir machen weiter, wenn ihr was davon merkt.«

Sie blinzelte und der Typ verschwand.

Oder sie war wieder eingeschlafen.

Ladys?

Jax spähte in die Dunkelheit.

Was der Mann hereingeschleift und in die Ecke gelegt hatte, nahm die Form einer zusammengekrümmten Person an.

* * *

Andrew hastete hinter Ben in die Londoner Niederlassung und rannte zu Jax' Schreibtisch. Sein Körper befand sich im absoluten Panikmodus.

Jax' Handtasche stand auf einem Sideboard, ihr Smartphone lag mitten auf der Tischplatte. Ihre Jacke. Er riss sie von der Stuhllehne und drückte sie an die Nase.

369

Der Zitrusduft des Öls, das sie sich manchmal auf den Hals tupfte, hüllte ihn einen Moment lang ein.

Ben schaltete einen riesenhaften Bildschirm ein und sie sahen Neil. Überlebensgroß.

Ein weiteres Teammitglied bog um die Ecke. »Was ist denn?«

»Jax ist verschwunden. Versetz alle in Alarmbereitschaft.«

»Was wisst ihr?« Neil hastete durch das Arbeitszimmer in seinem Haus in Kalifornien, raffte Dokumente zusammen und stopfte sie in eine Tasche, während er über den Monitor mit dem Team sprach und am Telefon ein zweites Gespräch führte.

»Sie wollte Essen holen. Ist nicht zurückgekommen. Smartphone, Handtasche, Wagen … alles hier. Die Tüte mit dem Essen lag auf dem Gehsteig.«

»Wie lange ist sie schon weg?«, fragte Neil.

»Zwanzig Minuten.«

»Es muss länger sein«, unterbrach Andrew. »Ich habe sie um …« – er zog sein Handy aus der Tasche und schaute nach – »… um zehn nach sechs angerufen. Sie ging nicht ran.«

»Fünfundvierzig Minuten. Mindestens«, stellte Neil fest.

»Großer Gott!« Andrew drehte sich einmal um die eigene Achse. Die Panik hatte ihn voll im Griff.

Das Telefon in seiner Tasche klingelte. Er warf einen Blick aufs Display. Eine unbekannte Nummer. Das Klingeln hörte auf.

Er ließ das Handy auf Jax' Schreibtisch fallen und stemmte die Hände auf die Tischplatte.

Neil blaffte Anweisungen und stellte Fragen.

Andrews Telefon klingelte erneut. »Was zum Henker?«

»Moment!« Ben hinderte ihn daran, das Handy zu berühren.

»Keine Ahnung, wer da anruft.«

»Geh ran.« Neil stand auf dem Monitor still.

Andrew tippte den grünen Hörer an. »Hallo?«

»Keine Polizei.« Die Stimme klang elektronisch.

»Großer Gott! Jax? Jax?«

Der Anrufer legte auf.

»Andrew!« Neil bellte seinen Namen. »Panik ist tödlich. Setz deinen Hintern auf den Stuhl und warte auf den nächsten Anruf.«

»Und wenn er sich nicht meldet? Was, wenn sie Jax etwas …«

»Das werden sie nicht. Die wollen etwas. Deshalb haben sie angerufen. Vertrau auf mein Team.«

»Neil.«

»Vertrau mir.«

Andrew setzte sich auf Jax' Stuhl, bevor ihm die Beine wegknickten. Sein Blick schweifte hektisch durch den Raum. Er sah die Fotos auf dem Whiteboard.

»Ich glaube, ich weiß was.« Er übertönte Neil, der Ben gerade weitere Anweisungen gab.

»Was?«

»Jax hat mir ein Foto von einem Mann gezeigt, der an meiner Haustür war. Kurz nachdem ihr die Alarmanlage eingebaut habt. Ich hatte ihn noch nie gesehen. Aber heute Abend war er plötzlich da. Nach Büroschluss ist er bei mir in der Firma gewesen. Er war angezogen wie eine Putzkraft.«

»Bist du sicher, dass es ein und derselbe war?«

»Hundertprozentig.«

»Warst du in dem Moment in der Firma allein?«

»Nein. Mein Vater und ich sind zusammen rausgegangen.«

»Schickt mir sofort das Foto. Und ein paar von unseren Leuten checken Andrews Büro. Sämtliche Kameras und Mikros bei Jax' Familie werden sofort aktiviert.«

»Geht klar.«

»Andrew?«

»Ja?«

»Schreib alle Einzelheiten auf. Wann genau hast du die Firma verlassen. Was hatte der Typ an? Hat er was gesagt? Hat er nach irgendwas gerochen?« Neil brach ab.

»Der Wagen steht bereit.« Gwens Stimme kam durch die Leitung.

Neil ging aus dem Bild. »Ich liebe dich auch«, sagte er zu seiner Frau.

Dann erschien er wieder auf dem Monitor. Er hatte auf die Kamera seines Smartphones umgestellt und sprang bereits in den Wagen. »Ich bin in dreißig Minuten wieder online. Falls es irgendwelche Entwicklungen gibt, ruft an.«

Er legte auf.

»Und wir schalten die Polizei wirklich nicht ein?« Andrew war vor Sorge um Jax halb von Sinnen.

»Nein.«

Eigentlich wunderte ihn das nicht.

»Sag mir, dass alles gut wird.«

»Jax wird es lebend überstehen«, sagte Ben. »Aber für denjenigen, der sie sich geschnappt hat, kann ich nicht garantieren.«

* * *

Nach einer Party mit ein paar Gläsern zu viel gab es den einen Moment, in dem man dalag und dachte, man müsste sich nur nicht bewegen, damit man alles hübsch bei sich behielt.

Dieser Moment kam jedes Mal, wenn Jax die Augen öffnete. Dann verebbte der Rausch und stattdessen setzten Übelkeit und Kopfschmerzen ein.

Sie gab sich alle Mühe, ihre Gedanken zusammenzuhalten und wach zu bleiben. Dem Taubheitsgefühl in ihren Händen und Füßen nach saß sie schon seit Stunden gefesselt auf dem Stuhl.

Ihr Atem stockte, dann wurde er schneller. Sie kämpfte darum, Ruhe zu bewahren. Dies war keine Simulation, bei der sie nur ein Safeword nennen musste, um mit einer Schüssel Popcorn und einem Glas Limonade in einem gemütlichen Zimmer auf das Ende des Spiels warten zu können. Und außer ihr war diesmal noch jemand da.

Die Person in der Ecke rührte sich nicht. Doch Jax sah genug Bewegung, um sicher zu sein, dass sie lebte.

Jax schluckte, schloss die Augen und horchte.

Stille. Schwer zu sagen, ob es Tag war oder Nacht. Der Raum war feucht, fast wie ein Keller. Und leer. In einer Ecke hatte ihr Entführer ein gelbliches Licht angebracht. Sie nahm an, um einer verborgenen Kamera Aufnahmen zu ermöglichen.

Die Mauern waren grob verputzt, es gab keine Fenster. Sie saß mit dem Rücken zur Wand.

Jax testete ihre Fesseln. Sie saßen stramm.

Sie zerrte so fest daran, dass ihr die Schnur in die Haut schnitt. Wenn sie sich schon nicht befreien konnte, würde sie wenigstens DNA-Spuren hinterlassen.

Die Panik griff nach ihr und sie schluckte dagegen an.

Sicher wusste das Team inzwischen, dass sie weg war. Die anderen hatten sie schon mal aufgespürt und würden es auch diesmal schaffen.

* * *

Er schaute sich die Aufnahmen zweier Kameras an. Eine war auf die Frauen im Keller gerichtet, die andere auf den Eingang der Firma MacBain Security and Solutions. Sogar geschlafen hatte er eine Weile. Bei derart betäubten Opfern kein großes Problem.

Gewollt hatte er das alles so nicht, aber ihm blieb keine Wahl. Ein Token, ein Schuss.

Zwei Vögel mit einem Stein.

Tief in seinem Bauch bohrte der Schmerz.

Das Token, mit dem er den Schlussstrich ziehen konnte, hatte er vor sechs Monaten bekommen. Mit der Anweisung, auf den Anruf zu warten. Und wenn der kam, würde es keine Diskussionen geben und kein Zurück. Erledige den Job und du bist ein freier Mann. Zu schön, um wahr zu sein. Er starrte auf die Filmaufnahmen. Schön war hier gar nichts.

Trotzdem war er entschlossen, es durchzuziehen.

Er musste es tun.

Wieder holte er das abgegriffene Foto seines kleinen Mädchens aus seinem Versteck. Ob sie wohl einen Lieblingsteddy hatte, den sie mit ins Bett nahm? Oder die Decke mit der Seidenborte von ihrer Mutter?

Er hatte so viel verpasst.

Das hier war fast vorbei.

Er küsste das Foto und steckte es weg.

KAPITEL 30

»Warum ruft er nicht an?«

In Jax' Büro, das vor wenigen Minuten noch fast leer gewesen war, herrschte jetzt Hochbetrieb. Livebilder von Neil, Claire und einigen anderen in einem Flugzeug füllten den gigantischen Bildschirm. Sasha war bereits angekommen, Neil und sein Trupp würden in etwa fünf Stunden landen.

»Er meldet sich schon. Bleib ruhig.«

Dass ein Mann Jax entführt hatte, wussten sie inzwischen. Das Londoner Team hatte sich die Überwachungsaufnahmen einer der unzähligen Straßenkameras heruntergeladen, auf die Jax ihn aufmerksam gemacht hatte. Die Aufnahmen hatten sie mit Sequenzen aus ihren eigenen Kameras in der Umgebung der Firma abgeglichen und kannten so den genauen Zeitpunkt, an dem Jax verschleppt worden war.

Andrew schaute sich die Mitschnitte wieder und wieder an. Und mit jedem Mal wurde der Klumpen in seiner Kehle größer. Gerade schaute Jax noch, ob die Straße frei war, dann sah es aus, als würde sie wegen eines aufschnappenden Schirms beiseitespringen. Offenbar sagte sie etwas, dann machte sie einen Schritt Richtung Fahrbahn und die Tüte mit dem Essen fiel ihr aus den Händen. Der Mann mit dem Schirm packte sie, zerrte sie auf den Rücksitz eines Taxis und sprang auf den Fahrersitz.

Das Ganze hatte weniger als eine Minute gedauert.

Mithilfe des Nummernschildes und einer Vielzahl von Straßenkameras verfolgten sie den Weg, den das Taxi nahm, bis in eine Gegend, in der keine Kameras die Kreuzungen überwachten. Dort hatte der Fahrer entweder die Nummernschilder ausgetauscht oder den Wagen stehen lassen, um mit einem anderen weiterzufahren.

Ein paar von Neils Leuten waren bereits unterwegs und suchten nach dem Taxi.

Die anderen staffierten sich gerade aus, als wollten sie in den Krieg ziehen.

Andrew fand das auf seltsame Weise tröstlich.

In seinem Büro hatten Neils Leute Wanzen gefunden. Auf den Gedanken, dass er dort abgehört wurde, wäre er niemals gekommen. Er und Jax hatten öfter telefoniert, während er bei der Arbeit gewesen war. Deshalb war schwer zu sagen, was der Lauscher mitgehört hatte. Er konnte von Jax' biologischer Halbschwester wissen, von den Geheimnissen in Richter und von den Akten, die offenbar so viele Leute brennend interessierten. Das alles ging Andrew im Moment nur durch den Kopf, weil Neil und die anderen ihn gebeten hatten, alles aufzuschreiben, was die Wanzen vielleicht aufgezeichnet hatten.

Und jetzt war Jax verschwunden.

Jedes Mal, wenn er den Gedanken zuließ, wurde ihm speiübel. Sie war weg, und dabei hatte er ihr noch gar nicht gesagt, wie viel sie ihm bedeutete. Er hatte gefürchtet, sie womöglich zu vertreiben, wenn er ihr offenbarte, wie tief seine Gefühle für sie bereits waren. Und jetzt war es zu spät.

Andrew ließ den Blick durch den Raum schweifen. Dann schloss er die Augen.

Nicht zu spät.

Sei stark, Jax. Ich liebe dich.

Er schluckte und straffte den Rücken.

Sie würde es schaffen.

Das musste sie einfach.

* * *

Fahrige Bewegungen und ein Stöhnen lenkten Jax'
Aufmerksamkeit zu der anderen Person im Raum.

»Oh ...«

»Hey«, flüsterte Jax.

»Was ...?«

Tatsächlich eine Frau.

Sie drehte sich ein wenig, und Jax konnte durch das wirre
Haar hindurch ihr Gesicht erkennen.

Jax blieb fast das Herz stehen.

Nein. Nein. Nein!

Addison Philips lag mit auf den Rücken gefesselten
Händen auf dem Boden. Ihre Füße waren zusammengebunden.
Offenbar wollte sie sich aufrichten und verstand nicht, weshalb
sie die Hände nicht benutzen konnte.

»Addison?«

Addison sank zurück und begann zu würgen.

»Nein. Hey!«, schrie Jax, so laut sie konnte. »Schnell!
Komm rein.«

Sie versuchte, sich samt dem Stuhl vorwärts zu bewegen,
setzte ihr Körpergewicht ein, so gut es ging. Sie musste verhindern, dass Addison an ihrem eigenen Erbrochenen erstickte.

Doch schon nach wenigen Zentimetern krachte sie mit dem
Stuhl zu Boden. Ungebremst schlug sie auf der linken Seite auf.
Ihr Kopf knallte mit einem dumpfen Geräusch auf den Boden.

Die Tür ging auf.

»Ihr kommt's hoch!«, schrie Jax.

Der Mann ging zu Addison und drehte sie auf die Seite.

»Widerlich.«

»Was hast du uns gegeben?«

»Halt die Klappe!«

Jax zappelte, doch das half ihr nicht weiter.

Addison hustete ein paarmal, dann wurde sie still.

»Atmet sie?«

Der Mann schleifte Addison durch das Erbrochene in eine Ecke und lehnte sie dort an die Wand. »Ihr geht's gut.«

Jax schloss die Augen und spürte, wie der Adrenalinschub verebbte.

»Du hast mehr abbekommen.«

Sie spürte warmes Blut seitlich über ihr Gesicht rinnen. Der Typ hievte sie samt dem Stuhl in eine aufrechte Position. Er packte sie am Kinn und drehte ihren Kopf hin und her. »Tut sicher weh.«

Sein Englisch hatte keinen britischen Akzent. Auch keinen deutschen oder russischen. Aber irgendwo hatte sie ihn schon mal gehört.

»Was willst du von uns?«

Der Entführer legte die Hände auf ihre Oberschenkel und ging vor ihr in die Hocke. Sie konnte seine Züge erkennen, das Gesicht kam ihr bekannt vor.

»Sie ist ein Druckmittel.« Er deutete mit dem Kinn auf Addison.

»Und ich?«

Er tätschelte ihr Bein und stand auf. »Alles zu seiner Zeit.«

Der Entführer verließ den Raum und schloss die Tür hinter sich ab.

»Addison? Alles in Ordnung?«

Schweigen.

»*Fuck.*«

* * *

Im Morgengrauen breitete sich Nebel über die Stadt. Und noch immer gab es keine Nachricht von Jax' Entführer.

Neil meldete, dass sie gelandet und auf dem Weg zur Firmenniederlassung waren.

Irgendwann im Lauf der Nacht hatte Andrew den Kopf an die Wand gelehnt und den Kampf gegen die Erschöpfung aufgegeben. Eine Dreiviertelstunde lang hatte er geschlafen. Dann hatte er die Augen geöffnet, und alles war noch gewesen wie zuvor.

Jetzt zog Sven plötzlich die Stöpsel aus den Ohren. »Im Polizeifunk tut sich was.« Alle fuhren zu ihm herum.

Sasha wedelte mit der Hand. »Lass hören.«

In den Lautsprechern knisterte ein Funksignal und Andrew hörte Funksprüche, die er bisher nur aus dem Fernsehen kannte.

Die Sprecher tauschten Zahlencodes aus, dazwischen wurden eine bestimmte Adresse und der Name Addison Philips genannt.

»Was sagen die?«

»Addison Philips wurde vermisst gemeldet.«

»Glaubt ihr etwa …«, begann Andrew.

Die Mienen der anderen verrieten, dass alle dasselbe dachten.

»Das ändert einiges«, stellte Sasha fest.

»Könnte sich aber als Vorteil erweisen«, ergänzte Sven. »Nach allem, was sie sagen, war Addison zum Zeitpunkt von Jax' Entführung noch zu Hause.«

»Wie viel Zeit liegt zwischen dem Verschwinden der beiden?«

»Etwa zwei Stunden.«

»Genug, um Jax irgendwo zu verstecken und sich Addison zu holen.«

Auf einem großen Monitor mit einer Karte der Stadt London samt Umland wurde Addisons Adresse herangezoomt.

James ließ mit ein paar Tastaturbefehlen Kreise um die Entführungsorte erscheinen und vergrößerte die Durchmesser nach und nach.

»Was, wenn wir es mit mehreren Tätern zu tun haben?«

»Dann können sie überall sein. Aber im Moment gehen wir von dem aus, was wir schon wissen. Wir müssen Jax ans Telefon kriegen.«

Das Team hatte Andrew bereits erklärt, was er zu tun hatte, wenn das Telefon klingelte. Er musste ein Gespräch mit Jax verlangen und ihr eine einzige Frage stellen: »Wie geht es dir?«

Der Entführer ließ sie sicher nur ganz kurz reden. Und falls er ihr doch mehr Zeit gab, sollte seine nächste Frage lauten: »Wie behandelt man dich?«

Sie hatten bereits versucht, die Nummer anzurufen, die auf Andrews Display erschienen war. Doch offenbar war sie schon nicht mehr erreichbar.

Das Warten war Andrews ganz persönlicher Albtraum.

* * *

Die abgestandene Luft im Raum stank nach umgedrehtem Magen. In einem Augenblick vollkommener Stille hörte Jax ganz schwach die Geräusche eines Zuges. Ein Hupsignal, dann ein Rumpeln. Hupsignale gab es, wo Schienen Straßen kreuzten. Das war immerhin etwas.

Doch ihre Hauptsorge galt im Moment nicht den geografischen Gegebenheiten. Vielmehr galt sie dem Mann, der sie gefangen hielt.

Er hatte ihr sein Gesicht gezeigt. Und das verhieß nichts Gutes.

Als er wieder gegangen war, dauerte es noch ein paar Minuten, bis ihr einfiel, wo sie ihn schon einmal gesehen hatte. Der Typ war an dem einen Abend vor Andrews Tür aufgetaucht.

Aber weshalb? Hatte er Andrew entführen wollen? Um ihn als Druckmittel zu benutzen?

Jax testete die wenigen Worte, die er gesagt hatte, auf ihrer Zunge. Diesen Akzent hatte sie schon ein paarmal gehört. Estnisch … Türkisch? Sie rollte die Worte hin und her, versuchte, sie im Kopf noch einmal zu hören. Vor allem die Vokale hatten einen charakteristischen Klang gehabt.

Dann klickte es plötzlich.

Ungarisch.

Budapest.

Sie schloss die Augen und rief sich den Klub in Budapest in Erinnerung, in dem sie im letzten Jahr gewesen war. Den Klub voller Gäste von zweifelhaftem Ruf. Er galt als sichere Zone für den Austausch von Informationen.

»Ein Chardonnay?«

Der Barkeeper.

Die Szene lief noch einmal vor ihr ab. Zusammen mit Leo betrat sie das A Róka. Um alle Blicke auf sich zu ziehen und von Leo abzulenken, trug sie ein sehr offenherziges Kleid. Der Mann, der sie an der Bar bedient hatte, hielt sie jetzt gefangen.

»Was soll das hier?«, flüsterte Addison aus der Ecke.

»Alles wird gut, Addison. Dir passiert nichts.«

»Ich kenne dich.« Sie beugte sich vor.

»Ja. Aus dem Café.«

»Was läuft hier eigentlich?«

»Man hat uns entführt. Unter Drogen gesetzt.«

»Gott. Ich bin gefesselt.« Addisons Stimme wurde schrill und klang zittrig.

»Man sucht schon nach uns. Versuch, ruhig zu bleiben.« Jax wünschte sich, ihre Stimme hätte überzeugender geklungen.

Addison begann zu weinen.

* * *

381

Neil, Claire, Cooper und zwei etwas ältere Männer, die Andrew noch nicht kannte, betraten mit länglichen Koffern und entschlossenen Mienen das Londoner Büro von MacBain Security and Solutions.

Claire umarmte Andrew zur Begrüßung. »Kommst du klar?«

»Nein.«

Sie ließ ihn los. Die Angst in ihren Augen war nur bei genauem Hinsehen zu erkennen. Aber sie war da. »Wir holen sie da raus.«

Neil legte Andrew eine Hand auf die Schulter. »Jax zu unterschätzen, war nur der erste Fehler dieses Kerls.«

»Ich hoffe, ihr habt recht.«

Neil nickte knapp. »Wir sind nicht hier.«

Andrew schaute ihn fragend an.

»Keiner weiß, dass wir im Land sind, und so muss es auch bleiben«, erklärte Claire.

»Holt sie einfach nur zurück.«

»Das ist unser Plan.«

Andrews Telefon klingelte und alle Gespräche verstummten. Neil hob eine Hand und jemand in der Nähe nickte.

»Andrew. ›Wie geht es dir? Wie behandelt man dich?‹« Sven schaute ihm in die Augen.

Er nickte.

»Geh ran.«

Er konnte den grünen Hörer auf seinem Smartphone gar nicht schnell genug antippen.

»Hallo?« Der Lautsprecher war an.

»Ihr habt dreißig Minuten, um meine Bedingungen zu erfüllen.« Die Stimme war elektronisch verzerrt.

»Ich will mit Jax sprechen.«

»Die versteckten Akten. Ich will sie. Alle.«

Sasha trat vor. »Wovon redest du?«

382

»Richter.«

»Wir werden …«, begann Sasha.

»Und ich werde schießen. Keine Spielchen.«

Andrew ballte die Hände zu Fäusten.

»Die Akten sind nicht hier. Sie liegen nicht einfach so auf einer Festplatte.«

»Dann habt ihr in der halben Stunde ja einiges zu tun. Ich habe hier zwei schöne Frauen, die ich mit großem Vergnügen wegpusten werde. Eine um zu zeigen, dass ich es ernst meine. Die andere, damit ich kriege, was ich will.«

Andrew beugte sich zum Telefon. »Woher wissen wir, dass du sie nicht längst umgebracht hast? Lass mich mit Jax reden. Wir wollen hören, dass es ihr gut geht.«

Ein Klicken in der Leitung, dann sprach der Mann weiter. »Rede.«

»Mir geht's gut. Wirklich. Bin bloß müde.«

»Jax? Bist du das? Du klingst seltsam«, sagte Sasha.

»Ich hätte doch den Trip nach Schottland machen sollen.«

»Jax, Liebes …«

»Das reicht. Dreißig Minuten. Ticktack.«

Die Verbindung brach ab.

»Nein!«

Neil klatschte in die Hände und alle setzten sich in Bewegung.

Einer der etwas älteren Männer, die mit Neil gekommen waren, ging zum Whiteboard und schrieb.

MIR GEHT'S GUT. WIRKLICH. BIN BLOß MÜDE. ICH HÄTTE DOCH DEN TRIP NACH SCHOTTLAND MACHEN SOLLEN.

»Was tut er da?« Andrews Frage ging an Claire.

»Er entschlüsselt die Botschaft.«

»Welche Botschaft?«

Der Mann am Board unterstrich bestimmte Worte und erklärte laut. »›Gut‹ heißt ›Einer‹. Soweit sie weiß, ist der Täter also allein. ›Wirklich‹ … Sie kennt ihn. ›Müde‹ bedeutet, sie sind an einem festen Ort, also nicht unterwegs. ›Ich hätte doch den Trip nach Schottland machen sollen‹. ›Trip‹ heißt Zug. Sie ist in der Nähe einer Eisenbahnlinie.«

Andrew schüttelte den Kopf. »Sicher?«

»Lasst uns das Suchfeld eingrenzen.« Neil tippte auf den Bildschirm mit der Karte.

Claire erklärte. »Wir haben bestimmte Worte für Zahlen. ›Gut‹ bedeutet ›eins‹. ›Ganz gut‹ heißt ›zwei‹. ›Schon mal besser‹ wäre ›drei‹. Wenn sie eine Kombination dieser Worte benutzt hätte, würden wir von vier oder mehr Tätern ausgehen. Mit ›wirklich‹ sagt sie uns, dass sie die Person kennt. Mit ›im Ernst‹ würde sie sagen, er ist ein Fremder. ›Fix und fertig‹ würde heißen, sie sind auf der Flucht. ›Müde‹ bedeutet, sie befinden sich an einem festen Ort. Außerdem versucht sie, uns Hinweise auf Geräusche zu geben. Hätte sie was von ›Urlaub‹ gesagt, würde sie einen Flughafen hören. Aber ›Trip‹ heißt …«

»… Zug.« Andrew beendete den Satz für sie. »Sie ist in der Nähe von Eisenbahnschienen.«

»Richtig.«

»Das Wort ›Schottland‹ muss auch etwas bedeuten. Irgendwelche Ideen?«, meldete sich Cooper zu Wort.

Die anderen Teammitglieder riefen ihre Gedanken einfach heraus.

»Norden.«

»Nach dem, was wir auf dem Überwachungsfilm sehen, gehen wir davon aus, dass sie unter Drogen gesetzt wurde. Ob sie wirklich weiß, wo sie ist, ist fragwürdig.«

»Noch hier auf der Insel?«

»Möglich.« Cooper notierte den Vorschlag.

»Kalt und feucht«, steuerte Andrew bei. »Grün.«

»Abgelegen.«

Claire ging zum Board. »Keller. In Kalifornien gibt es davon nur ganz wenige.«

»Guter Anfang«, rief Neil. »Lars, wie läuft es mit den Akten?«

»Bin dran.«

»Isaac, wo kam der Anruf her?«

»Gib mir noch fünf Minuten.«

»James?«, rief Neil. »Ticktack. Halte dich bereit.«

James salutierte.

»Was heißt das?«, fragte Andrew.

Claire schaute ihm in die Augen. »Könnte sein, dass wir es mit einer Bombe zu tun haben.«

Andrew wurde eiskalt.

* * *

»Du bist der Barkeeper.«

»Und du das Flittchen. Aber manchmal soll der Schein ja trügen.«

»Hey. Keine Beleidigungen«, gab Jax zurück. »Wozu die Akten? Warum verlangst du nicht einfach Geld?«

»Geld interessiert mich nicht.«

Das kam überraschend.

»Wie hast du von Addison erfahren?«

Beim Klang ihres Namens hob die junge Frau den Kopf.

»Du warst mir eine große Hilfe.« Der Mann aus Budapest ging zu Addison und schaute auf sie hinunter. »Dein Freund und du, ihr habt mich direkt zu ihr geführt. Bei dem vielen Geld sollte man doch zumindest einen großen Wachhund erwarten.«

»Arschloch«, gab Addison zurück.

Er grinste. »Jap. Könnte man sagen.«

»Du bist uns in Deutschland gefolgt«, sagte Jax.

»Richtig. Dabei habe ich festgestellt, dass dein Team nicht so gut ist, wie man meinen sollte. Darum sind wir jetzt hier.«

»Du wirst für den Rest deines Lebens ein Gejagter sein.«

Der Mann hob die Schultern. »Daran bin ich gewöhnt.«

Nicht gut. Gar nicht gut.

»Du wirst uns umbringen.«

Der Entführer holte tief Luft und stieß sie langsam wieder aus. »Wahrscheinlich. Und zwar so viele von euch wie möglich.«

Jax spürte, wie sich ihre Muskeln spannten. »Du musst das nicht machen.«

»Oh, doch. Muss ich. Tut mir leid. Wirklich. Kollateralschäden sind bedauerlich. Und jetzt klärt schon mal mit eurem Schöpfer, was es noch zu klären gibt. Und miteinander. Ich habe zu tun.«

* * *

Sie engten das Suchfeld auf einen Zwanzigmeilenradius ein und zogen los.

Für den Einsatz teilten sie sich in zwei Gruppen.

Während Sven sie zu der Stelle fuhr, wo sie auf den nächsten Anruf warten würden, musterte Neil über die Schulter hinweg sein Team.

Die andere Gruppe kommandierte Sasha, ihr Fahrer war James.

Claire gehörte zu Neils Trupp. Sie saß neben Andrew, der sich beachtlich gut hielt. Außer ihm waren alle für den Einsatz angezogen und ausgerüstet. Griffbereite Präzisionsgewehre, kugelsichere Westen, schwarze Kampfanzüge ... Sie waren gewappnet.

Vor Neil lief die Planung ab wie ein Film. Sie würden den Drecksack finden und Jax und ihre Halbschwester befreien. Sie würden das Leben dieses Scheißkerls beenden oder ihn so tief in einer Zelle vergraben, dass er sich wünschte, jemand hätte abgedrückt.

»Wir sind auf Position«, meldete Sasha über ihr Headset.

Lars saß vor den Monitoren mit den GPS-Daten aller am Einsatz Beteiligten. Wenn sich der Anrufer wieder meldete, würde er versuchen, ihn zu orten.

»Das ist der Teil eures Jobs, über den Jax nicht spricht, stimmt's?«, fragte Andrew.

Neil sah, wie Claire Andrews Bein tätschelte und lächelte. Seine Frage blieb unbeantwortet.

Sven bog von der Landstraße auf eine schmale Nebenstraße ab. »Hier entlang geht es direkt zum Treffpunkt mit Sashas Gruppe.«

Neil schaute auf die Uhr. »Zwei Minuten.«

* * *

»Wir sterben hier«, sagte Addison, als der Mann den Raum verlassen hatte.

»Nein.« Jax' Gehirn arbeitete fieberhaft.

»Wie ist …«

»Psst.« Jax lauschte angestrengt. »Hörst du das?« Das Geräusch klang wie ein Wagen.

»Nein.«

»Wir sind in einer Art Keller.«

»In einem Erdkeller«, bestätigte Addison.

Jax versuchte, die Details des düsteren Raums auszumachen. »Woher weißt du das?«

»Meine Großmutter hat auf einer Farm gelebt. Ich war als Kind oft dort, und da gab es einen.«

»Und wo findet man so einen Erdkeller normalerweise? Neben dem Haus?«

»Bei meiner Großmutter war er unter einem Schuppen.«

Jax fixierte das Licht in der Ecke. »Hey!«, schrie sie in die Kamera.

»Was machst du?«, fragte Addison.

»Ich muss pinkeln«, schrie Jax.

»Ich glaube, das ist ihm egal.«

Jax schüttelte den Kopf. »Ich glaube, er ist gar nicht hier.«

Addison richtete sich ein wenig auf.

»Schaffst du es bis zu mir rüber?«

Addison schob sich über den Boden auf sie zu, und zum ersten Mal, seit sie aufgewacht war, hatte Jax ein Gefühl von Kontrolle.

KAPITEL 31

Das Handy klingelte.

Andrew wartete auf ein Zeichen von Lars, dann nahm er ab. »Hallo?«

»Hier kommt die Uplink-Verbindung für die Akten.«

»Ich will mit Jax reden.«

»Willst du sie schreien hören, wenn ich ihre Schwester erschieße?«

Claire packte Andrew am Arm. »Wie lautet die Uplink-Adresse?«

Lars notierte einige Koordinaten, Sven setzte den Van in Bewegung.

Die computergenerierte Stimme gab ihnen die Uplink-Details.

Claire schrieb sie auf.

»Die Datei ist riesig, sie hochzuladen, wird dauern.«

»Zehn Minuten.«

»Sie ist verschlüsselt«, sagte Claire zu dem Anrufer. »Du siehst drei Seiten zum Beweis, dass es die richtige ist. Sobald du eine Geisel freilässt, kriegst du den Code für den Rest.«

Die Verbindung brach ab.

Andrew schloss die Augen. »Und jetzt?«

Lars zeigte auf einen Punkt auf der Karte, Sven gab Gas.

* * *

»An der Unterseite meines rechten Schuhs, direkt vor dem Absatz, ist eine kleine Klinge.«

Addison drehte sich mit dem Rücken zu Jax und tastete sich mit den Fingern ihrer gefesselten Hände an den Schuhen entlang.

»Weshalb hast du ein Messer am Schuh?«

»Lange Geschichte. Hast du es?«

»Ich glaube schon.«

»Du kannst es nach einer Seite rausschieben. Es ist etwa fünf Zentimeter lang.«

»Okay.«

»Es ist scharf, sei vor...«

»Autsch!«

»...sichtig.«

»Nicht schlimm.«

Jax schaffte es, sich mit dem Stuhl ein wenig zu drehen. »Kommst du an meine Hände?«

Addison richtete sich auf die Knie auf. »Ja.«

»Versuch, die Fesseln zu durchtrennen.«

»Aber sicher schneide ich dich dabei.«

»Besser als sterben. Leg los.«

* * *

Ihr Van kam gleichzeitig mit dem zweiten Team an.

Das alte Farmhaus stand einsam in der Landschaft und war allem Anschein nach verlassen.

»Bleib hier.« Neil und die anderen sprangen aus dem Wagen.

Andrew schaute zu.

Lars gab ihm ein Headset, damit er mithören konnte.

390

»Team zwei in Position.«

»Die Wärmebildkamera zeigt nichts an«, hörte Andrew jemanden sagen.

»Team drei? Irgendwelche Geräusche von drinnen?«, fragte Neil.

»Negativ«, sagte Lars neben Andrew.

»Hat noch irgendwer das Gefühl, dass das hier viel zu einfach ist?«

»Ich gehe näher ran«, sagte Claire.

»Stopp.«

Andrew stieg aus dem Van. Er wollte sehen, was vorging. Neils Leute hatten sich in der Umgebung verteilt, mindestens eine Person saß in einer Baumkrone.

»Wo sind die Bahnschienen?«, fragte Sashas Stimme im Headset.

Andrew konnte beim besten Willen keine entdecken.

Sein Telefon klingelte.

»Geh ran«, sagte Lars.

Seine Hände zitterten. »Hallo?«

»Die Bedingungen diktiere ich.« Der Entführer legte auf.

»Nein!« Andrew rannte auf das Haus zu.

Irgendwer warf ihn zu Boden.

Im Haus hallte ein Schuss und jemand schrie.

»Bleibt auf euren Positionen!«, brüllte Neil. Kein Headset nötig.

Aus dem Augenwinkel konnte Andrew sehen, wie Cooper Claire um die Taille packte.

»Das ist eine Falle. Rückzug.«

»Das Handysignal kam von weiter östlich«, bestätigte Lars.

Andrew rappelte sich hoch und rückte das Headset zurecht. Cooper und Claire erreichten den Van gleichzeitig.

»Ben, wie weit ist deine Entfernung zum Ziel?«

»Hundertachtzig Meter.«

Neil machte eine kreisende Handbewegung. »Du bleibst hier. Auf mein Kommando ballerst du auf die Tür.«

»Geht klar, Boss.«

Andrew sprang in den Van. Sobald alle an Bord waren, setzte sich das Fahrzeug in Bewegung. »Weshalb fahren wir weg?«

»Weil sie nicht da drin sind.«

»Aber der Schuss.«

»Ein Knall ohne jede Vibration. Das war eine Tonaufnahme«, erklärte Lars.

»Eine Tonaufnahme, die uns dazu bringen sollte, das Gebäude zu stürmen.«

»Die Akten interessieren den Typen nicht. Er will uns.«

»Da drüben!« Sven zeigte zu den Überresten eines Schuppens ein Stück weiter die Straße entlang. Dort stand eines der typischen schwarzen Londoner Taxis.

»Lautlos und schnell. Geht in Position und haltet euch bereit. Ben?«

»Ja?«

»Bereithalten.«

* * *

Die Tür zum Keller öffnete sich diesmal weit.

Gegen das Licht von draußen zeichnete sich die Silhouette des Entführers ab.

Jax saß mit den Händen auf dem Rücken auf ihrem Stuhl.

Addison kauerte mit den Fesseln um die Füße in der Ecke.

Der Mann lachte. »Netter Versuch.« Er wedelte mit einer Pistole in Addisons Richtung. »Steh auf.«

Gerade, als sie das letzte Seil durchtrennt hatten, hatten sie von oben ein Geräusch gehört.

Es war fast, als wollte er ihnen einen Hoffnungsschimmer geben, um ihn dann wieder zu ersticken.

Addison schob sich an der Wand hinauf.

Jax hörte auf, so zu tun, als wären ihre Hände gefesselt, und legte sie langsam in den Schoß.

»Keine Bewegung. Sonst puste ich deiner Schwester das Licht aus.«

»Meiner was?«

Der Mann drückte Addison die Pistolenmündung an die Schläfe.

»Steh auf, und setz dich da drüben in die Ecke«, befahl er Jax. »Langsam.«

Was hatte er vor?

Der Abstand zwischen ihnen war zu groß, und Kugeln waren schneller als Füße. Jax blieb keine Wahl. Sie tat, was er sagte.

Er schlang von hinten den Arm um Addisons Hals und ging rückwärts. Addison stolperte wohl oder übel mit.

»Was soll das werden?«

»Ich sichere mich ab.« Er griff nach hinten durch die offen stehende Tür und hatte plötzlich eine Weste in der Hand.

Jax wusste sofort, worum es sich handelte. »Nein!«

Er hielt Addison die Weste hin. »Anziehen.«

»Was ist das?«

Der Kerl drückte ihr die Waffenmündung so fest an die Schläfe, dass sie den Kopf schieflegen musste. »Anziehen! Sofort!«

Addison hob das Kinn und tat, was er sagte.

Sie starrte Jax dabei in die Augen.

Jax' Gedanken kreisten fieberhaft um einen möglichen Ausweg.

Sobald Addison die Weste anhatte, legte der Kerl ihr irgendetwas um den Hals und verband es mit einem Gegenstand in

393

einer der Taschen. Dann schob er Addison zum Stuhl. »Schön langsam. Ruckartige Bewegungen könnten für uns alle böse enden. Hinsetzen!«

»Du kriegst, was du willst«, sagte Jax.

»Nimm die Hände hinter die Stuhllehne.«

Er warf Jax ein Paar Handschellen hin. »Auf die Knie. Rutsch zu ihr und fessle sie.«

Bewegung war gut.

Jax tat, was er sagte, und legte Addison die Handschellen an.

»Fester.«

Sie drückte sie bis zum nächsten Klick zusammen.

»Mehr.«

Zwei weitere Klicks.

»Sorry«, flüsterte Jax Addison zu.

An seiner Uhr ertönte ein Summer und er zog sein Handy aus der Tasche. Während des Anrufs hielt er die Waffe auf sie beide gerichtet. »Die Bedingungen diktiere ich«, sagte er bloß.

Bevor er den Anruf beendete, hörte Jax noch jemanden aufschreien.

»Was soll das werden?«

»Wart's ab.«

Er nickte ein paarmal, lächelte und horchte. »Dein Team ist offenbar doch ganz gut. Geduldig.«

Jax überlegte angestrengt, was sie tun konnte.

Er warf ihr ein weiteres Paar Handschellen hin. »Ihren Fuß an den Stuhl.«

Jax ließ sich Zeit. Sie bemerkte, wie er Richtung Tür lauschte.

Offenbar hatte er seine Anweisungen an sie für den Moment vergessen und konzentrierte sich ganz auf etwas, was draußen passierte.

Jax hörte, wie sich sein Atem beschleunigte. Er schien zu warten.

»Was ist los?«

Er ging zur Tür. Sein Lächeln fiel ab.

»Steh auf!«

Das bislang beste Kommando.

Jax stand auf und schob sich vor Addison.

Die Waffe war zum Greifen nahe. Ein Dutzend Möglichkeiten, sie ihm abzunehmen und es zu überleben, jagte ihr durch den Kopf.

Der Mann wurde mit jeder Sekunde nervöser.

»Was hörst du?«

»Pssst!«

Sie schob sich näher. »Erwartest du jemanden?«

»Halt's Maul!« Er richtete die Waffe auf ihren Kopf.

»O Gott!«, schrie Addison hinter ihr.

Jax warf einen Blick über die Schulter und sah auf Addisons Brust die rot blinkenden Zahlen einer Digitalanzeige.

Sie hatten keine Zeit zu verlieren.

Ablenken, entwaffnen, überleben.

»Jetzt komm schon. Bitte! Du musst das nicht machen. Du kriegst doch alles, was du willst«, plapperte Jax drauflos und trat dabei von einem Fuß auf den anderen.

»Du sollst dein Maul halten, hab ich gesagt!«

Und dann passierte es.

Die Explosion irgendwo in der Nähe war für Jax wie ein Messer in die Brust.

Der Mann lächelte, seine Schultern lockerten sich. »Dein Team war wirklich sehr geduldig.«

»Was hast du getan?« Bei seiner Andeutung rutschte ihr das Herz in die Hose.

»Für den Fall, dass irgendwer überlebt hat, kommst du mit.«

Nein, nein, nein! Sie waren Profis. So was passierte ihnen nicht.

»Los!«

Ihr Puls jagte.

»Beweg dich!«

Sie erreichte die Tür.

Dort blieb sie abrupt stehen, griff sich an den Bauch, beugte sich vornüber und begann zu würgen.

Die Pistolenmündung bohrte sich in ihre Seite. »Weiter.«

Sie machte einen Schritt, drehte sich auf den Fußballen und packte seine Hand, in dem Moment, in dem er den ersten Schuss abfeuerte.

Versengende Hitze jagte an ihrem Bein entlang, aber davon ließ sie sich nicht aufhalten. Drei weitere Schüsse schlugen in die Tür und in die Wand ein, während sie um die Waffe kämpften.

Jax' Ohren dröhnten.

Sie duckte sich, und als sich der Kerl vorbeugte, schnellte sie nach oben. Ihr Hinterkopf knallte gegen sein Kinn, er strauchelte rückwärts und sie hatte die Waffe.

Mit dem Handrücken wischte er sich das Blut von den Lippen und fing an zu lachen.

»Du wirst nicht schießen.«

»Führ mich nicht in Versuchung.«

»Und wer soll dann die Bombe entschärfen?«

Am Rand ihres Blickfelds sah Jax, wie Addison mit fliegendem Atem auf die Zahlen des Countdowns starrte.

»Schalt das Ding ab.«

Er richtete sich auf.

»Auf die Knie«, schrie Jax.

Ein kurzer Blick zu Addison. »Nicht hinschauen. Wir schaffen das.«

»Zwei Minuten.«

Addison riss den Kopf hoch und schrie.

Jax' Blick flog zurück zu dem Mann. Er griff hinter seinen Rücken.

Ein Gegenstand aus Metall schimmerte auf und Jax drückte ab.

* * *.

Noch bevor ihm klar wurde, dass ihn die Wucht des Geschosses durch den Raum schleuderte, hallte der Knall in seinen Ohren. Er spürte, wie ihm die zweite Waffe aus den Fingern glitt, hörte sie auf dem Boden aufschlagen.

Die Hitze, die ihn durchjagte, verwandelte sich beim Anblick seiner Brust in eisige Kälte. Mit jedem Schlag pumpte sein Herz Blut aus der Wunde.

Er hob eine Hand und versuchte, Luft zu holen.

Doch Atmen war unmöglich.

All die anderen, die er aus dieser Welt gerissen hatte, waren da. Jeder Einzelne von ihnen in seinem letzten Augenblick. Auf den Gesichtern derselbe Ausdruck, der sich jetzt ganz sicher auch auf seinem spiegelte.

Ungläubigkeit.

Jax ließ die Pistole fallen und stürzte an Addisons Seite.

»Zieh mir das Ding aus.«

Sie schüttelte den Kopf. »Mit den Drähten kenne ich mich nicht aus.«

Er versuchte zu reden. Blut brach aus seiner Kehle.

Mit allerletzter Kraft tastete er nach seiner Tasche, spürte seine Finger klebrig auf dem Foto und schaute seine Alexandra zum letzten Mal an.

Es tut mir leid. So leid.

Und die Welt wurde dunkel.

* * *

»Schneid alle durch.«

»Dann geht die Bombe hoch.«

Tränen strömten in Bächen über Addisons Gesicht.

Jax spürte, wie auch ihre an die Oberfläche drängten.

»Mach, dass du hier rauskommst.«

»Nein.«

»Wir müssen nicht beide sterben.«

Diesmal schrie Jax. »Nein!«

Denk nach Jax. Denk!

»Jax?« Eine männliche Stimme von oben.

Sie sprang auf. »Hier. Wir sind hier unten. Und hier ist eine Bombe.«

»Wo?«

»An Addison befestigt. Eine Minute dreißig.«

James rannte allein die Treppe herunter und sprintete direkt zu Addison. Er hatte eine Drahtzange in der Hand. »Raus hier«, sagte er zu Jax.

»Nein.«

Sie kniete sich neben ihre Schwester, die Frau, die sie noch kaum kannte, und legte ihr eine Hand an die Wange. »Schau mich an.«

»Ich muss sterben.«

»Nein. James ist gut. Vielleicht manchmal ein bisschen großspurig, aber gut.«

»Wir kommen runter«, rief Neil von oben.

»Nein. Bleibt weg. Weit weg!«, schrien sie.

»Jax?«

Das war Andrews Stimme.

»Hau ab!«

»Ich liebe dich.«

Mit aller Macht hielt sie die Tränen zurück. »Ich liebe dich auch.«

James durchtrennte den ersten Draht. »Könnt ihr euch das vielleicht aufheben, bis wir hier fertig sind?« Wieder ein Schnitt.

Mit jedem Zwickgeräusch der Zange zuckte Jax zusammen. Der Countdown lief noch immer.

James schaute ihr in die Augen. »Jetzt oder nie.«

Jax hielt Addisons Kopf zwischen den Händen.

James durchtrennte den nächsten Draht und die Leuchtanzeige erlosch.

* * *

Neil und Cooper hielten Andrew fest.

In der Ferne jaulten Sirenen.

Mit der Explosion im verlassenen Farmhaus hatten sie gerechnet. Neil hatte gesagt, die Falle werde zuschnappen, sobald Ben die Tür aufschoss. Er hatte Recht behalten. Der donnernde Knall, mit dem der Sprengsatz hochgegangen war, würde Andrew noch jahrelang verfolgen.

Doch als sie vor dem alten Schuppen und dem gestohlenen Taxi standen, betete er nur um Stille.

Komm raus.

Komm einfach nur raus.

Neil schaute auf die Uhr und schloss die Augen.

Andrew hielt den Atem an.

Die Sirenen kamen näher.

»Jax!«, schrie Claire.

Er blickte auf und sah sie heraushinken. Cooper und Neil ließen ihn los und er stürzte an ihre Seite.

Sie hatte Blut an den Beinen und im Gesicht. Eines ihrer Augen war beinahe zugeschwollen.

Aber sie lebte.

James ließ Jax los. Er stützte jetzt nur noch Addison.

»Ich dachte, wir hätten dich verloren.« Claire warf die Arme um Jax.

»Dafür braucht es schon mehr als nur einen.« Damit knickten Jax die Beine weg.

Andrew fing sie auf und hob sie hoch.

»Claire?«, rief Neil hinter ihnen.

Am Rand seines Blickfeldes sah Andrew, wie Neil seinen Teil des Teams zu sich winkte.

»Ich muss weg«, sagte Claire zu Jax.

Jax drückte ihr etwas in die Hand.

»Was ist das?«

»Ein Foto. Er hat es umklammert. Als er gestorben ist.«

Claire nahm es an sich.

»Wir sehen uns, wenn du offiziell hier bist.«

Claire küsste ihre Freundin auf die Wange und sprintete davon.

Mit Jax auf den Armen folgte Andrew James zu einem der Vans. Der andere war bereits losgefahren und verschwand, bevor irgendwer Näheres über ihn und seine Insassen erfahren konnte.

»Bist du in Ordnung?«, fragte Jax.

Er schüttelte den Kopf. »Ich lasse dich nie wieder los.«

Er spürte, wie sie die Arme fester um seinen Hals schlang.

Im Van hörte er Sven am Telefon mit jemandem sprechen. Vermutlich mit der Polizei. Er sagte, sie bräuchten einen Krankenwagen.

Andrew setzte Jax neben Addison ab, James öffnete ein Erste-Hilfe-Set.

»Verdammt, Jax, warum hast du ihn so nahe an dich rankommen lassen?«

Sie lächelte und schaute Addison an. »Geht's dir gut?«

»Du hast mir das Leben gerettet.« Sie suchte James' Blick. »Ihr beide habt mir das Leben gerettet.«

»Du bist ruhig geblieben. Die meisten anderen Leute wären komplett ausgetickt.«

Addison blinzelte die Tränen weg. »Gegen Ende hat nicht viel gefehlt.«

Jax nahm ihre Hand.

James schnitt mit einer Schere Jax' Hosenbein auf legte die Schusswunde frei. »Mückenstich.«

Andrew spürte, wie sich sein Magen zusammenzog. »Großer Gott. Ein Mückenstich sieht anders aus.«

James nickte in Richtung der Scheune. »Du solltest den anderen sehen.«

Jax griff mit der freien Hand nach Andrews. »Das ist eine Fleischwunde. Nichts Schlimmes.«

Er schluckte. »Gibt es irgendeine Chance, dich zu einem Jobwechsel zu überreden?«

»Diese Woche bestimmt. In der nächsten sieht es sicher wieder anders aus.«

James legte ihr eine dicke Bandage an.

Andrews Lippen streiften ihr Ohr. »Ich liebe dich«, flüsterte er.

Sie drückte seine Hand. »Ich liebe dich auch.«

* * *

Sosehr es Jax zuwider war, dass die Medien auf die Verbindung zwischen Addison und ihr aufmerksam wurden, sie konnte es nicht verhindern.

Die Nacht verbrachten sie beide im Krankenhaus. Vor allem wegen der Betäubungsmittel, mit denen der Entführer sie schachmatt gesetzt hatte. Ein paar Stiche und ein Antibiotikum waren außer den Monsterkopfschmerzen Teil des überschaubaren körperlichen Traumas.

Und dann gab es in Jax' Kopf noch das Bild von dem Mann, den sie erschossen hatte.

In der Nacht hörte sie im Schlaf Schüsse und fuhr hoch. Andrew hatte in einem Sessel neben ihrem Bett gedöst und nahm ihre Hand.

»Tut mir leid, dass ich dich geweckt habe«, flüsterte sie.

»Schlimme Träume?«

Sie nickte beklommen. »Ja.«

»Morgen rufen wir die Nummer an, die die Frau vom Sozialdienst uns gegeben hat.«

Jax erhob keine Einwände. Sobald sie die Augen schloss, sah sie den Mann in einer Blutlache liegen.

»Die Akten haben ihn nicht interessiert. Er wollte das Team auslöschen.«

»Wir müssen nicht heute Nacht darüber reden.«

Sie drehte den Kopf auf die Seite und lächelte in ihr Kissen. »Ich weiß. Aber ich habe ihm gesagt, er wäre für den Rest seines Lebens ein Gejagter, und er hat geantwortet, das sei er schon gewöhnt. Jemand hat ihn unter Druck gesetzt. Wir müssen rausfinden, wer das war.«

»Aber erst mal musst du schlafen.«

Sie schloss die Augen. »Okay.«

* * *

Man verbot Jax, das Krankenhaus auf eigenen Füßen zu verlassen. Sie musste sich in einen Rollstuhl setzen. Genau wie Addison Philips.

Sie baten darum, einen Moment lang allein sein zu dürfen, bevor sie sich draußen den Medien stellten.

»Mein Vater hat es immer gewusst«, sagte Addison. »Laut meiner Mutter hat er nie erfahren, wer es war. Aber er hat weggeschaut. Sie hat sich so sehr ein Baby gewünscht und er hat sie geliebt.«

»Ihr Geheimnis hätte dich fast das Leben gekostet.«

»Dasselbe könnte ich zu dir sagen. Aber offenbar hat dein Vater dich schon früh sehr weit weggeschickt, um zu verhindern, dass jemand es herausfand.«

»Meine Suche nach der Wahrheit hat den Kidnapper zu dir geführt. Das verzeihe ich mir nie.«

»Du kannst nichts dafür«, antwortete Addison.

»Was wollen wir den Reportern sagen?«

Von Andrew und von ihrem Team wusste Jax, welche Version der Geschichte die Medien im Moment verbreiteten. Eine in einen Erbschaftsstreit verwickelte Millionenerbin und eine private Ermittlerin, die ihr ungeheuer ähnlichsah, seien entführt worden, um Lösegeld zu erpressen. Die private Sicherheitsfirma, bei der die Ermittlerin angestellt war, arbeite eng mit der Londoner Polizei zusammen, um herauszufinden, ob der tödlich verletzte Entführer ein Einzeltäter gewesen war oder Komplizen gehabt hatte. Bis zur endgültigen Klärung der Gefahrenlage standen beide junge Frauen unter strenger Bewachung.

»Geheimnisse sind nur nützlich, wenn sie auch geheim bleiben. Wenn ich gewusst hätte, dass ich eine Schwester mit einem so speziellen Job habe, wäre ich sicher vorsichtiger gewesen. Oder hätte mir wenigstens eine Alarmanlage besorgt.«

Jax lächelte. »Darüber wollte ich sowieso noch mit dir reden.«

»Nicht nötig. Dein Freund James hat womöglich schon so was angedeutet.«

Es tat gut, zu lachen. »Ich sorge dafür, dass du einen Familienrabatt kriegst.«

Addisons Blick wanderte aus dem Fenster des Krankenhauszimmers. Draußen warteten ihre Familien.

»Wie geht es jetzt mit uns beiden weiter?«, fragte sie.

»Ich würde dich gerne besser kennenlernen.«

»Schön, dass du das sagst. Bis jetzt hatte ich nämlich keine Schwester.«

Jax dachte an Claire. »Ich habe eine. Und glaub mir, es ist wunderbar.«

»Und unsere Eltern?«

Jax runzelte die Stirn. »Ein großes Familientreffen wird es wohl nicht so bald geben. Meine Mutter hat gerade erst von dir erfahren.«

»Das tut sicher weh.«

»Sie ist stark.«

Addison beugte sich vor und nahm Jax' Hand. »Nächste Woche zum Tee?«

Jax grinste. »Darf's auch ein Martini sein?«

EPILOG

»Hiermit erkläre ich Sie zu Mann und Frau. Sie dürfen die Braut jetzt küssen.«

Jax kullerten Tränen über die Wangen, als Claire und Cooper ihren Bund mit dem Kuss aller Küsse besiegelten.

Danach wandte sich das frisch getraute Paar dem Mittelgang zu. Bei den ersten Stühlen blieben die beiden stehen und Neil drückte Claire fest an seine breite Brust. In all den Jahren, die Jax den Mann schon kannte, hatte sie ihn nie eine Träne vergießen sehen.

Bis jetzt.

Später, nachdem die Fotos gemacht waren und die Sonne untergegangen war, tanzte Jax in Andrews Armen unter den funkelnden kleinen Lichtern im Innenhof von Neils und Gwens Villa in Kalifornien.

»Habe ich dir schon gesagt, wie sehr ich dieses Kleid liebe?« Andrews Hand glitt in ihrem Rückenausschnitt tiefer. Seine Finger berührten seidige Haut.

»Schon vor Monaten.«

Er flüsterte ihr ins Ohr, wie er ihr das Kleid später ausziehen wollte.

»Du bist ein schlimmer Junge«, scherzte sie.

»Wirst du das Leben hier vermissen?«, fragte er.

»Im letzten halben Jahr war ich dreimal hier. Wenn ich weiterhin so oft in Kalifornien bin, wird das mit dem Vermissen schwierig.«

Er wirbelte sie herum, dann zog er sie wieder fest an sich.

Jax nickte in Richtung ihrer Mutter. »Mit meiner Mum musst du auch mal tanzen.«

»Mit dem größten Vergnügen.«

Sie verließen die Tanzfläche und Andrew streckte die Hand aus. »Los, Ms Simon, jetzt zeigen wir den anderen mal, wie das geht.«

Jax schaute zu, wie sich die beiden zu den anderen Paaren gesellten.

Claire stellte sich zu ihr. »Ich glaube, Evelyn fühlt sich recht wohl hier.«

»Ich habe sie mit Isaac tanzen sehen. Drei Mal.«

»Es waren vier Mal«, korrigierte Claire.

»Ich muss ein ernstes Wort mit ihm sprechen.«

Claires Stakkatolachen war ansteckend. »Ach übrigens, wie geht's Fluffy?«

Jax breitete die Arme aus. »Der Köter ist riesig, braucht das halbe Bett.«

»Er ist ein Deutscher Schäferhund.«

»Als Andrew mich zu einem Hund überredet hat, dachte ich an etwas in Handtaschengröße. Aber er kam gleich mit einem Polizeihund an.«

»Die Entführung hat Andrew ziemlich mitgenommen«, sagte Claire.

»Seit Lodovica uns ein bisschen mehr verraten hat, geht's ihm besser.«

»Sicher wissen wir bald alles, was wir wissen müssen.«

»Weißt du inzwischen, wo Neil und Sasha unsere Ex-Direktorin verstecken?«, fragte Jax.

»An irgendeinem kalten Ort. Mehr war nicht rauszukriegen.«

Jax seufzte. »Vermutlich ist es besser, wenn wir es nicht wissen.«

»Wo immer sie ist, ich hoffe, dort ist es weniger gemütlich als in Richter oder in einem deutschen Gefängnis«, sagte Claire.

»Das hoffe ich auch.«

»Wie geht's Addison?«

»Sie ist froh, dass der Rechtsstreit erledigt ist. Ihr Bruder ist ein Kotzbrocken. Aber ihr Vater hat in seinem Testament für alle Zweifelsfälle vorgesorgt.«

»Möchte sie deinen Vater ... also ihren biologischen Vater kennenlernen?«

Jax hob die Schultern. »So weit ist sie noch nicht. Sie freut sich über den Kontakt zu Harry und mir. Und sie kann es kaum erwarten, bis du wieder in Europa bist. Dann fahren wir zu einem Mädelswochenende nach Paris.« Eine gute Freundin war Addison bereits geworden. Und sie wurde immer mehr zu der Schwester, die Jax nie gehabt hatte. Über die traumatischen Erlebnisse bei der Entführung redeten sie oft. Und als Addison Jax gebeten hatte, sie zu einer Therapiesitzung zu begleiten, war sie bereitwillig mitgegangen. Schließlich hatte sie den Kidnapper zu ihr geführt. Was Addison ihr zum Glück nicht vorhielt.

Jax nahm es sich dennoch sehr zu Herzen.

»Was sagt man dazu?« Claire zeigte auf Isaac, der auf der Tanzfläche gerade Jax' Mutter von Andrew wegholte.

»Ich muss wohl tatsächlich ein Machtwort sprechen.«

Cooper gesellte sich zu ihnen und legte den Arm um seine frischgebackene Ehefrau. »Was gibt's denn hier zu tuscheln?«

»Isaac baggert Evelyn an.«

»Schnapp ihn dir, Mom.«

Jax gab ihm einen Schubs und Cooper lachte.

Andrew kam zu ihr zurück. »Meine Schwiegersohn-Verpflichtungen sind hiermit wohl erfüllt.«

407

Jax kniff die Augen zusammen. »Schwiegersohn-Verpflichtungen?«

»Du meinst, ich wäre kein guter Schwiegersohn?«

»Das habe ich nicht gesagt.«

Er legte den Arm um ihre Taille und zog sie zurück auf die Tanzfläche. »Dann nennen wir das Kind beim Namen. Schwiegersohn-Verpflichtungen.«

Jax hörte Claire und Cooper lachen.

»Ich glaube, bevor wir solche Titel vergeben können, fehlt noch ein wichtiger Zwischenschritt.«

Andrew schmiegte die Wange an ihre. »Den muss ich dann wohl in Angriff nehmen.«

Jax konnte nicht aufhören zu lächeln. »Geht dir auch manchmal durch den Kopf, wie viel Glück wir haben?«

»Seit wir uns kennengelernt haben, jeden Tag.«

»Dafür musste ganz schön viel passieren.«

Er lachte an ihrem Ohr und die Musik wurde langsamer. »Ich kann immer noch nicht fassen, dass du geglaubt hast, ich wäre ein Fahrer.«

Sie schlang die Arme um ihn, lehnte sich zurück und schaute ihm in die Augen. »Und du schuldest mir immer noch das Trinkgeld, das ich dir gegeben habe.«

Sein Lächeln war ansteckend. »Du kriegst es in unseren Flitterwochen zurück.«

»Ich werde dich daran erinnern.«

Hinter ihnen hörte Jax ihre Mutter lachen. Isaac flüsterte Evelyn etwas ins Ohr, seine Hand lag auf ihrer Hüfte.

Jax wollte sich losmachen.

Andrew hielt sie zurück. »Deine Mutter hat ein bisschen ungeplante Ablenkung verdient.«

»Sagt der Mann, der damit rechnen muss, dass Isaac sein Stief-Schwiegervater wird, falls es bei den beiden so ungeplant läuft wie bei uns.«

»Die besten Dinge im Leben kommen selten mit Ansage.«

Jax schaute ihm ernst ins Gesicht. »Das Beste in meinem Leben bist du.«

»Ich liebe dich«, formte er lautlos mit den Lippen.

»Ich liebe dich auch.«

* * *

»Das ist dein Zimmer, Alexandra. Deine Sachen kannst du in der Schublade unter dem Bett verstauen. Ich weiß, es ist schwer, seine Mutter zu verlieren und so weit von zu Hause weg zu müssen.«

»Warum muss ich denn hier sein?«

»Unser Kinderheim hat Förderer, die für dich sorgen werden. Und eines Tages wirst du auf ein ganz wunderbares Internat gehen. Dort bekommst du die beste Schulbildung, die man sich nur vorstellen kann.«

»Das ist mir egal. Ich will heim.«

Sie legte eine Hand an Alexandras Wange und setzte sich neben sie aufs Bett. »Es gibt niemanden mehr, zu dem du zurückkönntest, Liebes. Wir sind jetzt deine Familie. Wir werden uns gut um dich kümmern.«

DANKSAGUNG

Im Jahr 2020 war das Schreiben eine ständige Herausforderung. Doch jetzt haben wir wieder Klopapier. Herrlich! Aber im Ernst, man sagt ja, es braucht ein Dorf. Und nun wird es Zeit, dem meinen zu danken.

Maria Gomez, dir wieder mal ein großes Dankeschön für deine Geduld und dein Verständnis, ganz besonders in diesem verrückten Jahr. Deine Ideen und deine Unterstützung sind bei jedem Buch herzlich willkommen und ich schätze unsere Zusammenarbeit sehr.

Dem ganzen Team von Amazon Publishing und Montlake danke ich dafür, dass ihr das Buch zu dem gemacht habt, was es jetzt ist.

Ein herzlicher Dank geht an meine Agentin, Jane Dystel, die meine Stütze ist, wenn ich eine brauche, und mich in den Hintern tritt, wenn ein Motivationsschub nötig ist.

Und nun zu der Frau, der ich dieses Buch widme, Holly Ingraham, meiner Entwicklungslektorin und Freundin. Weil wir gerade in einer völlig verrückten Welt leben, steht ein persönliches Treffen noch aus. Du hast mir geholfen, meine in jüngster Zeit erschienenen Bücher zu formen, aber gerade bei diesem hier waren dein Input und deine Begeisterung grundlegend. Wenn die Leserinnen und Leser es genauso lieben wie du, wird es sicher ein Riesenerfolg. Vielen Dank für deine harte Arbeit und für den großen Einsatz, mit dem du jedes Buch noch besser machst. Vielen Dank, dass du mich immer wieder anspornst und ermutigst.

Bis bald bei einem persönlichen Treffen. Cheers.

Catherine

Zeitfracht Medien GmbH
Ferdinand-Jühlke-Straße 7
99095 Erfurt, Deutschland
produktsicherheit@kolibri360.de

Druck:
CPI Druckdienstleistungen GmbH
im Auftrag der
Zeitfracht Medien GmbH
Ein Unternehmen der Zeitfracht - Gruppe
Ferdinand-Jühlke-Str. 7
99095 Erfurt